한재다부연구

寒齋茶賦研究

釜國茶文化叢書 01
부산대학교 국제차산업문화전공

한재다부연구
寒齋茶賦硏究

한재寒齋 이목李穆 著

이병인李炳仁 譯解

이른아침

茶賦并序

凡人之於物或玩焉或味焉樂之終身
而無厭者其性美乎若李白之於月劉
伯倫之於酒其所好雖殊而樂之至則
一也余於茶越乎其莫之知自讀陸氏
經稍得其性心甚珍之昔中散樂琴而

勝金靈草薄側仙之爛藥運慶福綠華英來
掌雷鳴鳥嘴雀舌頭金蠟面龍鳳名的山提
有物於此厥類孔多蓉曰荈曰蔎曰葆仙
云其辭曰
意乎人也非茶且余有疾不暇及此
欲云云乎對然是豈天生物之本
品為之賦或有其名驗其八稅又為人病乎
不亦謬乎於有其名驗其

사진으로 보는
한재당寒齋堂과 〈다부茶賦〉

한재당 전경

한재당은 한재寒齋 이목李穆(1471~1498) 선생의 사당과 묘소가 있는 곳으로, 다정(茶亭)과 다원(茶園) 등이 조성되어 있으며, 경기도 지방기념물 제47호로 지정되어 있다. 사진의 정면 상단 부분에 선생의 묘가 있다. 경기도 김포시 하성면 평화공원로 101

신도비와 다부비

한재당 입구에는 선생의 생애와 공적 등을 적은 신도비가 세워져 있으며, 2020년에는 〈다부〉를 자세히 소개하고 그 의미를 새기는 다부비를 세웠다.

한재다정

한재당 안에 세워진 다정으로, 헌다례와
제다실습 등 다양한 용도로 활용된다.

정간사貞簡祠

한재 이목 선생이 신위를 모신 곳이자 제례를 거행하는 사당이다.
정간貞簡은 한재 이목 선생의 시호諡號이다.

한재다원

한재당 안에 조성된 차밭에서 차인들이
제다실습을 위한 찻잎을 채취하고 있다.
2021년부터 차밭을 확대 조성 중이다.

한재 묘역

한재 이목 선생의 묘를 뒤에서 내려다본 모습이다.
묘소 아래 연못 옆에 한재다정이 있다.

중간본
《이평사집李評事集》

〈다부〉를 비롯하여 한재의 글들이 수록된 문집이며, 초간본은 전하지 않는다. 사진은 인조 9년(1631) 증손인 청송부사 이구징李久澄이 간행한 중간본重刊本 《이평사집》으로, 저자가 소장하고 있는 외에 서울대학교 규장각에도 보관되어 있다.

《이평사집》에 수록된 〈다부〉의 시작 부분이며, 〈다부〉는 문집을 기준으로 총 9쪽 분량이다.

머리말

필자는 개인적으로 한재寒齋 이목李穆(1471~1498) 선생의 16세손으로, 차茶를 즐겨온 지도 어언 40여 년이 지나고 있습니다. 한재의 후손으로서, 그리고, 차를 즐기는 한 사람의 차인으로서 〈다부茶賦〉는 제 평생의 과제라고 여기고 있습니다. 책임이 무겁지만, 그와 동시에 감사한 일이자 기쁜 일이기도 합니다.

지난 40여 년간 차를 즐기며 〈다부〉에 대한 관심을 늘 가져왔고, 관련 자료와 논문들을 모아서 정리해 왔습니다. 그렇게 모은 자료들을 정리하고 연구한 결과들을 모아 지난 2007년 가을에 첫 연구서이자 해설서인 《다부茶賦 - 내 마음의 차노래》(도서출판 차와사람)를 출간하였습니다. 그 이후 2012년에 일부 오자를 바로잡고 내용을 보완하여 《한재寒齋 이목李穆의 다부茶賦》(신라문화원)를 다시 펴내게 되었습니다.

그 사이, 필자의 노력과는 별도의 큰 성과도 있었습니다. 졸저《다부茶賦 – 내 마음의 차노래》를 바탕으로 2010년에 Brother Anthony of Taize, Hong Kyeong-Hee, 그리고 Steven D. Owyoung에 의한 영역英譯 작업이 이루어진 것입니다.

한편, 필자는 최근에 현존하는 최고最古의 〈다부〉 판본을 새로이 입수하게 되었습니다. 인조 9년(1631)에 한재 선생의 증손인 이구징李久澄 청송부사께서 발간한 《이평사집李評事集》 중간본重刊本에 실린 〈다부〉가 그것입니다. 이에 필자는 기존의 다른 판본과 이 판본을 일일이 대조하는 작업을 진행하게 되었고, 기존의 번역에서도 몇몇 오탈자를 수정하는 등 일부 교정을 새로이 진행하게 되었습니다. 이러한 추가 연구 과정에서 저본으로 삼은 1631년판 《이평사집李評事集》 중간본重刊本은 이 책의 부록에도 수록해두었습니다.

다른 한편, 2021년에 부산대학교 국제차산업문화전공(석·박사과정)이 개설되어 한국차학韓國茶學의 학문적 요람이 되고자 현재 많은 이들이 각고의 노력을 기울이고 있습니다. 필자 또한 이에 힘을 보태고자 우리나라의 대표적인 차 고전古典인 〈다부〉 연구 과정을 기본 교과목으로 개설하여 강의하게 되었으며, 이를 위한 교재의 필요성도 대두되었습니다. 이에 새로운 판본에 기반한 새로운 번역에 기존의 미진한 설명을 보완하여 거듭 새 책을 내게 된 것입니다. 말하자면 이번 책은 필자의 지난 40여 년에 걸친 〈다부〉 사랑과 연구의 결과를 집대성하고 최근의 성과를 반영한 〈다부〉의 종합 해설서인 셈입니다.

잘 알다시피 한재 이목 선생은 점필재佔畢齋 김종직金宗直(1431~1492) 선생의 제자로, 연산군 4년(1498) 우리나라 최초의 사화인 무오사화戊午士禍에 연루되어 스물여덟의 젊은 나이에 돌아가셨습니다.

비록 짧은 생애를 살다 가셨지만 적지 않은 글들을 남기셨고, 그중에서도 〈다부茶賦〉는 현존하는 우리나라 최고最古의 다서茶書로서 그 중요성과 가치가 지속적으로 재평가되고 있습니다. 단순히 우리나라에서 가장 오래된 차에 관한 글이라는 역사적 의미뿐만 아니라, 그 글의 짜임새가 견고하고 내용이 매우 깊으며, 차를 즐기는 차인으로서의 이상적인 정신세계를 잘 드러내어 한국차의 정체성과 방향성을 잘 제시해주었기 때문입니다.

필자는 이번 책의 출간을 위해 과거의 번역과 해설들을 수정하고 보완하는 가운데 거듭 〈다부〉의 내용을 찬찬히 음미하게 되었는데, 한재 선생의 학문적 깊이와 정신적 높이에 새삼 놀라지 않을 수가 없었습니다. 〈다부〉는 읽으면 읽을수록 놀라운 글이고 연구에 연구를 거듭할수록 그 깊이를 더욱 알기 어려운 작품이 아닌가 싶습니다.

오늘날 우리가 즐기는 차생활이 단순히 형식적인 다례茶禮로서 보여주기 위한 것만이 아니라, 우리들의 생활生活 속에서 즐기며, 한재 이목 선생이 이야기하듯 '내(우리) 마음의 차[吾心之茶]'라는 스스로의 정신적 세계로 승화되어 나아가야 함을 또한 알게 됩니다.

차를 즐기는 사람 모두, 차의 성품性品과 같은 한재 이목 선생의 올곧은 차 한잔을 마시며, '내(우리) 마음의 차[吾心之茶]'를 다함께 나누는 맑고 밝은 세상이 되었으면 합니다.

2022년 1월
목우木愚 월주月舟 이병인李炳仁 일다배一茶拜

차례

제1장
다부(茶賦) 원문과 번역

제2장
우리나라 차문화와 차정신 - 조선전기(15세기)를 중심으로

茶賦并序

凡人之於物或玩焉或味焉樂之終身
而無厭者其性矣乎若者李白之於月劉
伯倫之於酒其所好雖殊而樂之至則
一也余於茶越乎其莫之知自讀陸氏
經稍得其性心甚珍之昔中散樂琴而

勝金靈草薄側仙之嫩藥運慶福綠華英來

掌雷鳴鳥嘴雀舌頭金蠟面龍鳳名的山提

有物於此厥顏孔多曰茗曰荈曰葬曰發仙

云其辭曰

意乎人也非茶也且余有疾不及此

제1장

다부(茶賦) 원문과 번역

01.

서론 : 한국 최고最古의 다서茶書 〈다부茶賦〉

1. 한재 이목

　한재寒齋 이목李穆(1471~1498) 선생은 조선 성종조의 선비이자 차인茶人으로, 호는 한재寒齋, 시호諡號는 정간貞簡이다. 시호를 정하는 시법諡法에 "불굴무은왈정不屈無隱曰貞, 정직무사왈간正直無邪曰簡"이라 하니, "불의에 굴하지 않고 숨김이 없음을 '정貞'이라 하고, 올바르고 간사함이 없음을 '간簡'이라 한다."는 말이다.

　정간공 이목 선생은 현존하는 한국 최고最古의 전문다서인 〈다부茶賦〉의 저자로서, 한국의 '다부茶父', 또는 '다선茶仙'으로 추앙되고 있다.

　한재 이목 선생의 기본 사상은 '도학道學'과 '차학茶學'이다. 도학은 〈허실생백부虛室生白賦〉에 나타난 '내(우리) 마음의 하늘[吾中之天]'이 있다는 것이고, 차학은 〈다부茶賦〉에 나타난 '내(우리) 마음의 차[吾心之茶]'가 중심적인 사상이다.

2. 〈다부〉의 의의와 가치

〈다부茶賦〉는 현존하는 우리나라 최초最初, 최고最古의 전문다서로서 조선 성종조의 선비인 한재 이목 선생이 지은 차에 관한 글이다. 〈다부茶賦〉는 차茶에 대한 스스로의 깨달음의 내용을 산문 형태의 시詩로 표현한 것이다. 미국의 차 전문가인 Stewven D. Owyoung은 "중국의 《다경茶經》이후 차에 관한 대표적인 글"이라며 〈다부〉의 가치를 높이 평가하고 있으며, 차 연구가인 정영선 박사는 "세계 최초最初 다도경전茶道經典"으로서의 〈다부〉의 가치를 강조하고 있다.

3. 〈다부〉의 구성과 핵심내용

〈다부〉는 제목, 머리말에 해당하는 병서幷序, 그리고, 본문本文으로 구성되어 있다. 이 가운데 제목[茶賦]과 부제[幷序]가 각 2자이고, 본문은 총 1,328자이며, 도합 1,332자이다. 본문은 다시 '서문(166자), 본론(1,056자), 결론(106자)'으로 구성되어 있는데, 이는 현대적 논문의 구성 방식인 서론, 본론, 결론과 동일한 것으로, 그 형식이 매우 체계적이고 그 내용 또한 종합적임을 확인할 수 있다.

〈다부〉의 핵심내용은 차의 본질적 가치와 특성에 대한 것이다. 한재 이목 선생이 〈다부〉에서 말하는 차의 가치와 특성으로는 다음과 같이 크게 6가지를 꼽을 수 있다.

① 차의 본질적 가치
② 차의 세 가지 품[茶 三品]
③ 차의 일곱 가지 효능[茶 七效能]
④ 차의 다섯 가지 공[茶 五功]
⑤ 차의 여섯 가지 덕[茶 六德]
⑥ 결론 : 내(우리) 마음의 차[吾心之茶]

이상은 진정한 차인으로서 가져야 할 기본 덕성이자 차의 정화精華
로, 모든 차인이 이루어가야 할 이상적인 세계로서 '내(우리) 마음의
차[吾心之茶]'라는 경지에 대해 말하고 있는 것이다.

4. 〈다부〉의 원문

본서에서 저본으로 삼은 〈다부〉의 원문은 인조 9년(1631) 발간된
한재 이목 선생의 사후 문집인 《이평사집李評事集》 중간본重刊本 제1권
11~16쪽에 수록되어 있다. 1631년의 이 중간본 《이평사집》은 필자의
소장본 외에 '서울대학교 규장각본' 등이 있다.

5. 다부에 나타난 차의 가치와 특성

(1) 차의 본질적 가치

한재寒齋 이목李穆 선생은 차가 가지고 있는 기본적 특성으로서 〈다부〉의 서문에서 '하늘이 만물을 낸 본뜻[天生物之本意]'으로 차 자체의 본질적 가치를 이야기하고 있다. 이것은 모든 만물이 다함께 하늘로부터 본질적인 가치를 가지고 태어남을 의미한다. 여기에는 차와 사람을 포함한 모든 만물이 포함되며, 모든 만물이 가지고 있는 본래적 가치와 특성을 의미하는 말이다.

(2) 차의 세 가지 품[茶 三品]

① 상품上品 – 몸을 가볍게 해준다[輕身].
② 중품中品 – 피곤함을 가시게 해준다[掃痾].
③ 차품次品 – 고민을 달래준다[慰悶].

(3) 차의 일곱 가지 효능[茶 七效能]

한재 이목 선생은 〈다부〉에서 차가 가지고 있는 일곱 가지 효능을 이렇게 정리한다.

① 차의 첫째 효능 : 장설腸雪 – 마른 창자가 깨끗이 씻겨진다.
② 차의 둘째 효능 : 상선爽仙 – 신선이 된 듯 상쾌해진다.
③ 차의 셋째 효능 : 성두醒頭 – 온갖 고민에서 벗어나고 두통이 사라진다.
④ 차의 넷째 효능 : 웅발雄發 – 큰 마음이 일어나고 우울함과 울분이 사라진다.

⑤ 차의 다섯째 효능 : 색둔色遁 - 색정이 사라진다.

⑥ 차의 여섯째 효능 : 방촌일월方寸日月 - 마음이 밝아지고 편안해 진다.

⑦ 차의 일곱째 효능 : 창합공이閶闔孔邇 - 마음이 맑아지며 신선이 되어 하늘나라에 다가선 듯하다.

(4) 차의 다섯 가지 공[茶 五功]

한재 이목 선생은 〈다부〉에서 차가 가지고 있는 다섯 가지 공功, 즉 '다오공茶五功'을 이렇게 정리한다.

① 차의 첫째 공덕 : 해갈解渴 - 목마름을 풀어준다.

② 차의 둘째 공덕 : 서울敍鬱 - 가슴속의 울분을 풀어준다.

③ 차의 셋째 공덕 : 예정禮情 - 주인과 손님이 예로서 정을 나눈다.

④ 차의 넷째 공덕 : 고정蠱征 - 몸속의 병을 다스린다.

⑤ 차의 다섯째 공덕 : 철정輟酲 - 술에서 깨어나게 한다.

(5) 차의 여섯 가지 덕[茶 六德]

한재 이목 선생은 〈다부〉에서 차가 가지고 있는 여섯 가지 덕德을 이렇게 정리한다.

① 차의 첫째 덕 : 수덕壽德 - 사람을 장수하게 한다.

② 차의 둘째 덕 : 의덕醫德 - 사람의 병을 낫게 한다.

③ 차의 셋째 덕 : 기덕氣德 - 사람의 기를 맑게 한다.

④ 차의 넷째 덕 : 심덕心德 - 사람의 마음을 편안하게 한다.

⑤ 차의 다섯째 덕 : 선덕仙德 - 사람을 신령스럽게 한다.

⑥ 차의 여섯째 덕 : 예덕禮德 – 사람을 예의롭게 한다.

(6) 내(우리) 마음의 차[吾心之茶]

한재 이목 선생이 〈다부茶賦〉의 결론으로 나타낸 말로서 뜻은 "내(우리) 마음의 차[吾心之茶]"이다. 이 말은 〈다부茶賦〉의 정화精華이자, 차인으로서 한재 이목 선생의 다심일여茶心一如 경지를 그대로 드러낸 말로서 '모든 차인이 이루어야 할 상태'를 말하고 있다. 이것은 한재 이목 선생이 제시한 진정한 차인으로서 가져야 할 기본 덕성이자, 진정한 차 정신으로서 차의 정화이므로 모든 차인은 차인으로서 이상적인 세계인 '내(우리) 마음의 차[吾心之茶]'의 경지를 드러내야 한다.

내가 세상에 태어남에, 풍파(風波)가 모질구나.
양생(養生)에 뜻을 둠에 너를 버리고 무엇을 구하리오?
나는 너를 지니고 다니면서 마시고, 너는 나를 따라 노니,
꽃피는 아침, 달뜨는 저녁에, 즐겨서 싫어함이 없도다.
我生世兮風波惡 如志乎養生 捨汝而何求 我携爾飲 爾從我遊
花朝月暮 樂且無斁

02.

〈다부〉원문

茶賦 幷序
다 부 병 서

－ 寒齋 李穆 著
한재 이목 저

凡人之於物 或玩焉 或味焉 樂之終身 而無厭者 其性矣乎
범인지어물 혹완언 혹미언 낙지종신 이무염자 기성의호

若李白之於月 劉伯倫之於酒 其所好雖殊 而樂之至則一也
약이백지어월 유백륜지어주 기소호수수 이락지지즉일야

余於茶越乎 其莫之知 自讀陸氏經 稍得基性心
여어다월호 기막지지 자독육씨경 초득기성심

甚珍之 昔中散樂琴而賦 彭澤愛菊而歌 其於微尚加顯矣
심진지 석중산락금이부 팽택애국이가 기어미상가현의

況茶之功最高 而未有頌之者 若廢賢焉 不亦謬乎 於是考其名
황다지공최고 이미유송지자 약폐현언 불역류호 어시고기명

驗基産上下其品 爲之賦 或曰 茶自入稅 反爲人病 子欲云云乎
험기산 상하기픔 위지부 혹왈 다자입세 반위인병 자욕운운호

對曰然 然是豈天生物之本意乎 人也 非茶也 且余有疾
대왈연 연시기천생물지본의호 인야 비다야 차여유질

不暇及此云
불가급차운

其辭曰 有物於此 厥類孔多 曰茗曰荈曰蕣曰菠 仙掌 雷鳴
기사왈 유물어차 궐류공다 왈명왈천왈한왈파 선장 뇌명

鳥嘴 雀舌 頭金 蠟面 龍鳳 召·的 山提 勝金 靈草 薄側 仙芝
조취 작설 두금 납면 용봉 소·적 산제 승금 영초 박측 선지

嫩蘂 運·慶 福·祿 華英 來泉 翎毛 指合 淸口 獨行 金茗 玉津
난예 운·경 복·록 화영 내천 영모 지합 청구 독행 금명 옥진

雨前 雨後 先春 早春 進寶 雙溪 綠英 生黃 或散 或片 或陰
우전 우후 선춘 조춘 진보 쌍계 녹영 생황 혹산 혹편 혹음

或陽 含天地之粹氣 吸日月之休光
혹양 함천지지수기 흡일월지휴광

其壤則 石橋 洗馬 太湖 黃梅 羅原 麻步 婺·處 溫·台
기양즉 석교 세마 태호 황매 나원 마보 무·처 온·태

龍溪 荊·峽 杭·蘇 明·越 商城 王同 興·廣 江·福 開順 劍南
용계 형·협 항·소 명·월 상성 왕동 흥·광 강·복 개순 검남

信·撫 饒·洪 筠·袁 昌 康岳 鄂 山 同 潭·鼎 宣 歙 鴉·鍾
신·무 요·홍 균·원 애 창·강 악·악 산 동 담·정 선 흡 아·종

蒙·霍 蟠柢丘陵之厚 揚柯雨露之澤
몽·곽 반저구릉지후 양가우로지택

造其處則 崆㟅嶱碣 嶮巇屼嵂 嵱嵷巖嶼 㟲嵖崱屴 呀然或放
조기처즉 공앙갈갈 험희올률 용죄암얼 당망즉리 아연혹방

豁然或絶 崦然或隱 鞠然或窄 其上何所見 星斗咫尺
활연혹절 엄연혹은 국연혹착 기상하소견 성두지척

其下何所聞 江海吼唉 靈禽兮翮颬 異獸兮挐攫 奇花瑞草
기하하소문 강해후돌 영금혜함하 이수혜나확 기화서초

金碧珠璞 蓴蓴蓑蓑 磊磊落落 徒盧之所趑趄 魑魅之所逼側
금벽주박 준준사사 뇌뇌락락 도로지소자저 이소지소핍측

於是谷風乍起 北斗轉璧 氷解黃河 日躔靑陸 草有心而未萌
어시곡풍사기 북두전벽 빙해황하 일전청륙 초유심이미맹

木歸根而欲遷 惟彼佳樹 百物之先 獨步早春 自專其天
목귀근이욕천 유피가수 백물지선 독보조춘 자전기천

紫者 綠者 靑者 黃者 早者 晩者 短者 長者 結根竦幹
자자 녹자 청자 황자 조자 만자 단자 장자 결근송간

布葉垂陰 黃金芽兮已吐 碧玉麩兮成林 晻曖翁蔚 阿那嬋媛
포엽수음 황금아혜이토 벽옥유혜성림 엄애옹울 아나선원

翼翼焉 與與焉 若雲之作霧之興 而信天下之壯觀也 洞嘯歸來
익익언 여여언 약운지작무지흥 이신천하지장관야 통소귀래

薄言采采 擷之捋之 負且載之
박언채채 힐지랄지 부차재지

搴玉甌而自濯 煎石泉而旁觀 白氣漲口 夏雲之生溪巒也
건옥구이자탁 전석천이방관 백기창구 하운지생계만야

素濤鱗生 春江之壯派瀾也 煎聲颼颼 霜風之嘯篁栢也
소도린생 춘강지장파란야 전성수수 상풍지소황백야

香子泛泛 戰艦之飛赤壁也 俄自笑而自酌 亂雙眸之明滅
향자범범 전함지비적벽야 아자소이자작 난쌍모지명멸

於以能輕身者 非上品耶 能掃痾者 非中品耶 能慰悶者
어이능경신자 비상품야 능소아자 비중품야 능위민자

非次品耶
비차품야

乃把一瓢 露雙脚 陋白石之煮 擬金丹之熟 啜盡一椀
내파일표 노쌍각 누백석지자 의금단지숙 철진일완

枯腸沃雪 啜盡二椀 爽魂欲仙 其三椀也 病骨醒頭風痊
고장옥설 철진이완 상혼욕선 기삼완야 병골성두풍전

心兮 若魯叟抗志於浮雲 鄒老養氣於浩然 其四椀也 雄豪發
심혜 약노수항지어부운 추노양기어호연 기사완야 웅호발

憂忿空 氣兮 若登太山而小天下 疑此俯仰之不能容 其五椀也
우분공 기혜 약등태산이소천하 의차부앙지불능용 기오완야

色魔驚遁 餐尸盲聾 身兮 若雲裳而羽衣 鞭白鸞於蟾宮
색마경둔 찬시맹롱 신혜 약운상이우의 편백란어섬궁

其六椀也 方寸日月 萬類遽篠 神兮 若驅巢許而僕夷齊
기육완야 방촌일월 만류거저 신혜 약구소허이복이제

揖上帝於玄虛 何七椀之未半 鬱淸風之生襟 望閶闔兮孔邇
읍상제어현허 하칠완지미반 울청풍지생금 망창합혜공이

隔蓬萊之簫森
격봉래지소삼

若斯之味 極長且妙 而論功之 不可闕也 當其凉生玉堂
약사지미 극장차묘 이론공지 불가궐야 당기량생옥당

夜闌書榻 欲破萬卷 頃刻不輟 童生脣腐 韓子齒豁
야란서탑 욕파만권 경각불철 동생순부 한자치활

靡爾也 誰解其渴 其功一也 次則 讀賦漢宮 上書梁獄
미이야 수해기갈 기공일야 차즉 독부한궁 상서양옥

枯槁其形 憔悴其色 腸一日而九回 若火燎乎膈臆 靡爾也
고고기형 초췌기색 장일일이구회 약화료호픽억 미이야

誰敍其鬱 其功二也 次則 一札天頒 萬國同心 星使傳命
수서기울 기공이야 차즉 일찰천반 만국동심 성사전명

列侯承臨 揖讓之禮旣陳 寒暄之慰將訖 靡爾也 賓主之情誰協
열후승임 읍양지례기진 한훤지위장흘 미이야 빈주지정수협

其功三也 次則 天台幽人 靑城羽客 石角噓氣 松根鍊精
기공삼야 차즉 천태유인 청성우객 석각허기 송근련정

囊中之法欲試 腹内之雷乍鳴 靡爾也 三彭之蠱誰征 其功四也
낭중지법욕시 복내지뢰사명 미이야 삼팽지고수정 기공사야

次則 金谷罷宴 兎園回轍 宿醉未醒 肝肺若裂 靡爾也
차즉 금곡파연 토원회철 숙취미성 간폐약렬 미이야

五夜之醒誰輟(自註唐人以茶爲輟醒使君) 其功五也
오야지정수철(자주 당인이다위철정사군) 기공오야

吾然後知 茶之又有六德也 使人壽修 有帝堯大舜之德焉
오연후지 다지우유육덕야 사인수수 유제요대순지덕언

使人病已 有兪附扁鵲之德焉 使人氣淸 有伯夷楊震之德焉
사인병이 유유부편작지덕언 사인기청 유백이양진지덕언

使人心逸 有二老四皓之德焉 使人仙 有黃帝老子之德焉
사인심일 유이로사호지덕언 사인선 유황제노자지덕언

使人禮 有姬公仲尼之德焉 斯乃玉川之所嘗 贊陸子之所嘗
사인례 유희공중니지덕언 사내옥천지소상 찬육자지소상

樂聖兪以之了生 曹鄴以之忘歸 一村春光静樂天之心機 十年秋
낙성유이지료생 조업이지망귀 일촌춘광정낙천지심기 십년추

月 却東坡之睡神 掃除五害 凌厲八眞 此造物者之蓋有幸
월 각동파지수신 소제오해 능려팔진 차조물자지개유행

而吾與古人之所 共適者也 豈可與儀狄之狂藥 裂腑爛腸
이오여고인지소 공적자야 기가여의적지광약 열부란장

使天下之人德損而命促者 同日語哉
사천하지인덕손이명촉자 동일어재

喜而歌曰 我生世兮風波惡 如志乎養生 捨汝而何求
희이가왈 아생세혜풍파오 여지호양생 사여이하구

我携爾飲 爾從我遊 花朝月暮 樂且無斁 傍有天君 懼然戒曰
아휴이음 이종아유 화조월모 낙차무역 방유천군 구연계왈

生者死之本 死者生之根 單治內而外凋 惒著論而蹈艱
생자사지본 사자생지근 선치내이외조 혜저론이도간

曷若泛虛舟於智水 樹嘉穀於仁山 神動氣而入妙
갈약범허주어지수 수가곡어인산 신동기이입묘

樂不圖而自至 是亦吾心之茶 又何必求乎彼也
낙부도이자지 시역오심지다 우하필구호피야

03.
〈다부〉원문의 교정校訂

茶賦 幷序
다 부 병 서

－寒齋 李穆 著
한 재 이 목 저

凡人之於物 或玩焉 或味焉 樂之終身 而無厭者 其性矣乎
범인지어물 혹완언 혹미언 낙지종신 이무염자 기성의호

若李白之於月 劉伯倫之於酒 其所好雖殊 而樂之至則一也
약이백지어월 유백륜지어주 기소호수수 이락지지즉일야

余於茶越乎 其莫之知 自讀陸氏經 稍得基性心
여어다월호 기막지지 자독육씨경 초득기성심

甚珍之 昔中散樂琴而賦 彭澤愛菊而歌 其於微尚加顯矣
심진지 석중산락금이부 팽택애국이가 기어미상가현의

況茶之功最高 而未有頌之者 若廢賢焉 不亦謬乎 於是考其名
황다지공최고 이미유송지자 약폐현언 불역류호 어시고기명

驗基産 上下其品 爲之賦 或曰 茶自入稅 反爲人病 子欲云云乎
험기산 상하기품 위지부 혹왈 다자입세 반위인병 자욕운운호

對曰然 然是豈天生物之本意乎 人也 非茶也 且余有疾
대왈연 연시기천생물지본의호 인야 비다야 차여유질

不暇及此云
불가급차운

其辭曰 有物於此 厥類孔多 曰茗曰荈曰蕣曰菠 仙掌 雷鳴
기사왈 유물어차 궐류공다 왈명왈천왈한왈파 선장 뇌명

鳥嘴 雀舌 頭金 蠟面 龍鳳 石·的 山挺 勝金 靈草 薄側 仙芝
조취 작설 두금 납면 용봉 석·적 산정 승금 영초 박측 선지

嫩藥 運·慶 福·祿 華英 來泉 翎毛 指合 靑口 獨行 金茗 玉津
눈예 운·경 복·록 화영 내천 영모 지합 청구 독행 금명 옥진

雨前 雨後 先春 早春 進寶 雙勝 綠英 生黃 或散 或片 或陰
우전 우후 선춘 조춘 진보 쌍승 녹영 생황 혹산 혹편 혹음

或陽 含天地之粹氣 吸日月之休光
혹양 함천지지수기 흡일월지휴광

其壞則 石橋 洗馬 太湖 黃梅 羅原 麻步 婺·處 溫·台
기양즉 석교 세마 태호 황매 나원 마보 무·처 온·태

龍溪 荊·峽 杭·蘇 明·越 商城 王同 興·廣 江·福 開順 劍南
용계 형·협 항·소 명·월 상성 왕동 흥·광 강·복 개순 검남

信·撫 饒·洪 筠·哀 昌 康 岳 鄂 山 同 潭 鼎 宣·歙 鴉·鍾
신·무 요·홍 균·애 창 강 악 악 산 동 담 정 선·흡 아·종

蒙·霍 蟠柢丘陵之厚 揚柯雨露之澤
몽·곽 반저구릉지후 양가우로지택

造其處則 崆峒嵲嵑 嶮巇屼嵂 嵱崒巖嶼 嵣嵍崷崌 呀然或放
조기처즉 공앙갈갈 험희올률 용죄암얼 당망즉리 아연혹방

豁然或絕 崦然或隱 鞠然或窄 其上何所見 星斗咫尺
활연혹절 엄연혹은 국연혹착 기상하소견 성두지척

其下何所聞 江海吼噬 靈禽兮翮颴 異獸兮挐攫 奇花瑞草
기하하소문 강해후돌 영금혜함하 이수혜나확 기화서초

金碧珠璞 蓴蓴蓑蓑 磊磊落落 徒盧之所趄趄 魖魖之所逼側
금벽주박 준준사사 뇌뇌락락 도로지소자저 이소지소핍측

於是谷風乍起 北斗轉壁 氷解黃河 日躔〔胃維 月軌〕靑陸
어시곡풍사기 북두전벽 빙해황하 일전 〔위유 월궤〕청륙

草有心而未萌 木歸根而欲遷 惟彼佳樹 百物之先 獨步早春
초유심이미맹 목귀근이욕천 유피가수 백물지선 독보조춘

自專其天 紫者 綠者 靑者 黃者 早者 晩者 短者 長者
자전기천 자자 녹자 청자 황자 조자 만자 단자 장자

結根竦幹 布葉垂陰 黃金芽兮已吐 碧玉蘂兮成林 晻曖蓊蔚
결근송간 포엽수음 황금아혜이토 벽옥유혜성림 엄애옹울

阿那嬋媛 翼翼焉 與與焉 若雲之作霧之興 而信天下之壯觀也
아나선원 익익언 여여언 약운지작무지흥 이신천하지장관야

洞嘯歸來 薄言采采 擷之捋之 負且載之
통소귀래 박언채채 힐지랄지 부차재지

搴玉甌而自濯 煎石泉而旁觀 白氣漲口 夏雲之生溪巒也
건옥구이자탁 전석천이방관 백기창구 하운지생계만야

素濤鱗生 春江之壯派瀾也 煎聲颼颼 霜風之嘯篁柏也
소도린생 춘강지장파란야 전성수수 상풍지소황백야

香子泛泛 戰艦之飛赤壁也 俄自笑而自酌 亂雙眸之明滅
향자범범 전함지비적벽야 아자소이자작 난쌍모지명멸

於以能輕身者 非上品耶 能掃痾者 非中品耶 能慰悶者
어이능경신자 비상품야 능소아자 비중품야 능위민자

非次品耶
비차품야

乃把一瓢 露雙脚 陋白石之煮 擬金丹之熟 啜盡一椀
내파일표 노쌍각 누백석지자 의금단지숙 철진일완

枯腸沃雪 啜盡二椀 爽魂欲仙 其三椀也 病骨醒頭風痊
고장옥설 철진이완 상혼욕선 기삼완야 병골성두풍전

心兮 若魯叟抗志於浮雲 鄒老養氣於浩然 其四椀也 雄豪發
심혜 약노수항지어부운 추노양기어호연 기사완야 웅호발

憂忿空 氣兮 若登太山而小天下 疑此俯仰之不能容 其五椀也
우분공 기혜 약등태산이소천하 의차부앙지불능용 기오완야

色魔驚遁 餐尸盲聾 身兮 若雲裳而羽衣 鞭白鸞於蟾宮
색마경둔 찬시맹롱 신혜 약운상이우의 편백란어섬궁

其六椀也 方寸日月 萬類遽篠 神兮 若驅巢許而僕夷齊
기육완야 방촌일월 만류거저 신혜 약구소허이복이제

揖上帝於玄虛 何七椀之未半 鬱淸風之生襟 望閶闔兮孔邇
읍상제어현허 하칠완지미반 울청풍지생금 망창합혜공이

隔蓬萊之簫森
격봉래지소삼

若斯之味 極長且妙 而論功之 不可闕也 當其凉生玉堂
약사지미 극장차묘 이론공지 불가궐야 당기량생옥당

夜闌書榻 欲破萬卷 頃刻不輟 童生脣腐 韓子齒豁
야란서탑 욕파만권 경각불철 동생순부 한자치활

靡爾也 誰解其渴 其功一也 次則 讀賦漢宮 上書梁獄 枯槁其形
미이야 수해기갈 기공일야 차즉 독부한궁 상서양옥 고고기형

憔悴其色 腸一日而九回 若火燎乎膈臆 靡爾也 誰敍其鬱
초췌기색 장일일이구회 약화료호픽억 미이야 수서기울

其功二也 次則 一札天頒 萬國同心 星使傳命 列侯承臨
기공이야 차즉 일찰천반 만국동심 성사전명 열후승임

揖讓之禮旣陳 寒暄之慰將訖 靡爾也 賓主之情誰協 其功三也
읍양지례기진 한훤지위장흘 미이야 빈주지정수협 기공삼야

次則 天台幽人 青城羽客 石角嘘氣 松根鍊精 囊中之法欲試
차즉 천태유인 청성우객 석각허기 송근련정 낭중지법욕시

腹内之雷乍鳴 靡爾也 三彭之蠱誰征 其功四也 次則 金谷罷宴
복내지뢰사명 미이야 삼팽지고수정 기공사야 차즉 금곡파연

兔園回轍 宿醉未醒 肝肺若裂 靡爾也 五夜之醒誰輟(自註
토원회철 숙취미성 간폐약렬 미이야 오야지정수철 (자주

唐人以茶爲輟醒使君) 其功五也
당인이다위철정사군) 기공오야

吾然後知 茶之又有六德也 使人壽修 有帝堯大舜之德焉
오연후지 다지우유육덕야 사인수수 유제요대순지덕언

使人病已 有兪附扁鵲之德焉 使人氣清 有伯夷楊震之德焉
사인병이 유유부편작지덕언 사인기청 유백이양진지덕언

使人心逸 有二老四皓之德焉 使人仙 有黄帝老子之德焉
사인심일 유이로사호지덕언 사인선 유황제노자지덕언

使人禮 有姬公仲尼之德焉 斯乃玉川之所嘗 贊陸子之所嘗
사인례 유희공중니지덕언 사내옥천지소상 찬육자지소상

樂聖兪以之了生 曹鄴以之忘歸 一村春光静樂天之心機
낙성유이지료생 조업이지망귀 일촌춘광정낙천지심기

十年秋月 却東坡之睡神 掃除五害 凌厲八眞
십년추월 각동파지수신 소제오해 능려팔진

此 造 物 者 之 蓋 有 幸 而 吾 與 古 人 之 所　共 適 者 也
차 조 물 자 지 개 유 행　이 오 여 고 인 지 소　공 적 자 야

豈 可 與 儀 狄 之 狂 藥 裂 腑 爛 腸 使 天 下 之 人 德 損 而 命 促 者
기 가 여 의 적 지 광 약 열 부 란 장 사 천 하 지 인 덕 손 이 명 촉 자

同 日 語 哉
동 일 어 재

喜 而 歌 曰 我 生 世 兮 風 波 惡 如 志 乎 養 生 捨 汝 而 何 求
희 이 가 왈 아 생 세 혜 풍 파 오 여 지 호 양 생 사 여 이 하 구

我 携 爾 飮 爾 從 我 遊 花 朝 月 暮 樂 且 無 斁 傍 有 天 君 懼 然 戒 曰
아 휴 이 음 이 종 아 유 화 조 월 모 낙 차 무 역 방 유 천 군 구 연 계 왈

生 者 死 之 本 死 者 生 之 根 單 治 内 而 外 凋 秬 著 論 而 蹈 艱
생 자 사 지 본 사 자 생 지 근 선 치 내 이 외 조 혜 저 론 이 도 간

曷 若 泛 虛 舟 於 智 水 樹 嘉 穀 於 仁 山 神 動 氣 而 入 妙
갈 약 범 허 주 어 지 수 수 가 곡 어 인 산 신 동 기 이 입 묘

樂 不 圖 而 自 至 是 亦 吾 心 之 茶 又 何 必 求 乎 彼 也
낙 부 도 이 자 지 시 역 오 십 지 다 우 하 필 구 호 피 야

04.

⟨다부⟩의 한글 신역

내(우리) 마음의 차노래

— 한재 이목(寒齋 李穆) 원저 / 이병인(李炳仁) 역

1. 머리말

무릇 사람이 어떤 물건에 대해 혹은 사랑하고, 혹은 맛을 보아 평생 동안 즐겨서 싫어함이 없는 것은 그 성품(性品) 때문이다. 이태백(李太白)이 달을 좋아하고, 유백륜(劉佰倫)이 술을 좋아함과 같이 비록 그 좋아하는 바가

다를지라도 즐긴다는 점은 다 같으니라.

내가 차(茶)에 대해서 잘 알지 못하다가 육우(陸羽)의 《다경(茶經)》을 읽은 뒤에 점점 그 차의 성품을 깨달아서 마음 깊이 진귀하게 여겼노라.

옛날에 중산(中散)은 거문고를 즐겨서 거문고 노래[琴賦]를 지었고, 도연명(陶淵明)은 국화를 사랑하고 노래하여 그 미미함을 오히려 드러냈거늘, 하물며 차의 공(功)이 가장 높은 데도 아직 칭송하는 사람이 없으니, 이는 어진 사람을 내버려 둠과 같으니라. 이 또한 잘못된 일이 아니겠는가? 이에 그 이름을 살피고[考], 그 생산됨을 증험하며[驗], 그 품질[品]의 상하와 특성을 가려서 차노래[茶賦]를 짓느니라.

어떤 사람이 말하기를 "차(茶)는 스스로 세금을 불러들여 도리어 사람에게 병폐가 되거늘, 그대는 어찌하여 좋다고 말하려 하는가?" 이에 대답하기를 "맞는 말이다! 그러나, 그것이 어찌 하늘이 만물을 낸 본 뜻[天生物之本意]이겠는가? 사람의 잘못이요, 차의 잘못이 아니로다. 또한 나는 차를 너무 즐겨서[有疾] 이를 따질 겨를이 없노라."라고 하였다.

2. 차의 이름과 종류

옛글에 이르기를, 차(茶)에는 그 이름과 종류가 매우 많다.

차의 이름으로는 명(茗), 천(荈), 한(㜪), 파(波)라 부르고, 차의 종류로는 선장(仙掌), 뇌명(雷鳴), 조취(鳥嘴), 작설(雀舌), 두금(頭金), 납면(蠟面), 용단(龍團)과 봉단(鳳團), 석유(石乳)와 적유(的乳), 산정(山挺), 승금(勝金), 영초(靈草), 박측(薄側), 선지(仙芝), 눈예(嫩蘂), 운합(運合)과 경합(慶合), 복합(福合)과 녹합(祿合), 화영(華英), 내천(來泉), 영모(翎毛), 지합(指合), 청구(青口), 독행(獨行), 금명(金茗), 옥진(玉津), 우전(雨前), 우후(雨後), 선춘(先春),

조춘(早春), 진보(進寶), 쌍승(雙勝), 녹영(綠英), 생황(生黃) 등이며,

어떤 것은 잎차[散茶]로, 어떤 것은 덩이차[片茶]로, 어떤 것은 음지에서, 어떤 것은 양지에서, 하늘과 땅의 깨끗한 정기를 머금고, 해와 달의 밝은 빛을 받아들이노라.

3. 차의 주요 산지

차(茶)가 잘 자라는 지역(地域)으로는 석교(石橋), 세마(洗馬), 태호(太湖), 황매(黃梅), 나원(羅原), 마보(麻步), 무·처(婺·處), 온·태(溫·台), 용계(龍溪), 형·협(荊·峽), 항·소(杭·蘇), 명·월(明·越), 상성(商城), 왕동(王同), 흥·광(興·廣), 강·복(江·福), 개순(開順), 검남(劍南), 신·무(信·撫), 요·홍(饒·洪), 균·애(筠·哀), 창·강(昌·康), 악·악(岳·鄂), 산·동(山·同), 담·정(潭·鼎), 선·흡(宣·歙), 아·종(鴉·鍾), 몽·곽(蒙·霍) 등이며,

두터운 언덕에 곧은 뿌리를 내리고, 비와 이슬의 혜택으로 차나무가 잘 자라는구나.

4. 차산茶山의 풍광

(이와 같이) 차나무가 잘 자라는 곳은 산이 높고 험하며, 매우 가파르고, 바위들은 우뚝 솟아 연이어져 있구나. 계곡은 깊고 아련하다가 확 트이며, 끊어지기도 하고 간혹 해가 사라지기도 하며, 굽어지며 좁아지기도 하는구나. 위로 보이는 것은 하늘의 별들이 가까운 듯 떠 있고, 아래로 들리는 것은 요동치며 흐르는 계곡물 소리로구나. 온갖 새들은 하늘을

날아다니며 지저귀고, 여러 동물들이 여기저기 노니는구나. 갖가지
꽃과 상서로운 풀들이 아름다운 색채와 은은한 빛을 드러내고, 저마다
우거져서 아름답게 자라는구나. 산 잘 타는 사람도 오르기 힘든 곳으로, 산
도깨비[魑魅]가 바로 곁에 다가서는 듯하구나.

어느덧 골짜기에 봄바람이 불어 다시 봄이 돌아오니, 황하의 얼음이
풀리고, 태양은 봄날 대지 위를 비추는구나. 풀들은 아직 새싹을 움트지
않았으나, 나뭇잎은 썩어 뿌리로 돌아갔다가 가지로 옮아 다시 피어나려
하는구나. 이러한 때, 오직 저 아름다운 차나무만이 온갖 만물의 으뜸으로,
홀로 이른 봄을 지내며, 스스로 온 하늘을 독차지하는구나. 보랏빛으로 된
것, 녹색으로 된 것, 푸른 것, 누른 것, 이른 것, 늦은 것, 짧은 것, 긴 것들이
저마다 뿌리를 맺고, 줄기를 뻗으며, 잎을 펼쳐 그늘을 드리워서 황금빛
싹을 움트게 하고, 어느덧 푸른 옥(玉) 같은 울창한 숲을 이루는구나.
부드럽고 여린 잎들이 서로 연달아 있고, 무성한 모습이 구름 일고 안개
피어나듯 하니, 이야말로 진정 천하(天下)의 장관(壯觀)이로구나.

(아름다운 석양을 뒤로하고) 퉁소를 불고 돌아오며, 찻잎 가득 따서 등에 지고,
수레에 실어 나르노라.

5. 차의 특성 : ① 차 달이기와 차의 세 가지 품[茶 三品]

몸소 옥 다구[玉甌]를 내어다가 씻어낸 후, 돌 샘물[石泉]로 차를 달이며
살피나니, 하얀 김이 옥 다구에 넘치는 모습이, 여름 구름[夏雲]이 시냇가와
산봉우리에 피어나는 듯하고, 하얗게 끓는 물은 봄 강[春江]에 세찬 물결이
일어나는 듯하구나. 찻물 끓는 수수한 소리는 서릿바람이 대나무와 잣나무
숲을 스쳐가는 듯하고, 차 달이는 향기는 적벽(赤壁)에 날랜 전함이 스쳐가듯

주위에 가득해지는구나.

잠시 동안 절로 웃음 지으며[自笑], 손수 따라 마시나니[自酌], 어지러운 두 눈동자 스스로 밝아졌다 흐려졌다 하면서 능히 몸을 가볍게 하나니[輕身], 이는 ①상품(上品)이 아니겠는가? 또한 피곤함을 가시게 해주나니[掃痾], 이는 ②중품(中品)이 아니겠는가? 그리고, 고민을 달래주나니[慰悶], 이는 ③그다음 품[次品]이 아니겠는가?

6.차의 특성: ② 차의 일곱 가지 효능[茶 七效能]

이에 표주박 하나를 손에 들고 두 다리를 편히 하고, 백석(白石)과 금단(金丹)을 만들어 신선이 되고자 했던 옛사람들과 같이 차를 달여 마시어 보네.

첫째 잔의 차(茶)를 마시니 마른 창자가 깨끗이 씻겨 지고[①장설(腸雪)], 둘째 잔의 차를 마시니 상쾌한 정신이 신선(神仙)이 되는 듯하고[②상선(爽仙)], 셋째 잔의 차를 마시니 오랜 피곤에서 벗어나고 두통이 말끔히 사라져서 이 내 마음은 부귀를 뜬구름처럼 보고 지극히 크고 굳센 마음[浩然之氣]을 기르셨던 공자(孔子)와 맹자(孟子)와 같아지고[③성두(醒頭)], 넷째 잔의 차를 마시니 웅혼한 기운이 생기고 근심과 울분이 없어지니 그 기운은 일찍이 공자(孔子)께서 태산(泰山)에 올라 천하(天下)를 작다고 하심과 같나니, 이와 같은 마음은 능히 하늘과 땅으로도 형용할 수 없고[④웅발(雄發)], 다섯째 잔의 차를 마시니 어지러운 생각들[色魔]이 놀라서 달아나고, 탐(貪)내는 마음이 눈멀고 귀먹은 듯 사라지나니, 이 내 몸이 마치 구름을 치마 삼고 깃을 저고리 삼아 흰 난새[白鸞]를 타고 달나라[蟾宮]에 가는 듯하고[⑤색둔(色遁)], 여섯째 잔의 차를 마시니 해와 달이 이 마음[方寸]속으로 들어오고 만물들이 대자리만 하게 보이나니, 그 신기함이 옛 현인들-소보(巢父)와 허유(許由), 백이숙제(伯夷叔齊)-과 함께 하늘에 올라가 하느님[上帝]을 뵙는 듯하고[⑥방촌일월(方寸日月)], 일곱째 잔의 차를 마시니 차를 아직 채 반도 안 마셨는데 마음속에 맑은 바람이 울울히 일어나며 어느덧 바라보니 신선이 사는 울창한 숲을 지나 하늘 문[閶闔] 앞에 다가선 듯하구나[⑦창합공이(閶闔孔邇)].

7. 차의 특성 : ③ 차의 다섯 가지 공[茶 五功]

만약 이 차(茶)의 맛이 매우 좋고 또한 오묘하다면, 그 공(功)을 이야기하지 않을 수 없나니,

서늘한 가을바람이 옥당(玉堂)에 불어올 적에, 밤늦도록 책상 앞에서 많은 책을 읽어 잠시도 쉬지 않아 동생(童生)처럼 입술이 썩고 한자(韓子)처럼 이 사이가 벌어지도록 열심히 공부할 적에, 네가 아니면 그 누가 그 목마름을 풀어주겠는가?[①해갈(解渴)] 그 공(功)이 첫째요,

그 다음으로는 추양(鄒陽)이 한나라 궁전에서 글[賦]을 읽고 그 억울함을 상소할 적에 그 몸이 마르고 얼굴빛이 초췌하여 창자는 하루에 아홉 번씩 뒤틀리고 답답한 가슴이 불타오를 적에, 네가 아니면 그 누가 그 울분을 풀어주겠는가?[②서울(敍鬱)] 그 공(功)이 둘째요,

그 다음으로는 천자(天子)가 칙령을 반포하면, 여러 나라의 제후들이 한마음으로 따르고 칙사가 천자의 명(命)을 전해 와서 여러 제후들이 예의(禮儀)로서 받들어 베풀고 위로할 적에, 네가 아니면 그 누가 손님과 주인의 정(情)을 화목하게 하겠는가?[③예정(禮情)] 그 공(功)이 셋째요,

그 다음으로는 천태산(天台山)과 청성산(靑城山)의 신선들-천태유인

(天台幽人)과 청성우객(靑城羽客)-이 깊은 산중에서 숨을 내쉬고 솔뿌리로 연단을 만들어 주머니 속에 넣었다가 시험 삼아 먹어볼 적에, 뱃속에서 우렛소리가 울리며 약효가 나타나는 것처럼, 네가 아니면 그 누가 몸 안의 질병[三彭之蟲]을 정복하겠는가?[④고정(蠱征)] 그 공(功)이 넷째요,

그 다음으로는 금곡(金谷)과 토원(兎園)의 잔치가 끝나고 돌아와 아직 술이 깨지 않아 간과 폐가 찢어질 적에, 네가 아니면 그 누가 깊은 밤[五夜] 술에 취한 것을 깨어나게 하겠는가?[⑤철정(輟酲)] 그 공(功)이 다섯째로다. [스스로 설명하기를 중국 사람들은 차(茶)가 술을 깨게 하는 사신(使臣)이라 하여 '철정사군(輟酲使君)'이라고 하였다.]

8.차의 특성 : ④ 차의 여섯 가지 덕[茶 六德]

나는 그러한 뒤에 또한 차(茶)가 여섯 가지 덕[六德]이 있음을 알았나니,

사람들을 장수(長壽)하게 하니 요(堯)임금과 순(舜)임금의 덕(德)을 지녔고[①수덕(壽德)], 사람들의 병(病)을 낫게 하니 유부(兪附)와 편작(扁鵲)의 덕(德)을 지녔고[②의덕(醫德)], 사람들의 기운(氣運)을 맑아지게 하니 백이(伯夷)와 양진(楊震)의 덕(德)을 지녔고[③기덕(氣德)], 사람들의 마음을 편안(便安)하게 하니 이노(二老)와 사호(四皓)의 덕(德)을 지녔고[④심덕(心德)], 사람들을 신령(神靈)스럽게 하니 황제(黃帝)와 노자(老子)의 덕(德)을 지녔고[⑤선덕(仙德)], 사람들을 예의(禮儀)롭게 하니 희공(姬公)과 공자[仲尼]의 덕(德)을 지녔느니라[⑥예덕(禮德)].

이것은 일찍이 옥천자(玉川子)가 기린 바요, 육자(陸子)께서도 일찍이 즐긴 바로서, 성유(聖兪)는 이것으로써 삶을 마치고, 조업(曹鄴) 또한 즐겨서 돌아갈 바를 잊었노라.

(이와 같이 차를 마시면) 한 마을에 봄빛이 고요히 비치듯, 백낙천(白樂天)의 마음을 편안하게 하였고, 십년 동안 가을 달이 밝듯이 소동파(蘇東坡)의 잠을 물리치게 하였도다. (이와 같이 차를 즐기면) 세상 살며 부딪치게 되는 다섯 가지 해로움[五害]에서 벗어나, 자연의 변화와 순리[八眞]대로 살다 가게 되나니, 이것이야말로 하늘의 은총으로 내가 옛사람과 더불어 즐기게 되는 것이로구나.

어찌 의적(儀狄)의 광약(狂藥)−술−처럼 장부를 찢고 창자를 문드러지게 하여, 세상 사람으로 하여금 덕(德)을 잃고 목숨을 재촉하게 하는 것과 같이 말할 수 있겠는가?

9. 맺는말 : 내(우리) 마음의 차[吾心之茶]

이에 스스로 기뻐하며 노래하기를

"내가 세상에 태어남에, 풍파(風波)가 모질구나.
양생(養生)에 뜻을 둠에 너를 버리고 무엇을 구하리오?
나는 너를 지니고 다니면서 마시고, 너는 나를 따라 노니,
꽃피는 아침, 달뜨는 저녁에, 즐겨서 싫어함이 없도다."

내 항상 마음[天君] 속으로 두려워하며 경계하기를,
'삶[生]은 죽음의 근본이요 죽음[死]은 삶의 뿌리라네. 선표(單豹)처럼 안[心]만을 다스리면 바깥[身]이 시든다'고 혜강(嵆康)은 양생론(養生論)을 지어서 그 어려움을 말하였으나, 그 어찌 빈 배를 지혜로운 물[智水]에 띄우고, 아름다운 곡식을 어진 산[仁山]에 심는 것과 같으리오?(지혜로운 사람이 물을 즐기

고, 어진 사람이 산중에서 사는 것과 같으리오?)

이와 같이 차(茶)를 통해 정신이 기운을 움직이는 묘한 경지에 들어가면 (안과 밖이 하나가 되는 깊은 경지에 들어가면), 그 즐거움을 꾀하지 않아도 저절로 이르게 되느니라.

이것이 바로 '내(우리) 마음의 차[吾心之茶]'이니, 어찌 또다시 이 마음 밖[外]에서 구하겠는가?

05.
〈다부〉의 영역

Chabu : Rhapsody to Tea

- Brother Anthony of Taize, Hong Kyeong-Hee, Steven D. Owyoung 譯

1. Preface

Among all the things that people possess, some times enjoy and sometimes savor, if there is one that pleases a person through a whole lifetime, without ever growing tired of it, that will be because of its essential quality. Li Bai's moon or Liu Bolun's wine are different things but, in terms of the enjoyment they give, they are the same. I was not familiar with tea, but after reading Lu Yu's Classic of Tea I discovered something of its true nature and came to value tea immensely.

Long ago, Zhongsan enjoyed playing the zither and composing rhapsodies, while Pengze delighted in chrysanthemums and sang songs; each made the mysterious qualities of their art better known. Although the merits of tea are the highest of all, there has been no one so far to celebrate it. This is like mistreating a worthy person; what could be worse? Therefore, as I examine the names of various teas, list the districts producing them, grade their qualities, I compose my rhapsody.

Someone said: "Tea means taxes, which are harmful to the people, so why do you want to praise it?" to which I replied: "That may well be the case, but Heaven ordained no such rule, that is entirely man's fault, not tea's. Beside, I have such an immense fondness for tea that I have no time to waste in such quibbles."

2. The Names for Tea

The ancient lexicons record tea in many forms: as bud-leaf tea, as mature-leaf tea, as medicine, and as vegetable.

The names of tea include: Immortal's Hand, Thunder-clap, Birdbeak, Sparrow's Tongue, Pure Gold, Wax Tea, Dragon and Phoenix, Imperially summoned, Mountain Barrier, Beautiful Gold, Spirit Plant, Profuse, Immortal's Mushroom, Delicate Stamens, Good Luck and Good Forune, Prosperity, Happiness, Floral Beauty, Flowing Spring, Feathers and Down, Causing Delight, Pure Mouth, Solitary Wanderer, Golden Tea, Jade Saliva, Before Rain, After Rain, First Spring, Early Spring, Tribute Treasure, Twin Streams, Green Beauty, and Sprouting Yellow. Some are loose-leaf teas, some are caked teas. Some grow in shade, some grow in sunlight. Each embodies the pure essence of Heaven and Earth, each imbibes the bright beams of sun and moon.

3. Tea-growing Regions

As for the tea-producing regions, they are: Shiqiao, Xima, Taihu, Huangmei, Luoyuan, Mabu, Wuchu, Longxi, JingXia, HangSu, MingYue, Shangcheng, Wangtong(unknown), Xing Guang, JiangFu, Kaishun, Jiannan, XinFu, RaoHong, YunYuan, ChangKang, YueE, ShangTong(unknown), TanDing, XuanShe, YaZhong, MengHuo.

In such places, the ground is good, so the roots grow deep, while thanks to the plentiful rain and dew, the plants flourish.

4. Tea-Forest Landscapes

In the places where tea grows, the mountains are high and precipitous, very steep, with rocks towering sheer; deep, shady valleys abruptly open, then suddenly end, hiding the sun, winding and narrow.

What can be seen above? Stars are close. What can be heard outlandish animals gambol. Strange flowers and auspicious herbs reveal lovely, variegated colors. They grow lush and thick, rivers flow rushing and billowing. Even experienced hill-climbers find it hard to reach here, spirits seem to be very near.

In the ravines vernal breezes suddenly rise as spring comes. The ice melts on the Yellow River, the sun shines down on the earth, bringing spring. The plants quicken but have no buds, tree-roots revive, vital energies move into the branches.

Only yonder beautiful tea tree, ahead of all the rest, advances toward early spring, monopolizing the heavens. Russet, light green, dark green, yellow, early, late, short, long, issuing from the roots, rising through branches, sending out leaves, offering shade, spitting out shoots of pure gold, lushly jade-green, forming forests luxuriantly dense, sensuously beautiful, wonderful and stately, like clouds rising and mists thickening, truly the most glorious sight under Heaven! I pick and pluck the tender buds. Buds plucked and gathered and loaded on my back, I return to the valley, playing my flute.

5. Seven Bowls of Tea

Bring out a jade bowl and wash it yourself, boil water from a rocky spring, then observe how the pale steam brims at the lip of the bowl like summer clouds issuing from mountain streams and peaks, and white billowing waves form as if dashing down a swollen river in spring. The sound of water boiling blows, whistling like a frosty wind through bamboos and pines, while the fragrance of the brewed tea drifts like a ship of war, flying towards the Red Cliff.

Contentedly, I drink the brew and rectify the eyes to the seen and unseen. Tea lightens the body, is this not of the highest order?

It banishes ailments, is this not of the central order? It comforts melancholy and sadness, is this not of the succeeding order?

When drinking tea, grasp the tea ladle and arrange your legs comfortably imagining the immortal Baishi preparing to brew the Golden Elixir.

On drinking the first cup, the withered entrails are washed clean.

On drinking the second cup, the lively soul desires to be immortal

On drinking the third cup, the sick body awakes, headaches vanish, and the mind is in accord with the ideals and moderation of the lofty Old Man of Lu(Confucius) and the great Old Man of Zou(Mencius).

On drinking the fourth cup, cares and rancor vanish, a vigor ensues like that of Confucius climbing Taishan and declaring that the world is small. It is unlikely that such a gift as this is so easily acquried.

On drinking the fourth cup, cares and rancor vanish, a vigor ensues like that of Confucius climbing Taishan and declaring that the world is small. It is unlikely that such a gift as this is so easily acquired.

On drinking the fifth cup, lust suddenly disappears; like listening to a corpse, it is blind and deaf. The release is like being dressed in a coat of clouds and feathered robes, and urging on the flight of the white Luan to the Moon.

On drinking the sixth cup, sun and moon seem th have entered one's heart, all that exists is here on this bamboo mat, the wonder of it is like following ahead of the sages of old Chaofu and Xu You, walking behind Boui and Shuqi, rising into the Mysterious Void and bowing before the Celestial Emperor.

On drinking less than half of the seventh cup, emotions swell on a fragrant, pure wind, wafting towards the Gates of Heaven very near the majestic forests on the borders of Penglai.

6. The Five Merits of Tea

If the taste of the tea is long-lasting and deep, how can we avoid talking of its merits? When a cool autumn breeze blows through the royal library and late into the night we sit at a desk reading countless books without a moment's rest until our lips rot like those of Dong Sheng, studying so hard that our teeth fall out like those of Hanzi, what but tea can relieve our thirst? That is the first merit

Next, after Zou Yang of the Han Dynasty read an ode in the royal palace, then wrote a petition from prison to the Filial Prince of Liang, his body was withered, his face haggard, his guts racked nine times a day, and his troubled heart was burning, what but tea could have relived his rancor? That is the second merit.

Next, when the Emperor issued an edict and the princes of the various lands submitted unanimously, or when an envoy from the Emperor came bringing an imperial command and the princes welcomed, accepted, venerated and greeted him, what but tea could permit a peaceful exchange of feelings between host and guest? That is the third merit.

Next, when the hermits of Tiantai Mountain and the immortals of Qingcheng Mountain, meditating amidst the sharp rocks and distilling the essence of pine-roots, when desire rumbles like thunder in their bellies, what but tea could control their passions? That is the fourth merit.

Next, after parties in Golden Valley and Rabbit Garden, when people were in a drunken stupor and felt that their livers and lungs were being torn apart after five nights of intoxication, what but tea could help relieve the effects of wine and call it the "official envoy of hangover-cures." That is the fifth merit.

7. The Six Virtues of Tea

Thus I learned that tea has six virtues: By allowing people to enjoy long lives, it has the virtue of longevity of the Emperors Yao and Shun; by curing diseases, it has the virtue of benevolence of the doctors Yu Fu and Bian Que, by easing people's minds, ti has the noble integrity of Bo Yi and Yang Zhen; by enabling people to become immortal, it possesses the lofty virtues of the Yellow Emperor and Laozi; by providing people with ceremony, it bestows the virtue of civility of Ji Dan and Confucius.

Yuchuan celebrated it, Lu Yu praise it, Shengyu fulfilled his life with it, Cao Ye forgot to go home because of it. It made the heart of Letian peaceful like spring sunlight quietly shining in a village, it kept the spirit of sleep away from Dongpo for ten years, like an autumn moon shining. It abolishes five kinds of harm, enables progress in eight truths; by the grace of the Maker of All Things I can enjoy it together with the people of ancient times. How could it ever be spoken of in the same breath as something like Yidi's maddening drug that splits the guts, rots the intestines, makes people act against virtue and robs them of life?

8. Epilogue

Now I will sing for joy of tea:

Born into this world, when winds and waves are fiece, hoping to preserve my health, what could save me if I abandoned you? I cherish you, frequent you, drink you, you keep me company, on mornings when flowers bloom, on moonlit evenings, I am happy, no complaints.

In my heart always there is fear and care: Life is the origin of death, death is the source of life. Keep control of your inward heart, for outward things wither and fade. Xi Kang speaks to this problem in his Theory of Nurturing Health. Wisdom is to float like an empty boat on water; Benevolence is to admire the trees and fruit of the mountain. When the spirit moves the heart, it enters the Wondrous, even without seeking pleasure, pleasure arises. This is the tea of my heart, it is needless to seek another.

* 출처 Brother Anthony of Taize, Hong Kyeong-Hee, Steven D. Owyoung, Korean Tea Classics by Hanjae Yi Mok and the Venerable Cho-ui, 2010, Seoul Selection [본 영역본은 한국의 차 고전(古典) 중 우리나라 최고(最古)의 전문다서인 한재 이목 선생의 〈다부(茶賦)〉와 초의(草衣)선사의 〈다신전(茶神傳)〉과 〈동다송東茶頌〉을 서강대 영문과 명예교수인 안선재 교수 등이 영역한 것으로, 한재 이목 선생의 〈다부〉는 《다부 - 내 마음의 차 노래》 (이병인·이영경, 2007)를 저본으로 번역하여 'Part I. ChaBu 茶賦 Rhapsody to Tea'라는 이름으로 15~56쪽에 수록되어 있다.]

茶賦并序

凡人之於物或玩焉或味焉樂之終身
而無厭者其性美乎若者李白之於月劉
伯倫之於酒其所好雖殊而樂之至則
一也余於茶越乎其莫之知自讀陸氏
經稍得其性心甚珍之昔中散樂琴而

勝金靈草薄側仙之瀨藻運慶福綠華英衆
掌雷鳴鳥嘴雀舌頭金蠟面龍鳳的山提
有物於此嚴顙孔多曰茗曰荈曰葭仙
云其辭曰
意乎人也非茶也且余有疾
欲云云乎爾自然於是豈天
品荷之賦或曰茶有入於及

제2장

우리나라 차문화와 차정신

- 조선전기(15세기)를 중심으로

01.

들어가며

E. H. 카가 역사歷史란 현재와 과거의 끊임없는 대화라고 했듯이,[1] 역사란 과거와 현재의 대화이기도 하지만 현재에서 미래로 이어지는 연결통로이기도 하다. 그런 의미에서 과거와 현재를 바탕으로 오늘날 한국 차문화의 정신적 선도자 역할을 담당한 조선전기 점필재佔畢齋 (1431~1492) 문하의 차문화와 정신에 대해 살펴보는 것은 우리나라 차문화사상 매우 큰 의미가 있다. 잊혀진 5백 년 이상의 역사성과 차정신, 그런 한국 차문화의 근원을 오늘에 되살리는 일이기 때문이다.

무엇보다 조선전기 점필재 문하와 매월당의 차문화는 지난 5백 년간 잊혀져 있었다고 본다. 그렇지만 점필재와 그 문하의 차문화는 가야시대, 신라시대, 고려시대를 이어 조선후기 다산茶山(1762~1836)과 초의艸衣(1786~1866)로 이어지는 한국 차문화의 큰 중추로서의 상징성을 간직하고 있다. 특히 점필재 김종직의 애민愛民사상과 도학道學사상을 뒤이어서 현존하는 우리나라 최고最古의 다서茶書인 〈다부茶賦〉를 지은 한재寒齋 이목李穆(1471~1498)의 다심일여茶心一如의 오심지다吾心之茶는 한국차의 정신으로서 단순히 차를 기호식품으로서 뿐만이 아니라 정신적 차원으로 승화시켰다는 상징성이 있다.

역사는 계속되고 이어지기 때문에 오늘날 한국차의 중흥조로 평가받고 있는 19세기 초반의 다산茶山이나 초의艸衣보다 3백 수십여 년 전인 15세기 후반에 한국의 차문화와 차정신이 활발발하게 전개되어 왔다는 역사적 사실과 상징성이 있다. 그런 의미에서 조선전기 점필재와 한재 이목 등 점필재 문하와 매월당 김시습의 차문화 역사와 전통을 살려 옛 역사를 되살리고 미래로 이어가고자 하는 재평가와 노력이 지속적으로 이루어져야 한다.

본 장에서는 한국 차문화의 시초인 고대古代 차문화의 개요와 한국 차문화의 역사적 선도자인 조선전기 점필재와 그 문하, 그리고 한재 이목의 차문화와 차정신을 중심으로 살펴보도록 한다.

02.
우리나라 고대 차문화의 역사

우리나라 차문화의 역사는 수천 년에서 천이백 년 이상의 역사성을 가지고 있다.

우리나라 차의 기원에 대해서는 '자생설自生設'과 '전래설傳來設'이 있다.[2] 자생설은 한치윤이 쓴 《해동역사海東繹史》와 이능화(186~1943)의 《조선불교통사》(하권)에 "녹차가 수입되기 전부터 우리 민족은 백산차白山茶를 널리 마셨다"는 기록에 근거하고 있다. 백산차의 백산은 백두산의 옛말인 장백산에서 나온 말이다. 기후 여건상 차나무가 자생할 수 없기에 백산차는 백두산에서 나는 석남과나 철쭉과의 나뭇잎을 따서 만든 차로 추정된다.[2]

전래설	내 용	비고
인도전래설 (48년)	48년 허왕후와 장유화상이 도래할 때 차 씨앗을 가져옴	《한국불교통사》
	기림사 창건(선덕여왕 12년, 643년) : 급수봉다(汲水奉茶, 사라수대왕이 차를 달여 광유성인께 공양함. 조선 후기 약사 전 벽화), 오종수(五種水) 등	〈기림사사적기〉, 약사전 벽화
중국전래설 (828년)	신라 흥덕왕 3년(828)에 김대렴이 차 씨앗을 가져와서 지리산에 심음	《삼국사기》
	통도사 창건(선덕여왕 15년, 646년) : 다소촌(茶所村), 다 천(茶泉) 등	〈통도사사적기〉

보다 엄밀한 의미에서 우리나라 차의 역사는 외부 전래설이 신빙성이 높으며, 세계 차의 원산지인 인도와 중국 전래설이 설득력이 높다. '인도 전래설'로는 《삼국유사》 〈가락국기〉 등에 의하면,[3] 기원 48년 7월 27일 허황옥이 인도에서 가야로 왔고, 이때 같이 온 그의 오빠 장유화상과 허황옥에 의해 인도차가 가야로 전래되었으리라는 추정이다. 이 전설은 이능화의 《조선불교통사》와 김해 〈은하사 취운루 중수기〉에 기록되어 있다.[2]

먼저 《삼국유사》의 〈가락국기〉에 의하면,[3] 허왕후가 아유타국에서 올 때 많은 물건을 가지고 왔으며, 그중에 차도 포함되어 있을 것이라고 추정할 수 있지만, 구체적 기록은 없다. 그렇지만, 신라 법민왕 때 수로왕 제례에 차 등을 올렸다는 기록이 있으므로 이것을 통해 유추해 본다면 수로왕 사후 지속되어 온 제례 행사 시 차를 올리는 헌다례가 있었을 것이라고 추정할 수가 있다. 만일 허왕후가 도래 시 차와 차나무를 가져왔다면 우리나라 차의 역사는 적어도 2,000년이 되고, 수로왕 사후 제례 시 차를 사용한 것을 인정한다면 적어도 1,800년 전에 우리나라에서 처음으로 차를 올린 최초의 헌다례로 남게 된다.

인도전래설 중의 하나로 〈기림사사적기〉에 의하면,[4] 기림사 창건 시(선덕여왕 12년, 643년) 광유성인에게 사라수대왕이 차를 달여 공양하였다는 이야기가 전해지고 있으며, 조선후기에 조성됐을 것으로 추정되는 급수봉다汲水奉茶의 그림이 현 기림사 약사전에 벽화로 존재하고 있다. 〈기림사사적기〉에 나타난 기록은 다음과 같다.

> 옛 기록을 안찰(按察)컨대, 범마라국(梵摩羅國) 임정사(林井寺) 광유성인(光有聖人)께서 오백제자(五百弟子)를 거느리고 대소승법(大小乘法)을 설(說)하여 모든 중생(衆生)을 제도(濟度)하시니 그 수(數)가 무량(無量)한지라 성인(聖人)이 제자(弟子)에게 일러 말씀하시되,
>
> "서천국(西天國) 사라수대왕(沙羅樹大王)이 본래(本來)로 성왕(聖王)의 치세(治世)를 하는 바라. 사백(四百)의 소국(小國)이 있으니 천하의 백성과 상인들이 부세(賦稅)를 바치지 아니하고 정법(正法)으로써 나라를 다스리며, 처자(妻子)와 보배를 다 탐착(貪着)하지 아니하며 모든 선근(善根)을 닦아서 무상도(無上道)를 구함이라."
>
> 하시며, 승열(勝烈) 바라문(婆羅門) 비구(比丘)에게 명(命)하여 말씀하시되,
>
> "네가 서천국(西天國) 사라수대왕(沙羅樹大王) 전(前)에 가서 채녀(婇女)를 빌어서 차(茶)를 달이는 물을 긷는 데 쓰도록 하라."
>
> 하시니, 비구(比丘)가 명(命)을 받들어 서천국(西天國)에 나아가 왕궁(王宮) 앞에 이르러 석장(錫杖)을 떨치며 보기를 구하니 왕이 그것을 듣고 사백팔(四百八) 부인(夫人) 중 첫 번째인 원앙부인(鴛鴦夫人)에게 명(命)하여 재미(齋米)를 비구(比丘)에게 시주(施主)하게 함이라. 부인(夫人)이 명(命)을 받들어 바루에 가득히 쌀을 담아 비구(比丘)에게 시주하니 비구(比丘)가 말하되,
>
> "내가 비록 여기에 옴은 재미(齋米)를 위해 온 것이 아닙니다."

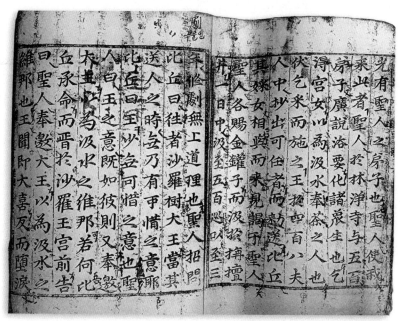

〈기림사사적기〉 중 '급수봉다(汲水奉茶)' 기록

라 하니, 부인(夫人)이 왕에게 도리어 고하여 왕이 곧 예복(禮服)을 입고 나와서 객탑(客榻)에서 비구(比丘)를 맞이하니 비구(比丘)가 고해 말하되, "나는 곧 범마라국(梵摩羅國) 임정사(林井寺) 광유성인(光有聖人)의 제자(弟子)입니다. 성인(聖人)께서 나로 하여금 여기에 오게 하심은 성인께서 임정사에서 오백제자로 더불어 널리 법요(法要)를 설(說)하시어 모든 중생(衆生)을 제도(濟度)할 새 궁녀(宮女)를 빌어 물을 길어 부처님께 차(茶)를 올리는 사람으로 삼고자 함이니 엎드려 채녀를 비노니 베풀어 주소서." 하니. 왕이 사백팔(四百八) 부인(夫人) 중 가히 말을 만한 사람들을 초출(抄出)하여 조칙(詔勅)하여 보내어 주심이라.

案古記 梵摩羅國林井寺 光有聖人 領五百弟子 說大小乘法 度諸衆生 其數無量也 聖人告弟子曰 西天國沙羅樹大王 本是聖王所治 有四百小國

기림사 약사전 급수봉다도(汲水奉茶圖)

天下民商 不貢賦稅 以正法理國 妻孥及珍寶 皆不貪着 修諸善種 求無上
道 命勝熱婆羅門比丘曰 汝往西天國沙羅樹大王前 乞媒女來 以汲茶水
也. 比丘奉命 而晉西天國 至王宮前 振錫求見 王聞之 而命四百八夫人
中 第一鴛鴦夫人 以齋米給之 夫人承命 滿鉢盛米施於比丘. 比丘曰 我
雖來此 非爲齋米而來也. 夫人還告於王 王卽着禮服而出迎比丘於榻 比
丘告曰 我卽梵摩羅國林井寺光有聖人之弟子也. 聖人使我來此者 聖人
於林淨(井)寺 与五百弟子 廣說法要 化諸衆生也 乞淂(得)宮女 以爲汲水
奉茶之人也. 伏乞采而施之 王於四百八夫人中 抄出可任者而勅送.

또 다른 전래 경로는 '중국 전래설'로서《삼국사기》에 "①서기 828
년(신라 흥덕왕 3년) 김대렴이 당나라에 사신으로 갔다가 귀국하면서 차의 종자를 가지고 왔으므로 흥덕왕은 지리산에 심게 하였다. ②차는 선덕왕善德王(632~647) 때부터 있었으나, ③이때부터 번성하게 되었다"는 기록이 있다.[5]

여기에서 몇 가지 중요한 사실을 확인할 수가 있다.

①첫째는 김대렴이 차 씨앗을 가져다가 공식적으로 심었다는 점이고, ②둘째는 우리나라의 차는 이미 선덕왕 때부터 있었다는 것이다. 그리고 ③셋째는 흥덕왕(826~836) 이후부터 차가 번성하였다는 사실이다.

여기에서 ①첫 번째는 차 씨앗을 가져다 지리산 기슭에 심었다는 기록인데, 이때부터 본격적인 차 재배가 시작되었다는 것이고, 지금까지는 이 사실만을 강조하고 있다. 그렇지만 보다 중요한 내용은 그 당시 차문화가 사찰과 왕궁 중심에서 일반으로 보다 대중화되었다는 ③세 번째 사실, 그리고 ②두 번째, 차는 선덕왕 때부터 있었다는 사실이다.

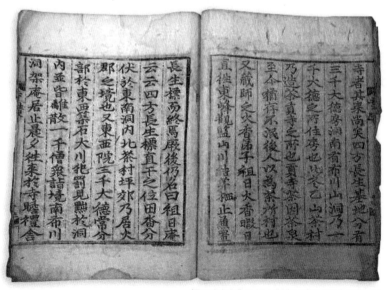

〈통도사사적기〉 중 '다소촌(茶所村)'과 '다천(茶泉)' 부분

여기에서 우리가 《삼국사기》의 내용과 중요성을 인정한다면, 위에서 서술한 ①첫 번째 사실인 김대렴이 차 씨앗을 가져다 지리산에 심게 했다는 것은 차 시배지로서의 역할을 이야기한 것이고, 보다 중요한 것은 그 이전에 차문화와 차생활이 있었다는 사실이다.

또한 김대렴이 중국에 갔다 오기 이전에 차를 마셨다는 구체적인 증거는 사찰의 창건기인 〈기림사사적기〉와 〈통도사사적기〉 등에 구체적으로 적시되어 있다.

〈통도사사적기〉 가운데 '사지사방산천비보寺之四方山川裨補'에는, "북쪽의 동을산 다소촌은 곧 차를 만들어 통도사에 차를 바치는 장소이다. 차를 만들어 바치던 차 부뚜막과 차 샘이 지금에 이르도록 없어지지 아니하고 있으니 후인이 이로써 다소촌이라 했다[北冬乙山茶村乃造茶貢寺之所也 貢寺茶因茶泉至今猶存不泯 後人以爲茶所村也]."는 기록이 전해지고 있다.[6]

이와 같이 〈통도사사적기〉에는 '다촌茶村', '다천茶泉', '다소촌茶所村' 등 차생활과 관련된 구체적인 내용들이 언급되어 있다. 오늘날에도 부처님의 진신사리를 모신 적멸보궁 주위와 산중에 일부나마 차나무들이 자라고 있고, 곳곳에 훌륭한 샘물들이 남아 있다. 이와 같이 통도사의 차문화는 부도헌다례 등 봉차奉茶의 전통을 창건 이래 지켜오고 있다.

03.
가야 차문화와 헌다례의 역사적 의미

앞에서 살펴보았듯이 가야차의 역사적 기록인 《삼국유사》의 기록을 인정한다면, 가야 차문화의 역사를 통해 한국 차문화의 역사는 2천 년으로 소급되고, 그에 따라 최소한 수백 년(661년 문무왕 제사조서 기준)에서 8백년 이상(48년 허왕후 전래 기준)의 역사적 사실이 추가되게 된다. 허왕후가 차를 가져왔다는 가야 차문화의 역사가 인정된다면, 한국차의 역사는 올해(2021년) 기준으로 최소한 1971년이 되고, 중국 전래설로 한다면 1191년이 된다. 이와 같이 한국 차 전래설의 경우 인도전래설이 인정된다면, 780년 이상의 역사적 사실이 추가되어 우리나라의 차 역사는 2천 년의 역사를 가지게 된다.

여기에서 특히 주목해야 할 사실은 수로왕과 허왕후의 제례 시 차가 추가되었다면, 한국 최초의 헌다례獻茶禮 행사로서 역사적 의미가 있게 된다. 수로왕 사후 계속되었다는 제례 행사에서 차茶를 올렸다는

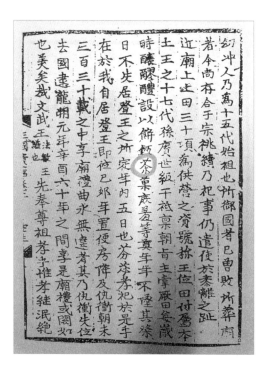

《삼국유사》〈가락국기〉 중
문무왕 제사조서 가운데 차가
나타난 기록(우리나라 최초의
헌다례로서 의미가 있음)

사실이 인정된다면, 지금으로부터 1,800년 전 수로왕 사후 첫 번째 제
사인 서기 200년에 이미 한국 최초의 헌다례 행사가 거행되었을 수도
있었던 셈이다. 설혹 수로왕 사후 몇백 년간은 차를 사용하였다는 명
확한 기록이 없다 하더라도, 7세기 중엽(서기 661년) 문무왕(661~81) 때
조서에 의해 제례 시 차를 사용했다는 확실한 기록이 있으므로 이 자
체만으로도 우리나라 최초의 헌다례 행사로 기록될 수 있다. 그러므
로 김수로왕에 대한 제사 시 차를 올렸다는 사실은 우리나라 최초의
헌다례獻茶禮로서 역사적 상징성이 있다.

이밖에도 기림사 창건 시의 급수봉다汲水奉茶 전통과 현 기림사 약사
전의 급수봉다 벽화가 있고, 통도사의 다소촌茶所村과 부도 헌다례의 전

〈표〉 한국의 주요 헌다례 비교

헌다례	내용	비고
수로왕 사후 제례 (199년)	199년 수로왕 사후 계속 제사를 지냄. 정월 3일과 7일, 5월 5일, 8월 5일과 15일 제사(차를 올린 기록이 명확하지 않으나, 차 전래 시 추정 가능)	《삼국유사》, 《한국불교통사》
기림사 창건 (643년)	급수봉다(汲水奉茶)의 헌다례	〈기림사사적기〉
통도사 창건 (646년)	다소촌(茶所村), 다천(茶泉) 등 보궁/부도 헌다례	〈통도사사적기〉
신라 문무왕 가야왕 제사조서 (661년)	661년(문무왕 원년) 제례 품목 중 차를 올린 기록이 있음(한국 최초의 헌다례)	《삼국유사》
사포성인 원효대사 헌다 (676년)	676년(문무왕 16년) 부안 원효방에서 사포성인이 원효 스님께 차를 공양함	이규보의 《동국이상국집》 23권 〈남행일월기〉
보천·효명태자 오대산 문수보살 차 공양 (690년 전후)	690년 전후(문무왕의 장자인 신문왕 때) 보천·효명태자가 오대산에서 수행하며 계곡물로 문수보살께 차 공양	《삼국유사》
충담스님 남산 삼화령 미륵세존 차 공양 (765년)	765년(경덕왕 24년) 충담 스님이 3월 3일과 9월 9일 남산 삼화령 미륵세존께 차 공양	《삼국유사》

통, 사포성인이 원효 스님께 올렸다는 헌다, 보천·효명태자의 오대산 문수보살 차 공양供養, 그리고, 충담 스님의 남산 삼화령 미륵보살 차 공양 등이 대표적인 헌다례로 전해져 오고 있다. 이와 같은 헌다례獻茶禮는 성인과 선인들에 대한 봉차정신奉茶精神으로 연면히 이어지고 있다.

이러한 전통이 이어져서 고려시대에는 신라시대를 뒤이어서 당에서 대중화된 차문화가 송나라에서 보다 활발하게 전개되었듯이 사원과 궁중, 그리고 사대부 중심으로 활성화되었다고 볼 수 있다. 그에 대한 구체적인 증거로는 오늘날 전해지고 있는 화려한 고려청자 다기류들과 생활속에서 차를 즐기며 쓴 승려와 문인들의 차시茶詩들이 많이 전해져 오고 있다.

04.

조선전기 및 점필재 문화의 차문화

1. 조선전기의 차문화

조선시대의 차문화는 고려시대와 크게 다르지 않았으나, 고려 말의 사치와 번다한 음다飮茶의 폐단은 결국 백성을 피폐케 하였다는 폐단으로 인해 서서히 쇠퇴하게 된다. 조선전기 사대부들과 승려들의 음다 풍속은 그 품격을 잃지 않고 유지되다가 무오사화와 갑자사화, 그리고, 임진왜란과 병자호란 이후 급격히 쇠락하여 활발했던 고려의 차문화는 그 흔적조차 찾기 어려울 정도로 쇠퇴하게 된다.

그리고 조선전기 차문화는 고려시대를 이어서 여말 삼은三隱으로 이어진 차문화가 점필재佔畢齋 김종직金宗直(1431~1492)과 매월당梅月堂 김시습金時習(1435~1493), 그리고 한재寒齋 이목李穆(1471~1498) 등에 의해 활발발하게 전개되었다.

여기에서 조선전기 사대부들의 시원은 고려후기 새로운 학문인 성리학이 수용되면서 안향安珦(1243~1306), 백이정白頤正(1247~1323)을 위시하여 이제현李齊賢(1287~1367), 안축安軸(1287~1348), 박충좌朴忠佐(1287~1349)를 지나, 이곡李穀(1298~1351)과 이색李穡(1328~1396)에게 수학한 이숭인李崇仁(1347~1392), 길재吉再(1353~1419), 권근權近(1352~1409), 변계량卞季良(1369~1430), 그리고 정몽주鄭夢周(1337~1392)와 정몽주의 학통을 받은 하연河演(1376~1453), 이원 등이 모두 차인이었고, 이들에게는 스승에게서 이어져 오는 다풍茶風이 있었다. 특히 길재는 목은, 포은, 양촌 세 사람의 스승을 두었고, 후에 김숙자金叔滋(1389~1456), 김종직으로 계승되어 성리학뿐만 아니라 선비차의 큰 맥을 형성했다.[7]

조선이 개국하자 고려말의 선비들은 두 길을 선택하게 된다. 새 왕조에 출사하는 선비들과 절의節義를 내세워 은거하는 선비들로 말이다. 출사한 선비는 권근, 이행李行(1352~1432), 변계량, 하연, 유방선柳方善(1388~1443) 등이고, 은거한 선비로는 길재, 원천석元天錫(1330~?) 등이 있다. 이들의 다풍茶風은 다음 세대로 이어져서 정극인丁克仁(1401~1481), 서거정徐居正(1420~1488), 김시습, 김종직과 그 문하로 계승되어 성현, 이식, 홍언필 부자, 김안국 형제, 서경덕, 이황, 이이, 유성룡, 이산해, 허균 일가, 임제 등 수많은 차인들이 배출되어 조선전기의 찬란한 차문화를 연출하게 된다.[7]

이 중에서도 조선전기 차문화의 핵심은 점필재佔畢齋 김종직金宗直(1431~1492)과 매월당梅月堂 김시습金時習(1435~1493), 그리고 한재寒齋 이목李穆(1471~1498)이다.

먼저 점필재佔畢齋 김종직金宗直의 부친 김숙자 선생은 여말 삼은三隱 중 한 사람인 야은 길재로부터 도학道學을 이어받았고, 고려말의 차문화 또한 그 맥을 이어서 전해졌다. 점필재는 문장과 사학에 두루 능통했으며, 절의를 숭상해서 조선 도학의 정맥을 잇는 중추가 되어 영남학파의 종조宗祖라 불린다. 이와 같은 점필재의 도학사상은 당대를 대표하는 학자들(정여창, 김굉필, 김일손, 남효온, 유호인, 조위, 이목, 정희량, 홍유손 등)을 길러내서 사림학파 또는 영남 사림학파라 부른다. 특히 그는 우리 다사茶史에서 우뚝한 자리에 있으니, 유가에 다풍을 크게 진작시킨 계기를 마련하였고, 차의 생산과 공다貢茶에 대한 폐해를 시정해보려는 노력을 몸소 실천한 진정한 차인이었다.[7]

매월당梅月堂 김시습金時習은 생육신生六臣이자 승려로서 파란만장한 삶을 산 차문화의 선도자이다. 세조의 왕위찬탈 소식을 듣고 읽고 있던 책을 불태우고 삭발한 후 전국을 방랑했다. 경주 금오산실에서 우리나라 최초의 한문소설인 〈금오신화金鰲新話〉를 썼다. 대부분의 차인들이 만들어진 차를 마시는 것이 보통인데 그는 직접 차를 재배하고 채취해서 만들어 마셨다. 때로는 눈을 녹여 차를 끓이기도 하고, 예불에 차를 올리는 데 동참하며, 야다회野茶會를 즐기기도 했다. 또 그의 행다법行茶法과 정신은 준장로俊長老에 의해 일본으로 건너가 초암다류草庵茶流를 이루고, 지금의 이천가裏千家(우라센케)의 기본 행다법이 되었다. 현재 전해지는 다시茶詩만도 60여 수가 있다.[7] 가히 조선후기 다산과 초의 이전에 차에 관한 한 종합적인 엔터테인먼트였다.

이목李穆의 자는 중옹, 호는 한재로서 19세에 과거에 급제하여 성균관에 수학하였고, 24세에 대과에 장원급제하여 영안도평사를 지냈다. 사가독서를 하였고, 무오사화 때 김일손 등과 함께 참형에 처해졌다. 1506년 면과복관免過復官되고, 충현서원과 황강서원에 배향되었다. 1495년 중국에 다녀온 후 저술한 것으로 보이는 〈다부茶賦〉는 한국차 역사상 최초最初, 최고最古의 다서茶書로서 매우 큰 상징성이 있으며, 한국 차정신으로 오심지다吾心之茶라는 차정신을 정립하였다.

이와 같이 여말 도학의 맥[道脈]이 차맥茶脈으로 이어졌다. 고려말 삼은三隱의 뒤를 이어 조선전기의 차문화는 신진 사림파와 은거한 신진 사대부로 이어졌고, 그것은 남인南人으로 이어져서 조선후기 다산과 일본으로 전해져 초암다도에 큰 영향을 미치게 된다.

이와 같이 한국의 근세 차 역사는 조선전기 점필재佔畢齋-매월당梅月堂-한재寒齋를 중심으로 15세기에 애민愛民, 청류淸流, 심차心茶정신으로 정립되었다가 이것이 조선중기 남인 사림에 전해져서 명맥을 유지하다가 다시 조선후기 19세기 전반에 다산茶山-초의艸衣-추사秋史에 의해 중정의 다도로 중흥을 맞게 된다.[8]

그리하여 조선전기의 점필재-매월당-한재가 이룩한 차문화는 조선후기 다산-초의-추사가 이룩한 차문화 중흥의 전범典範이 되게 된다.

2. 점필재 문하의 차문화

익재益齋 이제현李齊賢(1287~1367) → 목은牧隱 이색李穡(1328~1396) → 포은圃隱 정몽주鄭夢周(1337~1392)·도은陶隱 이숭인李崇仁(1349~1392)

→ 야은冶隱 길재吉再(1353~1419) → 김숙자金叔滋(1389~1456) → 점필재
佔畢齋 김종직金宗直(1431~1492), 그리고 한재寒齋 이목李穆(1471~1498)
등으로 이어지는 여말선초의 사대부 계보는 곧 조선전기 차의 계보로
이어진다. 그들 모두 차를 몹시 좋아했고, 훌륭한 차시를 썼다. 결국
이제현에서 길재에 이르는 여말선초 사대부의 학통學統은 곧 차의 계
보系譜가 된다.

본인이 차를 즐기며, 백성들을 위해 관영차밭을 조성했던 점필
재 김종직 선생의 학통과 사상은 제자들에게 전해졌다. 익재 이제현
으로부터 100여 년 동안 학문과 사상, 그리고 차의 성품까지 이어졌으
니, 이 계보는 곧 사대부 차인들의 계보라 불러도 좋을 우리나라 유
일의 차인계보茶人系譜이기도 하다.[9] 점필재 문하 중에서도 스승의 뒤
를 이어 차를 즐기며 차시들을 남긴 대표적인 차인들은 다음과 같다.

(1) 홍유손洪裕孫(1431~1529)

점필재와 동갑이면서 동시에 제자로서 과거를 보지 않고 점필재를
찾아가 문인이 되었고, 영리를 추구하지 않고 일생을 보냈다. 김수온,
김시습, 남효온과 가깝게 지내며 죽림칠현을 자처하고 노장사상을
즐겼다. 무오사화 때 점필재 문하라는 이유로 제주도로 유배 갔다가
중종반정 이후 풀려났다. 76세에 결혼해서 아들을 얻었으며, 99세까지
장수하였다.

(2) 유호인俞好仁(1445~1494)

조선 초기의 문신이며 문장가로서, 1462년에 생원, 1474년에 식년
문과에 급제해서 홍문관 교리 등을 역임하였고,《동국여지승람》편찬
에 참여하였다. 사가독서賜暇讀書를 하였고, 1494년 합천군수 재직 중

병으로 죽었으며, 차를 좋아해서 차시 10여 수를 남겼다.

외로운 성에 지난밤 비 내리니

깊은 봄 곳곳에 꽃이 피었구나.

이 관원은 오직 나라 생각에

좋은 계절에도 집에 못 돌아가네.

꿈 깨니 새가 화들짝 놀라게 하고

차 마시니 근심스런 마음 적셔지네.

앞에는 향기로운 냉이 깔려 있어

아낙네들 재잘거리며 캐고 있다네.

昨夜孤城雨 春深處處花 一官專爲國 佳節未歸家

夢破驚心鳥 愁思潤肺茶 前材香薺遍 采婦一時譁

(3) 남효온南孝溫(1454~1492)

경기도 고양 사람으로 호는 추강秋江이다. 생육신의 한 사람으로 약
관의 나이에 도를 구할 뜻을 내어 책 상자를 짊어지고 점필재를 찾아
와 학문과 의리를 닦았다. 점필재도 그를 존경해 이름을 부르지 않고
"늙은 나는 그대의 선생이 아니고, 그대는 바로 늙은 나의 벗이다." 하
면서 '우리 추강'이라고 하였다. 당대의 금기였던 사육신에 대한 논
의를 들고 나오자 그의 문인들이 큰 재앙이 될까 두려워 만류했으나,
"죽는 것이 두려워 충신의 명성을 소멸시킬 수 없다." 하고 〈육신전六
臣傳〉을 펴냈다. 그는 유랑생활 중 1492년 39세로 생을 마쳤다. 〈은솥
에 차를 달이며[銀鐺煮茗]〉라는 차시에는 시대적인 울분과 절규가 내
포되어 있다.

일찍이 세상일로 동분서주하였더니

십 년 찌든 뱃속에선 주린 솔개 우는구나.

아이 불러 차 달일 때는 저문 강도 차갑더니

메마른 폐부 마음의 불길도 가라앉네.

온갖 생각 가라앉고 마음이 밝아지니

날마다 안석에 기대 이목을 수렴하네.

동화문 밖에선 옳고 그름 다투건만

시끄럽게 떠드는 소리 귀에 들리지 않네.

會向世間馳東西 十年枯腹飢鳶啼 呼童煮茗暮江寒 醫我渴肺心火低

百慮漸齋虛室明 日長鳥爪收視聽 東華門外競是非 呶呶聒耳不聞聲

　

위 시에서 보듯이 점필재와 그 문하로 상징되는 영남 사림학파의
지식인들은 차라는 정신적 의지처를 통해 단종, 세조로 이어지는 정
치적 혼돈 속에서 도학의 지향점을 추구하였으며, 이들의 시에는 생
애를 던져야 했던 비장감과 단호한 절의가 잘 나타나 있다.[9]

(4) 조위曺偉(1454~1503)

호는 매계梅溪로 점필재의 처남이며, 경북 금릉 출신이다. 과거에 급
제한 후 여러 번 시제詩題에 자원하여 성종의 총애를 받아서 도승지,
충청관찰사, 지춘추관사知春秋館事를 역임하였다.

1498년 성절사聖節使로 중국에 갔다 오는 도중 무오사화가 일어나서
의주에서 구금되어 장류되고 배소에서 임종하였다. 점필재와 신진
사류의 지도적 선비로 성리학의 대가였다.

바위에서 솟는 샘물 대통으로 이어져서

암자 앞에 쏟아지니 시원하고 맑구나.

산승이 움켜 마시니 아침 시장기 달래고

맑고 달기는 강왕곡수보다 훨씬 좋구나.

손이 와서 스님 불러 일주차 끓이는데

풍로에 숯불 타니 설유가 솟아나네.

누가 석 잔의 차 노동에게 보내고

또 더 좋은 차를 육우에게 자랑할꼬.

평생토록 많은 먼지 할 수 없이 먹었으니

창자도 시들고 입술도 말라 거칠구나.

꽃 잔에 눈 같은 차 거침없이 기울이니

갑자기 온몸이 새롭게 맑아지는구나.

連筒泉水出嵓腹 來瀉庵前寒更漾 山僧掬飲慰朝飢 清甘遠勝康王谷
客至呼僧烹日注 活火風爐飜雪乳 誰持三椀寄盧仝 更將絶品誇陸羽
平生厭食幾斗塵 肺枯吻渴無由津 花甌快傾如卷雪 頓覺六用俱清新

(5) 정희량鄭希良(1469~?)

호는 허암虛庵으로 과거에 급제하여 벼슬길에 올랐으나, 무오사화로 유배되었다. 1501년 방면되었으나, 다음 해에 행방을 감추고 사라졌다. 양명학과 단학에 밝았고, 매월당의 도교 사상에 영향을 받아서 은둔생활에 깊은 동경을 가지고 차를 즐겼다. 다음의 〈야좌전다夜坐煎茶〉라는 차시에서 보면, 차 달이는 구체적인 정경과 차를 즐기며 세속의 번잡한 일들을 떨치고 초연한 세계에 노닐며 잊으려는 마음이 잘 드러나고 있다.

밤은 얼마나 깊었는지 하늘엔 눈이 오려는데

등불 밝힌 옛집은 추위에 잠들기 힘드네.

상머리 낀 이끼 말끔히 닦아내고

바닷물처럼 차디찬 물 콸콸 부어서

화력의 강약을 알맞게 맞추니

벽 위에 달 비치고 맑은 연기 피어나네.

솔바람 끓는 소리 온 골짜기 울리고

세차게 끓어올라 긴 시내 다 울리네.

우레 번개 세찬 기세 끝나기도 전에

급히 달리는 수레가 험한 산꼭대기를 넘더니

잠깐 사이 다시 구름 걷히고 바람 멎어

파도 일지 않고 맑은 물결 지네.

표주박 기울이니 빙설처럼 희어서

마음이 확 트여 신선과 통한다네.

천천히 혼돈의 구멍 깨어 뚫어

홀로 신마 타고 선계에 노닌다네.

돌아보니 지나온 길 자갈밭인데

요사스런 속된 생각 모두 사라지고

마음 바탕 드넓음을 깨달아서

속사를 뛰어넘어 소요세계 노니는 듯

좋은 곳 향해 나아가 오묘한 곳 이르면

손뼉 치며 즐겁게 이소경(離騷經)을 읊으리.

듣자니 선계의 진인들은 깨끗함을 좋아하여

이슬을 마시면서 배설도 하지 않고

노을과 옥을 먹어 오래 살면서

마음 씻고 터럭 베어 동안처럼 곱다네.

나도 세상 대함 이와 같거늘

어찌 말라버린 나무들과 오래 살기 다투리.

그대는 알지 못하는가.

노동이 배고플 때 차 삼백 편 즐겼고

도덕경(道德經) 오천 자는 부질없는 문자임을.

夜如何其天欲雪 靑燈古屋寒無眠 手取床頭苔蘚腹 瀉下碧海冷冷泉

撥開文武火力均 壁月浮動生晴烟 松風颼颼響空谷 飛流激激鳴長川

雷驚電走怒未已 急輪轉越輾轅巓 須更雲捲風復止 波濤不起淸而漣

大瓢一傾氷雪光 肝膽炯徹通神仙 徐徐鑿破渾沌竅 獨馭神馬遊象先

回看向來矸磽地 妖魔俗念俱茫然 但覺心源浩自運 揮斥物外逍遙天

漸窮佳境到妙處 拍手朗詠離騷篇 吾聞上界眞人好淸淨 噓吸沆瀣糞穢痊

餐霞服玉可延齡 洗髓伐毛童顔鮮 我自世間有如此 豈與枯槁爭長年

君不見盧仝飢弄三百片 文字汗漫空五千

(6) 이목李穆(1471~1498)

앞절 참조.

(7) 이원李黿(?~1504)

익재 이제현의 7세손이고 박팽년의 외손으로, 1489년 식년 문과에 병과로 급제하였으며, 1495년에 사가독서賜暇讀書했다. 봉상시 재직 시 스승 김종직에게 문충文忠의 시호를 줄 것을 제안하였는데, 이로 인해 무오사화 때 평안도 곽산에 유배되었다가 갑자사화 때 참형을 당했다.

(8) 이주李冑(?~1504)

점필재의 문인으로 1488년 별시에 을과로 급제해 정언 등을 지냈다. 정언으로 있을 때 직언으로 유명했으며, 성품이 어질고 글을 잘해 시에는 성당盛唐의 품격이 있다는 평을 들었다. 무오사화 때 점필재 문인으로 몰려 진도로 귀양갔다가, 갑자사화 때 정언으로 있을 때 궐내에 대간청 설치를 청했다는 이유로 김굉필과 함께 참형을 당했고,《속동문선》에 차 이야기가 수록되어 전한다.[9]

정동주는 사림파의 차보茶譜와 차성茶性을 비유하면서 조선시대 초기 단종(1452~55), 세조(1455~68), 예종(1468~69), 성종(1469~94), 연산군(1494~1506)에 이르는 약 54년 동안에도 차문화의 역사가 끊어지지 않았으며, 이 시기의 차문화는 고려 말기로 거슬러 올라가 익제 이제현의 사대부 문학과 그 학통으로 이어진 우리나라 유일의 차보茶譜라 부를 수 있는 소중한 역사의 태동기였다고 강조하고 있다.

익재益齋로부터 점필재佔畢齋의 문인들이 무오戊午(연산군 4년, 1498) · 갑자사화甲子士禍(연산군 10년, 1504)를 통해 대부분 참형당함으로써 200년 넘게 차 향기로 내림한 차인의 역사는 사실상 단절되었다고 평가하고 있다.

또한 그는 사림학파 차인들이 차를 즐긴 이유로 한재 이목 선생의 〈다부〉에 나타난 "낙지종신이무염자기성의樂之終身而無厭者其性矣"라는 구절에 나타난 차의 성품性品 때문이라고 하였다. 차의 성품으로 차나무 뿌리의 직근성直根性, 차꽃의 정직성正直性, 차 열매의 의리義理, 그리고 차성에서 터득해낸 차의 정신을 이야기하고 있다. 차나무가 자라는 곳은 농사짓기가 적합하지 않은 험준한 산비탈이나 계곡이 많고, 바위틈이나 가파른 비탈에서 자란 것일수록 차의 맛, 향기, 색깔이나 약효가 더욱 빼어나다. 나쁜 환경에서 좋은 품성을 지닌 차를 즐기면서 선비들의 심성도 더욱 맑고 곧게 함양된다. 이와 같은 차성에서 터득해낸 차의 정신은 사람학파 선비들의 생활철학이 되고, 신념이 되어 도학정치를 실현시킨 기본적인 동력이 되었다고 할 수 있다.[9]

류건집도 본연의 성을 찾아가는 선비들이 지향하는 바가 지절志節을 생명처럼 중시하는 군자행君子行이기에 차의 성품이 그들의 지표에 맞고 학문을 닦는 데 힘이 된다는 사실을 강조하고 있다.[7]

이 점에서 조선전기 훈구파勳舊派와 사림파士林派의 선비들을 비교해보면, 그 점은 더 명확하게 구분된다. 훈구파의 대부분은 술을 즐기고 차를 멀리하여 훈구파 중 차시를 남긴 사람은 적은 반면, 사람파의 대부분은 차를 즐기며 차시를 남겼다.

05.
조선전기의 차정신

조선전기는 건국 이후의 혼란기이자 국가적 정체성을 확립해가는 시기였다. 그런 과정에서 차문화의 전통은 고려말 삼은三隱의 학맥學脈과 다맥茶脈으로 이어져 왔다고 볼 수 있다. 특히 여말 삼은의 도학道學과 절의節義를 바탕으로 고려의 화려했던 차문화에서 유불선이 통합된 청류淸流의 정신을 바탕으로 초암차草庵茶가 태동하게 되는 시기이기도 하다. 무엇보다 한국차 역사상 여말 삼은의 도학정신과 절의정신을 바탕으로 한국차의 정신이 새롭게 정립되는 시기이기도 하다.

이 점에서 점필재 김종직의 백성을 위하는 애민愛民정신과 매월당 김시습의 초암차草庵茶와 청류淸流정신, 그리고, 한재 이목의 오심지다吾心之茶라는 심차정신心茶精神이 한국 차정신의 원천源泉, 또는 근원根源으로서 자리 잡게 된다.

1. 점필재 김종직의 애민정신

잘 알다시피 점필재 김종직은 차세茶稅로 고민하는 백성들을 위해 관영官營 차밭을 조성하였다. 점필재는 1471년(성종 2)부터 1475년(성종 6)까지 함양군수로 재임하였는데, 신도비에 의하면 "고을을 다스리는 데 있어서는 학문을 진흥시켜 인재를 양성하고, 백성을 편케 하고 민중과 화합하는 것을 힘썼으므로, 정사의 성적이 제일第一이었다. 그리하여 상이 이르기를, '종직은 고을을 잘 다스려 명성이 있으니, 승천陞遷시키라' 하고, 승문원참교承文院參校에 임명하였다."라고 했다.

함양군수로 부임한 김종직은 군민이 공물貢物로 바치는 차茶가 지역 내에는 생산되지 않는다는 것과, 이들이 조정에 대한 의무를 다하기 위해 다른 지역에서 쌀 한 말에 차 한 홉을 바꾸어 온다는 사실을 알게 되었다. 이러한 차 공물의 폐단을 개선하기 위해 828년(흥덕왕 3) 당나라에 사신으로 갔던 김대렴金大廉이 차 종자를 가져와 지리산에 심었다는 《삼국사기三國史記》의 기록을 확인했다. 함양의 어느 깊은 골짜기에 남아 있지 않을까 하여 나이 든 사람들에게 찾아보게 하였더니 엄천사嚴川寺 북쪽 대숲에서 두어 그루를 발견하여 일대를 차밭[茶園]으로 만들고, 부근의 땅을 사들여 차를 재배했다. 이 차밭이 관이 주도하여 조성한 우리나라 최초의 관영官營 다원이다. 중국의 황실이 필요한 차를 조달하기 위해 직접 다원을 조성하는 사례가 있고 그 일은 지배층의 기호품을 생산하기 위한 것인데 비해 함양의 차밭은 백성들의 차 공물에 따른 고통을 줄여주기 위해 조성했다는 점에서 차이가 있다. 차밭을 조성하고 난 후 〈다원茶園 2수二首〉라는 차시를 지었다.[10]

신령한 차 받들어 임금님 장수케 하고자 하나
신라 때부터 전해지는 씨앗을 찾지 못하였네.
이제야 두류산 아래에서 구하게 되었으니
우리 백성 조금은 편케 되어 또한 기쁘네.
欲奉靈苗壽聖君 新羅遺種久無聞 如今得頭流下 且喜吾民寬一分

대숲 밖 거친 동산 일백여 평의 언덕에
자영차 조취차 언제쯤 자랑할 수 있을까.
다만 백성들의 근본 고통 덜게 함이지
무이차 같은 명차를 만들려는 것은 아니라네.
竹外荒園數畝坡 紫英烏紫幾時誇 但令民療心頭肉 不要籠加粟粒芽

　이와 같이 선비이자 위정자로서 점필재는 본인이 차를 즐기기도 했지만, 차로 인해 백성들이 고통받는 현실을 외면하지 않고, 스스로 차밭을 조성하여 백성들의 고통을 달래주는 애민정신을 드러냈다. 결국 점필재의 도학道學은 애민정신愛民精神으로 드러났고, 그것은 그 제자인 한재 이목에 의해 오심지다吾心之茶라는 한국 차정신의 원류로 전개된다. 한재 이목은 점필재의 애민정신을 오심지다吾心之茶라는 정신적 차원으로 승화시켜 한국 차정신의 근원根源으로 거듭나게 하였다.

2. 매월당의 초암차와 청류정신

　매월당은 유불선儒佛仙 삼교를 통합하여 선仙을 바탕으로 유불儒佛을 포섭하였다.

매월당의 차정신은 초암草庵이고, 풍류차도風流茶道 잇는다는 관점에서 초암의 청빈淸貧과 풍류의 류流를 합쳐 '청류淸流'라 할 수 있다. 유불선의 원류로서 풍류도는 한국문화의 바탕이 된다. 매월당의 초암차는 풍류도의 전통을 이어받아서 자연과 함께하는 열린 공간이기도 하다.

그러기에 매월당의 차정신은 초암草庵의 정신과 풍류風流의 다도를 이어가고 있다. 이와 같은 매월당의 청류차淸流茶 정신은 자연의 풍광과 혼연일체가 되는 경지이다. 일본다도의 뿌리는 매월당의 초암차와 한국의 도학에서 유래된다.[8]

또한 매월당의 〈양다養茶〉라는 차시에 보면, 차를 즐기는 차인으로서 차세로 인한 백성들의 고통을 달래주고자 하는 애민愛民의 정신도 드러나고 있다.

해마다 차나무에 자라나는 새 가지를
그늘에 키우려고 울타리 엮어 보호하네.
육우의《다경(茶經)》에는 색과 맛을 논했는데
관가의 세다(稅茶)는 창기(槍旗)만을 취한다네.
봄바람 불기 전에 싹 먼저 돋아나고
곡우가 돌아오면 잎이 반쯤 피어나네.
조용하고 따뜻한 작은 동산이라도 좋으니
비 맞고서 옥 같은 싹 많이 피면 좋겠네.
年年茶樹長新枝 陰養編籬謹護持 陸羽經中論色味 官家権處取槍旗
春風未展芽先抽 穀雨初回葉半披 好向小園閑暖地 不妨因雨着瓊琚

매월당의 청류와 애민의 차정신은 유효원, 하서河西 김인후, 조식 등으로 이어져서 조선후기 남인으로 전해져 다산 선생과 초의선사 등으로 인한 차문화의 부흥에 이바지하게 되는데, 이에 관해서는 앞으로 심도 있는 연구가 진행되어야 한다.

3. 한재 이목의 심차정신心茶精神

한재寒齋 이목李穆(1471~1498)은 여말삼은麗末三隱의 뒤를 이어 점필재와 매월당의 차정신을 이어서 한국의 차정신을 정립한 인물이다.

여말삼은 등의 경우 가슴속의 울분을 삭이는 데는 차보다 좋은 것이 없었다. 그들은 정신적인 치유를 위해서 차를 마셨다. 물질에서 정신으로 차를 마시고, 육체적 건강뿐만이 아니라 정신적 차원으로 승화되어 '오심지다吾心之茶'라는 정신적 차원으로 나아가야 한다.

한재는 우리나라 최초最初의 다서茶書이자 최고最古의 다서인 〈다부茶賦〉에서 한국 차정신의 실질적인 효시인, 물질적인 차에서 정신적인 차로 승화되는 오심지다吾心之茶의 심차정신心茶精神을 드러내게 된다. 고려말 대표적인 차인인 이색, 정몽주, 권근으로부터 성리학을 배운 야은 길재의 학문이 점필재에게 전수되었고, 이러한 도道와 차茶가 함께 전수되어 한재에 이르러 다도茶道로 종합된다.[8]

그리하여 한재 이목 선생은 한국의 차 역사상 〈다부茶賦〉라는 한국 최고의 다서를 지은 저자이기도 하지만, 한국의 차 역사상 차茶에 관한 도道를 처음으로 정립하여 다심일여의 정신적 경지를 드러낸 사람이기도 하다.

그런 의미에서 류승국은 "〈다부茶賦〉는 육우의 《다경茶經》보다 더 심오한 철학이 담겨 있으며, 실재의 차에서 내 마음의 차로 승화한 경지는 한국인의 사고 양식"이라 하였다. 정영선은 "8세기 중국 육우의

《다경》이 세계 최초의 차 경전이라면, 한재의 〈다부茶賦〉는 세계 최초의 다도경전茶道經典"이라며, "이는 결코 한국인만의 다서茶書가 아니라 미래에는 세계인의 다도서적茶道書籍이 되리라 믿을 만큼 내용이 훌륭한 저서"라 하였다.[11] 또한《찻자리와 인성 고전》이라는 저서에서 "우리나라뿐만이 아니라 세계에서 다공을 통한 인성 공부의 필요성을 가장 강력하게 주장한 사람은 조선전기의 한재寒齋 이목李穆"이라며, "그가 약 500년 전에 펴낸 다도 교육서인 〈다부茶賦〉는 미래에도 세계에 자랑할 만한 다도경전茶道經典"이라고 강조하고 있다.[12]

박남식은 "차를 통한 즐거움을 유학사상과 도가사상의 융합으로 보여주고 있으며, 이들 사상을 융합하여 한재 고유의 신묘자락神妙自樂의 오심지다吾心之茶의 심차사상心茶思想으로 승화시켰다"고 하였다.[13]

한재는 점필재의 도학道學·심학心學을 이어 〈다부茶賦〉에서 오심지다吾心之茶라는 다심일여茶心一如의 경지를 드러냈다. 이와 같은 한재의 심차사상心茶思想은 차인으로서 지향하여야 할 정신적 가치, 시대적 가치를 지향하고 있다. 차인으로서 가져야 할 기본적인 차생활의 핵심이자 정신으로서 차를 즐기면서 심신心身의 한파, 어려움과 괴로움을 이기게 하는 차茶, 그런 경지를 드러내야 한다는 것이다. 그것은 제대로 된 차인이라면 자연다움과 사람다움으로의 복귀로서, 다법자연茶法自然과 다법전인茶法全人의 삶을 살아야 하고, 그와 같은 상선일로上善一路의 삶을 살아가야 한다는 것을 말하고 있다.

4. 조선전기 차정신과 한국의 차정신

우리나라의 차 역사와 관련하여 백산차白山茶 자생설을 인정한다면, 지정학적 특성과 시기상 고조선 이후 식물의 뿌리나 잎 등을 활용하여 약용藥用 또는 의식용儀式用, 그리고 음용飮用으로 복용해왔다면, 우리나라 단군설화에 나타난 인간 세상을 널리 이롭게 하겠다는 홍익인간弘益人間의 정신이 기본적인 정신으로 공유되어왔다고 추정된다.

그리고, 앞에서 살펴보았듯이 두 가지 전래설傳來說을 인정한다면, 가야시대와 통일신라, 그리고 고려시대를 이어오면서 차생활이 활발하게 전개되었다. 그 과정에서 주요한 흐름은 가야 수로왕과 허왕후 이후 제례에 차를 올리는 헌다獻茶와, 불교에서 부처님께 올리는 헌다 등이 진행되었으며, 스님들과 문인들을 중심으로 생활 속에서 차를 즐기는 문화가 형성되었다.

그런 의미에서 한국차韓國茶의 정신精神은 단군신화에 나타난 인간 세상을 널리 이롭게 한다는 '홍익인간弘益人間'과 고대 성인들과 선인들에게 올리는 '봉차정신奉茶精神', 차는 자연이라는 '다법자연茶法自然'의 정신을 바탕으로 기술적 측면에서의 다도라는 것은 중정을 잃지 않는 '다도중정茶道中正'과 물질적 차를 마시고 정신적 차로 승화되어야 한다는 정신적 측면에서의 '오심지다吾心之茶'라는 양대 축을 중심으로 전개된다. 그런 의미에서 다도중정茶道中正과 오심지다吾心之茶는 결국 차는 자연이고, 마음의 차[心茶]라는 다법자연茶法自然으로 확장되고 귀결된다고 볼 수 있다.

오늘날 물질문명 위주로 인간성을 잃고 이익추구만을 하는 시대에 차茶를 통한 차정신의 회복은 결국 인간성人間性과 자연성自然性을 회복하는 활동이다. 그러기에 한국차의 정신은 홍익인간弘益人間과 다도중정茶道中正, 오심지다吾心之茶, 그리고 다법자연茶法自然이라는 큰 틀 안에서 인간과 자연의 공생共生을 위한 활동으로서 현재와 미래의 건강성健康性을 회복하고 증진시켜가는 것이다.

〈표〉조선시대 대표 차인과 사상 비교

차인	생몰년도	대표 저서	글자 수	대표 사상	비고
점필재 김종직	1431~1492	《점필재집》	20수의 차시	청렴(淸廉), 청빈(淸貧), 애민(愛民)	영남학파 종조(宗祖) 도학(道學)의 중흥조
매월당 김시습	1435~1493	《매월당집》	60수의 차시	초암차(草庵茶), 청류(淸流), 다시일여(茶詩一如)	청한자(淸寒子)
한재 이목	1471~1498	〈다부〉	1,332자	오심지다(吾心之茶), 심차사상(心茶思想)	사림파(士林派), 청담학파(淸談學派)
다산 정약용	1762~1836	〈걸명소〉	188자	락다(樂茶), 개혁 사상	유학자, 실학자
초의 의순	1786~1866	〈동다송〉	492자	다도중정(茶道中正)	선승(禪僧)

* 박정진(2021)의 자료[8]를 일부 보완함.

이와 같이 조선전기(15세기 후반)의 점필재-매월당-한재가 이룩한 차사랑과 차문화는 조선후기(19세기 초반)의 다산-초의-추사가 이룩한 차문화 중흥의 전범典範이 된다.[8] 그리하여 오늘날 전해지는 한국차韓國茶의 큰 흐름은 조선후기 다산 선생과 초의선사에 의해 부흥되었지만, 그 300여 년 전인 조선전기 점필재와 매월당, 그리고 한재로 이어지는 신진 사림파의 차문화와 차정신은 한국차의 원류로서 역사적 상징성이 있다. 점필재의 '애민정신愛民精神'과 매월당의 '청류 정신淸流

精神', 그리고 한재의 다심일여의 '내 마음의 차[吾心之茶]'는 조선전기 도학과 선학의 구체적 형상으로서 '심차정신心茶精神'으로 드러나게 된다. 차茶라는 물질적 사물이 정신적 차원으로 승화되어 '내 마음으로 차'라는 '심차정신心茶精神'으로 구체화 된 것이다. 이는 한국을 포함하여 당시 세계적으로도 차를 통해 물질에서 정신으로 전환한 정신적 차원의 세계를 구축한 대표적인 사례이다. 심학사상心學思想과 청류정신淸流精神이 차를 통해 심차사상心茶思想으로 전개되어 세계 차 역사상 차茶를 통한 정신세계를 발현시킨 획기적인 일이다. 그리하여 정영숙은 〈다부茶賦〉 편역서의 첫머리에서 "8세기 육우의 《다경茶經》이 세계 최초의 차茶 경전經典이라면 한재의 〈다부茶賦〉는 세계 최초의 다도경전茶道經典이다."라고 하였다.[11]

한국의 차 역사상 〈다부茶賦〉라는 한국 최고最古의 다서茶書를 지은 저자이기도 하지만, 한국의 차 역사상 물질적 차를 정신적 차로, 차茶에 관한 도道를 처음으로 정립하여 다심일여茶心一如의 정신적 경지인 심차정신心茶精神을 드러낸 사람이기도 하다. 이 점은 오늘날 한국의 차정신과 과학적으로 정립된 심신 수양의 사상적 토대를 처음으로 제시한 것이기도 하다.

그런 의미에서 조선전기의 차문화는 역사적으로나 사상적으로 오늘날까지 연면히 이어지고 있기에 그 중요성과 가치가 매우 높다. 한국차의 정신성이 구체적으로 정립된 시기이고, 정신적 보고寶庫이다. 그러므로 21세기 물질 위주의 세계에서 다도라는 정신적·철학적 기반의 원천으로서 조선전기 점필재의 애민정신愛民精神과 매월당의 청류정신淸流精神, 그리고 한재의 오심지다吾心之茶의 심차정신心茶精神은 오늘날에도 새롭게 재평가되고 각광받아야 한다고 판단된다.

06.
맺는말

오늘날 한국은 새로운 차문화와 시대 문화를 이끌어가야 한다는 측면에서 매우 중요한 과도기에 있다고 판단된다. 그런 의미에서 한국차의 역사에서 정신적인 중흥기는 여말삼은의 도학道學과 절의節義를 이은 조선전기 신진 사대부의 애민愛民과 청류淸流, 그리고 심학心學을 바탕으로 한 '심차정신心茶精神'이 있었다. 점필재와 매월당 그리고 한재 이목으로 이어지는 조선전기 차의 역사야말로 한국차의 큰 본류, 또는 원천源泉으로서 한국의 차정신을 세계에 우뚝 서게 하는 상징성이 있다. 점필재의 애민愛民정신과 매월당의 초암차草庵茶와 청류淸流정신, 그리고 한재의 '심차정신心茶精神'은 한국차의 정신성을 정립하여 그로부터 300여 년이 지난 시점에 실학파와 다산, 그리고 초의선사로 이어지고, 다시 200여 년이 지난 지금 한국차는 새로운 역사적

변환기에 있다.

그런 의미에서 조선전기의 차문화와 차정신은 사상적으로 오늘날까지 연면히 이어지고 있기에 그 중요성과 가치가 매우 높다. 무엇보다 한국차의 정신성精神性이 구체적으로 정립된 시기이고, 한국 차정신의 보고寶庫이기 때문이다. 그러므로 21세기 물질 위주의 세계에서 다도茶道라는 정신적·철학적 기반의 근원根源으로서 조선전기 점필재의 애민사상과 매월당의 청류정신, 그리고 한재의 오심지다吾心之茶의 '심차정신心茶精神'은 오늘날에도 새롭게 재평가되고 각광받아야한다고 판단된다.

오늘날 한국의 차문화는 2천 년 전의 차문화 전래로부터 천 수백년간 차의 명맥을 이어왔고, 이제 과거 5백 년의 역사적 반추를 통해 새로운 차문화와 역사, 그리고 차정신을 정립하고, 사상적 원류原流로서 큰 역할을 담당하리라고 본다.

아무쪼록 법고창신法古創新의 지혜를 되살려 과거를 바탕으로 새롭게 발돋움하여 21세기 한국의 차문화가 새로운 전통과 문화, 그리고 차정신으로 거듭나기를 고대하게 된다.

* **사사**(謝事) 본 장은 2021년 11월 25일 개최된 2021 부산대학교 점필재연구소 학술심포지 움에서 발표한 자료이고,**14** 원고 작성 시 류건집(《한국차문화사》, 2007), 정동주(《차와 차살림》 개정판, 2017), 박정진(《차의 인문학》 1, 2021), 정영선(《다부》, 2011), 박남식(2013) 등 선행연구자의 저서들을 참조하였기에 이에 감사드립니다.

참고문헌

1. E. H. 카,《역사란 무엇인가》, 범우사, 1998.

2. 이병인·이영경,《통도사 사찰약수》, 조계종출판사, 2019.

3. 강인구 외, 역주《삼국유사》Ⅱ, 한국정신문화연구원, 2002

4. 〈기림사사적기〉

5. 이재호 역,《삼국사기》, 도서출판 솔, 1997.

6. 《통도사 사적기》, 사지사방산천비보(寺之四方山川裨補)

7. 류건집,《한국차문화사》상, 이른아침, 2007.

8. 박정진,《차의 인문학》1, 차의 세계, 2021.

9. 정동주,《차와 차살림》개정판, 한길사, 2016.

10. 부산대학교 점필재연구소 역주,《점필재집》2, 부산대학교 점필재연구소, 2016.

11. 정영선 편역,《다부》, 너럭바위, 2011.

12. 정영선,《한국 차문화》, 너럭바위 , 1990.

13. 박남식, 〈한재 이목의 심차사상 연구-다부를 중심으로〉,《한국차학회》제19권 제2호, 2013.

14. 이병인, 〈우리나라 차문화(茶文化)와 차정신(茶精神) : 조선전기(朝鮮前期)를 중심으로〉, 2021 부산대학교 점필재연구소 학술심포지움 기조강연 자료, 2021.

연구과제

1. 우리나라 고대 차문화

2. 우리나라의 차 전래설

3. 급수봉다의 전통

4. 우리나라의 헌다례

5. 조선전기 차문화

6. 점필재 김종직 선생의 애민사상

7. 점필재 선생과 한재 선생

8. 점필재 문하의 차문화

9. 매월당 김시습 선생의 차문화

10. 매월당 김시습의 초암차와 청류정신

11. 매월당 선생과 한재 선생

12. 한재 이목의 심차정신

13. 조선전기 차정신

14. 조선전기 차정신과 한국의 차정신

15. 한국 차정신의 원천(근원)

不亦謬乎於是考其名

品爲之賦或曰茶有入稅反

欲云云乎對曰然然是豈天之奉

意乎人也非茶也且余有疾未暇及此

有物於此厥顏孔多曰茗曰荈曰蔈曰發仙

云其辭曰

掌雷鳴鳥嘴雀舌頭金蠟面龍鳳名的山提

勝金靈草薄側仙芝懶蘂軍慶福錄華英來

제3장
한국차의 선도자
한재 이목 선생

01.
서론

한 시대를 앞서 살다간 사람들의 소중함과 진실된 가치는 오랜 시간이 지난 뒤에야 알게 되는 경우가 많다. 한국차의 영광이 서서히 사그라드는 우울한 시대에 한국차의 새로운 빛을 확연히 드러내 놓고 간 한국차의 선도자로서 한재寒齋 이목李穆(1471~1498) 선생의 가치 또한 그러한 것 같다. 우리나라의 차 역사에서 '한국 차의 아버지[茶父]' 또는 '한국의 다선茶仙'이라 부르는 한재 이목 선생의 꿋꿋한 삶과 정신은 오늘에 와서 더욱 그 빛을 더해가고 있다.

우리나라에 차가 전래된 이후 수백 년간 차에 관한 제대로 된 기록이 남아 있지 않은 차의 문맹기에 그래도 한국차의 선구자로서 〈다부茶賦〉라는 한국차의 역사를 새롭게 장식하는 대표적인 차에 관한 전문 다서專門茶書를 남기고 간 사람이 바로 한재 이목 선생이기 때문이다.

2천 년의 우리나라 차 역사에서 제대로 된 차에 관한 전문자료는 우리나라의 2대二大 다서茶書라 할 수 있는 연산군 때인 1490년대 중반경(1495년 공주 유배 시 또는 1496년 사가독서 시)에 쓴 것으로 추정되는 한재 이목 선생의 〈다부茶賦〉와 1837년에 저술된 초의선사草衣禪師(1786~1866)의 〈동다송東茶頌〉이 있다.

　한재 이목 선생의 가치는 한국차의 중흥조라 할 수 있는 초의선사보다 315년 전에 탄생하여 조선초기 차문화의 정체기에 한국차의 특성과 차정신을 체계화하고, 새롭게 정립한 한국차의 선도자라는 사실이다.

　그런 면에서 한재 이목 선생과 초의선사는 여러 가지로 비교가 된다. 한재 선생은 28세의 젊은 나이에 삶을 마감한 반면, 초의선사는 81세로 세수를 누리고 삶을 마감하였다는 사실이다. 한재 선생이 〈다부〉를 24~25세이던 1490년대 중반경에 쓴 반면, 초의선사의 경우 〈다신전〉은 45세 되던 1830년에, 〈동다송〉은 52세인 1837년에 저술하였다. 결국 한재 선생은 〈다신전〉보다 330여 년, 〈동다송〉보다 340여 년을 앞서는 우리나라 최고最古의 차 자료를 우리에게 남겨 놓고 갔다. 그런 의미에서 만일 한재 이목 선생이 일반적인 천수를 누리고 오랫동안 살았다면, 보다 훌륭한 저서가 오늘에 남겨졌으리라는 점에서 매우 안타까운 일이다.

　혹자는 〈다부〉의 내용이 한재 이목 선생의 나이에 비해 너무 노숙하고 현학적이며, 너무 비현실적이지 않으냐고 지적하기도 한다. 맞는 말일 수도 있다. 그러나 그 나이에 그와 같은 훌륭한 작품을 남길 수 있는 사람이 과연 몇이나 있겠느냐는 점에서 그것은 오히려 한재 이목 선생의 천재성과 훌륭함을 드러내는 구체적인 증거가 될 수 있

다고 본다. 물리학 천재로 유명한 아인슈타인Albert Einstein(1879~1955)
박사도 물리학계를 뒤흔든 상대성원리를 발견한 것은 26세의 젊은 나
이 때였다. 그렇다고 뭐라고 하는 사람은 없다. 분명히 한재 이목 선생
은 일반적인 사람이 아니라, 그 시대 최고最高의 교육과 지성을 갖춘
인격자로서 뿐만이 아니라, 그의 삶과 글을 살펴보면, 그 시대를 대표
하는 최고의 인재였음을 확인할 수가 있다. 사실 한재 이목 선생은 그
시대 최고의 엘리트로서 훌륭한 스승과 환경조건에서 최고의 교육을
받았으며, 당시 선진국이라 할 수 있는 중국에 선진지 견학까지 가게
된다. 그렇지만 안타깝게도 우리나라 최초의 사화인 연산군 4년(1498
년)에 일어난 무오사화戊午士禍의 희생자로 스물여덟의 젊은 나이에
삶을 마감하게 된다.

〈다부茶賦〉에 관한 글을 구체적으로 소개하기에 앞서 우선 한재寒齋
이목李穆(1471~1498) 선생의 삶과 사상에 대하여 개괄적으로 살펴 보
도록 한다.

02.
한재 이목 선생의 삶

한재寒齋 이목李穆(1471~1498) 선생은 조선 10대 왕 연산군 때의 선비 이자 문신으로, 본관은 전주全州, 자는 중옹仲雍, 호는 한재寒齋, 시호는 정간貞簡이다. 조선 성종 2년(1471) 7월 전주이씨全州李氏 시중공파侍中公派의 후손인 참의공 이윤생李閏生 선생의 3남 중 차남으로 경기도 김포시 하성면 가금리에서 출생하였다. 8세에 취학하여 14세에 점필재 김종직 선생 문하에서 수학하였다. 19세 되던 성종 20년(1489)에 진사과에 합격하여 성균관에 입문하였고, 이 무렵 참판參判 김수손金首孫 선생이 대사성大司成으로 성균관에서 강론하면서 그의 비범함을 알고 사위로 삼아 예안김씨禮安金氏를 부인으로 맞이하였다. 20세인 성균관 시절 당시 성종 임금에게 병이 있었는데, 대비가 무녀를 시켜 반궁의 벽송정에서 기도를 올리려 하자, 태학생들이 이를 반대하여 무리를 지어 몰려가 무녀들에게 곤장을 쳐서 쫓아낸 일이 있었다. 후에 성종이 이 사실을 알고 짐짓 노하여, 성균관에 명하여 당시의 유생들을 기록 하게 하였다. 그리하여 다른 유생들은 모두 도망갔으나, 오직 한재 이목 선생만이 홀로 도망가지 않아서 성종의 칭찬과 술을 받은 일도 있었다고 한다. 또한 윤필상이 정승이 되어 정권을 제멋대로 휘두를 당시 그의 간교한 행위를 지적하여 그를 간귀奸鬼라고 한 상소로 인해 성종 23년(1492) 12월 4일 의금부에 갇혔다가 열흘 후인 12월 14일 석방되기도 하였다. 23세 되던 해인 성종 24년(1493) 10월 6일 정조사正朝使로 가는 장인 김수손 선생을 따라 중국 연경燕京에 갔다가, 24세인 성종 25년(1494) 3월 10일 5개월여 만에 귀국하였다. 25세 되던 연산군 원년(1495) 노사신에 대한 탄핵 사건으로 1월 27일 공주로 귀양을 갔다가 같은 해 5월 22일 풀려났으며, 동년 대과大科에서 〈천도책天道策〉과 〈등용인재책문登庸人才策問〉으로 장원급제壯元及第하였다. 장원급제 후 정6품의 성균관 전적과 종학사회를 제수받았으며, 26세에 진용교위로 영안남도(함경남도) 병마평사로 부임하다가, 27세에 휴가를 하사받아 호당에서 사가독서賜暇讀書를 했으며, 이 해에 청백리淸白吏로서 아호가 금강어수錦江漁叟인 아들 세장世璋을 낳았다. 28세인 연산군 4년 윤필상, 유자광, 이극돈 등 훈구파가 《성종실록》 사초史草의 〈조의제문弔義帝文〉을 구실로 김종직 학파인 사림파를 모함하여 많은 선비들이 억울하게 처형 또는 유배당한 우리나라 최초의 사화인 무오사화(1498)에 연루되어 돌아가셨다. 그 당시 한재 이목 선생은 체포당하자 곧 북쪽을 향하여 네 번 절을 올리고, 문초 받는 국문장으로 나아갔다고 한다. 1498년 7월 26일 한재 이목 선생은 계운 및 문병과 더불어 웃으며 이야기하다가 평일처럼 조용하게 형장에 나아가니 그때가 정오 일각이었다. 한재 이목 선생은 형 집행 시에도 신기가 평상시와 같았고, 스스로 〈절명가絕命歌〉를 지어 부르며 조금도 안색의 흔들림이 없었다고 한다. 그때 부른 〈절명가〉는 다음과 같다.[1]

검은 까마귀 모이는 곳에 흰 갈매기야 가지 마라

저 까마귀 성내어 너의 흰 빛을 시새움 하나니

맑은 강물에 깨끗이 씻은 몸이 저 더러운 피로 물들까 두렵구나

책을 덮어놓고 창문을 밀쳐 열고 보니

맑은 강물 위에 흰 갈매기가 떠 노는구나

우연히 침을 뱉고 보니 흰 갈매기 등에 묻어 버렸구나

흰 갈매기야 성내지 마라

저 세상 사람이 더러워서 침을 뱉았노라

黑鴉之集處兮 白鷗兮莫 適彼鴉之怒兮 諒汝色之 白歟淸江濯濯之身兮 惟廬(恐)染彼之血

掩卷而推窓兮 淸江白鷗浮 偶爾唾涎兮 漬濡乎白鷗背 白鷗兮莫怒 汚彼世人而唾也[2]

---

1 〈절명가〉에 대해서 일부 학자들은 한재 선생이 쓴 것이 아니라고 주장하기도 한다. 이에 대해서는 추가적인 연구가 진행되어야 할 것으로 판단된다.

2 점필재 선생의 후손인 김기 선생은 〈절명가〉에 붙여 '追慕寒齋李穆先生(한재 이목 선생을 추모하다)'라는 다음과 같은 시와 설명을 하였다. 한재 선생은 의미가 깊고 문장이 수려하기로 이름난 〈다부(茶賦)〉의 저자이다. 점필재 선생의 제자로 기절(氣節)이 특출하고 글을 잘 지었다. 특히 차(茶)에 대해 높은 식견을 갖추어 한국 다도(茶道)의 거봉(巨峯)이 되었다. 무오사화 때 훈구대신들에게 모함을 당하여 목숨을 잃었는데, 그때 선생의 나이 겨우 28세였다. 점필재 선조와 함께 화를 당하였기에 선생을 생각하면 늘 안타까운 정이 일어났다. 선생은 죽음 앞에서도 초연하게 〈절명가(絕命歌)〉를 읊었는데, 여기서 훈구대신들을 까마귀로 비유하여 '까마귀 성내어 너의 흰빛 시새움 하나니'라고 읊었다. 그래서 이 시에서도 까마귀를 언급하였다. 〈追慕寒齋李穆先生(한재 이목 선생을 추모하다)〉怒鴉競啄命難全(성난 까마귀 앞다투어 쪼니 목숨 보전하기 어려워라) 未試鴻才早返天(큰 재능 시험해보지도 못하고 일찍 하늘로 돌아가셨네) 茶賦猶存如貫玉(아직 남아 있는 〈다부〉는 옥을 꿴 듯하니) 玄深旨趣照千年(그윽하고 깊은 의미는 천년을 가르치네)

그렇게 한재 선생은 스물여덟의 젊은 나이로 안타까운 삶을 마감하였다. 사망 후인 연산군 10년(1504) 갑자사화 때 다시 부관참시剖棺斬屍란 혹형까지 당하였다. 중종반정中宗反正에 의해 연산군이 축출되고 중종이 등극하자, 그의 억울했던 죄명이 벗겨져 관직이 복직되고, 가산도 환급받았으며, 명종 7년(1552)엔 종2품인 가선대부嘉善大夫, 이조참판吏曹參判 겸 홍문관 제학, 예문관 제학, 동지 춘추관 성균관사를 증직받았다.

명종 14년(1559)엔 공주 공암孔巖의 충현서원忠賢書院에 배향 되었으며, 인조 때엔 청음 김상헌이 〈묘표문〉을 짓고, 계곡 장유가 〈묘지명〉을 지었다. 숙종 43년(1717)엔 자헌대부, 이조판서 겸 홍문관 대제학, 예문관 대제학, 세자 좌빈객, 오위도총부 도총관 등 정2품의 관직을 추증받았으며, 경종 2년(1722)엔 '정간貞簡'이라는 시호가 내려졌다. 영조 2년(1726)엔 그의 절개를 영원히 기려 제사를 지내도록 '부조지전不祧之典'이 내려졌고, 정조 5년(1781)엔 전주의 황강서원黃岡書院에 배향하여 그의 효우충직孝友忠直한 성품과 불의에 굽힐 줄 모르는 강직한 기품, 그리고, 깊은 학문과 굳건한 절의를 숭상하도록 하였다.

역사학자인 이이화 선생은 《인물 한국사》에서 짧게 굵게 산 곧은 선비인 이목 선생의 선비정신을 높이 평가하였다. 그러면서 이목 선생이 젊은 나이로 죽게 된 데는 두 가지 이유가 있다고 보았다. 하나는 불의와 한치도 타협하지 않을 뿐 아니라 불의를 저지른 자는 어느 누구든 맞서는 그의 기질 탓이고, 또 하나는 김종직 선생의 문하에서 정여창이나 김일손 같은 꿋꿋한 신진 학자들과의 사귐으로 보았다. 그리하여 상대가 비록 권신일지라도 조금도 타협하지 않았고, 현실에 대해 과감하게 맞선 것이라고 보았다. 무오사화로 죽은 뒤 중종반정 이후 모든 명예가 회복되어 뭇 선비들의 귀감이 되었다. 선비정신이

투철한 그는 짧고 굵게 산 표본이 되어 뒷사람의 귀감이 되었다고 평가하였다.[3]

이와 같이 한재 이목 선생은 그야말로 도학道學과 문장文章, 그리고 절의節義를 겸비한 선비였고 학자였다. 그러나 불행히도 28세란 젊은 나이로 생애를 마쳤기 때문에 학문을 보다 집대성할 수 있는 기회를 갖지는 못했다. 또한 문하에 제자를 가질 기회조차 없어 그 높은 학덕을 계승 선양하는 길이 막힌 것은 안타까운 일이 아닐 수 없다. 그분의 생애가 좀 더 길었더라면 한국 차계뿐만이 아니라 한국 정신사의 큰 별로 남아 있을 것이라고 확신하게 된다.

오늘날 한재 이목 선생을 추모하는 '한재당寒齋堂'이 한재 선생의 출생지인 경기도 김포군 하성면 가금리에 위치하고 있는데, 경기도 지방문화재 제47호로 지정되어 있고, 최근 경기도와 김포시에 의해 성역화 작업 등이 진행되고 있다.

---

3 이이화, 《인물 한국사》 1, 주니어김영사, 2011.

〈표〉 한재 이목 선생의 생애 구분

구분	내용
I. 수학기(修學期) 출생 후 진사시에 합격할 때까지 [성종 2년(1471) ~ 성종 20년(1489)]	1. 성종 2년(1471) – 현 경기도 김포군 하성면 가금리 출생 2. 성종 9년(1478, 8세) – 취학(류분 문하) 3. 성종 15년(1484, 14세) – 점필재 김종직 문하에서 수학
II. 유배기(流配期) / 사행기(使行期) 진사시 합격 후 중국 사행 때까지	1. 성종 20년(1489, 19세) – 생원시 장원, 진사시 2위 급제, 전주부윤 김수손의 딸과 혼인, 성균관 벽송정의 무녀 음사 축출 2. 성종 23년(1492) 12월 4일 – 윤필상의 간악함을 상소, 12월 14일까지 10일간 의금부에 구금됨 3. 성종 24년(1493) 10월 12일 ~ 성종 25년(1494) 3월 10일 – 정조사인 김수손의 자제군관으로 중국 연경에 사행(使行) 갔다 옴 4. 연산군 원년(1495, 25세) 1월 27일 – 노사신 탄핵 사건으로 공주에 귀양 갔다가 동년 5월 22일 풀려남(〈다부〉 저술 추정?)
III. 공직기(公職期) 문과 장원 후 무오사화 때까지	1. 연산군 원년(1495, 25세) 10월 – 증광문과(增廣文科) 장원급제, 12월 성균관전적(成均館典籍)과 종학사회(宗學司誨) 제수 2. 연산군 2년(1496, 26세) – 진용교위(進勇校尉)로 영안남도(永安南道) 병마평사(兵馬評事), 6월 26일 아들 세장(世璋) 탄생, 12월 홍문관 보직 및 사가독서(賜暇讀書, 〈다부〉 저술 추정?)
IV. 참형기(斬刑期) 무오사화 시 참형~갑자사화 시 부관 참시~중종반정 후 복권될 때까지	1. 연산군 4년(1498) 7월 27일 – 무오사화 시 난언절해죄(亂言切害罪)로 참형 2. 연산군 10년(1504) 갑자사화 시 부관참시(剖棺斬屍).
V. 복권 및 추증기(復權 및 追贈期) 중종반정 후 복권~공주 충현서원 배향, 시호 정간(貞簡) 등 추증	1. 중종 2년(1507) – 복관(復官) 및 가산 환급 2. 명종 7년(1552) – 가선대부 이조참판 겸 홍문관 제학, 동지춘추관, 선균관사 추증 3. 선조 14년(1581) – 공주 충현서원(忠賢書院) 배향 4. 선조 18년(1585) – 자제인 감사공 세장(世璋)이 수습 성책하고, 손자인 무송현감 철이 활자로 문집 《이평사집(李評事集)》 간행 5. 인조 3년(1625) – 김상헌이 〈묘표(墓表)〉 지음 6. 인조 9년(1631) – 청송부사인 증손 구징이 문집 《이평사집(李評事集)》 중간 7. 경종 2년(1722) – 시호 '정간(貞簡)' 내림 8. 영조 2년(1726) – 부조지전(不祧之典) 내림 9. 정조 5년(1781) – 황강사(黃岡祠)에 추배(追配) 10. 순조 30년(1830)–유생들에 의해 문묘종사(文廟從祀) 요청 11. 1914년 – 14세손 이존원, 《한재집(寒齋集)》 간행

구분	내용
VI. 재조명 및 평가기(再照明 및 評價期) 《한재문집》 국역 발간(1981) 후 절조 있는 선비와 한국차의 선구자로 재조명 및 평가	1. 1974년 – 한재당(寒齋堂) 중건, 12월 28일 한재종중 관리위원회 발족 2. 1975년 9월 5일 – 한재당, 경기도 지방문화재 제47호로 지정 3. 1981년 – 한재종중관리위원회, 《한재문집(寒齋文集)》 국역본 발간. 4. 1986년 3월 16일 – 차문화연구회, 김포 한재당에서 헌다식(獻茶式) 거행 5. 1986년 12월 13일 – 제1회 한국차문화연구회 학술발표회, '우리나라 차의 아버지 – 다부(茶父)' 추앙(追仰) 6. 1988년 4월 – 한재다원(온실) 조성 / 한국문집총간 제18권 《이평사집》 영인본 발간 7. 1996년 12월 23일 – 한재다정(寒齋茶亭) 준공 8. 1998년 7월 26일(음) – 한재 기제사 날 제사홀기(祭祠笏記)의 '철갱봉다(撤羹奉茶)' 확인 9. 2004년 8월 – 한국차인연합회, '다선(茶仙)' 추앙(追仰) 10. 2008년 2월 – 한재이목선생기념사업회 설립(회장 류승국 박사) 11. 2012년 – 국역 《한재집》 발간 12. 2021년 – 신도비 및 다부비 건립

03.

점필재 김종직 선생과 한재 이목 선생

점필재(佔畢齋 김종직金宗直(1431~1492) 선생과 한재寒齋 이목李穆(1471~1498) 선생은 도학과 문장을 이은 사제師弟 관계이다. 점필재 선생은 알다시피 조선전기 사장학詞章學에서 성리학性理學으로 전환되도록 하였으며, 훈구파에서 사림파로 이동하도록 초석을 다진 학자이자 문신이다. 그리고 고려말 야은冶隱 길재吉再(1353~1419) 선생과 부친이신 김숙자金叔滋(1389~1456) 선생으로부터 전수한 도학道學을 연마하고 그것을 전파한 사람이기도 하다. 결국 점필재 선생은 도학道學과 문장文章, 그리고, 절의節義를 겸비한 학자로서 그의 작품은 도학 사상이 녹아들어 도문일치道文一致의 정신을 잘 드러내고 있다.

한재 이목 선생은 경기도 김포에서 태어나서 8세에 취학하였으며, 14세이던 성종 15년(1484)에 점필재 선생의 제자로 수학을 하게 됨으로써 점필재 선생의 문장과 도학, 그리고, 절의節義를 이어받게 된다.

김상헌金尚憲(1570~1652) 선생이 지은 〈묘표墓表〉에 보면, 한재 이목 선생은 타고난 성품이 효우가 있고 충직하였으며 활달하고 큰 절개가 있었다. 또 집 안에서 거처할 때에는 성실하고 화락하였으나 일의 시비를 논하고 선악을 변별할 때에는 강개하고 매우 정직하여 회피하는 일이 없었다. 항상 우리 도를 붙들고 이단을 물리치는 것으로써 자신의 임무를 삼았다. 그 기절과 풍재를 한 시대 사람들이 경모하지 않음이 없었다.

또 장유張維(1587~1638) 선생이 지은 〈묘지墓誌〉에 보면, 한재 선생이 남긴 글을 읽어보고 그 사람됨을 상상해 보면 늠름하여 여전히 생기가 우러나오는 듯하여 묘지명을 써드린다고 하면서, 한재 선생은 어려서 점필재 선생을 따라 수업하면서 학문에 힘을 쓰고 문사를 능숙하게 익혔으며, 글 중에서는 《좌씨춘추左氏春秋》를 좋아하고, 옛사람 중에는 송나라 때 학자이자 개혁가인 범중엄范仲淹(989~1052) 선생을 존경하였다고 한다.

범중엄 선생이 지은 시 중 〈악양루기岳陽樓記〉가 유명하며, 그 마지막 구절인 '천하 사람들 앞서서 근심하고, 천하 사람들 모두 즐거워한 뒤에 즐거워하라[先天下之憂而憂 後天下之樂而樂歟]'는 말이 생각나고, 아마도 한재 선생 또한 범중엄 선생의 '선우후락先憂後樂'의 정신을 존경하였고, 그와 같은 기상이 좋아했을 것 같다.

04.
한재 이목 선생의 차 인연

한재寒齋 이목李穆 선생이 〈다부〉를 지을 정도로 차에 대해 큰 관심을 가지고 이를 즐기게 된 인연은 다음과 같이 몇 가지로 추정해볼 수 있다.

첫째, 집안의 제사에 차를 올릴 정도로 집안에서 이미 차와 관련된 직간접적인 풍토가 마련되어 있었다는 점이다. 그 점은 전주이씨 한재공파寒齋公派에 내려오는 제사를 지내는 순서를 기록한 〈제례홀기祭禮笏記〉에 '철갱진수撤羹進水' 대신 '철갱봉다撤羹奉茶'라는 내용이 들어있는 것에서 보듯, '제사를 지낼 때 물을 올리지 않고 차를 올렸다'는 사실에서도 확인해볼 수 있다.

둘째, 14세 때 당시 유학의 거두인 점필재 김종직 선생의 제자가 되어 차를 즐기는 스승과 동문들의 영향을 받게 되었다는 점이다.

셋째, 19세에 진사에 합격한 후 성균관에 들어가 유생으로서 유생들이 사신을 알현할 때 올리는 다례 등을 통하여 차를 구체적으로 접하게 되었다는 점이다.

넷째, 23세에서 24세 사이 5개월간 중국 명나라의 연경에 사행使行으로 따라갔다가 중국의 차와 차문화를 접하고, 일부일지라도 중국의 차 유적지를 실제 답사하게 되었다는 점이다.

다섯째, 연산군 2년(1496) 영안도 병마평사에서 홍문관에 보직 이동하여 사가독서賜暇讀書 할 적에 차시 등을 통해 실질적인 차생활을 접하였다는 사실이다.

여섯째, 육우의 《다경》과 《문헌통고》 등 차 관련 전문서적을 읽은 후에 차에 대한 관심과 안목을 넓히고, 단순히 차를 즐기는 것뿐만이 아니라 차에 대한 관심과 체험을 통해 체계화하게 되었다는 점이다.

그리고 마지막으로, 차를 즐기는 차인과의 만남이다. 한재 이목 선생의 경우 차가 단지 단순한 기호식품이 아니라 차를 생활화하며, 진정한 차인으로 즐기게 되었다는 사실은 한재 이목 선생의 삶과 생활에서 구체적으로 살펴볼 수가 있다. 특히 차를 즐기는 집안의 가풍과 조선시대 대표적인 차인 중의 한 사람인 점필재 김종직 선생과 동문수학한 차인들과의 만남, 그리고 성균관 유생 시절과 홍문관 시절의 차생활 등을 통해서 구체적으로 확인해볼 수가 있다.

이와 같이 한재 이목 선생의 경우에는 차를 접할 수 있는 다양한 최상의 환경조건이 마련되어 있었다. 좋은 스승과 차인들, 최고의 환경과 전문서적, 중국 사행使行 시절과 유생으로서의 수학 시절, 그리고 차 유적지 답사 등을 통하여 차를 단순히 마시는 수준으로서가 아니라 생활 속에서 차를 즐기는 전문 다인으로서 한국차韓國茶를 체계화하는 데 이바지하게 된다.

05.

한재 후손들의 차사랑

500년 이상 전해온 한재종중寒齋宗中의 차 사랑은 안타까운 한국차의 역사와 그 궤를 같이한다. 침체되었던 한국의 차문화가 20세기 중후반에 다시 일어나면서 500년간 잊혀졌던 한재 이목 선생의 〈다부茶賦〉가 우리나라 최고最古의 다서茶書로 평가됨과 더불어 뜻있는 차인들 중심으로 한재 선생을 모신 김포의 한재당(김포시 하성면 평화공원로 101)에서 정기적인 헌다례 등이 진행되고, 한재 문중의 후손들도 차의 세계에 들어오게 된다.

그 와중에서 한재종중의 한재 후손들도 선조를 추앙하기 위하여 한재당寒齋堂을 짓고, 부조묘不祧廟(4대가 지난 조상은 사당에서 제사를 지내지 않으나, 나라에 공훈이 있는 사람은 왕의 허락으로 계속 제사를 지냄)로서 한재 선생을 추모하는 기제사 등을 시행하여 왔다. 한재 후손으로서 안타까운 사실은, 〈다부〉에 대해서도 한재 조부의 문집인《이평사집李評事集》내에 있었음은 알고 있었고, 기제사 시 제사홀기祭祀笏記에 국그릇을 내리고 차를 올린다는 '철갱봉다撤羹奉茶'라는 내용이 있었음에도 불구하고, 적어도 수백 년간 차를 제대로 올리지 못했다고 볼 수가 있다. 〈다부〉 서문에 쓰인 한재 조부의 말처럼, 차에 대해선 잘 알지 못하다가 외부의 차인들을 통해 차를 이해하고, 서서히 차에 대한 관심을 증대시키고자 노력하고 있다. 어찌 보면 지난 500년간 묻혀 있던 보물을 찾은 지금, 우리 후손들은 그 가치를 열심히 선양하고자 노력하고 있다.

이제까지의 과정을 보면, 1981년 류석영柳錫永 박사에 의해《한재문집寒齋文集》이 국역國譯되면서 거의 500년간 묻혀 있던 〈다부〉가 한글로 번역되면서 정신문화연구원에 있는 이형석 박사 등 차인들에 의해 새롭게 부각되고 재평가된다. 그 후 문중에서도 한재 조부를 선양하기 위해 차계와 손을 잡고 〈다부〉의 가치와 차문화의 확산을 위해 한국을 대표하는 차지종가茶之宗家 중의 하나로서 역할을 담당하기 위해 노력하고 있다. 그동안 한재종중이 추구해온 차에 대한 사랑은 다음과 같이 진행되고 있다.

첫째, 한국의 다선茶仙 또는 다부茶父(한국차의 아버지)라는 이름에 걸맞도록 한재당寒齋堂을 한국차의 성지聖地로 성역화하는 사업이다. 한재 선생의 출생지이기도 하고, 현재 한재 선생의 묘역과 사당이 있는 경기도 김포의 한재당은 후손들에 의해 1974년 재건립되어 1975년에 경기도 지방문화재 제47호로 지정되었고, 1996년에 한재다정寒齋茶亭과 차밭이 건립되는 등 지속적인 성역화 사업이 진행되고 있다. 2021년에는 신도비神道碑와 다부비茶賦碑를 건립하였고, 기존의 한재다원

寒齋茶園을 230평 정도 확대 조성하여 직접 재배된 찻잎으로 차를 만들어 한재당에 헌다례도 하고, 주위의 차인들에게 차 제다 실습을 제공하는 등 수도권을 대표하는 한국차韓國茶의 성지聖地로서 전국의 많은 차인들이 찾아와서 즐길 수 있도록 개선해 가고자 노력하고 있다.

둘째, '(사)한재이목선생기념사업회'를 만들어 절조 있는 선비이자 한국 차문화의 선도자인 한재 조부를 선양하기 위한 사업들을 추진하여 왔다. 류승국 박사를 회장으로 시작하여 이동국 박사, 차인연합회 박권흠 회장, 그리고 전 농림부 차관으로 전前 한재종중 회장인 이병석 회장을 영입하여 새로운 발전과 전환을 통해 발전을 도모하고 있다. 유학자이자 차인이라는 선도적 이미지를 고양시키기 위해 21세기 현 시점에서 한재 조부를 선양하기 위한 사업을 준비해가고 있다. 그 점에서 무엇보다 차계와 차 전문가그룹, 그리고 차인들의 협조가 필요하며, 차계와 함께 한재 선생과 한국 최고最古의 다서茶書인 〈다부茶賦〉를 활용한 다양한 사업들을 준비하고 있다.

셋째, 한재종중 차원에서 한국 차계와의 협력과 발전을 강화해가는 것이다. 그러기 위해서 수년 전부터 한재 후손들도 한재 선생이 즐겼던 차에 대해 더 많은 관심을 가지고 배우고 차생활을 하며, 차 활동 등을 장려해가고 있다. 종중 차원에서 한재 조부의 '오심지다吾心之茶 백자다기 세트'를 단체로 주문하여 일부는 후손들이 직접 이용하고, 일부는 선물로 사용하는 등 종중 내 차생활을 실천해가고 있다.

무엇보다 한재 후손들은 한재 선생을 제대로 선양하기 위해서는 한국 차계에 대한 홍보와 활동을 강화해야 한다는 판단을 하였다. 그리하여 한재종중에서도 작년(2021)에 이정병 회장이 취임하면서 늦었지만 큰 전환의 발걸음을 강화해가고 있다. 한재 선생이 한국 차계에 미친 큰 상징성과 영향을 생각해서 한국 차계와의 협력과 발전을 위한 큰 그림을 그리고, 차계의 전문가들을 찾아다니면서 종중이 우선 할 수 있는 사업으로서 한재 조부 및 〈다부〉 관련 '한재다부상寒齋茶賦賞'과 '한재장학금寒齋獎學金' 등 연구지원과 장학사업에 집중하기로 하였다.

그리하여 2020년 12월 제1호 '한재다부상'에 류건집 교수를 선정하여 수상하였고, 2021년 6월 제1호 '한재장학금'은 부산대 국제차산업문화전공 석사과정 서영숙 씨가, 그리고 2021년 11월 제2호 한재장학금은 석사과정 강상희 씨가 수상하였으며, 제3호는 원광대 예다학 전공(박사과정) 강성자 씨, 제4호는 예다학 전공(석사과정) 강연록 씨가 수상하였다. 앞으로도 〈다부茶賦〉 교과목을 개설하여 성적이 우수한 학생들을 대상으로 한재장학금을 수여할 예정이다. 그리고 부산대학교 국제차문화포럼(부국차포럼, PNU Tea Forum) 등 한재 관련 학술발표 및 한재 〈다부〉 관련 석·박사 논문 작성 시 후원금을 지급하여 한국 차계와 차학茶學의 발전을 격려하고 있다.

지금의 시점에서 필자 또한 한 차인으로서, 그리고 한재 후손으로 한재 조부에 부끄럽지 않도록 잘 살아가고 있는가 하는 자성을 해보게 된다. 수십 년간 차를 즐기고 차 공부를 하고 차를 나누어 왔지만 많은 것이 부족함을 고백할 수밖에 없다.

더욱 한재 조부의 〈다부〉 결론에 나오는 물질적 차를 마시고 정신적 차의 경지를 드러내는 '내(우리) 마음의 차'라는 오심지다吾心之茶의 심차정신心茶精神을 제대로 드러내며 살아가고 있는가 하는 자성을 해보게 된다.

그래도 한재 후손으로서 차를 즐기고 한재 조부의 차정신을 이어가야 한다면 나 자신부터 한국 차계를 위해 무언가 이바지할 것이 있다고 생각한다. 그러다가 30여 년 이상을 학교에 있다 보니 항시 연구하는 것이 일이라 한국차를 학문적으로 정립해보자는 생각을 하게 되었다. 그리하여 환갑이 넘어 정년이 몇 년 남지 않은 나이에 거점 국립대학인 부산대학교에 '국제차산업문화전공(國際茶産業文化專攻)'과 '한재차연구소(寒齋茶研究所)'를 만들어 석사 20명(이학석사)과 박사 5명(이학박사)을 개설하여 나름대로 한국 차문화의 발전에 기여하고 우리나라 차학茶學의 학문적 토대를 형성하고자 노력하고 있다. 그렇지만 그 일 또한 갈수록 현실은 어렵고 해야 할 일들이 많음을 알게 된다. 그래도 그럴수록 한재 조부를 생각하면 '청정한파淸淨蘘菠'라는 말처럼 부족함을 노력으로 메우면서 내가 이 시대에 담당해야 할 몫이라면 더 열심히 해야겠다는 다짐을 하게 된다.

지금도 많은 차인들이 한국 차문화의 역사를 중흥시키기 위해 열심히 활동하고 있다. 그에 부족하지 않도록 한재 후손들도 훌륭한 선조의 뒤를 이어서 절조 있는 선비이자 한국 차문화의 선도자인 한재 조부를 선양하기 위해서라도 앞으로는 차생활과 차 활동, 그리고 차 공부 등에 더 지속적이고 왕성하게 임해서 한국 차문화 발전에 적극 이바지하고자 노력해 가야 한다.

06.
한재 이목 선생의 차정신과 가르침

　한재寒齋 이목李穆 선생의 차茶에 관한 기본적인 생각은 조선시대 대표적인 선비로서 유학사상儒學思想을 바탕으로 노장사상老莊思想 등을 수용하여 자신만의 사상으로 체계화하였다고 볼 수가 있다. 개인적으로 세상의 풍파가 모질더라도 수신제가修身齊家의 길을 가는 굳건한 선비의 기상이 잘 드러나고 있다. 어찌 보면 선비의 길을 걷는 자신과, 맑고 곧은 품성으로 험한 자연 속에서 잘 생육하는 차茶를 대비시켜, 하나로 되어가는 구도자적 삶의 모습들이 잘 드러나고 있다. 그것은 곧 '내(우리) 마음의 차[吾心之茶]'라는 다심일여茶心一如의 경지로 나타나고 있다. 비록 불우한 삶으로 젊은 나이에 삶을 마무리하였지만, 최소한 차와 하나되는 자신만의 세계를 드러내놓고 갔다는 점에서 오히려 오늘날의 차인들에게 소중한 이정표를 제시해주고 있다. 현실은 비록 풍파에 시달리고 모질더라도, 항시 본모습과 뜻을 잃지 않고 꿋꿋하게 살아가야 한다는 사실들을 잘 보여주고 있다.

그와 같은 구체적인 내용은 〈다부茶賦〉의 서문과 결론 부분에도 잘 나타나 있다. 〈다부〉의 서문에 보면, 차 자체의 본질적 가치와 차의 품성을 살려가는 정신적 가치에 대해서 오늘날의 우리에게 귀중한 삶의 자세를 가르쳐 준다. 분명 한재 이목 선생의 성품과 정신, 그리고, 삶도 차의 품성과 같이 올곧고 맑은 특성을 기본적으로 지니고 있었음을 확인할 수 있다. 결국 한재 이목 선생은 차와 자신의 처지가 하나로 되는 기나긴 여정을 구체적으로 보여준 참 선비였고, 본인의 마음과 행동도 하나가 된 지행일치知行一致의 진정한 차인茶人이었음을 알 수 있다. 그런 의미에서 오늘날과 같이 물질문명에 일방적으로 황폐화되는 현대사회의 정신적 혼돈 상황에서 귀중한 가르침을 제시해주고 있다.

오늘날 많은 사람이 풍요로운 물질문명 속에서 편리성과 일시적인 기호에 탐닉해 가고 있다. 이러한 시대적 흐름에서 그래도 차의 품성을 자신과 하나가 되어 정신적인 구도자적 삶을 구현한 구체적인 표상을 제시해 주고 있다는 점에서 한재 선생의 가르침은 매우 큰 의미가 있다. 그런 의미에서 한재 이목 선생의 기본적인 차정신은 차의 본성과 자신이 하나가 되는 '다인불이茶人不二'의 경지이고, 차와 자신의 삶을 하나로 이어가는 구도자적 삶이었다는 점에서 차에 있어서 정신적인 수행과 가치를 높여주었다고 볼 수가 있다.

이러한 점은 행사나 다례, 그리고 단체 위주의 오늘날의 차인들에게 차의 본성과 가치, 그리고 진정한 차정신의 의미를 온전히 알게 해주고, 나름대로 큰 방향성과 대안을 제시해주고 있는 것이다.

또 〈다부茶賦〉나 한재寒齋 이목李穆 선생의 대표작 중 하나인 〈천도책天道策〉 등을 통해서도 살펴볼 수 있듯이, 한재 선생은 부단히 노력하고 공부하는 실천궁행實踐躬行의 자세를 보여주고 있다. 단순히 지

엽적이거나 단편적인 내용이 아니라, 여러 가지 문헌과 자료들을 부단히 조사하여 체계적으로 논리정연하게 정리하였다. 그러기에 오늘날의 차인들은 한재 이목 선생의 투철한 연구 정신과 박학다식함, 그리고 체계적인 깊이감을 배울 줄 알아야 한다. 〈다부〉의 내용을 통하여 살펴볼 수 있듯이 내용의 깊이와 넓음, 그리고 논리정연함 등은 그 내용과 체계상에서 완성도가 매우 높다. 그런 점에서 오늘날 한국차의 재조명 작업과 발전은 우선은 차인들의 치열한 공부와 깊이 있는 연구가 이루어져야 한다는 점에서 한재 이목 선생의 실천궁행實踐躬行의 탐구하는 자세는 배울 바가 많다.

끝으로, 〈다부茶賦〉는 육우의 《다경茶經》과 마단림馬端臨의 《문헌통고文獻通考》 등의 내용을 참조한 것으로 나타나고 있지만, 어느 한 저서에만 의존한 것이 아니라, 차를 즐기고 사랑하는 사람으로서 차와 자신의 삶을 대비시켜 연구하는 자세로 그 시대 구할 수 있는 다양한 문헌들을 참조하여 자신만의 세계로 차 이론을 독자적으로 정립한 것이라고 볼 수가 있다.

그러한 점은 〈다부茶賦〉의 체계와 내용을 보면 구체적으로 확인해 볼 수가 있다. 〈다부〉의 체계는 오늘날의 논문과 같이 전문적인 안목으로 체계를 확립하여 정리하였고, 그 내용 또한 남의 자료나 내용을 단순히 소개하는 것이 아니라 자신만의 새로운 견해로 잘 정리하였다. 더불어서 최종적인 결론으로 '내(우리) 마음의 차吾心之茶'라는 차茶와 차인茶人들이 하나가 되는 이상적인 경지를 잘 드러내 주고 있다.

이런 점에서 한재寒齋 이목李穆 선생은 단순한 차인茶人이라기보다는 차茶의 상징인 청정성淸淨性과 정기精氣를 스스로의 삶을 통하여 온전하게 드러냄으로써 2천 년의 한국차 역사에서 한 시대를 대표하는 상징적인 차인으로 평가되고 있다.

07.

한재 이목 선생의 차정신과 위치

마지막으로 한재寒齋 이목李穆 선생의 차정신茶精神을 정리하면 다음과 같다.

첫째는 차의 성품을 찬양하는 것이고, 둘째는 차의 공덕과 특성을 잘 살려가는 것이고, 셋째는 결국 차와 차인이 하나 되어 즐기는 다심일여茶心一如의 경지로 귀결되며, 마지막으로는 바람직한 차와 차인의 관계, 그리고 진정한 차인 정신이 무엇인지를 잘 보여주고 있다.

특히 한재 이목 선생이 이끌어 내는 〈다부茶賦〉의 마지막 결론은 '오심지다吾心之茶'라는 '내(우리) 마음의 차'로 귀결된다.

차를 즐기는 차인이라면, 내 밖의 차가 이윽고 나에게로 와서 나 자신과 하나가 되는 '다심일여茶心一如'의 경지로 나아가야 한다는 사실을 구체적인 실례로 보여주고 있다.

역사상 많은 차인이 차를 즐기며 살다 갔지만, 결국 차의 품성인 맑음과 곧음을 온전하게 드러내고 하나가 되어 살다 간 사람은 드물었다. 그런 의미에서 차의 본성과 특성답게 하나 되는 삶을 살다 간 사람이 바로 한재寒齋 이목李穆 선생이었다.

고려 말 충신인 포은 정몽주 선생이나 한재 이목 선생의 〈절명가絕命歌〉는 한 시대 올곧은 삶을 산 절의 있는 선구자가 현실에 토해내는 절규이다. 대부분의 의로운 삶을 살다 가는 사람들은 현실에서 부당한 대우를 받고 목숨까지 바쳐야 하는 참담한 삶을 살았지만, 후대에 미치는 삶과 정신은 역사적으로 온전하게 평가되고 그 이름은 영원히 빛나게 된다.

한재 이목 선생 또한 당대 최고의 지식인으로서 현실에 대한 개혁과 불의와 타협하지 않는 올바른 삶의 태도, 옳은 일을 위해 목숨을 초개처럼 버릴 줄 아는 용기, 그리고 시대를 앞서가는 의식으로 오늘날 후인들의 귀감이 되고 있다. 이 점에서 백범 김구 선생이 자주 애송하시고 쓰시던 조선후기 순조 때 문신 임연당臨淵堂 이양연李亮淵(1771~853)의 〈야설野雪〉이라는 시가 생각난다.

눈 덮인 광야를 걸어갈 때
이리저리 함부로 걷지 말라.
오늘 내가 걷는 이 길이
후일 뒷사람의 본이 되리니.
踏(穿)雪野中去 不須胡亂行 今日我行跡 遂作後人程

2천여 년에 걸친 한국의 차 역사에서 한재 이목 선생의 가치는 매우 특별하다고 할 수 있다. 특히 삼국시대와 고려시대에 융성했던 차문화가 조선시대에는 상대적으로 쇠퇴한 것으로 평가되고 있으나, 한국 전래의 차문화와 인도에서 전래된 가야 차문화, 그리고 중국 전래의 신라시대 차문화, 고려시대 불교다례, 조선시대 초반 점필재 김종직 선생으로 이어지는 선비다례를 이어서 우리나라 차문화의 체계와 차정신을 뚜렷하게 부각시킨 대표적인 인물이 바로 한재寒齋 이목李穆 선생이다.

결국 한재 이목 선생은 점필재 김종직 선생과 매월당 김시습 선생의 뒤를 이어 조선시대 초반에 우리나라 차문화와 차정신의 이론체계를 최초로 정립하고 체계화하여 아암 혜장선사와 다산 정약용 선생, 그리고 초의선사와 추사 김정희 선생으로 이어지는 한국차의 중흥기를 전승시켜준 대표적인 차인이자 선구자였다. 그런 의미에서 한재 이목 선생은 '한국차의 아버지'인 '한국의 다부茶父'로 재평가되고 있으며, 2004년에는 한국차인연합회에 의하여 '한국의 다선茶仙'으로 추앙되는 등 한국차의 진정한 어른으로 평가받고 있다.

08.
맺는말

　오늘과 같이 혼탁한 시대적 격랑기에 항시 올곧은 정신과 그 시대의 사표師表가 될 참사람을 우리는 찾고 있다. 그것은 곧 시대가 혼탁할수록 훌륭한 차인으로서 이 시대의 정신과 문화를 이끌어가야 하기 때문이다.

　그런 측면에서 차茶의 기본적 품성인 맑고 곧은 특성을 잘 살려서 그대로 하나가 되어 한 시대의 사표로서 드러내 놓고 간 진정한 선비이자 올곧은 차인이 바로 한재寒齋 이목李穆 선생이다.

　오늘날에도 항시 세파世波는 변함없이 요동치고, 사회는 혼탁한 소용돌이 속에 헤매고 있다고 볼 수 있다. 그러기에 차가 시대정신을 이끌어 가고, 차인들이 이 시대의 참사람으로서 맑고 올곧은 기상을 드러낼 때, 우리가 함께하는 사회는 훨씬 더 건강해지리라고 판단된다.

오늘날 한재 선생이 다시 태어난다면 이렇게 말할 것 같다.

"차를 즐기는 차인이라면 모름지기 '내 마음의 하늘[吾中之天]'이 있음을 알고, '내(우리) 마음의 차[吾心之茶]'를 마시듯 인생을 즐겨야 한다."

지금 이 시점에서 한재 이목 선생의 삶과 사상을 오늘에 되살리고, 그분의 가르침을 오늘에 되새겨보는 것도 이 시대의 빛이 되고 밝은 희망이 되리라 믿는다.

그리하여 지금 이 시대의 차인茶人들이 한재寒齋 이목李穆 선생의 가르침을 이어서 한국차의 맑고 곧은 품성이 이 시대 차문화茶文化의 초석이 되고 차인들의 가슴속 구석구석에 가득하기를 기대하게 된다.

연구과제

1. 한재 이목 선생의 생애와 평가

2. 한재 이목 선생의 한국차 역사상 가치

3. 한재 이목 선생의 삶과 정신

4. '한국차의 아버지'인 '한국의 다부(茶父)'와 '한국의 다선(茶仙)'에 대한 평가

5. 한재 이목 선생과 〈다부〉

6. 한재 이목 선생의 차정신

7. 조선전기 차정신과 한재 이목 선생의 차정신

8. 한재 이목 선생의 차정신과 한국의 차정신

9. 한재 이목 선생과 초의선사의 삶과 사상 비교

10. 오중지천(吾中之天)과 오심지다(吾心之茶)

11. 제례홀기에 나타난 철갱봉다(撤羹奉茶)

12. 선우후락(先憂後樂)과 한재 이목 선생

茶賦并序

凡人之於物或玩焉或味焉樂之終身

而無厭者其性矣乎若李白之於月劉

伯倫之於酒其所好雖殊而樂之至則

一也余於茶越乎其莫之知自讀陸氏

經稍得其性心甚珍之昔中散樂琴上而

제4장

〈다부〉의 가치와 평가

한재寒齋 이목李穆(1471~1498) 선생은 한국의 차 역사에서 조선초기 점필재 김종직 선생 및 매월당 김시습 선생과 더불어 조선 초기 차문화를 중흥시키고, 한국 최고의 다서인 〈다부茶賦〉를 통해 한국의 차정신을 드높인 한국 차문화의 선도자로서 '한국의 다부茶父' 또는 '한국의 다선茶仙'으로 추앙받고 있다. 우리나라 차 역사상 〈다부茶賦〉의 가치와 평가에 대해서는 기본적으로 현존하는 우리나라의 차 관련 저서 가운데서도 가장 오래된 다서茶書로서 1981년 《한재문집》에 처음으로 국역되어 소개된 이후 많은 이들에 의해 〈다부〉의 가치가 재평가되고 있다. 본 장에서는 〈다부〉의 가치에 대해 ①역사적 가치 ②정신적 가치 ③내용적 가치 ④형식적 가치의 측면에서 살펴보도록 한다.

01.

〈다부〉의 역사적 가치 :
한국 최고最古의 다서茶書

역사적 측면에서 〈다부〉의 가치는 한국차韓國茶의 역사에서 최초最初의 전문다서專門茶書이자 현존하는 최고最古의 전문다서라는 평가가 이루어지고 있다.

그동안 초의선사의 〈동다송〉과 〈다신전〉, 풍암楓庵 문위세文緯世(1534~1600)의 〈다부茶賦〉 등이 한국 최고最古의 다서로 언급되어 왔다. 그렇지만 한재 이목 선생의 〈다부〉는 선생이 중국 사행을 다녀온 뒤인 1494년 이후에 저술되었으므로, 〈기다記茶〉보다 300여 년이 빠르고 〈다신전〉보다 340년이나 앞서는 현존하는 한국 최고最古의 다서茶書라는 사실을 알아야 한다.

최진영은 〈한재 이목의 차정신 연구〉(2003)라는 석사학위 논문에서 〈다부〉의 역사적 위상에 대해, "〈다부〉는 지금까지 발견된 우리나라

최초의 차서로서 우리나라 유일의 차서라고 평가되어 왔던 〈동다송〉
보다 약 300여 년이 앞선 작품이라는 점에서 그 가치는 실로 더하다고
하겠다."고 평가하였다.[1]

천병식 교수는 《역사 속의 우리 다인》(2004)에서 "〈다부〉는 육우의
《다경》에 버금가는 차 노래로서 우리나라 다인들에게 가장 많은 영향
을 미친 당나라 문인 육우의 《다경》과 노동의 차 노래 〈칠완다가〉를
한재가 참고해 지은 노래가 바로 〈차노래[茶賦]〉이다. 〈다부〉는 초의
선사보다 3백 년이나 이전에 우리 다시 가운데 가장 빼어나다고 평가
되며, 〈다부〉는 1천 3백여 자로 되어 있으며, 다송茶頌의 백미로 꼽힌
다."고 하였다.[2]

최혜경 교수는 〈조선의 다서 연구〉라는 논문에서 이렇게 말한다.
"조선의 다서로는 한재 이목의 〈다부〉, 이운해의 〈부풍향다보〉, 이덕
리의 〈동다기〉, 초의의 〈다신전〉과 〈동다송〉, 산천 김명희의 〈다법 수
칙〉 등을 들 수 있다. 〈다부〉는 1494년 조선 초 차문화에 대한 이론
서가 없는 상태에서 간행된 조선 최초의 전문다서라고 할 수 있다.
초의의 〈다신전〉보다 330년, 〈동다송〉보다 340년 앞서는 조선 최고의
차 관련 자료이다."[3]

류건집 교수는 《다부 주해》(2009)에서 이렇게 말한다. "〈다부〉는 초
의의 〈동다송〉보다 340년이나 앞선, 차의 참다운 정신을 기록한 다서
로서 현재까지 발견된 우리 다서 중에 가장 오래된 것이다. 〈다부〉의
다서적 의의에서 〈다부〉는 우리나라에 현전하는 가장 오래된 다서로
〈기다〉보다 300여 년이 빠르고 〈다신전〉보다 340년이나 앞서며, 한재
이목이 중국에 가서 직접 체험한 차생활을 바탕으로 쓴, 차의 심오한
경지를 노래한 작품이다."[4]

정동주 선생은 《차와 차살림》(2021)에서 "〈다부〉는 차의 성품, 즉

'차성'에 자기 생각을 비유한 것인데, 노자와 장자 사상이 혼재되어 군자의 도에 이르는 이상을 차에 연결시킨 우리나라 차문화사의 국보급 문화유산"이라고 평가하고 있다.[5]

또한 중국 절강성 항저우차박물관의 왕건영 관장은 2012년 5월 20일 국내 차 유적지를 방문하면서 보성차박물관에 전시된 15세기 한재 이목 선생의 〈다부茶賦〉를 보고, 당시 한재종중에 연락해서 한재 선생의 사당인 김포 한재당寒齋堂에서 헌다례를 하고 가기도 했다. 왕 관장 일행이 한재당을 방문하여 헌다를 하고 간 것은 양국의 차 역사와 깊은 관련이 있다. 중국의 차 역사를 보면, 명나라 태조인 주원장은 황명으로 단차·병차·산차를 가루 내어 찻잔에 넣고 차선이나 차시로 풀어 마시는 송나라 시대의 점차법點茶法을 금지시켰고, 이에 따라 산차를 다관에 넣고 우려 마시는 포차법이 대세로 자리를 잡으면서 차법에 큰 변화가 발생하였다. 그런데 당·송 때에는 《다경》 등 많은 다서들이 발간된 반면, 차법이 바뀐 명나라 시기에는 차에 관한 다서가 많이 발간되지 않았다. 그러나 명나라 초기와 비슷한 시기인 조선 초기에 한재 이목 선생이 〈다부〉를 지은 것을 보고, 그 역사적 가치와 중요성, 그리고 차정신을 높이 평가하였던 것이다.(왕건영 관장과 필자의 대담 내용)

또 안선재 교수와 홍경희 선생, 중국차 전문가인 스티브 오우영(Steven D. Owyoung) 선생은 "이목 선생보다 차의 경이로움을 더 충분히 또는 더 크게 표현한 사람은 거의 없었다."며 그 가치를 이렇게 평가한다. "이목의 젊음과 이해도는 중국의 다성인 육우의 열정과 총명함을 반영했다. 300여 년이 지난 후, 초의선사는 《다경》의 이미지와 그림으로 가득 찬 차노래를 시적 문구로 써냈다. 각각의 작품에서, 두 한국인 거장들은 차에 대한 경의를 표하며, 중국의 방대한 역사와 문학에 대한 심도 있는 지식을 면밀하게 보여주었다. 그러나 이목과 초의

선사는 따라가기만 하지는 않았다. 오히려 그들의 글은 독창적인 시, 잃어버린 보석과 같은 차 전설과 대륙 전통에 대한 흥미로운 해석으로 다른 작품들과 구분될 수 있다. 정통성에 얽매이지 않은 그들의 작품은 종종 중국의 관습과 대립하면서, 그들 자신의 문화, 시간 그리고 방법과 취향을 반영했다. 그들의 노래인 〈다부〉와 〈동다송〉은 함께 한국차에 대한 고전문학의 주요 부분을 구성하고 있으며, 아시아에서 차의 유산을 크게 풍성하게 했다."[6]

또 미국의 중국차 전문가인 스티브 오우영은 서강대 안선재 교수와 같이 한재 이목 선생의 〈다부〉를 영역하면서 〈다부〉의 가치에 대해 이렇게 언급하였다. "다부는 중국과 일본 등을 포함하여 《다경茶經》 이후 최고의 다서로서 〈다부〉의 가치와 정신성에 대해 재평가하고 있다."(서강대 안선재 명예교수의 말)

02.

〈다부〉의 정신적 가치 :
세계 최초最古의 다도경전茶道經典

정신적인 측면에서의 〈다부茶賦〉의 가치에 대해 살펴보면, 〈다부〉는 기본적으로 다서이기도 하지만 일반적인 차에 관한 내용을 서술하였다기보다는 정신적 차원으로 승화하여 차의 정신성을 드러내는 다도경전茶道經典으로서의 가치와 의미가 있다.

류승국 교수는 1980년대 중반 한재寒齋의 〈다부茶賦〉가 차계茶界에 알려지면서 한재에 대한 관심이 일기 시작한 데 대한 소회를 다음과 같이 밝히고 있다. "〈다부〉를 학계에 처음 소개한 점은 지금도 잊을 수 없다. 〈다부〉에는 육우의 《다경》보다도 더 심오한 철학이 담겨 있다. 한재 이목 선생은 무오사화 때 28세의 젊은 나이로 참혹한 죽음을 당했지만 그의 사상은 그 〈다부〉 속에 담겨져 있다. 이목 선생의 〈다부〉에 '내 마음 속에 이미 차가 있거늘 어찌 다른 곳에서 또 이를 구하려 하겠는가[是亦吾心之茶又何必求乎彼耶]'라 하여 실제의 차에서 오심吾心의 차로 승화한 경지는 한국인의 사고양식이라고 하겠다." 그는 한재의 〈다부〉에 육우의 《다경》보다 더 심오한 철학이 담겨 있다는 말로 〈다부〉의 사상적 위상을 천명하였다. 특히 '실제의 차에서 오심 吾心의 차로 승화한 경지는 한국인의 사고양식'이라 하여 중국에 대한 우월적 차별화를 선언하였다.[7]

정영선 박사는 이렇게 말한다. "〈다부〉는 호가 한재인 조선전기의 문사 이목이 약 510년 전에 지은 다서茶書이다. 8세기 중국의 육우 《다경茶經》이 '세계 최초의 차茶 경전'이라면, 한재의 〈다부茶賦〉는 '세계 최초의 다도茶道 경전'이다. 이는 결코 한국인만의 다서가 아니라, 미래에는 세계인의 다도서적이 되리라 믿을 만큼 내용이 훌륭한 저서이다."[8] 또한 《찻자리와 인성고전》이라는 저서에서 "우리나라뿐만이 아니라 세계에서 다공을 통한 인성 공부의 필요성을 가장 강력하게 주장한 사람은 조선전기의 한재寒齋 이목李穆이다. 그가 약 500년 전에 펴낸 다도교육서인 〈다부茶賦〉는 미래에도 세계에 자랑할 만한 다도경전"이라 하였다.[9]

박남식 박사는 박사학위 논문에서 이렇게 평가했다. "〈다부〉는 조선 초기 차에 대해 본격적인 논의를 펼친 글이다. 이것은 조선전기 사대부의 차에 대한 인식을 밝히는 중요한 저술로써 우리나라 다론茶論을 전개함에 있어서 중요한 지표가 된다. 그의 다론은 차의 효능이나 기호를 넘어서, 심신 수양이라는 철학사상을 담아내고 있으며, 사대부의 삶의 태도에도 영향을 주었다. 〈다부〉는 한국의 다론에서 조선 후기 초의선사의 〈동다송〉이 나올 때까지 3백 년 이상 차문화 공백을 이어주었다. 그리고 지금까지 한국 다도문화가 불교의 선차 중심으로 논의되던 것을, 유가와 도가에 근거한 다도문화까지 보완해주었다. 이로써 〈다부〉는 한국 차도의 사상적 지평을 넓혀주었다는 점에서 한국차사韓國茶史에서 차지하는 의의가 크다 할 것이다."[10]

최성민 소장은《신묘神妙》라는 저서에서 이렇게 말한다. "한국 차문화사에 있어서 〈다부〉의 공헌은 다도를 정신적 차원의 개념으로 승화시켜서 한국 다도에 수양론적 함의를 부여했다는 데서 찾아야 한다. 동양철학에서 도는 곧 수양을 말하는 개념이고 〈다부〉에서 다도의 의미를 정신적 차원으로 격상시켰다는 것은 차사茶事 또는 차 마시는 일을 기호嗜好의 차원에서 다도 본연의 수양의 일로 전변轉變시켰다는 의미를 갖는다. 〈다부〉의 결론은 '오심지다'로서 그것은 한국 수양다도의 창발적 원형으로서 예로부터 차에 의한 득도의 경지를 말하는 이는 많았으나, 한국을 포함한 한중일 3국인 중 어느 누구도 한재처럼 동양사상 수양론의 기본이론인 기론氣論에 바탕하여 다도 수양의 원리를 명쾌히 단언한 사람이 없다.

한국전통사상의 특징인 유도불 삼교 융합회통을 통하여 한국인의 삶과 정신세계를 채워주고 있다. 한국인의 전통사상인 삼교 회통의 정신을 이어주는 대표적인 작품이다."[11]

박정진 박사는 이렇게 정리한다. "한재 〈다부〉의 특성을 말할 때 가장 손꼽히는 것이 바로 차도茶道에 관한 것이다. 말하자면 차의 차공茶供을 도의 경지로 격상시킨 우리나라 최초의 책이 바로 〈다부〉이며, 한국의 다도일여茶道一如, 다심일체茶心一體의 정신은 이목에게서 집대성된다."[12]

〈다부〉는 조선전기 차문화와 차정신의 결정체이자 금자탑으로서, 조선후기 다산과 초의, 그리고 추사로 이어지는 차문화 중흥의 전범이 된다. 또한 한재의 〈다부〉는 그 내용의 양과 차정신에서도 동아시아에서 가장 괄목할 만한 경지로 올라간 것으로서, 조선전기 차문화와 차정신의 결정체이자 금자탑이다. 그기에 한재 이목의 〈다부茶賦〉 집필은 한국 차문화사의 자긍심을 불러 일으키기에 충분하다.

03.

〈다부〉의 내용적 가치 :
차의 성품과 특성 등 차정신 구현

내용적인 측면에서의 〈다부〉의 가치에 대해 살펴보자.

먼저 김명배 교수는 이렇게 말한다. "〈다부〉는 차의 공덕 이외에도 진나라 후기의 관리이자 문인인 두육杜育이 지은 〈천부荈賦〉보다 폭넓은 내용이 담겨 있다. 이목의 〈다부〉와 초의선사의 〈동다송〉을 비교한다면 시간적으로 3백 년이나 앞서며, 분량 면으로는 약 2배 이상이나 많다."[13]

박희준 한국발효차연구소 소장은 잡지《다담》의 특집기사 〈우리나라의 다인들-조선시대 다인〉 편에서 '이목의 선비차'를 언급하면서, "〈다부茶賦〉는 480자(1,332자의 오기)로 된 차노래인데, 그 분량과 내용은 초의의 〈동다송〉을 능가한다."고 하였다.[14]

가천문화재단 이길녀 이사장은 이렇게 정리했다. "우리나라에서 예부터 전해 내려오는 차에 관한 장문의 저술은 오직 초의선사가 지은 〈동다송〉뿐이라고 인식되어 졌으나, 〈다부〉가 세상에 알려지면서 차에 대한 고정관념은 점차 그 입지를 약화시키고 우리나라 차문화에 대한 새로운 인식과 연구가 활발히 이루어지게 되었다. 〈다부〉는 오랫동안 묻혀 있다가 최근에 다시 그 진가가 밝혀지게 되었다. 이목 선생은 우리의 체질에 맞는 차의 다섯 가지 공[5功], 여섯 가지 덕[6德], 일곱 가지 효능[7效能]을 합리적으로 정리하여 〈다부〉에 기록하였다. 이는 현재까지 차 책에서 찾아볼 수 없는 독보적인 것이며, 독창적인 발상이라 아니할 수 없다. 한재 선생이 한국의 다성으로 추앙받는 초의선사보다 315년 전에 태어나 이만큼 정연한 논리적 체계 위에 〈다부〉를 저술한 공로는 높이 인정되어야 마땅하다고 여겨진다. 선생은 한국 차문화 개척의 한 뛰어난 공로자로서 추앙되기에 손색이 없다고 보여지며, 앞으로 한국 차계에서 재평가되어야 할 것으로 믿는다."[15]

또 천병식 교수는 이렇게 말한다. "〈다부〉는 육우의 《다경》에 버금가는 차 노래로서 우리나라 다인들에게 가장 많은 영향을 미친 당나라 문인 육우의 《다경》과 노동의 차노래 〈칠완다가〉를 한재가 참고해 지은 노래가 바로 차노래[茶賦]이다. 〈다부〉는 초의선사보다 3백 년이나 이전에 우리 다시 가운데 가장 빼어나다고 평가되며, 〈다부〉는 1천 3백여 자로 되어 있으며, 다송茶頌의 백미로 꼽힌다."[2]

1495년 중국을 다녀온 후 썼을 것으로 보이는 〈다부茶賦〉는 현재 전해오는 우리 다서茶書로는 가장 오래 되었을 뿐만이 아니라, 그 내용의 깊이를 헤아리기 힘들 정도이다. 도학에 전념하는 유학자들은 유명한 차인들이라도 시편에 자기감정을 담은 예는 많으나, 한재처럼 다론茶論을 저술한 예가 거의 없고, 더구나 형이상적 심오한 정신을

설파한 이가 없다.[16]

최영성 교수는 이렇게 말한다. "〈다부茶賦〉는 현재 전하는 우리나라 최고最古의 차 노래글이다. 내 마음의 차가 그 핵심으로 수양론의 연장선에서 음다를 이해하여야 함을 시사하였다. 한재는 1980년대 중반부터 차문화의 선구자로 조명을 받기 시작하였다. 도학자인 한재에게 차는 여사일 수 있지만, 그에게서 차의 위상은 상당하다. 한재의 〈다부〉는 초의선사의 〈동다송〉과 함께 한국을 대표하는 차 노래 글로 병칭된다. 우리나라에서 한재 이전까지 차와 관련된 글로 〈다부〉와 같이 짜임새 있고 분량이 있는 것은 한 편도 없었다. 중국에서 진나라 때 두육의 〈천부〉가 나온 이래 당나라 때 고황의 〈다부〉, 송나라 때 휘종의 〈대관다론〉과 오숙의 〈다부〉 등이 지속적으로 나온 것과 비교가 된다. 3백 년 뒤에 초의선사가 나오기까지 한재의 〈다부〉가 사실상 유일무이하였다. 〈다부〉는 1천 3백 12자에 달하는 대서사시로 오심지다, 다심일여의 사상을 담았다. 글의 짜임새나 수준 면에서도 두육의 〈천부〉, 고황의 〈다부〉, 오숙의 〈다부〉를 훨씬 능가한다. 육우의 《다경》과 노동의 〈칠완다가〉를 비롯한 중국의 여러 문헌을 빠짐없이 섭렵, 참고하면서도 표현상으로는 환골탈태에 가까운 기법을 구사하였다." [17,18]

송재소·조창록·이규필은 《한국의 차문화 천년》 제4권 〈조선 초기의 차문화〉에서 이렇게 정리한다. "우리나라 차에 관한 전문저술로서 그 내용은 글을 짓게 된 동기, 품종, 산지, 풍광, 채취, 달이기, 마시기, 다섯 가지 공과 여섯 가지 덕, 차에 대한 자신의 철학 등을 읊은 것으로 이목의 〈다부〉는 차에 관한 전문저술로서 차에 관해서는 최초로 본격적이고 종합적인 내용을 다룬 작품이다."[19]

정민과 유동훈은 《한국의 다서》에서 이렇게 말한다. "이목의 〈다부茶賦)는 차에 대한 방대한 정보를 망라한 저작으로서 한국에서 차에 관한 전문적 저작으로는 첫 자리를 차지해야 마땅하며, 우리나라 최초로 차에 대한 이론적 전모를 드러낸 다서이다."[20]

박동춘 박사는 말한다. "이목의 〈다부茶賦〉처럼 차의 내력이나 효능, 차의 효용성을 핵심적인 소재로 다루고 있는 자료가 드문 현실에서 이것이 지닌 문헌적인 가치는 주목받을 만하다. 그러나 이목의 〈다부〉에서 인용된 대부분이 중국의 자료에 의거한 것이기 때문에 어떻게 한국적인 요소와 개연성을 찾아낼 수 있을까 하는 고민이 없는 것은 아니다. 그러나 차가 무엇이며 사람들의 정신 수양에 어떻게 유익한가 하는 탐구는 시대와 장소를 떠나 차를 즐기는 사람들의 똑같은 의문이요 격물格物의 방법이었다. 따라서 이목이 〈다부〉를 통해 드러낸 것은 한국의 문화와 풍토風土를 바탕으로 한 지극히 한국적인 차의 사상이라고 할 수 있다. 선비가 차를 즐기는 것은 유희遊戲가 아니라 마음을 정화하고 속진俗塵을 씻어내는 것에 그 목적을 두었다. 이것은 한결같은 차의 정신으로 결국 차는 이상적인 삶과 탈속脫俗을 꿈꾸고 사유思惟하는 이들의 전유물專有物임을 증명한 것이다. 차에 대한 부賦로는 진 두육杜育의 〈천부荈賦〉, 당 고황顧況의 〈다부茶賦〉, 송나라 오숙吳淑의 〈다부茶賦〉 등 중국 작품이 대부분이다. 한국에서 순수하게 차를 칭송하여 쓴 부賦로는 한재의 〈다부〉가 현재까지 밝혀진 자료로는 유일하다. 조선시대는 차문화가 쇠퇴되었던 시기로 이목 같은 사림과 학인에 의해 차에 대한 〈다부〉가 서술된 것은 다행한 일이다. 또한 차의 정신과 끽다의 필요성을 살필 수 있는 자료가 희박한 우리의 현실에서 이 자료는 주목할 만하다."[21]

04.

〈다부〉의 형식적 가치 :
부체賦體로 지은 차노래

형식적인 측면에서의 다부의 가치에 대해 살펴보자.

먼저 최영성 교수는 말한다. "진갑곤陳甲坤 편, '한국문집 총색인'
을 보면, 한재 이전까지 차와 관련된 글로 〈다부〉와 같이 짜임새 있고
분량 있는 것은 단 한 편도 없다. 초의선사 이전까지 한재의 〈다부〉가
유일무이하다고 할 것이다. 〈다부〉의 내용과 독창성에 있어서도 중국
진晉나라 두육杜毓의 〈천부荈賦〉라든가 당나라 고황顧況의 〈다부〉, 송
나라 오숙吳淑의 〈다부〉와 비교할 때 그 오른편에 선다고 할 수 있다.
육우의 《다경》과 노동의 〈칠완다가七碗茶歌〉를 비롯한 중국의 여러 문
헌을 빠짐없이 섭렵, 참고한 듯하지만, 표현상으로는 환골탈태에 가
까운 기법을 보이고 있다. 이 점은 초사의 〈귤송橘頌〉 한 대목을 이끌
어 첫머리를 장식하는 등 여러 참고문헌에서 많은 문구들을 직접, 간

접으로 인용한 〈동다송〉과는 구별된다. 한재와 〈다부〉의 위상이 이와 같은 만큼, 다도茶道·다사茶史 측면에서 그에 대한 조명과 평가가 이루어지는 것은 당연한 일이다."²²

부산대 점필재연구소 이준규 소장은 말한다. "〈다부茶賦〉는 매우 독특하고 중요하다. 부賦라는 문자체로, 차라는 주제로 부를 지었다. 협주곡이 아니라 차茶라는 주제를 가진 독주곡이다. 부체賦體의 주제가 차다. 그 앞의 사람들은 차라는 소재, 주제가 아니었다. 〈다부〉는 차를 주제로 삼고 객관적으로 삼았다. 부체賦體에다 차라는 주제로 작품을 올렸다. 오언시 칠언시와는 다르다. 옛날에 과거에서 부체賦體라는 것을 시험으로 보았다. 그것이 가장 어려웠다. 부賦라는 격조 있고, 그 주제와 포착도 의미 있으며, 〈다부茶賦〉는 그것의 결정체라고 강조하고 있다."

〈다부〉의 종합적 가치 :
한국의 대표 다서茶書

　이와 같은 다부의 가치와 평가를 종합 정리해보자. 먼저 류건집 교수는 이렇게 말한다.

　"〈다부〉는 초의의 〈동다송〉보다 340년이나 앞선, 차의 참다운 정신을 기록한 다서茶書로서 현재까지 발견된 우리나라 다서 중에 가장 오래된 것이다. 〈다부〉의 다서적 의의에서 〈다부〉는 우리나라에 현전하는 가장 오래된 다서로 〈기다〉보다 300여 년이 빠르고 〈다신전〉보다 340년이나 앞서며, 한재 이목이 중국에 가서 직접 체험한 차 생활을 바탕으로 쓴, 차의 심오한 경지를 노래한 작품이다. 〈다부〉는 차에 대한 자신의 생각을 총망라하고, 도학의 정종正宗을 이어받아 군자의 길을 걷는 모든 사람이 갖추어야 할 덕복德福을 설파하고 있는 명저이다. 특히 〈다부〉는 한재의 도학道學 정신이 차 속에 배어 다성茶性과 함께 조화롭게 구현된 작품이다. 그 속에는 누구도 따르지 못할 만한 말이나 글이 '부드러우면서도 옳은 것에 대한 의지는 절실하고, 아름다운 구절은 많으나 도리에 어긋나게 음탕하진 않으며, 사악함은 피하고 덕성을 따른다[言順而義切 多華而不浮 避邪而慕德].'는 숭고한 정신이 있다."[4]

요약하면, 한재 이목 선생의 〈다부〉는 현존하는 한국 최고最古의 다서茶書로서 세계 최초의 다도경전茶道經典이라는 역사적 가치가 있으며, 한재 선생은 조선전기 점필재 김종직 선생과 매월당 김시습 선생의 차맥을 이어 한국 차학의 근간을 정립하여 조선시대 차문화의 역사적 전통을 부흥시켜 조선후기로 이어주는 한국 차문화의 선도자였다고 할 수 있다.

내용상으로도 내 마음의 차[吾心之茶]라는 한국 차의 정신성을 도학道學·심학心學으로 정립시킨 지행일치知行一致의 실천가였으며, 형식상으로서도 형태는 부賦라는 노래 글을 택해서 했지만, 오늘날의 논문형태처럼 서론과 본론, 그리고 결론으로 이어지며, 차의 본질적 가치와 차의 삼품, 오공, 육덕, 칠효능, 그리고 내 마음의 차[吾心之茶]라는 한국차의 정신을 차 생활로 승화시켰다.

결국 한재 이목 선생의 〈다부茶賦〉는 역사적 가치와 정신적·형식적 가치와 내용적 가치를 두루 아우르는 한국을 대표하는 다서茶書로서 한국차의 정신성인 다도정신을 잘 드러내 주고 있다.

참고문헌

1. 최진영, 〈한재 이목의 차정신 연구 – 다부를 중심으로〉, 성신여자대학교 정보산업대학원 석사학위논문, 2003.

2. 천병식, 《역사 속의 우리 다인》, 이른아침, 2004.

3. 최혜경, 〈조선 다서 연구〉《한국차학회지》 제20권 제4호, 2014.

4. 류건집, 《다부 주해》, 이른아침, 2009.

5. 정동주, 《차와 차살림》, 한길사, 2021.

6. Brother Anthony of TaizeHong Kyeong-Hee Steven D. Owyoung, 〈Korean Tea Classics by Hanjae Yi Mok and the Venerable Cho-ui〉《Seoul Selection》, 2010.

7. 유승국, 《차의 세계》 2003년 12월호 인터뷰 기사.

8. 정영선, 《다부》, 너럭바위, 2011.

9. 정영선, 《찻자리와 인성 고전》, 너럭바위, 2016.

10. 박남식, 〈한재 이목의 다도사상 연구 – 철학적 기반을 중심으로〉, 성균관대학교 박사학위논문, 2012.

11. 최성민, 《신묘(神妙)》, 책과 나무, 2020.

12. 박정진, 《차의 인문학》 1, 차의 세계, 2021.

13. 김명배, 《한국의 다시 감상》, 대광문화사, 1988.

14. 《다담》 1992년 4월호.

15. 가천문화재단, 《차 노래 글 다부》, 사단법인 가천문화재단, 1994.

16. 류건집, 《한국 차문화사》 상, 이른아침, 2007.

17. 최영성 편역, 《국역 한재집》, 도서출판 문사철, 2012.

18. 박남식, 《기뻐서 차를 노래하노라》, 도서출판 문사철, 2018.

19. 송재소·조창록·이규필, 《한국의 차문화 천년》 4, 돌베개, 2012.

20. 정민·유동훈,《한국의 다서》, 김영사, 2020.

21. 박동춘, 〈한재 이목의 다부에 대한 소고〉《문사철》제16집.

22. 최영성, 〈한재 이목의 다부 연구〉《한국사상문화학회》제19집, 2003.

연구과제

1. 한재 이목 선생 〈다부〉의 가치와 평가

2. 한재 이목 선생의 한국 차문화사상 가치와 역할

3. 〈다부〉의 역사적 가치

4. 〈다부〉의 정신적 가치

5. 〈다부〉의 내용적 가치

6. 〈다부〉의 형식적 가치

7. 〈다부〉의 종합적 가치

8. 다도경전으로서의 〈다부〉

9. 한국 최고(最古) 다서로서의 〈다부〉

10. 한국의 대표 다서로서의 〈다부〉

11. 〈다부(茶賦)〉와 〈동다송(東茶頌)〉의 비교

12. 한재 이목 선생과 초의선사의 삶과 저서 비교

不亦謬乎於是考其名驗其產

品爲之賦或曰茶有八稅及爲病乎

欲云云乎對曰然然是豈天生之本

意乎人也非茶也且余有疾不暇及此

云其辭曰

有物於此厥類孔多曰茗曰荈曰簑曰菠仙

掌雷鳴鳥嘴雀舌頭金蠟面龍鳳名的山提

勝金靈草薄側仙芝嬾蘂軍婆福祿萼英來

제5장

〈다부〉에 대한 선행연구

01.

〈다부〉 연구를 위한 선행연구의 필요성

〈다부茶賦〉는 한국 최고最古의 전문다서專門茶書이기도 하지만, 한국차의 정신성을 드러내는 대표적인 저서이다. 그러기에 〈다부〉에 대한 종합적인 연구를 위해서는 기본적으로 〈다부〉에 언급된 주요 문헌뿐만이 아니라, 〈다부〉의 저자인 한재 이목 선생의 삶과 문집인《이평사집李評事集》에 대한 이해, 한재 이목 선생이 즐겨 읽던 저서들과 그당시의 문화적·사회적 배경에 대해 잘 아는 것이 필요하다.

우선 〈다부〉는 차에 관한 책이므로 주요 다서들에 대한 이해가 필요하다. 〈다부〉 이전에 발간된 중국의 대표적인 차 문헌인《다경茶經》과 〈다부〉 이후 수백 년 뒤인 조선후기에 발간된 다산 선생의 〈걸명소乞茗疏〉와 초의선사의 〈동다송東茶頌〉과 〈다신전茶神傳〉, 그리고《삼국유사三國遺事》와《삼국사기三國史記》를 같이 살펴봄으로써 한국 차문화의 큰 흐름을 이해할 줄 알아야 한다.

그리고 조선 초기 국가적 시책인 유학의 장려에 의해 정통유학자로서 삶을 산 한재 선생을 제대로 이해하기 위해서는 유교儒敎의 대표 경전인 '4서 5경'과 '유교 13경'에 대해 알아야 한다. 여기서 4서란 《논어》·《맹자》·《중용》·《대학》이고, 5경은 《시경》·《서경》·《역경》·《예기》·《춘추》이며, 13경은 《시》·《서》·《역》 3경을 포함하여 《주례周禮》·《의례儀禮》·《예기禮記》·《좌씨전左氏傳》·《공양전公羊傳》·《곡량전穀梁傳》·《논어論語》·《효경孝經》·《맹자孟子》·《이아爾雅》를 말한다. 여기에 유학자로서 뿐만 아니라 한재 선생이 읽고 인용한 도교의 대표적 저서인 《노자老子》와 《장자莊子》에 대한 이해도 필요하다.

또 한재 이목 선생은 점필재 문하에서도 문장으로 인정받는 사람이었고, 본인 스스로 좋아했던 옛 시문들, 예컨대 굴원屈原의 〈이소離騷〉와 〈어부사漁父辭〉, 《사기史記》, 《좌씨전左氏傳》, 반고班固의 〈유통부幽通賦〉, 장형張衡의 〈남도부南都賦〉와 〈사현부思玄賦〉, 당시唐詩, 선시禪詩, 노동盧仝의 〈칠완다가七碗茶歌〉, 나대경의 〈산거山居〉 등 차시茶詩들도 살펴볼 필요성이 있다.

마지막으로 한재 이목 선생이 점필재 김종직 선생의 문하로서 수학하면서 교유했던 교우관계와 점필재 문하의 문집文集들을 살펴볼 필요성이 있다.

그리고 한재 이목 선생의 문집인 《이평사집李評事集》 중에서 〈다부〉와 관련된 〈허실생백부虛室生白賦〉, 〈천도책天道策〉, 〈홍문관부弘文館賦〉 등에 대해서는 잘 살펴봐야 한다. 또한 한재 이목 선생의 족보인 《황강공세보黃崗公世譜》와 한재종중 제례홀기, 그리고 《조선왕조실록》 등을 통해 한재 선생의 집안과 삶에 대해서도 살펴봐야 한다.

〈표〉〈다부〉 연구를 위한 선행연구 자료

기본자료	주요 저서
1. 《이평사집》과 《황강공세보》	《이평사집》(〈허실생백부〉, 〈천도책〉, 〈홍문관부〉, 시문 등), 《황강공세보》, 《한재문집》, 《한재집》, 제례홀기 등
2. 차 고전	육우 《다경》, 노동(盧仝) 〈칠완다가(七碗茶歌)〉, 다산 선생 〈걸명소〉, 초의 〈다신전〉과 〈동다송〉 등
3. 유교 경전	《논어》, 《맹자》, 《중용》, 《대학》, 《시경》, 《서경》, 《역경》, 《좌씨춘추》 등 유교 13경
4. 고전 시가	굴원(屈原)의 〈이소(離騷)〉와 〈어부사(漁父辭)〉, 《사기(史記)》, 《좌씨전(左氏傳)》, 반고(班固)의 〈유통부(幽通賦)〉, 장형(張衡)의 〈남도부(南都賦)〉와 〈사현부(思玄賦)〉, 당시(唐詩), 선시(禪詩), , 나대경의 〈산거(山居)〉 등
5. 도교 경전	노자 《도덕경(道德經)》, 《장자(莊子)》 등
6. 점필재 및 문하 문집	《점필재집(佔畢齋集)》, 점필재 문하 문집(文集) 등
7. 역사 서적 및 자료	《삼국유사》, 《삼국사기》, 《사기(史記)》, 《조선왕조실록》 등
8. 기타(인터넷 자료)	− 한국고전번역원(www.itkc.or.kr) − 조선왕조실록(sillok.history.go.kr)

02.

《이평사집李評事集》에 대한 연구

한재 이목 선생과 〈다부〉 연구를 위한 기본자료는 선조 18년(1585) 간행한 《이평사집李評事集》 초간본과 인조 9년(1631) 간행한 《이평사집 李評事集》 중간본重刊本이다. 그러나 《이평사집》 초간본은 현존하지 않고, 중간본은 서울대 규장각 소장본과 목우 선생 소장본 등이 있으며, 규장각본은 한국문집총간 제18권(1988)으로 영인되어 있다. 그리고 《한재집寒齋集》(1914)과 이를 바탕으로 한 국역본인 《한재문집》(1981), 최영성 교수가 편역한 《국역 한재집》이 있으므로 이를 바탕으로 연구하는 것이 바람직하다.[1~4]

《이평사집李評事集》 중간본重刊本은 한국 최고의 다서인 〈다부〉가 수록되었고, 〈다부〉와 함께 〈허실생백부虛室生白賦〉와 〈천도책天道策〉, 〈홍문관부弘文館賦〉 등을 읽어 봐야 하며, 차에 관한 시로서 〈동생 미지를 송경으로 공부하러 보내며〉라는 오언절구가 있다.

〈홍문관부〉와 〈삼도부三都賦〉는 과거 답안으로 제출된 것이나 일품이고, 〈다부〉와 〈허실생백부〉는 부 작품의 진면목을 보여주는 작품이다. 문학성이 높은 것은 〈삼도부〉이고, 학문적 조예와 사상적 경지를 드러낸 것이 〈허실생백부〉이다. 한재 이목 선생의 작품에는 유학 사상을 근본으로 하면서 노장사상 가운데 유학 사상과 합치되는 부분을 선별적으로 수용한 것으로 나타나고 있다.[5]

1. 〈허실생백부〉

〈허실생백부虛室生白賦〉는 한재 이목 선생의 학문적 조예와 사상적 경지를 잘 드러내고 있으며, 《장자莊子》〈인간세人間世〉 편에 나오는 '허실생백虛室生白'이란 말을 빌어 '내 마음의 하늘[吾中之天]'을 체득할 것을 강조하고 있다. 특히 심성 수양의 중요성을 논하며, '경敬으로 그것을 지키고 성誠으로 주체를 삼으라'고 강조하고 있다. 〈허실생백부〉 중의 주요 내용은 다음과 같다.

마음 바탕[心體]이 본래 밝다.
즐거움은 자신을 돌이켜 살피는 것보다 큰 것이 없다[反求諸己].
텅 비어 있으나 기실 가득 차 있다.
극에 이르면 모두 하나의 이치이다.
마음이 신령한 데 통하면 만물을 감동시키고, 정신이 기운을 움직이면 미묘한 경지가 드러난다.
어찌하여 참은 적고 모두가 거짓인가. 세상 사람들은 겉만 꾸미고 속은 버려두며 다투어 사특한 것만 꾀하고 질박한 것을 깎아 버린다.

혼란하고 어지러운 가운데서도 홀로 바르게 살아야 한다.

공자는 부운을 맹자는 호연지기를 말씀하시었다. 모두 '내 마음의 하늘[吾中之天]'을 밝혔나니, 경(敬)으로써 그것을 지키고 성(誠)으로써 그것을 주로 삼는다.

2. 〈천도책〉

〈천도책天道策〉은 과거시험 답안으로 제출한 것으로 천문 및 천인상감의 이치를 논하는 내용이다. 무엇보다 사람의 관점에서 하늘을 보아야 함을 강조하며, '내 마음의 하늘'을 밝혀 덕을 닦아야 함을 이야기하고 있다. 주요 내용은 다음과 같다.

하늘의 도는 좋고 싫음이 없고, 화와 복은 그 사람에 따르는 것이고, 인사는 선악이 있고, 길흉은 하늘에 응한다고 했으니 하늘과 사람의 이치가 어찌 둘이 있겠는가.

天道無好惡 而禍福隨其人 人事有善惡 而吉凶應乎天 天人之理豈有二哉.

하늘의 성(性)은 곧 나의 성이요[天性吾性] 하늘의 마음[心]은 곧 나의 마음이며[天心吾心] 하늘의 도(道)는 곧 나의 도이고[天道吾道], 하늘이 좋아하고 미워함은 곧 내가 좋아하고 미워함이다. 그러니 우리의 마음속에는 또 하나의 하늘이 있을 뿐이다[吾中之天].

天之性 卽吾之性 天之心 卽吾之心 天之道 卽吾之道 天之好惡卽吾之好惡 然則吾人方寸間 亦有一天也.

성인은 하늘의 하늘을 생각하지 않고 나에게 있는 하늘을 밝히며, 별의
별을 생각지 않고 나에게 있는 별을 살핀다.
聖人不天之天而明在吾之天 不星之星而察在吾之星.

이와 같이 〈천도책〉은 하늘의 이치를 논하며 주체적인 삶을 강조하
고 있다.

3. 〈홍문관부〉

〈홍문관부弘文館賦〉는 과거시험 답안으로 제출한 것으로, 옥당에 근
무하면서 느낀 소회를 정리한 것이다. 임금은 임금답게, 신하는 신하
답게, 아버지는 아버지답게, 아들은 아들답게 되어야 하고, 수신제가
치국평천하修身齊家治國平天下의 도를 실행함에 있어 성인 또한 사람이
라며, 보통 사람과 성인은 처음부터 차이가 있는 것이 아니니, 그 하는
바를 따라서 추구해 간다면 역시 성인이 될 것임을 강조하고 있다.

'말이 순하고 뜻이 간절한 것이라든지[言順而義切], 사특함을 피하고
덕을 사모하는 것[避邪而慕德] 같은 일이라면 또한 사양하지 않는다'고
하여 한재 이목 선생의 평상시 신조를 확인할 수 있다.

문(文)이란 것은 하늘의 일월성신(日月星辰)과 땅의 산천초목(山川草木)
으로 삼는다.
근원이 한 사람의 마음에 있으니 만고를 지나도 하루와 같다.
일 없는 곳에 일이 있게 하고, 함이 없는 하늘에 하는 일이 있게 한다.

그리고 《논어論語》 〈옹아雍也〉 편에 나오는 내용 중 '문과 질이 고루 조화되어 빈빈彬彬해야 군자[文質彬彬 然後君子]'라는 사실을 강조하며, 군자의 기본자세로서 겉모양과 속 안의 본질이 서로 잘 어울리는 빈빈彬彬함을 강조하고 있다.

4. 〈동생 미지를 송경으로 공부하러 보내며〉

한재 이목 선생의 문집인 《이평사집李評事集》에 실린 한시 중 〈다부〉 외에 유일하게 오언절구 작품이며, 동생인 미지에게 보내는 편지 형식인데 여기에 차에 관한 내용이 있다. 〈동생 미지를 송경으로 공부하러 보내며[送舍弟微之之松京讀書]〉라는 제목처럼, 공부하러 가는 동생에게 열심히 공부하라는 당부를 하고 있다. 그 내용은 다음과 같다.

이씨의 가문은 글 배우기를 힘썼나니
책을 좋아하고 돈을 좋아하지 않았노라.
부모님은 백발이신데
너와 나는 아직 학생이로구나.
학의 꿈은 바위 위 늙은 소나무에 깊어가고
차 달이는 연기는 골짜기에 피어오르는구나.
은근히 도를 구하는 곳에서
다만 구름 흘러가는 멧부리만 쳐다보지 말아다오.
李氏自文學 愛書不愛金 爺孃已白首 吾汝猶靑衿 鶴夢巖松老
茶煙洞月陰 慇懃求道處 且莫看雲岑.

03.

《황강공세보》연구

《황강공세보黃崗公世譜》는 한재寒齋 이목李穆 선생의 가계도를 정리한 전주이씨全州李氏 시중공파侍中公派의 족보이다. 한재 이목 선생의 선조와 후손들에 대한 기록이 잘 정리되어 전해지고 있다.

전주이씨의 시조는 중국에서 출생하여 18세 때 신라에 와서 문성왕文聖王(839~857) 때 사공司空이신 휘諱 한翰으로 이어져 내려와서 15세世인 시중공侍中公, 22세世인 황강공黃崗公, 24세世인 완성부원군完城府院君, 27세世인 윤생을 부친으로 시조로부터 28세世가 한재 이목 선생이다. 그리고 필자와 현재 한재종중 회장을 맡고 있는 이정병 회장이 시조로부터 43세世이고, 한재 선생의 16세손이다. 구체적인 세보世譜는 다음 〈그림〉과 같다.[6]

全州李氏侍中公派黃崗公世譜 卷之一

全州李氏侍中公派黃崗公世譜 世系表

始祖	翰 (司空公)
十五世	端信 (侍中公)
二十二世	文挺 (黃崗公)
二十三世	蒙 (完山君)
二十四世	伯由 (完城府院君·良厚公) / 仲由 (恭議公) / 季由 (護軍公)
二十五世	粟 (都承旨公) · 棻 (漢城判尹公) · 稆 (恭議公) / 達城 (府使公) / 達信 (縣監公)
二十六世	瓊仝 (秋澗公)

전주이씨 시중공파 《황강공세보》 세가표(1)

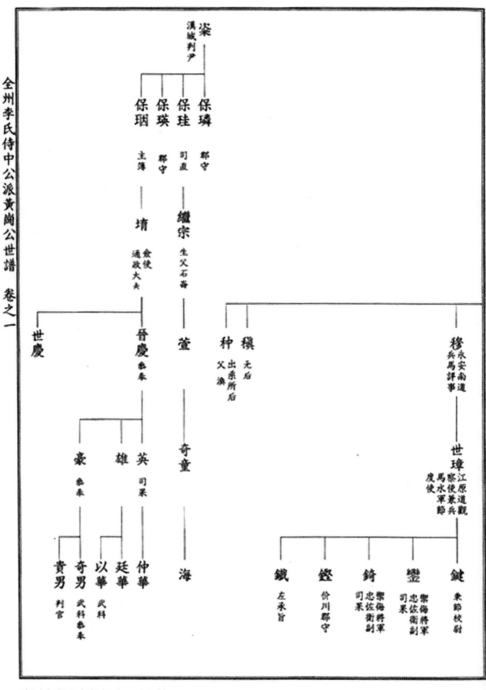

전주이씨 시중공파 《황강공세보》 세가표(3)

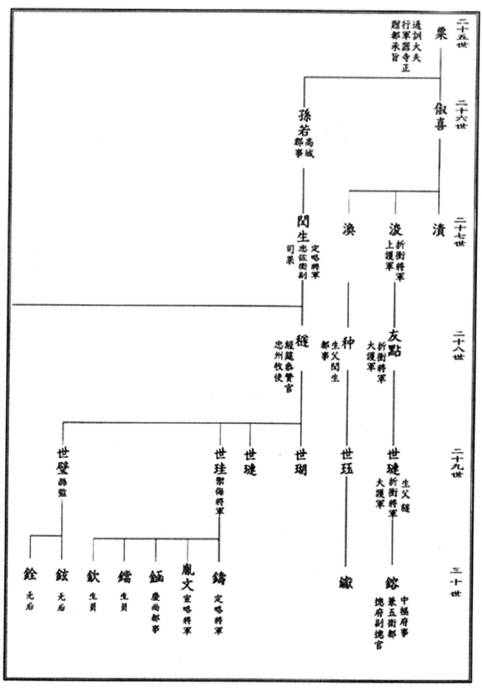

전주이씨 시중공파 《황강공세보》 세가표(2)

04.

〈다부〉 번역본과 관련 논문

〈다부〉의 한글 번역본으로는 윤경혁 선생의 《차문화고전》(1998)과 이병인·이영경 교수의 《다부-내 마음의 차노래》(2007), 그리고, 류건집 선생이 주해한 《다부 주해》(2009) 등 10여 권의 국역본들이 있다. 그중에서 윤경혁 선생과 류건집 선생, 그리고 최영성 교수 등은 원전에 충실한 직역이고, 이병인·이영경 교수는 의역으로서 참조해 볼 만하다. 또한 〈다부〉의 영역은 서강대 안선재(영국명 Brother Anthony) 교수 등에 의해 이루어졌는데, 이병인·이영경 교수의 《다부-내 마음의 차노래》를 바탕으로 하였다.[7~10]

그리고 한재 이목 선생과 〈다부〉에 대한 학위논문으로는 최진영 선생의 〈한재 이목의 차정신 연구〉(성신여대 석사학위논문, 2003) 등이 읽어볼 필요성이 있으며,[11] 한재 이목 선생의 도학사상에 대해서는 최영성 교수의 〈한재 이목의 도학사상 연구〉(2001),[12] 한재 이목 선생의 차정신에 대해서는 최성민 소장의 《신묘神妙》(2020),[13] 그리고 〈다부〉 연구에 대한 전체적인 특성은 이병인 교수의 〈한재 이목에 대한 연구 현황과 과제〉(2008)와 〈한재 이목의 '다부' 연구〉(2010) 등을 살펴보는 것이 좋다.[14,15]

05.
기타 자료

1. 문헌 자료

굴원屈原의 〈어부사漁父辭〉에 보면, '창랑의 물이 맑으면 내 갓끈을 씻고, 창랑의 물이 흐리면 내 발을 씻으리라[滄浪之水淸兮 可以濯吾纓, 滄浪之水濁兮 可以濯吾足]'라는 구절이 있듯이 한재 선생은 절의가 확실한 선비이다. 유학자이면서 청담학파의 한 사람으로서 유학사상을 바탕으로 도교사상을 받아들였다. 그중 《장자莊子》의 〈양생주養生主〉와 〈달생達生〉 편의 내용은 참조할 만하다.[16]

먼저 《장자》의 〈양생주〉에는 다음과 같은 내용이 있다.

우리의 삶에는 한이 있으나 앎에는 한이 없다[吾生也有涯 而知也無涯]. 한

이 있는 삶을 가지고 한없는 앎을 뒤쫓음은 위태로운 일이다. 그런데도 앎을 추구하는 자가 있다면 위태로울 따름인 것이다. (중략)

삶의 실정에 통달한 사람은 타고난 본성으로 어찌할 수 없는 일에 힘쓰지 않는다. 육체를 보양하려는 생각을 버리려 한다면 세상일을 버리는 것보다 더 좋은 방법은 없다. 세상일을 버리면 아무런 거리낌도 없게 되는 것이다. 아무런 거리낌이 없으면 마음이 바르고 평안해진다. 마음이 바르고 평안하면 자연과 더불어 삶이 나날이 새로워질 것이다. 삶이 나날이 새로워지면 거의 도에 이르렀다고 할 것이다.

《장자》의 〈달생〉 편에서는 '선표單豹와 장의張毅의 고사'를 비유하여 전개지와 위공의 문답을 통하여 내심을 기르는 데도 치우치지 말고, 외형을 기르는 데도 치우치지 말고, 그 중간에서 잘 조화시키는 것에 양생의 도가 있음을 가르치고 있다. 한재 선생도 차와 관련한 건강을 양생론과 결부시켜 치우치지 않고 내외명철內外明徹해야 함을 이야기하고 있다.

노나라의 선표單豹는 산골에 숨어 샘물이나 마시고 살면서 세상 사람과 더불어 이익을 꾀하지 않는 사람이었다. 그는 나이 일흔이 되어도 그 얼굴빛이 오히려 어린애나 다름없었다. 그러나 불행히도 굶주린 호랑이를 만나 잡아먹히고 말았다. 이에 반해 장의張毅는 부잣집이나 권세 있는 집에 분주히 다니면서 이익을 꾀한 사람이었다. 그러나 그는 나이 마흔에 내열병內熱病으로 죽고 말았다. 선표는 안으로 그 마음을 길렀지만 호랑이가 밖으로 그 몸뚱이를 먹어버렸고, 장의는 밖으로 그 육체를 길렀지만 병이 안으로 그 마음을 침노하였다. 두 사람은 다 그 뒤떨어진 것을 채찍질하지 못했던 것이다.

2. 인터넷 자료

대부분의 우리나라 고전은 한국고전번역원(https://db.itkc.or.kr/)의 한국고전종합DB(고전번역서, 조선왕조실록, 신역조선왕조실록, 승정원일기, 일성록, 고저원문, 한국문집총간, 한국고전총간 등)에 원문과 번역문이 게재되어 있으므로 이를 참조하면 좋다.

참고문헌

1. 청송부사 이구징(李久澄),《이평사집(李評事集)》중간본 2권 1책, 1631년
    (민족문화추진회,《이평사집(李評事集)》, 한국문집총간 제18권, 1988)

2. 이존원(李存原),《한재집(寒齋集)》상하 2권, 부록 2권, 1914.

3. 한재종중관리위원회,《한재문집(寒齋文集)》(국역본), 1981.

4. 이목 저, 최영성 편역,《국역 한재집》, 도서출판 문사철, 2012.

5. 최영성,《사상으로 읽는 전통문화》, 이른아침, 2016.

6. 전주이씨 시중공파 황강공세보소,《황강공세보(黃崗公世譜)》, 회상사, 2008.

7. 윤경혁,《차문화고전》, 한국차문화협회, 1998.

8. 류건집,《다부 주해》, 이른아침, 2009.

9. 이병인·이영경,《다부-내 마음의 차노래》, 차와 사람, 2007.

10. Brother Anthony of Taize, Hong Kyeong-Hee, Steven D. Owyoung,
    〈Korean Tea Classics by Hanjae Yi Mok and the Venerable Cho-ui〉
    《Seoul Selection》, 2010.

11. 최진영, 〈한재 이목의 차정신 연구-'다부'를 중심으로〉, 성신여자대학교
    정보산업대학원 석사학위논문, 2003.

12. 최영성, 〈한재 이목의 도학사상 연구〉《한국 사상과 문화》제12집, 한국
    사상문화학회, 2001.

13. 최성민,《신묘(神妙)》, 책과 나무, 2020.

14. 이병인, 〈한재 이목에 대한 연구 현황과 과제〉《한국차학회》제14권 1호,
    한국차학회, 2008.

15. 이병인, 〈한재 이목의 '다부' 연구-'다부'의 내용 및 특성분석〉,《한국차
    학회》제16권 3호, 한국차학회, 2010.

16. 김학주 역주,《장자》, 연암서가, 2010.

17. 한국고전번역원(https://db.itkc.or.kr/)

18. 한국고전종합DB(고전번역서, 조선왕조실록, 신역조선왕조실록, 승정원일기,
    일성록, 고저원문, 한국문집총간, 한국고전총간 등)

연구과제

1. 〈다부〉 선행 연구의 필요성

2. 〈다부〉 선행 연구의 주요 문헌자료

3. 〈다부〉 원전(原典)에 대한 이해

4. 《이평사집》 초간본과 중간본

5. 〈다부〉와 차 고전

6. 〈다부〉와 유교 경전

7. 〈다부〉와 도교 경전

8. 〈다부〉와 〈허실생백부〉

9. 〈다부〉와 고전 시가

10. 〈다부〉와 〈칠완다가〉

11. 한재 이목 선생의 가계(家系) 연구

12. 《이평사집》의 내용 연구

13. 한국고전번역원(https://db.itkc.or.kr/)과 한국고전종합DB

於之文章高而未有頌之者若

不亦謬乎於是考其名驗其產

品為之賦或曰茶有八稅反為病乎

欲云云乎對曰然然是豈天生之本

意乎人也非茶也且余有疾不及此

云其辭曰

有物於此厥類孔多曰茗曰荈曰蔎曰葭仙

掌雷鳴鳥嘴雀舌頭金蠟面龍鳳名的山提

勝金靈草薄側仙芝瀨藥重慶福錄華英來

01.

〈다부〉의 구성

〈다부茶賦〉는 우리나라 최초의 전문다서로서 조선시대 성종조의 선비인 한재寒齋 이목李穆 선생이 지은 차茶에 관한 글이다. 〈다부〉는 차茶에 대한 스스로의 깨달음의 내용을 산문 형태의 시詩로 표현한 것이다. 이와 같이 〈다부〉는 우리나라 최초의 전문적인 내용으로 정리된 차에 관한 대서사시大敍事詩이자, 우리나라 최초의 차에 관한 전문다서專門茶書이며, 현존하는 한국 최고最古의 다서茶書이기도 하다.

현재 전해지고 있는 〈다부茶賦〉의 구성構成은 제목인 '다부茶賦'와 머리말에 해당하는 '병서幷序', 그리고 '본문本文'으로 구성되어 있다. 구체적으로 살펴보면, '다부茶賦'라는 제목 2자와 '병서幷序'라는 부제 2자, 그리고 본문 1,328자(서문 166자, 본론 1056자, 결론 106자)로서 총 1,332자로 이루어져 있다. 이것은 현대적 논문의 구성인 서론, 본론, 결론의 체계적인 구성으로서 그 형식이 매우 체계적이고, 그 내용 또한 종합적임을 확인할 수가 있다.

〈다부茶賦〉의 구성은 '다부茶賦'라는 제목과 '병서並序'라는 부제로 시작되고 있으며, 서문인 병서와 본문으로 이루어져 있으나, 본문의 경우 본론과 결론 두 부분으로 구분되어 결국 〈다부〉는 서론인 병서와 본문인 본론과 결론의 3부문으로 체계적인 구성을 이루고 있다.

〈다부〉의 서문인 병서는 '범인지어물凡人之於物'로 시작되는 166자로 구성되어 있으며, 〈다부〉를 짓게 된 동기와 배경, 그리고, 차의 본질적 가치에 대하여 잘 소개하고 있다.

이어 '기사왈其辭曰'로 시작되는 본문의 본론 부분에서는 ①차의 종류와 이름 ②차의 명산지 ③차의 생육환경 ④다산茶山의 정경情景 ⑤차 달이기와 차의 삼품[茶三品] ⑥차의 일곱 가지 효능[茶七效能] ⑦차의 다섯 가지 공덕[茶五功] ⑧차의 여섯 가지 덕[茶六德]을 싣고 있다. 이와 같이 본문 중 본론은 차茶에 대한 종합적 고찰이라고 볼 수가 있다.

마지막 결론 부분은 '희이가왈喜而歌曰'로 시작되는 106자로 이루어져 있다. 이 부분은 〈다부〉의 정화精華로서 '오심지다吾心之茶'라는 '내(우리) 마음의 차'로 승화된 차생활의 경지를 드러내며 끝맺음을 하고 있다. 결론적으로 〈다부茶賦〉의 핵심은 한 단어로 '오심지다吾心之茶'이고, 한 글자로 말하면 심학心學을 드러내는 '심心·다茶'이다.

이와 같이 〈다부茶賦〉는 서문과 본문으로, 그리고 본문은 본론과 결론 부분을 합쳐 모두 열 단락으로 구분되어 총 1,332자로 이루어져 있으며, 형식은 부賦라는 문학적 표현을 사용했지만, 오히려 실질적인 형식은 전문적인 논문체계를 갖추는 등 매우 체계적인 구성을 이루고 있다. 또한 그 내용면에 있어서는 차에 대한 종합적인 고찰과 특성을 잘 드러냈을 뿐만이 아니라, 단순한 기호식품으로서의 차의 특성뿐만 아니라 정신적인 차원의 깊이 있는 문화생활로 승화시키고 있다.

02.

〈다부〉에 나타난 차의 주요 특성

〈다부茶賦〉에 나타난 차茶의 특성特性은 한재寒齋 이목李穆 선생의 체험을 바탕으로 ①차의 기본 특성으로서 차가 가지고 있는 본질적 가치를 이야기하고, ②차의 세 가지 품을 논하는 '다삼품茶三品', ③차의 일곱 가지 효능을 말하는 '다칠효능茶七效能', ④차의 다섯 가지 공인 '다오공茶五功', ⑤차의 여섯 가지 덕인 '다육덕茶六德', 그리고 ⑥한 재 이목 선생의 차생활의 결론이자 정화로서 '내(우리) 마음의 차'의 경지인 '오심지다吾心之茶'를 이야기하고 있다. 그에 대한 구체적인 내용은 다음과 같다.

1. 차의 본질적 가치

한재寒齋 이목李穆 선생은 차가 가지고 있는 기본적 특성으로서 〈다부〉의 서문에서 '하늘이 만물을 낸 본뜻[天生物之本意]'으로서 차 자체의 본질적 가치를 이야기하고 있다. 이것은 모든 만물이 다 함께 하늘로부터 본질적인 가치를 가지고 태어남을 말하고 있다. 여기에는 차와 사람을 포함한 모든 만물이 포함되며, 모든 만물이 가지고 있는 본래적 가치와 특성을 나타내는 말이다.

2. 차의 세 가지 품[茶 三品]

한재寒齋 이목李穆 선생이 한국 최고의 전문다서인 〈다부茶賦〉에서 언급한 차의 특성 중 하나로서 차의 품品을 세 가지로 구분한 것으로서 ①상품上品은 능히 몸을 가볍게 하고, ②중품中品은 피곤함을 가시게 해주고, ③차품次品은 고민을 달래주는 것이라고 하고 있다[亂雙眸之明滅 於以能輕身者 非上品耶 能掃痾者 非中品耶 能慰悶者 非次品耶].

간단하게 줄여서 차의 세 가지 품品으로서의 '다삼품茶三品'은 몸을 가볍게 하는 '경신輕身', 오랜 피곤을 가시게 하는 '소아掃痾', 고민을 달래주는 '위민慰悶'으로 나타낼 수 있다.

3. 차의 일곱 가지 효능[茶 七效能]

한재 이목 선생이 〈다부〉에서 차가 가지고 있는 일곱 가지 효능인

'다茶 칠효능七效能'을 정리한 것으로 그 내용은 다음과 같다.

① 차의 첫 번째 효능[茶第一效能] : 마른 창자가 깨끗이 씻겨진다는
    '장설腸雪'
② 차의 두 번째 효능[茶第二效能] : 신선이 된 듯 상쾌하다는 '상선爽
    仙'
③ 차의 세 번째 효능[茶第三效能] : 온갖 고민에서 벗어나고 두통이
    사라진다는 '성두醒頭'
④ 차의 네 번째 효능[茶第四效能] : 큰마음이 일어나고 우울함과 울
    분이 사라진다는 '웅발雄發'
⑤ 차의 다섯 번째 효능[茶第五效能] : 색정이 사라진다는 '색둔色遁'
⑥ 차의 여섯 번째 효능[茶第六效能] : 마음이 밝아지고 편안해진다
    는 '방촌일월方寸日月'
⑦ 차의 일곱 번째 효능[茶第七效能] : 마음이 맑아지며 신선이 되어
    하늘나라에 들어선 듯 하다는 '창합공이閶闔孔邇'

4. 차의 다섯 가지 공덕[茶 五功]

한재 이목 선생이 〈다부〉에서 차가 가지고 있는 다섯 가지 공功을
정리한 것으로, 차의 다섯 가지 공덕이라는 의미에서 '다오공茶五功'이
라 한다.

① 차의 첫 번째 공덕[茶第一功] : 목마름을 풀어준다는 '해갈解渴'
② 차의 두 번째 공덕[茶第二功] : 가슴속의 울분을 풀어준다는 '서울敍鬱'

③ 차의 세 번째 공덕[茶第三功] : 주인의 예로서 정을 나눈다는 '예정禮情'
④ 차의 네 번째 공덕[茶第四功] : 몸속의 병을 다스린다는 '고정蠱征'
⑤ 차의 다섯 번째 공덕[茶第五功] : 술에서 깨어나게 한다는 '철정輟酲'

5. 차의 여섯 가지 덕[茶 六德]

한재 이목 선생이 〈다부茶賦〉에서 차가 가지고 있는 여섯 가지 덕德
을 정리한 것으로, 차의 여섯 가지 덕이라는 의미에서 '다육덕茶六德'
이라 한다.

① 차의 첫 번째 덕[茶第一德] : '수덕壽德'이자 '요순지덕堯舜之德'으
로 사람을 장수하게 하니 요임금과 순임금의 덕德이 있다.
② 차의 두 번째 덕[茶第二德] : '의덕醫德'이자 '유부편작지덕俞附扁鵲
之德'으로 사람의 병을 낫게 하니 유부나 편작의 덕德이 있다.
③ 차의 세 번째 덕[茶第三德] : '기덕氣德'이자 '백이양진지덕伯夷楊震
之德'으로 사람의 기를 맑게 하니, 백이나 양진의 덕德이 있다.
④ 차의 네 번째 덕[茶第四德] : '심덕心德'이자 '이노사호지덕二老四
皓之德'으로 사람의 마음을 편안하게 하니 이노와 사호의 덕德이
있다.
⑤ 차의 다섯 번째 덕[茶第五德] : '선덕仙德'이자 '황제노자지덕黃帝老
子之德'으로 사람을 신령스럽게 하니 황제나 노자의 덕德이 있다.
⑥ 차의 여섯 번째 덕[茶第六德] : '예덕禮德'이자 '희공중니지덕姬公仲
尼之德'으로 사람을 예의롭게 하니 희공이나 중니(공자)의 덕德이
있다.

6. 내(우리) 마음의 차[吾心之茶]

한재寒齋 이목李穆 선생이 〈다부茶賦〉의 결론으로 나타낸 말로서 뜻은 '내(우리) 마음의 차[吾心之茶]'이다. 이 말은 곧 〈다부茶賦〉의 정화精華이자, 차인으로서 한재 이목 선생의 다심일여茶心一如의 경지를 그대로 드러낸 말로서, 모든 차인이 이루어야 할 상태를 말하고 있다. 이것은 한재 이목 선생이 제시한 진정한 차인으로서 가져야 할 기본적인 덕성德性이자, 진정한 차정신茶精神이고, 차의 정화精華이다. 그러므로 모든 차인은 차인으로서 이상적인 세계인 '내(우리) 마음의 차[吾心之茶]'의 경지를 온전하게 드러내야 한다. 그러기에 모름지기 차인이라면 차를 즐기며 '내 마음의 차'에서 '우리 마음의 차'로 모두가 함께하는 차 세계와 차정신을 이끌어가야 한다.

결론적으로 〈다부茶賦〉의 핵심은 한 단어로 '오심지다吾心之茶'이고, 한 글자로 말하면 '심心·다茶'이다.

연구과제

1. 〈다부〉의 구성

2. 〈다부〉의 주요 특성

3. 〈다부〉에 나타난 차의 본질적 가치

4. 〈다부〉에 나타난 차의 세 가지 품

5. 〈다부〉에 나타난 차의 일곱 가지 효능

6. 〈다부〉에 나타난 차의 다섯 가지 공

7. 〈다부〉에 나타난 차의 여섯 가지 덕

8. 내(우리) 마음의 차[吾心之茶]

9. 〈다부〉의 심차사상(心茶思想)

10. 오심지다(吾心之茶)와 다법자연(茶法自然)

11. 오심지다(吾心之茶)와 차정신

茶賦并序

凡人之於物或玩焉或味焉樂之終身

而無厭者其性矣乎若者李白之於月劉

伯倫之於酒其所好雖殊而樂之至則

一也余於茶越乎其莫之知自讀陸氏

經稍得其性心甚珎之昔中散樂琴而

不亦談乎

品為之賦或曰茶有入稅及為病乎

欲云云手封曰自然然要皇天生之本

云其辭曰

意乎人也非茶也且余有疾不眠及此

有物於此厥類孔多曰茗曰荈曰蔎曰䒷仙

掌雷鳴鳥嘴雀舌頭金蠟面龍鳳名的山提

勝金靈草薄側仙芝孀藥運慶福綠華英來

제7장

〈다부〉원문 및 해설

01.

〈다부茶賦〉병서竝序

1. 원문

茶賦 竝序
다 부 병 서

-寒齋 李穆
한재 이목

凡人之於物 或玩焉 或味焉 樂之終身 而無厭者 其性矣乎
범인지어물 혹완언 혹미언 낙지종신 이무염자 기성의호

若李白之於月 劉伯倫之於酒 其所好雖殊 而樂之至則一也
약이백지어월 유백륜지어주 기소호수수 이락지지즉일야

余於茶越乎 其莫之知 自讀陸氏經 稍得基性心
여어다월호 기막지지 자독육씨경 초득기성심

甚珍之 昔中散樂琴而賦 彭澤愛菊而歌 其於微尚加顯矣
심진지 석중산락금이부 팽택애국이가 기어미상가현의

況茶之功最高 而未有頌之者 若廢賢焉 不亦謬乎 於是考其名
황다지공최고 이미유송지자 약폐현언 불역류호 어시고기명

驗基産 上下其品 爲之賦 或曰 茶自入稅 反爲人病 子欲云云乎
험기산 상하기품 위지부 혹왈 다자입세 반위인병 자욕운운호

對曰然 然是豈天生物之本意乎 人也 非茶也 且余有疾
대왈연 연시기천생물지본의호 인야 비다야 차여유질

不暇及此云
불가급차운

2. 한자 풀이

茶 차 다	賦 노래 부	幷 어우를 병	序 차례 서
寒 찰 한	齋 재계할(공손하고 삼갈) 재	李 오얏(성씨) 이	穆 화목할(공경할) 목
凡 무릇(모두) 범	人 사람 인	之 갈 지	於 어조사 어
物 만물 물	惑 미혹할 혹	玩 희롱할(사랑할) 완	焉 어찌(이에) 언
味 맛(맛볼) 미	樂 즐길 락(좋아할 요)	終 끝날 종	身 몸 신
而 말 이을 이	無 없을 무	厭 싫을 염	者 놈 자
其 그 기	性 성품 성	矣 어조사 의 (단정, 결정, 한정, 의문, 반어의 뜻을 나타냄)	乎 어조사 호
若 같을(만일) 약	李 오얏(성씨) 이	白 흰 백	月 달 월

劉 죽일(성씨) 유(류)	伯 맏 백	倫 인륜 윤(륜)	酒 술 주
所 바 소	好 좋을 호	雖 비록 수	殊 죽일 수
至 이를 지	則 곧 즉(법칙 칙)	一 한 일	余 나 여
茶 차 다	月 달 월	莫 없을 막	知 알 지
自 스스로 자	讀 읽을 독	陸 뭍 육(륙)	氏 성씨
經 말(경전) 경	稍 벼줄기 끝(점점) 초	得 얻을 득	心 마음 심
甚 심할 심	珍 보배(진귀할) 진	昔 예(성) 석	中 가운데 중
散 흩을 산	琴 거문고 금	賦 구실(노래) 부	彭 성(나라 이름, 지명) 팽
澤 못 택	愛 사랑 애	菊 국화 국	歌 노래 가
微 작을 미	尚 오히려 상	加 더할 가	顯 나타낼(드러낼) 현
況 하물며 황	功 공 공	最 가장 최	高 높을 고
未 아닐 미	有 있을 유	頌 기릴(칭송할) 송	廢 폐할 폐
賢 어질 현	亦 또 역	謬 그릇될 류	考 상고할(살필) 고
名 이름 명	驗 증험할 험	産 낳을 산	上 윗 상
下 아래 하	品 물건(품평할) 품	爲 할 위	曰 가로 왈
入 들 입	稅 징수할 세	反 되돌릴 반	病 병 병

子 아들(어조사) 자	欲 하고자 할 욕	云 이를(어조사) 운	對 대답할 대
然 그러할 연	豈 어찌 개(반어의 조사)	天 하늘 천	生 날 생
本 밑(뿌리) 본	意 뜻 의	非 아닐 비	且 또 차
余 나 여	疾 병 질	暇 겨를 가	及 미칠 급
此 이 차			

3. 용어설명

(1) 부賦

'부賦'란 고시古詩의 한 형태로서 《시경詩經》육의六義(風·賦·比·興·雅·頌)의 하나이다. 《시경》에 나타난 시를 수사상修辭上 분류한 것인데, 서정적抒情的인 것도 있으나 직서묘사直敍描寫의 서사敍事를 주로 하였다. 굴원屈原의 〈초사楚辭〉에서 시작된 이래 하나의 형식으로 고정되어 내려왔는데, 한대漢代에는 대표적 미문美文의 형식으로 확립되었으며, 이후 육조六朝(5~6세기)에 이르는 동안 성행하였다. 우리나라에도 일찍이 한학漢學의 발달로 부가 전래하여 고려시대부터 과거의 시험과목으로 지정되었으며, 대부분의 문인들은 부를 많이 지었다.

(2) 〈다부茶賦〉

우리나라 최고最古의 전문다서專門茶書로서 조선시대 성종조와 연산군 때의 선비인 한재 이목 선생이 지은 차에 관한 글이다. 〈다부〉는 차茶에 대한 스스로의 깨달음의 내용을 부賦의 형태로 정리된 차에 관한 대서사시大敍事詩이자, 현존하는 우리나라 최고最古의 차에 관한 전문다서이기도 하다.

(3) 이백李白(701~762)

중국 당唐나라 때의 시인이다. 자는 태백太白, 호는 청련거사靑蓮居士이다. 농서군 성기현成紀縣(지금의 甘肅省 秦安縣 부근) 출신으로 두보杜甫와 함께 '이두李杜'라고 일컬어진다. 두보를 시성詩聖, 왕유王維를 시불詩佛, 이백을 시선詩仙이라고 한다. 이 밖에 적선인謫仙人 또는 벼슬 이름을 따서 이한림李翰林이라고도 한다. 이백은 전설이 많은 시인이기도 하다. 어머니가 태백성太白星(금성)이 품에 들어오는 태몽을 꾸었다고 해서 그 이름이 생겼다는 출생 이야기부터, 흐르는 물에 비친 달그림자를 떠내려고 하다 물에 빠져 죽었다는 이야기 등이 전해진다. 특히 이백은 술 및 달과 관련한 명시들이 많이 있다. 그중에서 대표적인 시로 ①〈스스로 위로하며[自遺]〉, ②〈술잔 들어 달에게 묻나니[對酒問月]〉, ③〈술을 권하며[將進酒]〉, ④〈달 아래 홀로 술을 마시며[月下獨酌]〉 등이 있으며, 다음과 같다.

　①스스로 위로하며[自遺]
　술잔을 마주하니 어두워지는 줄도 모르고
　꽃잎은 떨어져 옷에 가득 차는구나.
　취하여 일어나 개울에 비친 달을 따라 걸으니
　새는 둥지로 돌아오고 사람도 드물구나.
　對酒不覺暝 花落盈我衣 醉起步溪月 鳥還人亦稀

② 술잔 들어 달에게 물나니[對酒問月]

맑은 하늘 저 달은 언제부터 있었나

내 지금 잔 멈추고 물어보노라

사람이 달을 잡아들 순 없어도

달은 항상 사람을 따라다니네

달빛은 선궁의 나는 거울처럼

푸른 안개 걷히고 맑게 빛나네

밤이면 바다 위에 고이 왔다가

새벽이면 구름 속에 사라지네

옥토끼는 계절 없이 약을 찧고

항아는 누구에게 의지해 사나

사람은 옛날 달을 볼 수 없어도

저 달은 옛사람도 비추었으리

사람은 언제나 물처럼 흘러가도

밝은 달은 모든 것 다 보았으리

내가 노래하며 잔을 들 때에

달빛이여 오래도록 잔을 비춰라

青天有月來幾時 我今停盃一問之 人攀明月不可得 月行却與人相隨
皎如飛鏡臨丹闕 綠烟滅盡淸輝發 但見宵從海上來 寧知曉向雲間沒
白兔搗藥秋復春 姮娥細栖與誰隣 今人不見古時月 今月曾經照古人
古人今人若流水 共看明月皆如此 惟願當歌對酒時 月光長照金樽裏

③ 술을 권하며[將進酒]

그대는 보지 못하는가? 황하의 물이 하늘에서 내려와서 흘러서 바다에
도달하면 다시 돌아오지 못하는 것을. 그대는 보지 못하는가? 높다란

마루에서 거울 속의 백발을 보고 슬퍼하는 것을. 아침에는 푸른 실 같던 머리가 저녁에는 흰 눈 같은 것을. 인생 살며 기분 좋은 때에는 모름지기 즐기길 다하고, 빈 술잔에 부질없이 달빛만 비추이게 하지 마라. 하늘이 나의 재주를 만들었으니 반드시 쓸 곳이 있으리니. 많은 돈[千金]을 다 써버려도 다시 생겨나나니, 양을 삶고 소를 잡아서 우선 즐겨보자. 모름지기 한번 마시면 삼백 잔은 마셔야 하나니, 잠부자(岑夫子)와 단구생(丹丘生)도 술 권하노니 잔을 멈추지 말지어다. 그대를 위해 노래 한 곡조를 불러 주리니. 그대는 나를 위해 귀를 기울여 주게나. 음악을 연주하며 좋은 음식을 먹는 것도 대단한 것 없고, 오랫동안 취하고 다시 깨어나지 말기를 바랄 뿐이라네. 예로부터 성현(聖賢)들은 모두 쓸쓸했지만, 술 마시는 사람[酒客]만이 그 이름을 남기었다네. 옛날 진왕(陳王)이 평락궁에서 연회를 열었을 적에 많은 술을 마시며 마음껏 즐기었다네. 주인은 어찌하여 돈이 없는 것을 탓하는가? 즉시 술을 사 갖고 와서 그대와 대작하리라. 좋은 말[五花馬]과 천 냥 짜리 외투[千金裘]를 가지고 아이를 불러 나가서 좋은 술과 바꾸어 오게나. 그대와 함께 만고(萬古)의 시름을 풀어 보고자 하노라.

君不見 黃河之水天上來 奔流到海不復回 君不見 高堂明鏡悲白髮
朝如靑絲暮成雪 人生得意須盡歡 莫使金樽空對月 天生我材必有用
千金散盡還復來 烹羊宰牛且爲樂 會須一飮三百杯 岑夫子 丹丘生
將進酒 杯莫停 與君歌一曲 請君爲我傾耳聽 鐘鼓饌玉不足貴
但願長醉不願醒 古來聖賢皆寂寞 惟有飮者留其名 陳王昔時宴平樂
斗酒十千恣歡謔 主人何爲言少錢 徑須沽取對君酌 五花馬 千金裘
呼兒將出換美酒 與爾同銷萬古愁.

④ 달 아래 홀로 술을 마시며[月下獨酌]

하늘이 술을 사랑하지 않았다면 주성(酒星)이란 별이 하늘에 없었겠고, 땅이 술을 좋아하지 않았다면 땅에도 응당 주천(酒泉)이란 지명은 없었으리라. 천지가 다 술을 사랑했으니 술 좋아하는 게 부끄러운 일은 아니니라. 청주는 성인과 같다 들었고 탁주는 현자와 같다고들 말하네. 성인과 현자가 모두 술을 마셨거늘 굳이 신선을 찾을 필요 있으리오. 술 석 잔에 대도와 통하고 술 한 말이면 자연과 합일되네. 술에서만 얻는 이 즐거움 깨어 있는 이들에겐 알리지 마세나.

天若不愛酒 酒星不在天 地若不愛酒 地應無酒泉 天地旣愛酒
愛酒不愧天 已聞淸比聖 復道濁如賢 賢聖旣已飮 何必求神仙
三杯通大道 一斗合自然 但得酒中趣 勿爲醒者傳.

(4) 백륜佰倫

자가 백륜佰倫, 이름은 유령劉伶으로 중국 진나라 초기 노장사상을 숭상한 '죽림칠현竹林七賢'의 한 사람이자 〈주덕송酒德頌〉의 작가이다. 〈주덕송〉은 다음과 같다.

여기 대인 선생이 있다. 태초 이래의 시간을 하루로 보고, 만세의 긴 세월을 잠시라 생각하고, 해와 달을 빛을 비추는 창문쯤으로 생각하고, 광활한 천지를 집안의 정원과 네거리 정도로 생각한다. 탈것에 구애받지 않고 마음대로 가서 활보하고, 좁은 곳을 싫어하니 집이 있을 수 없다. 하늘을 지붕 삼고 땅을 자리라 여겨, 마음 가는 대로 어떤 것에도 얽매이지 않는다. 멈추면 작은 잔, 큰 잔 할 것 없이 술잔을 기울이고, 어디를 가도 술통과 술독을 끌어당겨 술 마시기를 힘쓰니, 그 나머지 일은 어찌 알겠는가?

귀한 신분의 인사와 귀족의 자제분들, 넓은 띠에 홀을 꽂은 높은 벼슬아치와 처사들이 성토하는 소리를 나는 듣는다. 몹시 흥분한 그들은 소매를 걷어붙이고 삿대질을 하면서 눈을 부라리고 이를 갈면서, 예법에 관한 설명을 늘어놓으며, 칼날을 세우듯이 대인 선생에 대한 시비를 일으킨다. 이때 선생은 바야흐로 술 단지를 들어 술통의 술을 받아 술잔에 가득 붓고, 탁주를 마신 다음, 술에 젖은 수염을 쓰다듬으며 두 다리를 뻗고 그 자리에 눕는다. 선생은 누룩을 배개 삼고 술지게미를 자리 삼아 누웠다.

온갖 생각과 근심이 사라지고, 즐거움만이 도도하며, 홀로 우뚝 취하고, 황홀한 기분으로 술에서 깨어난다. 고요히 귀를 기울여도 하늘을 찢는 우렛소리마저 들리지 않고, 아무리 눈을 떠도 태산의 형태도 보이지 않는다. 살갗을 파고드는 춥고 더움[寒暑]의 고통을 느낄 수 없고, 무엇을 즐기고 싶은 욕망도 사라진다. 만물이 뒤섞여 있는 어지러운 속세를 굽어보면, 그 모든 것이 양자강에 떠 있는 부평초(浮萍) 같이 여겨지고, 대인 선생을 성토하는 무리들은 나나니벌이나 푸른 빛을 띤 배추벌레쯤으로 여긴다.

有大人先生 以天地爲一朝 萬期爲須臾 日月爲扃牖 八荒爲庭衢
行無轍跡 居無室廬. 幕天席地 縱意所如 止則操卮執觚 動則挈榼提壺
唯酒是務 焉知其如. 有貴介公子 搢紳處士. 聞吾風聲 議其所以
乃奮袂攘衿 怒目切齒 陳說禮法 是非鋒起 先生於是 方捧甖承槽
銜杯漱醪 奮髥踑踞 枕麴藉糟無思無慮 其樂陶陶 兀然而醉 怳爾而醒
靜聽不聞雷霆之聲 熟視不見泰山之形 不覺寒暑之切肌 嗜慾之感情
俯觀萬物擾擾焉 如江漢之浮萍 二豪侍側焉 如蜾蠃之與螟蛉.

〈주덕송〉처럼 유백륜 선생은 언제나 한 단지의 술을 가지고 다니며, 삽을 메고 따라다니는 사람에게 "내가 죽거든 그 죽은 장소에 묻으라."고 했다고 한다.

(5) 육우陸羽(733~804)

중국 당나라 때 복주 경릉(현 호북 천문현) 사람으로 자는 홍점鴻漸, 자호가 상저옹桑苧翁으로 중국차를 종합적으로 정리하여 중국 최초의 다서인《다경茶經》3권을 저술하였다.

(6)《다경茶經》

당나라 때 육우가 지은 중국 최초의 종합적인 전문다서로서, 오늘날까지 차에 관한 기본 저서로 큰 역할을 담당하고 있다. 761년 초고본, 764년 및 775년 수정본, 780~781년 완성본이 작성된 것으로 보고 있다.

(7) 중산中散

죽림칠현竹林七賢의 한 사람인 혜강嵇康(223~262)을 말하며, 중산대부中散大夫라는 벼슬을 지냈다. 〈금부琴賦〉와 〈양생론養生論〉을 지었다.

(8) 도잠陶潛

중국 동진東晉·송宋나라의 시인으로 장시성[江西省] 심양 자상紫桑 출생이다. 이름은 잠潛이고, 연명淵明은 자字이다. 호號는 오류선생五柳先生이다. 41세에 고향에서 머지않은 팽택현령彭澤縣令으로 근무하던 중 "내 어찌 5두미斗米(현령의 봉급) 때문에 허리를 굽혀 향리의 소인을 대할 소냐?"라며, 현의 사찰査察로 온 군郡의 말직에게 굽신거릴 수 없다는 말을 남기고 현령의 직을 버린 후 전원생활로 돌아가서 63세로 죽을 때까지 주로 심양 근처에서 지내면서 은자로서 조용히 생을 마무리하였다. 그때 전원으로 돌아가는 심경을 노래한 것이 〈귀거래사歸去來辭〉이다. 〈다부〉의 서문에서 이야기한 '국화시菊花詩'는 〈술을 마시며[飮酒]〉라는 제목의 시로 다음과 같다.

> 술을 마시며[飮酒]
> 시골에 집을 한 채 마련하니
> 수레의 시끄러운 소리 들리지 않는구나.
> 나보고 왜 그러느냐고 묻지만
> 그저 마음은 편하고 조용하여 좋다 하네.
> 동편 울타리 밑의 국화를 꺾어서
> 저 멀리 남산을 바라다보네.
> 산에는 저녁놀이 아름답고
> 나는 새도 짝과 함께 돌아오는구나.
> 이 속에서 참뜻을 깨닫게 되나니
> 이미 할 말을 잊고 말았노라.
> 結廬在人境而無車馬喧 問君何能爾 心遠地自偏 採菊東籬下
> 悠然見南山 山氣日夕佳 飛鳥相與還 此中有眞意 欲辯已忘言

이 중에서 '동편 울타리 밑의 국화를 꺾어서 저 멀리 남산을 바라다보네[採菊東籬下 悠然見南山]'라는 구절이 많은 문인의 사랑을 받는 명구이다. 시골에 은거하여 사는 은자들의 한가로운 일상과 마음을 잘 알수 있다. 어찌 보면, '술을 마시며[飮酒]'라는 제목 대신 '차를 마시며[喫茶]'라는 제목이 더 어울릴 것 같다. 여기서 남산은 당시 도연명이 은거하던 곳이고, 여러 시인이 시를 썼던 여산廬山이다. 여산에 관한 대표적인 시로 소동파가 지은 〈서림사 담장에 부쳐[題西林壁]〉라는 시가 있다. 그 시는 다음과 같다.

> 옆으로 보면 고개[嶺]요, 위로 보면 봉우리[峰]라
> 보는 모습[遠近高低]에 따라 제각기 다르구나.
> 여산의 참모습[盧山眞面目]을 알지 못하는 것은
> 다만 이 몸이 이 산중에 있기 때문이라네.
> 橫看成嶺側成峰 遠近高低各不同 不識盧山眞面目 只緣身在此山中

한재 선생은 〈다부〉의 서문에서 차의 근본적인 가치, 그리고 성인과 같은 차의 성품을 칭송하고 있다. 그런 의미에서 소동파 선생이 산중에서 자신의 참모습을 찾는 것처럼, 진정한 차인이라면 생활 속에서 차를 즐기고 마시며 심신의 건강함을 구하고, 그런 자신의 참모습을 찾아가야 할 것 같다.

4. 주요 성구成句

(1) 천생물지본의天生物之本意

한재 이목 선생이 〈다부〉의 머리말에서 차의 성품과 가치를 비교하여 이른 말로서 뜻은 '하늘이 만물을 낸 본뜻[天生物之本意]'으로 풀이되며, 모든 만물이 다함께 하늘로부터 본질적인 가치를 가지고 태어남을 말하고 있다. 여기에는 차와 사람을 포함한 모든 만물이 포함되며, 모든 만물이 가지고 있는 본래적 가치와 특성을 나타내는 말이다.

5. 한글 신역

다부 병서(머리말)

– 한재 이목

무릇 사람이 어떤 물건에 대해 혹은 사랑하고, 혹은 맛을 보아 평생 동안 즐겨서 싫어함이 없는 것은 그 성품(性品) 때문이다. 이태백(李太白)이 달을 좋아하고, 유백륜(劉佰倫)이 술을 좋아함과 같이 비록 그 좋아하는 바가 다를지라도 즐긴다는 점은 다 같으니라.

내가 차(茶)에 대해서 잘 알지 못하다가 육우(陸羽)의 《다경(茶經)》을 읽은 뒤에 점점 그 차의 성품을 깨달아서 마음 깊이 진귀하게 여겼노라.

옛날에 중산(中散)은 거문고를 즐겨서 <거문고 노래 [琴賦]>를 지었고, 도연명(陶淵明)은 국화를 사랑하고 노래하여 그 미미함을 오히려 드러냈거늘, 하물며 차의 공(功)이 가장 높은 데도 아직 칭송하는 사람이 없으니, 이는 어진 사람을 내버려 둠과 같으니라. 이 또한 잘못된 일이 아니겠는가? 이에 그 이름을 살피고[考], 그 생산됨을 증험하며[驗], 그 품질[品]의 상하와 특성을 가려서 <차 노래 [茶賦]>를 짓느니라.

어떤 사람이 말하기를 "차는 스스로 세금을 불러들여 도리어 사람에게 병폐가 되거늘, 그대는 어찌하여 좋다고 말하려 하는가?" 이에 대답하기를 "맞는 말이다! 그러나 그것이 어찌 하늘이 만물을 낸 본뜻[天生物之本意]이겠는가? 사람의 잘못이요, 차의 잘못이 아니로다. 또한 나는 차를 너무 즐겨서[有疾] 이를 따질 겨를이 없노라."라고 하였다.

6. 해설

한재寒齋 이목李穆(1471~1498) 선생이 지은 한국 최고最古의 전문다 서인 〈다부茶賦〉는 '다부茶賦 병서幷序'라고 이름 붙여진 머리말로 시 작된다. 머리말에는 차를 좋아하는 차인으로서의 차茶에 대한 사랑과 차의 본성과 가치, 〈다부〉를 짓게 된 배경, 그리고, 차와의 인연 등에 대해 소개하고 있다.

머리말을 보면 그 작품의 개요를 모두 짐작할 수 있다. 〈다부〉의 경 우에도 이미 머리말에 〈다부〉의 전체적인 내용을 잘 요약하여 나타내 고 있다. 보통의 한 사람으로서, 진정한 차인으로서, 전문가로서, 학자 로서, 수행인으로서 한재寒齋 이목李穆 선생의 삶과 기품을 확인할 수 가 있다. 한재 이목 선생의 삶은 비록 스물여덟의 젊은 나이에 생을 마감하였지만, 500여 년이 지난 지금까지 한국 차의 진향眞香을 이어 온 천년다향千年茶香의 한 중심으로 우뚝 서고 있다.

한재寒齋 이목李穆 선생의 마음의 노래인 〈다부茶賦〉의 머리말에 나 타난 주요한 사항을 몇 가지로 정리하여 살펴보면 다음과 같다.

(1) 차의 성품性品과 가치價値

〈다부〉의 머리말[茶賦 並書]은 보통의 한 사람[凡人]과 만물萬物의 성 품과 평생에 걸친 즐거움에 대하여 이야기한다. 먼저 모든 만물 중의 한 물건으로서 사람이 살면서 즐기는 이유는 그 사물이 가지고 있는 본래의 성품性品 때문이라는 사실을 적시하고 있다. 이것은 차茶가 가 지고 있는 본래의 맑고 깨끗하며, 곧고 바른 성품을 나타내고 있다. 청정하고 올바른 것이 바로 차의 성품이고, 우리 인간들도 같이 즐겨 야 할 이유임을 드러내고 있다. 더 나아가 차의 본질적 가치를 드러내는 말로서 하늘이 만물을 낸 본뜻임을 다시 부연하여 구체적으로 이야기하고 있다. 이와 같이 한재 이목 선생은 머리말의 첫머리와 끝머리에 차의 성품과 가치를 이야기하고, 그것이 한재 이목 선생 자신이, 그리고 바로 우리 차인들이 차를 즐기는 이유임을 천명하고 있다. 차의 성품은 기본적으로 맑고 곧은 자연의 순리와 정기를 간직하였으며, 그것은 인간을 포함한 모든 만물이 같이 가지고 있는 '하늘이 만물을 낸 본뜻[天生物之本意]'이라는 점이다. 이 점에서 모든 차를 좋아하는 차인들은 차茶의 성품과 가치를 통해 하늘이 만물을 만들어 낸 본뜻을 살려가야 하고, 차의 성품과 하나 되는 청정한 삶을 살아가야 할 것이라고 본다.

또한 여기서 중요한 것이, 한재 이목 선생은 차의 성품과 자신의 성품이 같음을 알고, 본질적으로 하나 되는 일체감을 느꼈을 것 같다. 그리하여 하나 되는 마음에서 저절로 우러나온 〈다부〉는 진정한 차인으로서 한재 이목 선생의 진실한 육성이자 마음속의 순수한 부르짖음이라는 사실이다.

이와 같이 〈다부〉의 머리말에는 차의 성품과 한재 이목 선생의 품성, 그리고 차인들의 성품은 맑고 곧으며, 그것은 바로 하늘이 만물을 낸 본뜻이라는 사실을 강조하고 있다.

〈다부〉의 이야기는 곧 한재 이목 선생 자신에 해당되는 이야기이기도 하지만, 그것은 또한 오늘날의 모든 차인들에게 해당되는 말이기도 하다.

그러기에 오늘날 차를 즐기는 모든 사람은 차와 인간이 하나가 되는 맑고 곧은 성품을 통해 이 사회가 더불어 맑고 깨끗하게 되도록 하여야 한다.

지금 이 시점에서 우리는 다시금 〈다부茶賦〉를 통해 2천여 년이

넘는 한국의 차 역사에서 천년의 다향茶香을 이어온 선도자로서, 중추적인 역할을 담당한 사람이 바로 한재 이목 선생이며, 지금 이 시대 차인들은 지난 천년의 다향茶香을 이어서 다시 앞으로의 천년의 다향茶香으로 이어갈 사명이 있다고 본다.

(2) 차생활의 즐거움

《논어論語》에 보면, '아는 것은 좋아하는 것만 못하고, 좋아하는 것은 즐기는 것만 못하다[知之者不如好之者 好之者不如樂之者]'라는 말이 나온다. 줄여서 '지호락知好樂'이라고 하는데, 아는 것[知]보다 좋아하는 것[好]이, 좋아하는 것보다 즐기는 것[樂]이 더 바람직하다는 것이다. 한재 이목 선생은 〈다부〉의 머리말에서 만물의 기본적인 성품으로서 차를 이야기하면서 그 성품과 그에 따른 즐거움을 이야기하고 있다. 그것은 곧 만물의 한 표상으로서 차의 특성을 살리고자 하는 것이고, 차를 즐기는 삶이야말로 곧 진정한 즐거움 자체라는 것을 나타내는 것이다.

그리하여 모든 사람은 차의 성품을 이해하고, 그것을 삶 중에서 즐길 줄 알아야 한다. 그것이야말로 우리네의 삶에서 차를 생활화하는 것이고, 생활 속에서 차를 즐기며 심신心身의 건강함과 자신의 참모습을 찾아가야 할 것 같다.

(3) 〈다부〉의 저술 동기

한재寒齋 이목李穆 선생이 〈다부茶賦〉를 저술하게 된 동기는 〈다부〉의 머리말에 구체적으로 나타나 있다. 옛 중국의 죽림칠현竹林七賢의 한 사람인 중산대부를 지낸 혜강嵇康은 거문고를 즐겨서 〈거문고 노래[琴賦]〉를 지었고, 유명한 은자로서 〈귀거래사歸去來辭〉를 지은 도연명은 일찍 벼슬을 떠나 전원생활을 하면서 국화를 사랑하여 뜰에 심고, 시를 지으며 즐겼다고 한다. 그러나 차를 좋아하는 사람으로서 차茶의 공덕功德이 최고인데도 아직까지 제대로 된 차에 대한 전문서적과 차를 예찬하는 노래가 없다는 것이 참으로 안타까운 일이고, 이것은 소중한 것을 무시하는 일, 마치 현인賢人을 버려두는 일이 아닌가? 하는 심정에서 차에 관한 노래인 〈다부茶賦〉를 짓게 되었음을 구체적으로 밝히고 있다. 여기에서 우리는 한재 이목 선생의 차에 대한 사랑과 관심을 확인할 수가 있다. 또 한재 이목 선생은 단순히 차를 즐기는 수준만이 아니라, 차를 삶 속에서 생활화하면서 차에 대한 전문적인 연구를 수행한 진정한 차인茶人이었다는 사실이다. 이와 같은 점들이 〈다부〉의 머리말 속에 여러모로 잘 나타나고 있다.

(4) 만물과 성현에 대한 존중[존현사상(尊賢思想)의 실천]

마땅히 세상을 사는 바른 사람이라면, 자신의 육신을 있게 해준 부모와 정신과 행실에 모범이 되는 성현聖賢들에 대한 존경과 따라함이 있어야 한다. 한재 이목 선생은 〈다부〉의 머리말에 사람과 만물萬物에 대한 존중을 드러내는 말로 만물의 성품을 이야기하면서 차茶야말로 하늘이 만물을 낸 본뜻임을 밝히고 있다. 더불어 차뿐만이 아니라, 자연계의 만물도 그러하며, 그에 대한 사랑을 드러내고 있다.

더불어서 앞에서 〈다부〉의 저작 동기에서도 언급하였듯이, 차를 버려둠은 현인을 버려둠과 같다고 하여 성현聖賢들에 대한 존경심을 나타내는 존현사상尊賢思想을 드러내고 있다.

그런 면에서 한재 이목 선생은 단순히 성현의 가르침을 알고 따랐을 뿐만 아니라, 스스로의 삶에서 실천함으로써 조선시대 선비의 귀감이 되고, 차의 성품 대로 본래의 성품과 하나가 되어 청정하고 올곧게 살다 갔다는 사실이다.

그러기에 오늘날의 진정한 차인이라면 옛 성현들의 가르침을 본받아 자신의 삶 중에서 성현聖賢들의 정신과 행동을 실천하여야 할 것이며, 차 본래의 성품대로 차茶와 하나 되는 청정한 삶을 가꾸어 가야 할 것이라고 본다.

사실 우리들이 세상을 살면서 그냥 반복되는 지친 삶 속에 묻혀 아무 의미 없이 살기보다는 무언가 가슴속에 뜻을 갖고 사는 것이 좋다. 평생에 걸쳐 무언가 자신이 원하거나 좋아하는 바를 세상에서 실천하며 살아가는 것이 바람직하고, 그것이야말로 아름다운 삶의 모습이다. 예로부터 성현들은 현실이 어렵더라도 자신이 뜻하는 바를 스스로의 삶에서 실천하며 드러낸 사람들이다. 한재 이목 선생도 자신이 믿는 바를 위해 목숨을 바칠 정도로 의기로운 사람이었다. 모름지기 사람이라면 뜻을 가져야 하고, 그 뜻을 이루기 위해서는 목숨까지 저버릴 줄 아는 용기가 있어야 한다. 한재 이목 선생은 자신의 삶을 통해 그것을 구체적으로 보여주었으며, 작은 일에 연연하거나 자신의 안위에 연연하여 스스로의 뜻을 저버리지 않았다. 그런 의미에서 우리는 〈다부茶賦〉를 통해 존현사상尊賢思想에 대해 생각해보는 지혜가 필요하다. 지금의 시점에서 다시 한번 제대로 된 차인茶人이라면 성현聖賢들의 뜻을 생각하고, 가능한 그릇된 점은 버리고 좋은 점을 드러내며 살아가야 한다.

(5) 차와의 인연

한재寒齋 이목李穆 선생은 〈다부茶賦〉의 머리말에서 직간접적으로 차를 접하게 된 인연因緣에 대하여 이야기하고 있다. 우선은 맑고 곧은 차의 성품과 본인의 성품이 같음을 본능적으로 알고 좋아하고 있음을 알 수가 있다. 그리하여 머리말의 첫 구절에 사람들이 어느 물건을 좋아하고 즐기는 것은 그 성품性品 때문임을 밝혔고, 끝 구절에서는 스스로 '차茶를 좋아함이 지나쳐서 고질병이 있다[有疾]'라고까지 표현하고 있다.

이와 같이 성품 면에서의 하나됨을 통하여 본성적으로 차를 즐겼음을 알 수가 있으며, 구체적인 계기가 된 것은 육우의《다경茶經》등을 읽은 후에 차에 대해 보다 전문적으로 공부하고, 더욱 소중하게 여기게 되었음을 구체적으로 밝히고 있다.

이밖에도 한재寒齋 이목李穆 선생의 사부이신 점필재佔畢齋 김종직金宗直 선생의 직간접적 영향이 매우 컸을 것이라고 판단되고 있다. 잘 알다시피 점필재 선생은 조선 유학의 거두일 뿐만 아니라 조선 초기를 대표하는 차인이기도 하다. 한재 이목 선생이 김종직 선생의 제자가 된 14세 되던 해 이후, 더욱 차를 깊이 접맥시키게 되었을 것으로 판단되며, 이를 통해 차에 대한 전반적인 내용과 문화를 항시 접하며 살았던 것으로 보인다. 사실 한국차의 역사에서 점필재 김종직 선생과 한재 이목 선생의 만남은 위대한 만남의 서곡이다. 잘 알다시피 조선시대의 차는 상대적으로 쇠퇴한 것으로 볼 수 있다. 그러나 오히려 한국차의 정신사적이나 인물사적인 측면에서 볼 때, ①조선 초기의 점필재 김종직 선생과 한재 이목 선생, ②조선 중기 서산대사와 사명대사의 사제 간의 만남, 그리고 ③조선 말기 아암혜장 선사와 다산 정약용 선생, ④추사 김정희 선생과 초의의순 선사의 벗으로서의 만남은 한국의 차 역사를 대변하는 위대한 만남이고 아름다운 만남이었다고 할 수가 있다.

또 19세 되던 해에 소과에 급제하여 당시 최고 교육기관인 성균관의 유생으로 공부하면서 사신을 접대하는 다례茶禮 등을 통하여 조선 초기 차문화의 진수를 배웠으리라 짐작된다. 이와 함께 당시 성균관 유생들과 김종직 문하에서 동문수학한 동문들 중에서 차를 즐기는 여러 차인들을 통하여 차를 실제적으로 접할 기회가 많았다는 사실이다. 그리고 장인이던 김수손 선생을 따라 중국 연경에 갔다가 중국의 차문화를 직접 체험하고, 일부일지라도 중국 차 산지를 답사했을 것으로 추정되고 있다.

마지막으로 차를 즐기는 집안 가풍의 영향으로 차에 대한 전문적인 연구를 수행하게 되지 않았나 하는 추정이 들게 된다. 잘 알다시피 한재문중寒齋門中의 제례홀기祭禮笏記에는 차를 올리는 '철갱봉다撤羹奉茶'의 예禮가 있다는 점에서 어릴 적부터 차를 즐기는 집안의 가풍으로 차를 접하게 되고, 평생 동안 즐기게 되었을 것으로 생각할 수가 있다.

이와 같이 한재寒齋 이목李穆 선생은 차茶와의 인연이 참 다양하고 실제적이었던 것으로 확인되고 있다. 단순히 기호품만으로 차를 즐기는 수준이 아니라, 차에 대한 전문적인 관심과 연구, 그리고 생활화와 실천적 구도를 통해 스스로의 성품을 함양해 간 조선시대를 대표하는 진정한 차인이었음을 알 수가 있다.

(6) 차세에 대하여

중국뿐만이 아니라 우리나라에서도 차에 대한 세금이 많아서 국가 재정적으로 도움이 되나, 차에 관한 세금이 과하게 부과됨으로써 차 농사를 짓는 백성들에게는 큰 부담이 되었음을 역사적으로 확인해 볼 수 있다.

고려 말엽의 대표적인 문인이자 차인이었던 이규보 선생 또한 이에 대한 시를 짓기도 하였다. 떡차 한 개 값이 천금으로도 바꾸기 어

렵다고 하고, 이것이야말로 백성의 기름과 살이라고 이야기하고 있다
[최계원,《우리 차의 재조명》, 차와 사람, 2007, 119~120쪽]. 그에 대한 다시는
다음과 같다.

남쪽 사람들은 일찍이 성난 짐승을 두려워하지 않아
위험을 무릅쓰고 칡, 머루 넝쿨을 헤치며 산속 깊이 내닫는다.
일만 잎을 따서 떡차[餠茶] 한 개를 만드니
떡차 한 개 값이 천금(千金)으로도 바꾸기 어렵네.
南人不曾㤾鬎蒿 冒險衝深捫蔿蒌 摘將萬粒成一餠 一餠千金那易致

화계에서 차 딸 때를 말해 볼거나
관리들의 성화에 모든 집들의
늙은이 어린이가 몰려 나오네.
독기 어린 고개를 넘고 또 넘어
정신없이 찻잎을 따고 또 따면
차를 메고 떠나는 서울 길 만 리
어깨가 벗어져도 가야만 하네.
이야말로 백성의 기름과 살
만 사람을 저미고 베어 얻게 되나니
因論花溪採茶時 官督家丁無老稚 瘴嶺千重眩手收
玉京萬里賴肩致 此是蒼生膏與肉 蠻割萬人方得至

조선 시대에도 그와 같은 공차貢茶의 폐단은 남아 있었던 것 같다.
점필재 김종직 선생이 함양군수로 있을 적에 차가 생산되지 않는데도
불구하고 차를 공납해야 하는 함양의 백성들을 위해 지리산 밑에서

차나무를 찾아내 엄천사嚴川寺 북쪽 대나무밭에 다원을 만들게 하였다. 이것은 신라 흥덕왕 때 차 씨앗을 당나라로부터 가져다 심었다는 《삼국사기》의 기록에 따른 것이었다. 점필재 선생은 함양의 고로古老들에게 물어 차 묘목을 찾아내어 다원을 만들고 거기에서 나온 차로 상공上供케 하였으니 백성을 향한 사랑이 이와 같았다. 후세 사람들이 이를 기리기 위해 글을 지어 기념비를 세웠다. 기념비의 내용은 다음과 같다.

점필재 선생은 목민관으로서
군민이 나지도 않는 차를 공납하느라고
온갖 어려움에 처한 것을 보시고
엄천사 북쪽에 관영(官營) 차밭을 조성하여 고통을 덜어주었으니
선생의 높은 뜻을 영원히 기리기 위해 이 비를 세우다.

그리고 점필재 선생이 쓴 다시는 다음과 같다.

신령한 차 받들어 임금님 장수케 하고자 하나
신라 때부터 전해지는 씨앗을 찾지 못하였네.
이제야 두류산 아래에서 구하게 되었으니
우리 백성 조금은 편케 되어 또한 기쁘네.
欲奉靈苗壽聖君 新羅遺種久無聞 如今得頭流下 且喜吾民寬一分

대숲 밖 거친 동산 일 백여 평의 언덕에
자영차 조취차 언제쯤 자랑할 수 있을까.
다만 백성들의 근본 고통 덜게 함이지

무이차 같은 명차를 만들려는 것은 아니라네.

竹外荒園數畝坡 紫英烏紫幾時誇 但令民療心頭肉 不要籠加粟粒芽

이와 같은 점필재 선생의 모습에서 백성들을 위하는 애민정신愛民精神이 잘 드러나고 있으며, 우리 차인들에게 진정한 차인의 모습으로서 좋은 교훈이 되고 있다.

(7) 〈다부〉의 전문성

〈다부茶賦〉의 내용을 살펴보면 보통 일반 문인들이 시나 수필을 쓸 경우처럼 단순한 문학적 표현만으로 차를 나타내고자 한 것이 아님을 알 수 있다. 〈다부〉는 형식상으로 보면 부賦라는 운문체의 산문으로 볼 수 있다. 그러나 〈다부〉의 경우에는 보다 전문적인 내용과 실제적인 내용이 병행된 현존하는 우리나라 최초이자 최고의 전문다서專門茶書로서 부족함이 없을 정도로 그 내용이 다양하고 풍부하다. 이러한 점은 〈다부〉의 머리말에서도 그 구체적인 사실을 다시 확인해 볼 수가 있다. 그 하나가 '그 이름을 살피고[考其名]'의 '고考' 자이다. 일반 문학적 표현이라면 구태여 살펴서 고찰한다는 글자를 사용할 필요성이 없다. 그냥 단순히 차에 관한 이름을 나열하거나, 서정적으로 드러내면 될 뿐이다. 그러나 한재 이목 선생은 〈다부〉에서 분명히 자신이 지은 〈다부〉가 단순한 이름의 나열만이 아니라, 본인이 직접 탐구하고 전문적인 입장에서 고찰하였음을 밝히고 있다. 머리말에 인용한 육우의 《다경茶經》이나, 기타 차에 관한 전문서적들을 섭렵하고, 당시의 차문화와 차 관련 자료들을 정리한 후 나름대로 자기 입장을 정리하고자 했다는 사실을 구체적으로 확인할 수가 있다.

또 일반적으로 차茶에 대해 소개하고 단순히 알리고자 한다면 실제적으로 경험한다는 '험기산驗其産'의 '험驗' 자를 사용하지는 않는다고 본다. 여기에서도 한재 이목 선생 스스로《다경茶經》등 다양한 문헌에 대한 전문적인 연구뿐만이 아니라, 당시의 차와 차문화, 그리고 5개월여에 걸친 중국 사행使行 시 직접 접한 중국의 차문화에 대한 체험과 실제 중국 차 산지에 대한 현지 답사 등을 통하여 자신의 산 경험을 바탕으로 〈다부茶賦〉를 저술하였다는 사실을 확인할 수가 있는 부분이라고 본다. 혹자는 부賦라는 형식을 바탕으로 풍자한 문학적 표현이라고 이야기하고 있으나, 앞뒤로 살펴본 문맥상으로 보나 '험驗'이라는 한자의 의미로 봐서도 문학적 표현이라기보다는 실제적인 체험을 바탕으로 기술한 것으로 보는 것이 타당할 것으로 판단된다. 이 점은 특히 점필재 선생 문하에서 동문수학한 탁영濯纓 김일손金馹孫(1464~1498) 선생이 연경에 가는 것을 기념하며 써준 시로《탁영집濯纓集》(1668)과 인조 9년에 발간된《이평사집》중간본(1631)에 실린 〈감구유부송이중옹感舊遊賦送李仲雍〉및 〈감구유부후서感舊遊賦後序〉등에서 연경에 갔다 왔다는 사실 등을 구체적으로 확인해볼 수가 있다.

이와 같이 한재 선생은 〈다부〉에서 단순한 말만으로서가 아니라, 자신이 좋아하는 차에 대한 실질적인 연구로서 중국의 차문화를 직접 체험하고, 〈다부〉에 언급한 차 산지 전체는 아닐지라도 일부의 차 산지産地를 직접 답사하고, 그 내용을 체계적으로 정리하였다고 볼 수가 있다. 이 점은 조선시대 성리학이 공리공론에 파묻혀 현실을 도외시하게 되는 단점이 지적되고 있다는 점에서 초기 조선조 유학자 중의하나인 한재 이목 선생의 실사구시적實事求是的 태도를 확인해 볼 수 있는 중요한 내용이기도 하다.

또 차에 대해 '상하의 차품과 특성을 이야기한다[上下其品]'는 사실을 통해 한재 선생은 당시 다양한 차문화를 손수 섭렵하고, 스스로 체험하는 등 차를 생활화하여 차의 품질과 특성을 정리하였다는 사실이다. 더 나아가서 차를 즐기는 스스로의 처지를 고질병이라 하였으니, 머리말의 끝 구절에 나오는 차를 너무 즐기어서 '고질병이 있다[有疾]'는 내용을 통해서도 구체적으로 확인해 볼 수가 있다.

이와 같이 한재寒齋 이목李穆 선생은 차를 사랑하고, 평생 동안 차를 즐기며, 성현과 같은 청정하고 곧은 차의 성품을 꿰뚫어 보고 스스로 차의 성품과 하나가 된 입장에서 차의 아름다움과 특성을 기록한 글이 바로 〈다부〉임을 머리글에서 밝히고 있다.

그리하여 500여 년이 지난 오늘날에 와서야 한국 최고最古의 다서인 〈다부茶賦〉라는 이름처럼 한재寒齋 이목李穆 선생은 '한국 차의 아버지[茶父]' 또는 '한국의 다선茶仙'으로 추앙받는 등 한국차의 선도자로서 재평가되고 있다.

젊은 나이에 채 뜻을 펴지도 못하고 돌아가시매
꽃은 피었으나 열매를 거두지 못하였네.
그러나 사후 오백 년이 지난 오늘에 와서야
한재(寒齋)의 청정한 향기는
천년(千年)의 다향(茶香)으로 이어지네.
寒齋淸氣 千年茶香

연구과제

1. 차의 성품과 가치

2. 차의 성품과 한재 이목 선생

3. 〈다부〉의 저술동기

4. 〈다부〉에 나타난 존현사상(尊賢思想)

5. 한재 이목 선생의 차 인연

6. '고기명(考其名)'과 '험기산(驗其産)'에 대한 고찰

7. 철갱봉다(撤羹奉茶)의 전통

8. 차세(茶稅)와 유질(有疾)

9. 조선시대 공차(貢茶)

10. 차의 본질적 가치

11. 15세기 조선의 차문화

12. 15세기 조선의 차문화와 중국(명나라)의 차문화

13. 점필재의 애민정신(愛民精神)

14. 점필재의 애민사상과 한재의 차정신

02.

차의 이름과 종류

1. 원문

其辭曰 有物於此 厥類孔多 曰茗 曰荈 曰蕣 曰菠 仙掌 雷鳴
기사왈 유물어차 궐류공다 왈명 왈천 왈한 왈파 선장 뇌명

烏嘴 雀舌 頭金 蠟面 龍鳳 召·的 山提 勝金 靈草 薄側 仙芝
조취 작설 두금 납면 용봉 소·적 산제 승금 영초 박측 선지

嫩藥 運·慶 福·祿 華英 來泉 翎毛 指合 清口 獨行 金茗 玉津
난예 운·경 복·록 화영 내천 영모 지합 청구 독행 금명 옥진

雨前 雨後 先春 早春 進寶 雙溪 綠英 生黃 或散 或片 或陰
우전 우후 선춘 조춘 진보 쌍계 녹영 생황 혹산 혹편 혹음

或陽 含天地之粹氣 吸日月之休光
혹양 함천지지수기 흡일월지휴광

2. 한자 풀이

其 그 기	辭 말 사	曰 가로 왈	有 있을 유
物 만물 물	於 어조사 어	此 이 차	厥 그 궐
類 무리 류	孔 매우(구멍) 공	多 많을 다	茗 차싹 명
荈 늦차 천	蔊 차(꾀리) 한	菠 차(시금치) 파	仙 신선 선
掌 손바닥 장	雷 우레 뢰	鳴 울 명	鳥 새 조
嘴 부리 취	雀 참새 작	舌 혀 설	頭 머리 두
金 쇠 금	蠟 밀 랍(납)	面 낯 면	龍 용 룡
召 부를 소 (石 돌 석)	的 과녁 적	山 뫼 산	提 끌 제 (挺 빼어날/뺄 정)
勝 이길 승	金 쇠 금	靈 신령 영(령)	草 풀 초
薄 엷을 박	側 곁 측	仙 신선 선	芝 지초 지
嬾 게으른 란(난) (嫩 어릴 눈)	蘂 蕊(꽃술 예)의 속자	運 돌 운	慶 경사 경
福 복 복	祿 복 록	華 꽃 화	英 꽃부리 영
來 올 내(래)	泉 샘 천	翎 깃령 령(영)	毛 털 모
指 손가락 지	合 합할 합	清 맑을 청 (青 푸를 청)	口 입 구
獨 홀로 독	行 갈 행	玉 옥 옥	津 나루 진

雨 비우	前 앞전	後 뒤후	先 먼저선
春 봄춘	早 새벽조	進 나아갈진	寶 보배보
雙 쌍쌍	溪 시내계 (勝 이길승)	綠 초록빛녹(록)	生 날생
黃 누를황	或 혹혹	散 흩을산	片 조각편
陰 음달음	陽 볕양	含 머금을함	天 하늘천
地 땅지	之 갈(어조사)지	粹 순수할수	氣 기운기
吸 숨들이실흡	日 해일	月 달월	休 쉴휴
光 빛광			

3. 용어설명

(1) 한파 蔊菠

한재 이목 선생이 한국 최고最古의 다서인 〈다부〉에서 차에 대한 새로운 이름으로 명명한 글자로서 한자 자체의 사전적 뜻은 꽈리 '한蔊'과 시금치 '파菠'로 볼 수 있으나, 차에 관한 경우에는 기존의 차에 대한 새로운 이름으로서 '차 한蔊' '차 파菠'라 할 수 있고, 그 뜻은 '한재의 청정한 차[淸淨蔊菠]'라고 할 수가 있다. 최영성 교수는 '한'과 '파'는 지금까지의 어떤 문헌에도 보이지 않고, 한재 이목 선생 자신의 삶과 철학을 담아 스스로 명명한 것이라고 보고 있다.

(2) 선장仙掌

중국 형주荊州의 옥천사玉泉寺 부근에서 나오는 덩이차[片茶]로서 오늘날의 '선인장차仙人掌茶'이다.

(3) 뇌명雷鳴

아주雅州 중정산中頂山에서 나는 덩이차[片茶]로서 오늘날의 '우성운 무雨城雲霧'이다.

(4) 조취鳥嘴, 작설雀舌

촉주蜀州 횡원橫源에서 나는 잎차[散茶]로서 오늘날의 '청성운아靑城 雲芽'이다.

(5) 두금頭金

덩이차[片茶]로서 오늘날의 '민북오룡閩北烏龍'이다.

(6) 납면蠟面

건주建州의 명산품으로 덩이차[片茶]이고, 오늘날의 '민북오룡閩北烏 龍'이다.

(7) 용봉龍鳳

용단龍團과 봉단鳳團의 줄임말로 덩이차[片茶]로서 오늘날의 '민북오 룡閩北烏龍'이다.

(8) 소검·적的

석石·적的의 잘못된 표기로, 석유石乳와 적유的乳를 말하며, 덩이차

[片茶]로서 오늘날의 '민북오룡閩北烏龍'이다.

(9) 산제山提

산정山挺의 잘못된 표기로, 덩이차[片茶]이고, 오늘날의 '민북오룡閩北烏龍'이다.

(10) 승금勝金

흡주歙州의 명산품으로 덩이차[片茶]이고, 오늘날의 '황산모봉黃山毛峰'과 '노죽대방老竹大方'이다.

(11) 영초靈草

담주潭州의 명산품으로 덩이차[片茶]이고, 오늘날의 '고교은봉高橋銀峰'이다. 최영성 교수는 영초와 독행을 '독행영초獨行靈草'라는 하나의 차로 보았으나,《문헌통고》 등에 나타난 바에 의하면 같은 영초와 독행이라는 차 이름이 각기 존재하는 것으로 보아 두 종류의 차로 보는 것이 타당할 것으로 판단된다.

(12) 박측薄側

광주光州의 명산품으로 덩이차[片茶]이고, 오늘날의 '새산모봉賽山毛峰'이다.

(13) 선지仙芝

요주饒州의 명산품으로 덩이차[片茶]이고, 오늘날의 '상요백미上饒白眉'와 '귀지취미貴池翠微'이다.

(14) 난예嬾蘂

눈예嫩蘂의 잘못된 표기로, 요주饒州·지주池州의 명산품이다. 덩이 차[片茶]로서 오늘날의 '상요백미上饒白眉'와 '귀지취미貴池翠微'이다.

(15) 운運·경慶

'운합運合'과 '경합慶合'을 말하며, 요주饒州·지주池州의 명산품이다. 덩이차[片茶]로서 오늘날의 '상요백미上饒白眉'와 '귀지취미貴池翠微'이다.

(16) 복福·록祿

'복합福合'과 '녹합祿合'을 말하며, 요주饒州·지주池州의 명산품이다. 덩이차[片茶]로서 오늘날의 '상요백미上饒白眉'와 '귀지취미貴池翠微'이다.

(17) 화영華英

흡주歙州의 명산품으로 덩이차[片茶]이고, 오늘날의 '황산모봉黃山毛峰'과 '노죽대방老竹大方'이다.

(18) 내천來泉

흡주歙州의 명산품으로 덩이차[片茶]이고, 오늘날의 '황산모봉黃山毛峰'과 '노죽대방老竹大方'이다.

(19) 영모翎毛

'황영모黃翎毛'의 줄임말이며, 악주岳州의 명산품이다. 덩이차[片茶]로 오늘날의 '군산모첨君山毛尖'이다.

(20) 지합指合

요주饒州·지주池州의 명산품으로 덩이차[片茶]이고, 오늘날의 '상요백미上饒白眉'와 '귀지취미貴池翠微'이다.

(21) 청구淸口

청구靑口의 잘못된 표기로, 귀주歸州의 명산품이다. 잎차[散茶]로서 오늘날의 '굴봉다屈峰茶'이다.

(22) 독행獨行

담주潭州의 명산품으로 덩이차[片茶]이고, 오늘날의 '고교은봉高橋銀峰'이다. 최영성 교수는 영초와 독행을 '독행영초獨行靈草'라는 하나의 차로 보았으나,《문헌통고》등에 나타난 바에 의하면 같은 영초와 독행이라는 차 이름이 각기 존재하는 것으로 보아 두 종류의 차로 보는 것이 타당할 것으로 판단된다.

(23) 금명金茗

담주潭州의 명산품으로 덩이차[片茶]이다.

(24) 옥진玉津

임강군臨江軍의 명산품으로 덩이차[片茶]이다.

(25) 우전雨前

곡우穀雨 이전에 만든 잎차[散茶]를 말한다.

(26) 우후雨後

곡우穀雨 이후에 만든 잎차[散茶]를 말한다.

(27) 선춘先春

건주 북원의 명산품으로 덩이차[片茶]이고, 오늘날의 '황산모봉黃山毛峰'과 '노죽대방老竹大方'이다.

(28) 조춘早春

덩이차[片茶]이고, 오늘날의 '황산모봉黃山毛峰'과 '노죽대방老竹大方'이다.

(29) 진보進寶

흥국군興國軍의 명산품으로 덩이차[片茶]이고, 오늘날의 '강하벽방江夏碧舫'과 '금수취봉金水翠峰'을 말한다.

(30) 쌍계雙溪

쌍승雙勝의 잘못된 표기로, 흥국군興國軍의 명산품으로 덩이차[片茶]이고, 오늘날의 '강하벽방江夏碧舫'과 '금수취봉金水翠峰'을 말한다.

(31) 녹영綠英

원주袁州의 명산품으로 덩이차[片茶]이고, 오늘날의 '무록婺綠'이다.

(32) 생황生黃

악주의 명산품으로 덩이차[片茶]이고, 오늘날의 '군산모첨君山毛尖'과 '동정춘아洞庭春芽'이다.

(33) 잎차[散茶]

차의 형태에 따라 구분한 것으로서 찻잎을 개별적으로 처리하여 우려 마시는 것을 잎차[散茶]라 한다. 〈다부〉에서는 조취鳥嘴, 작설雀舌, 청구淸口, 우전雨前, 우후雨後의 5가지가 잎차이다.

(34) 덩이차[片茶]

차의 형태에 따라 구분한 것으로서 찻잎을 낱개로 만들어 마시는 것이 아니라 덩어리로 뭉쳐서 만든 것을 덩이차[片茶]라 한다. 〈다부〉에서는 36종의 차 중 31개의 덩이차를 소개하고 있다.

4. 주요 성구成句

(1) 함천지지수기含天地之粹氣 흡일월지휴광吸日月之休光

〈다부〉에서 차가 자연自然의 정기精氣를 받고 자라났음을 축약한 말이다. 그 뜻은 '하늘과 땅의 깨끗한 정기를 머금고, 해와 달의 밝은 빛을 받아들이노라'라는 것이다. 결국 차나무가 자연의 정기를 받아 청정淸淨하고 곧은 기운으로 이루어졌음을 구체적으로 드러내고 있다.

(2) 청정한파淸淨寒葩

'청정한 한재의 차'라는 뜻으로 한재 이목 선생의 차정신을 추모하는 차인들에 의해 명명된 청정한 한재 이목 선생의 정신과 기품, 그리고 차의 품성을 기려서 부르는 말이다.

5. 한글 신역

옛글에 이르기를, 차(茶)에는 그 이름과 종류가 매우 많다.

차의 이름으로는 명(茗), 천(荈), 한(蔎), 파(蒎)라 부르고, 차의 종류로는 선장(仙掌), 뇌명(雷鳴), 조취(鳥嘴), 작설(雀舌), 두금(頭金), 납면(蠟面), 용단(龍團)과 봉단(鳳團), 석유(石乳)와 적유(的乳), 산정(山挺), 승금(勝金), 영초(靈草), 박측(薄側), 선지(仙芝), 눈예(嫩蘂), 운합(運合)과 경합(慶合), 복합(福合)과 녹합(祿合), 화영(華英), 내천(來泉), 영모(翎毛), 지합(指合), 청구(青口), 독행(獨行), 금명(金茗), 옥진(玉津), 우전(雨前), 우후(雨後), 선춘(先春), 조춘(早春), 진보(進寶), 쌍승(雙勝), 녹영(綠英), 생황(生黄) 등이며,

어떤 것은 잎차[散茶]로, 어떤 것은 덩이차[片茶]로, 어떤 것은 음지에서, 어떤 것은 양지에서, 하늘과 땅의 깨끗한 정기를 머금고, 해와 달의 밝은 빛을 받아들이노라.

6. 해설

〈다부茶賦〉의 머리말에 이어서 〈다부〉의 본 내용으로서 우선 차의 이름과 종류에 대한 이야기를 풀어나가고 있다. 먼저 차의 이름과 종류가 다양함을 이야기하면서 차의 이름과 주요 종류에 대해서 소개하고 있다.

(1) 차의 이름

일반적으로 우리는 차를 차 '다茶' 또는 다 '차茶'로 혼용하여 많이

사용하고 있다. 그러나 옛날에는 차라는 이름보다는 '도荼', '가檟', '설蔎', '명茗', '천荈' 등으로 불리었다. 그러다가 육우가 《다경》에서 '도荼' 자에서 1획을 빼서 '차茶' 자를 사용한 이후부터 많이 사용한 것으로 나타나고 있다.

한재 이목 선생도 차 '다茶' 자를 주로 사용하면서 또 다른 차의 이름을 소개하고 있다. 〈다부〉에서는 기존의 '차茶'라는 이름과 '명茗' 과 '천荈'과 '한蕣'과 '파菠'라는 다섯 가지의 차 이름을 사용하고 있다. 이 중에서 차 '다茶' 자를 차의 일반적인 이름으로 활용하여 〈다부茶賦〉라는 제목으로 사용하였고, 본문의 내용에서도 차 '다茶'를 일반적인 이름으로 사용하고 있다. 그러면서도 차를 이야기하는 첫 구절에 차에 대한 여러 이름 가운데 기존의 문헌에 나온 이른 찻잎을 뜻하는 '명茗'과 늦은 찻잎을 이르는 '천荈' 자를 소개하고 있다. 그리고 보다 중요한 것은 다茶와 명茗과 천荈 이외에 차에 대한 새로운 이름으로 '한蕣'과 '파菠'를 이야기하고 있다. 보통의 '한蕣'은 꽈리를 의미하고 '파菠'는 시금치를 의미하나, 한재 이목 선생이 〈다부〉에서 이야기하고자 하는 것은 맑고 곧은 차의 본성을 상징하는 말로서 '한蕣'과 '파菠'를 새롭게 차용한 것이라고 판단된다. 이 점은 특히 차의 성품과 한재 이목 선생 당신의 삶과 품성品性이 같음을 이해하고, 스스로의 호를 한재寒齋라 하였듯이 차와 당신의 삶, 그리고 품성을 동일시한 새로운 용어로서 '한蕣'과 '파菠'를 고안해 낸 것이라고 볼 수가 있다. 앞으로 이에 대한 보다 심층적인 연구가 진행되는 것이 바람직하다.

(2) 차의 종류

'옛글에 이르기를'이라고 시작되는 〈다부〉의 본 내용에서 옛글은 아마 송말~원초의 학자 마단림馬端臨이 저술한 제도와 문물에 관한 저술인《문헌통고文獻通考》나《송사宋史》의〈식화지食貨志〉같은 백과사전 등이었을 것으로 판단된다. 그러나, 한재 이목 선생이 단순히 문헌의 자료만을 통하여 인용하지는 않았을 것으로 추정된다. 그것은 앞의 머리말에서 기술된 '생산됨을 증험하며[驗其産]'라는 내용과 다음에 기술되는 '차산의 풍광'에서 기술된 사실적인 표현을 보면, 5개월여에 걸친 중국 사행使行 시 차 산지에 대한 어느 정도 이상의 실제적인 현장답사가 수반되었을 것으로 보인다. 이것은 또한 국내의 차 산지에 대한 언급이 없었다는 내용과 비교하여 볼 때에도 상당한 타당성을 가지고 있다고 볼 수가 있다. 왜냐하면 한재 이목 선생은 학문 연구 과정에서 출생지역인 김포와 서울지역, 그리고 점필재 선생의 제자로서 수학 차 경남 밀양지역을 방문한 것과 유배지인 충남 공주지역과 근무지인 함경남도지역을 제외하고는 국내 차 산지인 남부지역을 순례하지 못한 것으로 추정할 수가 있다. 그러나 중국 사행使行 시 차에 대한 관심을 갖고 중국의 차문화를 직접 접하고, 중국의 차 산지에 대한 현지 답사와 실제적인 연구가 이루어진 것으로 볼 수가 있다. 이 점이 또한 중국의 차에 대해서 기술하였으나, 국내의 차 산지에 대해서 기술하지 못한 연유로 파악된다.

〈다부茶賦〉의 본문에서는 차茶의 종류種類로는 선장부터 생황까지 중국의 주요 차산지를 대표하는 32종류의 차 종류를 들고 있다. 여기에서 언급된 32종류의 차 중 용봉은 용단과 봉단, 소적김的은 석유石乳와 적유的乳, 운경運慶은 운합運合과 경합慶合, 복록福祿은 복합福合과 녹합祿合으로서 각기 두 이름을 합친 글자이므로 전체적으로는 36종류의 차를 소개하고 있다[최진영, 2003].

이 중에서 선장仙掌 등 덩이차[片茶]가 31가지이고, 잎차[散茶]는 조취鳥嘴, 작설雀舌, 청구淸口, 우전雨前, 우후雨後의 5가지로 나타나고 있다. 여기에서 중국의 차문화에 대한 대체적인 특성을 확인해 볼 수가 있다. 당시 중국의 차문화는 잎차보다 덩이차가 더 많이 사용되고 있음을 확인할 수가 있는 것이다.

이에 대해서는 최진영 등이 비교 검토한 논문이 좋은 사례가 되며, 앞으로도 중국의 고문헌과 중국의 차문화 현황을 바탕으로 한 추가적인 연구가 수행되어야 할 것으로 판단된다.

(3) 〈다부〉의 오자誤字

한재寒齋 이목李穆 선생이 지은 〈다부〉와 《문헌통고》 등의 자료들을 비교하여볼 때, 서너 자의 오자誤字가 발견된다. 이 점은 특히 차의 종류와 산지에 대한 이름에서 나타나고 있다. 차의 종류를 기술하는 내용으로서 소적김的은 '석적石的', 산제山提는 '산정山挺', 난예嫩蘂는 '눈예嫩蘂', 청구淸口는 '청구青口', 쌍계雙溪는 '쌍승雙勝' 등의 오기이다.

이와 같은 오자가 발생하게 된 원인은 다음의 몇 가지 경우로 추정해 볼 수 있다.

첫째는 한재 이목 선생이 인용한 문헌의 내용이 잘못되었을 경우이다. 둘째는 한재 이목 선생이 인용 시 잘못 기재할 수도 있었다는 점이다. 셋째는 한재 이목 선생 사후 《한재문집》을 편집하는 과정에서 필사본을 모사하는 가운데 잘못 기재할 수도 있었다는 점이다. 넷째는 목판木板으로 판각 시 잘못될 수도 있다는 점이다.

그러나 첫 번째와 두 번째의 잘못이라기보다는 세 번째와 네 번째의 경우가 더 타당할 것으로 추정할 수 있다고 본다. 왜냐하면 당시 한재 이목 선생이 인용한 자료는 성균관成均館 등에 소장된 자료이고, 한재 이목 선생의 학덕과 능력으로 보아서 잘못된 내용을 기술할 분은 아닌 것으로 판단되기 때문이다. 결국 무오사화 이후 한재 이목 선생에 관한 많은 자료들이 유실된 가운데 필사본으로 편집하는 과정이나, 또는 판각하는 과정에서 잘못 기록될 가능성이 높다고 볼 수 있다. 이 점에 대해서도 앞으로 한재종중寒齋宗中 또는 전문연구자 중심으로 〈다부〉의 원문에 대한 교정 작업이 진행되는 것이 바람직할 것으로 판단된다. 본서에서는 일부 잘못된 〈다부〉 원문을 수정한 교정본을 제시하였으며, 추후 눈 밝은 사람들에 의해 지속적인 오류를 바로잡아가기를 바라게 된다.

연구과제

1. 차의 이름
2. 차의 종류
3. 조선전기 차의 종류
4. '한파(寒菠)'의 정의와 의미
5. 한재 이목 선생과 청정한파(淸淨寒菠)
6. 〈다부〉 원문의 오자(誤字)
7. 잎차와 덩이차
8. 조선전기의 차(茶)와 차문화
9. 조선전기의 차정신

03.

차의 주요 산지

1. 원문

其壤則 石橋 洗馬 太湖 黃梅 羅原 麻步 婺·處 溫·台
기양즉 석교 세마 태호 황매 나원 마보 무·처 온·태

龍溪 荊·峽 杭·蘇 明·越 商城 王同 興·廣 江·福 開順 劒南
용계 형·협 항·소 명·월 상성 왕동 흥·광 강·복 개순 검남

信·撫 饒·洪 筠·袁 昌·康 岳·鄂 山同 潭·鼎 宣 歙 鴉·鍾
신·무 요·홍 균·원 창·강 악·악 산·동 담·정 선 흡 아·종

蒙·霍 蟠柢丘陵之厚 揚柯雨露之澤
몽·곽 반저구릉지후 양가우로지택

2. 한자풀이

其 그기	壤 흙양	則 곧즉	石 돌석
橋 다리교	洗 씻을세	馬 말마	太 클태
湖 호수호	黃 누를황	梅 매화나무매	羅 새그물나
原 근원원	麻 삼마	步 걸음보	婺 별이름무
處 살처	溫 따뜻할온	台 별태	龍 용룡
溪 시내계	荊 모형나무형	峽 골짜기협	杭 건널항
蘇 차조기소	明 밝을명	越 넘을월	商 헤아릴상
城 성성	王 임금왕	同 한가지동	興 일흥
廣 넓을광	江 강강	福 복복	開 열개
順 순할순	劍 칼검	南 남녘남	信 믿을신
撫 어루만질무	饒 넉넉할요	洪 큰물홍	筠 대나무균
哀 슬플애	昌 창성할창	康 편안할강	岳 큰산악
鄂 땅이름악	山 뫼산	同 한가지동	潭 깊을담
鼎 솥정	宣 베풀선	歙 줄일흡	鴉 갈가마귀아
鍾 종종	蒙 입을몽	霍 빠를곽	蟠 서릴반

柢 뿌리 저	丘 언덕 구	陵 큰 언덕 릉(능)	厚 두터울 후
揚 오를 양	柯 자루·줄기 가	雨 비 우	露 이슬 로
澤 못(윤이 날) 택			

3. 용어설명

(1) 석교石橋

기주蘄州의 석교현石橋懸으로 행정구역상 회남로淮南路에 속하며, 각다榷茶 13산장山場 중의 기주蘄州에 포함된다.

(2) 세마洗馬

기주蘄州의 세마현洗馬懸으로 행정구역상 회남로淮南路에 속하며, 각다 13산장 중의 기주蘄州에 포함된다.

(3) 태호太湖

서주舒州의 태호현太湖懸으로 행정구역상 회남로淮南路에 속하며, 각다 13산장 중의 서주舒州에 포함된다.

(4) 황매黃梅

기주蘄州의 황매현黃梅懸으로 행정구역상 회남로淮南路에 속하며, 각다 13산장 중의 기주蘄州에 포함된다.

(5) 나원羅原

서주舒州의 나원현羅原縣으로 행정구역상 회남로淮南路에 속하며, 각다 13산장 중의 서주舒州에 포함된다.

(6) 마보麻步

수주壽州의 마보현麻步縣으로 행정구역상 회남로淮南路에 속하며, 각다 13산장 중의 수주壽州에 포함된다.

(7) 무婺·처處

무주婺州와 처주處州를 말하며, 행정구역상 양절兩浙에 속하며, 무주婺州는 육각화무六榷貨務의 해주海州에 포함된다.

(8) 온溫·태台

온주溫州와 태주台州를 말하며, 행정구역상 양절兩浙에 속하며, 육각화무六榷貨務의 해주海州에 포함된다.

(9) 용계龍溪

행정구역상 회남로淮南路에 속한다.

(10) 형荊·협峽

형문군荊門軍과 협주峽州를 말하며, 행정구역상 호남湖南에 속하며, 협주는 육각화무六榷貨務의 강릉부江陵府에 포함된다.

(11) 항杭·소蘇

항주杭州와 소주蘇州를 말하며, 행정구역상 양절兩浙에 속하며, 항주

杭州는 육각화무六榷貨務의 해주海州에 포함된다.

(12) 명明·월越

명주明州와 월주越州를 말하며, 행정구역상 양절兩浙에 속하며, 육각화무六榷貨務의 해주海州에 포함된다.

(13) 상성商城

행정구역상 회남로淮南路에 속하며, 각다 13산장 중의 광주光州에 포함된다.

(14) 왕동王同

행정구역상 회남로淮南路에 속하며, 각다 13산장 중의 여주廬州에 포함된다.

(15) 흥興·광廣

흥국군興國軍과 광덕군廣德軍을 말하며, 행정구역상 강남江南에 속한다.

(16) 강江·복福

강남江南의 강주江州와 복건福建의 복주福州를 말하며, 강주江州는 육각화무六榷貨務의 진주眞州에 포함된다.

(17) 개순開順

행정구역상 회남로淮南路에 속하며, 각다 13산장 중의 수주壽州에 포함된다.

(18) 검남劍南

행정구역상 복건福建에 속한다.

(19) 신信·무撫

신주信州와 무주撫州를 말하며, 행정구역상 강남江南에 속하며, 무주撫州는 육각화무六權貨務의 진주眞州에 포함된다.

(20) 요饒·홍洪

요주饒州와 홍주洪州를 말하며, 행정구역상 강남江南에 속하며, 육각화무六權貨務의 진주眞州에 포함된다.

(21) 균筠·애哀

균주筠州와 애주哀州를 말하며, 행정구역상 강남江南에 속한다.

(22) 창昌·강康

건창군建昌軍과 남강군南康軍을 말한다.

(23) 악岳·악鄂

악주岳州와 악주鄂州를 말하며, 행정구역상 호남湖南에 속하며, 악주岳州는 육각화무六權貨務의 강릉부江陵府, 악주鄂州는 한양군漢陽軍에 포함된다.

(24) 산山·동同

윤경혁 선생은 산남山南과 동주同州라고 하였으나, 분명하지 않으므로 이에 대한 추가적인 연구가 필요하다고 본다.

(25) 담潭·정鼎

담주潭州와 정주鼎州를 말하며, 행정구역상 호남湖南에 속하며, 육각화무六榷貨務의 강릉부江陵府에 포함된다.

(26) 선宣·흡歙

선주宣州와 흡주歙州를 말하며, 행정구역상 강남江南에 속하며, 육각화무六榷貨務의 진주眞州에 포함된다.

(27) 아鵶·종鍾

최영성 교수는 아산鵶山과 종산鍾山이라고 하였으나, 분명하지 않으므로 이에 대한 추가적인 연구가 필요하다고 본다.

(28) 몽蒙·곽霍

아주雅州의 몽산蒙山과 수주壽州의 곽산霍山을 말한다.

4. 주요 성구成句

(1) 반저구릉지후蟠柢丘陵之厚 양가우로지택揚柯雨露之澤

차나무가 잘 자라는 지역의 특성을 구체적으로 드러낸 구절로서, 뜻은 '두터운 언덕에 곧은 뿌리를 내리고, 비와 이슬의 혜택으로 차나무가 잘 자라는구나.'이다.

5. 한글 신역

차(茶)가 잘 자라는 지역(地域)으로는 석교(石橋), 세마(洗馬), 태호(太湖),
황매(黃梅), 나원(羅原), 마보(麻步), 무(婺)·처(處), 온(溫)·태(台), 용계(龍溪),
형(荊)·협(峽), 항(杭)·소(蘇), 명(明)·월(越), 상성(商城), 왕동(王同),
흥(興)·광(廣), 강(江)·복(福), 개순(開順), 검남(劍南), 신(信)·무(撫),
요(饒)·홍(洪), 균(筠)·애(哀), 창(昌)·강(康), 악(岳)·악(鄂), 산(山)·동(同),
담(潭)·정(鼎), 선(宣)·흡(歙), 아(鷗)·종(鍾), 몽(蒙)·곽(霍) 등이며,
두터운 언덕에 곧은 뿌리를 내리고, 비와 이슬의 혜택으로 차나무가 잘
자라는구나.

6. 해설

(1) 〈다부〉 번역상의 주의점

〈다부〉에 언급된 중국의 차 산지와 오늘날의 중국 현재의 차 산지
에 대한 비교가 필요하다. 왜냐하면 〈다부〉에 언급된 차 산지에 대한
해석상의 오류가 발생될 소지가 다양하게 존재할 여지가 있다. 이러
한 점은 앞에 기술한 차의 종류에 대해서도 마찬가지이다. 그러기에
한재 이목 선생의 〈다부〉에 있어서 번역상의 오류를 초래할 수 있는
가능성이 많다. 앞에서도 이야기하였듯이 〈다부〉는 단순한 차 노래로
서 문학작품만이 아니라, 차에 대한 전문적인 특성을 포함하고 있는
전문다서라는 사실이다. 그러기에 번역 시에도 이와 같은 차 이름과
차 산지 등 차에 대한 전문적인 지식이 기본적으로 필요하다.

이런 점에서 기존에 번역된 여러 번역본들은 특히 차의 종류種類와

산지産地에 대하여 몇 가지 오해의 소지가 있는 번역을 수행하고 있다. 특히 당시의 한국과 중국의 차문화와 특성에 대한 정확한 정보를 확인하고, 그를 바탕으로 한 번역이 이루어지는 게 바람직하다.

번역은 제2의 창조라는 말이 있다. 최소한 번역하는 원저原著에 충실한 연구와 당시 중국과 한국의 차문화에 대한 이해가 기본적으로 있어야 한다.

그러므로 한재 이목 선생의 〈다부〉를 온전하게 번역하기 위해서는 최소한 다음 세 가지의 종합적인 고찰이 선행되어야 할 것 같다.

첫째는 〈다부茶賦〉가 단순한 문학작품만이 아니라, 차에 관한 전문지식을 담고 있는 전문다서이므로 당시의 조선과 중국의 차문화와 역사에 대한 전문지식을 잘 알고 있어야 한다.

둘째는 한문학, 특히 한재寒齋 선생의 도학道學과 옛 동양고전초사, 사서삼경, 노자와 장자 등에 대한 이해이다. 한재 선생은 정통 유학자로서 당대 최고의 교육자들에게서 최상의 교육을 받았고, 한 시대를 풍미할 정도로 드높은 식견이 있었다는 사실이다. 그러기에 최소한 당시 점필재 선생과 문하의 도학사상과 정신적 흐름을 이해하여야 한다.

셋째는 한재寒齋 이목李穆 선생은 당대의 문장가로서 그분의 문학상의 특성을 이해하고 잘 표현하여야 한다. 단순히 문학적 표현만으로 장식할 것이 아니라, 그분의 뜻을 살려 마음까지 담아낼 수 있는 작업이 진행되어야 한다는 점이다.

이와 같은 여러 점들을 고려한 제대로 된 번역이란 매우 힘든 작업이다. 그중에서도 기존의 번역에서 가장 많은 오류는 역시 차茶에 대한 전문지식專門知識의 부재不在 문제이다. 이 점은 최진영(2003) 등의 논문에서도 밝혀지고 있듯이 차에 대한 전문적인 지식이 부족함으로써 차의 종류를 단순한 문학적 표현으로 표기한다든가, 아니면 차의 주요 산지를 잘못 표기하는 경우가 발생된다는 사실이다.

또 한자가 가지고 있는 함축성을 잘못 판단하여 축약된 자를 하나로 본다거나, 잘못 부연 설명하는 경우 오히려 본래의 뜻과 멀어지게 될 가능성도 높다.

이 점에서 〈다부茶賦〉의 번역에 있어서도 당시 중국과 조선의 주요한 차문화의 특성에 대한 이해가 필수적이며, 이에 대한 추가적인 연구가 계속되어야 한다. 필자의 경우에도 번역 시 기존에 수행된 자료와 〈다부〉에 대한 논문 등을 참조로 하여 정리하였으나, 일부 부족한 사항은 앞으로 계속 보완되어야 할 것이라고 본다.

(2) 차 산지에 대한 논쟁

세계적으로 주요한 차 산지로는 중국, 한국, 일본의 동양 삼국과 인도를 들 수 있다. 차의 원산지에 대해서는 중국의 운남성과 귀주성, 그리고 인도의 아셈 지방 등으로 알려지고 있다.

최근 우리나라에서도 차의 시배지에 대한 논쟁이 제기되고 있다. 가야차와 신라시대 김대렴이 지리산 기슭에 심었다는 기록에 대한 검증작업이기도 하다. 아직 구체적으로 확인된 점은 없이 각자의 주장만이 있으나, 이는 오늘날 차문화의 활성화와 보편화에 대한 관심이라는 점에서 매우 바람직한 일이라고 본다. 관련 자료와 역사적 사실에 대한 작업이 아직 많이 부족하더라도 이 부분에 대한 검토작업이 지속적으로 이루어져야 한다. 여기에서도 문제는 지역적이거나, 단체 중심적인 이기주의로서가 아니라 보다 과학적이고 객관적인 연구 결과에 의한 검증이 중요하다.

그러므로 〈다부〉에 언급된 중국의 주요 차 산지에 대해서도 오늘날의 입장에서 체계적인 검증작업이 필요하다고 본다. 중국의 주요 차

산지 현황과 오늘날의 현황을 비교 분석해야 하고, 특히 한재 이목 선생이 중국 사행使行 시 현장 답사한 결과 등을 비교 검토해야 할 필요성이 있다고 본다.

앞에서 기술한 차茶의 종류種類와 차의 주요 산지産地에 대해서는 대부분이 《문헌통고文獻通考》를 바탕으로 한재 이목 선생의 중국 사행使行 시의 중국 차문화에 대한 경험이 추가되었을 가능성이 많다고 본다.《문헌통고》에 기재되지 않은 차로서 '선장, 뇌명, 조취, 작설'과 차의 산지 중 '산山·동同·아鵶·종鍾·몽蒙'이라는 지명은 특히 한재 이목 선생이 직접 체험한 차이거나 답사한 지역일 가능성이 있다.

이 점은 서문의 내용과 본문의 내용을 보더라도 분명히 실제 답사한 내용이 포함되어 있기 때문이다. 그러므로 이에 대해서 앞으로 추가적인 연구를 통하여 이를 구체적으로 확인할 필요성이 있다.

(3) 〈다부〉에 기술된 주요 차 산지

〈다부茶賦〉에 기술된 주요 차 산지는 중국의 주요 차 산지와 관리기관을 소개하고 있다.

오원경 등(1996)의 연구에 의하면, 당시 중국의 송대 행정구역은 '로路·부府[주州·군軍·감監]·현縣'으로 나뉘어 있었고, 송대 순화淳化 4년 이후에 정부가 차를 조직적으로 관리하기 위하여 각다법榷茶法을 시행하였다. 그 운영 기관으로는 '13산장山場 6각화무六榷貨務'를 확정하였으며, 13산장은 회남차淮南茶의 관리기관으로서 지역의 차 생산 및 무역을 동시에 관리하는 기능을 담당하였다고 한다[오원경,〈송대 차의 보급과 다법에 관한 연구〉, 숙명여대 대학원 박사학위논문, 1996].

이를 토대로 살펴보면 13산장은 기주蘄州·황주黃州·여주廬州·서주舒州·수주壽州·광주光州 등의 지역에 분산되어 있다. 왕기王祺·

석교石橋·세마洗馬·황매黃梅 등 4장은 '기주'에 속해 있으나, 황매 1장은 경덕景德 2년에 폐하였다. 마성麻城 1장은 '황주'에 속해 있고, 왕동王同 1장은 '여주'에, 태호·나원 2장은 '서주'에, 곽산·마보·개순 3장은 '수주'에, 상성·자안 2장은 '광주'에 속해 있다.

또 6각화무는 대개 주요 나루터[要津地]에 위치하고 있으며, 해당 관할 지역 차의 운수運輸와 판매를 담당하고 있다. 6각화무로는 강릉부江陵府, 진주眞州, 해주海州, 한양군漢陽軍, 무위군無爲軍, 기구蘄口의 6곳을 말한다. 이곳에서 관할하는 주로는 담주潭州·정주鼎州·예주澧州·악주岳州·귀주歸州·협주峽州·진주眞州는 '강릉부'에서 관할하고, 담주·원주袁州·지주池州·길주吉州·요주饒州·무주撫州·홍주洪州·흡주歙州·강주江州·선주宣州·악주·임강군臨江軍·흥국군興國軍은 '진주'에서, 항주杭州·호주湖州·상주常州·목주睦州·월주越州·명주明州·온주溫州·태주台州·구주衢州·무주婺州는 '해주'에서, 악주鄂州는 '한양군'에서, 무주·길주·임강군·남강군南康軍은 '무위군'에서, 담주·흥국군은 '기구'에서 관할하고 있다[최진영, 〈한재 이목의 차정신 연구〉, 성신여대 석사학위논문, 2003].

이와 같은 내용을 바탕으로 〈다부茶賦〉의 차 산지를 구체적으로 살펴보면, 〈다부〉에서는 45개소의 차 산지와 관리기관을 소개하고 있다. 구체적인 내용은 다음의 표와 같다.

〈표〉〈다부〉와 《문헌통고》에 기록된 차 산지

産地		十三場	六権貨務	路名	現在地名	生産茶名	備考
茶賦	文獻通考						
石橋	石橋	蘄州		淮南			
洗馬	洗馬	蘄州		淮南			
太湖	太湖	舒州		淮南			
黃梅	黃梅	蘄州		淮南			
羅源	羅源	舒州		淮南			
麻步	麻步	壽州		淮南			靑口→歸州
婺	婺州		海州	兩浙			玉津→臨江軍
處	處州			兩浙			雨前→荊湖
溫	溫州		海州	兩浙			雨後→荊湖
台	台州		海州	兩浙			進寶→興國軍
龍溪	龍溪			淮南			雙勝→興國軍
荊	荊門軍			湖南			綠英→袁州
峽	峽州		江陵府	湖南			
杭	杭州		海州	兩浙			
蘇	蘇州			兩浙			
明	明州		海州	兩浙			
越	越州		海州	兩浙			
商城	商城	光州		淮南	河南光山	薄側	
王同	王同	廬州		淮南			
興	興國軍			江南			
廣	廣德軍			江南			
江	江州		眞州	江南			
福	福州			福建	福建建甌	頭金, 蠟面, 龍鳳, 石乳, 的乳, 山挺	
開順	開順	壽州		淮南			
劍南	劍南			福建			
信	信州			江南			
撫	撫州		眞州	江南			
饒	饒州		眞州	江南	江西上饒	仙芝, 嫩蘂, 運合, 慶合, 福合, 祿合 指合	
洪	洪州		眞州	江南			
筠	筠州			江南			山,同,蒙,鴉,鍾은
哀	哀州			江南			문헌통고에 기록
昌	建昌軍						되어있지 않다.
康	南康軍						
岳	岳州		江陵府	湖南	湖南岳陽	翎毛, 生黃	
鄂	鄂州		漢陽軍	湖南			
山							
同							
潭	潭州		江陵府	湖南	湖南長沙	靈草, 獨行, 金茗	
鼎	鼎州		江陵府	湖南			
宣	宣州		眞州	江南			
歙	歙州		眞州	江南	安徽歙縣	勝金, 華英, 來泉, 先春, 早春	
鴉							
鍾							
蒙							
霍	霍山	壽州		淮南			

* 자료 : 최진영, 〈한재 이목의 차정신 연구〉, 성신여대 석사학위논문, 2003.

(4) 차문화 특성에 대한 이해와 관심

한재寒齋 이목李穆 선생이 활동하던 시기의 한국 차문화와 중국 차문화에 대한 전반적인 내용이 부족한 실정이다. 고려시대 청자와 불교문화로 상징되던 고려시대의 차문화가 여말선초의 과도기를 거치면서 조선시대 왕정의 기틀이 다져진 성종조에 과연 어떠한 차문화가 유행하였는지에 대한 체계적인 정립은 아직까지도 부족한 실정이다.

점필재 김종직 선생과 매월당 김시습 선생의 일화를 통한 당시의 단편적인 차문화 흔적이 남아 있을 뿐, 구체적인 조선시대 초기의 차문화(점필재 김종직 선생과 점필재 문하 등)에 대한 이해와 관심은 상대적으로 미약한 실정이다.

또한 15세기 중국에서의 차문화와 주요 차 산지, 그리고 제품화된 차의 종류에 대한 비교검토를 통한 중국 차문화의 특성에 대한 연구, 그리고 당시 명나라인 중국과 조선 사이의 차문화 교류 및 관계에 대해서도 체계적인 연구가 같이 이루어지는 것이 바람직하다.

단편적으로 보면 차茶는 개인적인 한 차인의 인생이고, 생활의 수단이기도 하지만, 그 시대 문화의 총화總和이기도 하기에 그 시대를 대표하는 문화적 특성에 대한 이해와 관심이 필요하기 때문이다.

연구과제

1. 차의 산지

2. 조선의 차 산지

3. 중국의 차 산지

4. 조선과 중국의 차 산지

5. 중국의 차 문헌

6. 조선의 차 문헌

7. 한국과 중국의 차 문헌 비교

8. 조선과 중국의 차문화 비교

9. 점필재와 점필재 문하의 차문화

04.

차산의 풍광

1. 원문

造其處則 崆峣嶱嵑 嶮巇屼嵂 嵱嶵巖嵲 嵣𡽱崱峛 呀然或放
조기처즉 공앙갈갈 험희올률 용죄암얼 당망즉리 아연혹방

豁然或絶 崦然或隱 鞠然或窄 其上何所見 星斗咫尺
활연혹절 엄연혹은 국연혹착 기상하소견 성두지척

其下何所聞 江海吼咲 靈禽兮翖颬 異獸兮拏攫 奇花瑞草
기하하소문 강해후돌 영금혜합하 이수혜나확 기화서초

金碧珠璞 蓴蓴蓑蓑 磊磊落落 徒盧之所趑趄 魑魈之所逼側
금벽주박 준준사사 뇌뇌락락 도로지소자저 이소지소핍측

於是谷風乍起 北斗轉壁 氷解黃河 日躔青陸 草有心而未萌
어시곡풍사기 북두전벽 빙해황하 일전청륙 초유심이미맹

木歸根而欲遷 惟彼佳樹 百物之先 獨步早春 自專其天
목 귀 근 이 욕 천　유 피 가 수　백 물 지 선　독 보 조 춘　자 전 기 천

紫者 綠者 青者 黃者 早者 晚者 短者 長者 結根竦幹
자 자　녹 자　청 자　황 자　조 자　만 자　단 자　장 자　결 근 송 간

布葉垂陰 黃金芽兮已吐 碧玉蕤兮成林 晻曖翁蔚 阿那嬋媛
포 엽 수 음　황 금 아 혜 이 토　벽 옥 유 혜 성 림　엄 애 옹 울　아 나 선 원

翼翼焉 與與焉 若雲之作霧之興 而信天下之壯觀也 洞嘯歸來
익 익 언　여 여 언　약 운 지 작 무 지 흥　이 신 천 하 지 장 관 야　통 소 귀 래

薄言采采 擷之捋之 負且載之
박 언 채 채　힐 지 랄 지　부 차 재 지

2. 한자풀이

造 지을 조	其 그 기	處 살 처	則 곧 즉(법칙 칙)
崆 산 이름 공 (산이 높고 험한 모양)	峠 험할 앙	嶱 산 험할 갈	嶮 險과 동자(험할 험)
巇 험준할 희	屼 민둥산 올 (산이 높이 솟아 있는 모양)	嵂 가파를 률(율)	嵱 산 이름 용 (산봉우리가 높고 낮게 서 있는 모양)
嶊 험준할 죄	巖 바위 암(가파르고 험한)	嵲 산 높을 얼	嵣 산굽이 당
峧 서 있을 망	崱 잇닿을 즉 (산이 높고 가지런하지 않은 모양)	崥 고개 리 (낮은 산줄기가 길게 뻗어있는 모양)	呀 입 벌릴 하
然 그러할 연	或 혹 혹	放 놓을 방	豁 뚫린 골 활
絶 끊을 절	崦 산 이름 엄	隱 숨길 은	鞠 공 국
窄 좁을 착	其 그 기	上 위 상	何 어찌 하

所 바소	見 볼 견	星 별 성	斗 별이름 두
咫 길이 지(짧은 거리)	尺 자 척	下 아래 하	聞 들을 문
江 강 강	海 바다 해	吼 울 후 (아우성치는 소리)	唉 물 부딪히는 소리 돌
靈 신령 령	禽 날짐승 금	兮 어조사 혜	翎 작은 새 날 함
颬 숨 내쉴 하 (바람 부는 모양)	異 다를 이	獸 짐승 수	挐 붙잡을(뒤섞일) 나
攫 붙잡을 확	奇 기이할 기	花 꽃 화	瑞 상서 서
草 풀 초	金 쇠 금	碧 푸를 벽	珠 구슬(진주) 주
璞 옥돌 박	蓴 풀 많이 날 준	蓑 도롱이 사 (초목의 잎이 우거진 모양)	磊 돌무더기 뢰(뇌)
落 떨어질 락	徒 무리 도	盧 밥그릇 로	之 갈 지
所 바소	趑 머뭇거릴 자	趄 뒤뚝거릴 저	魑 도깨비 리(이)
魈 이매 소 (산의 요괴)	逼 닥칠 핍	側 곁 측	於 어조사 어
是 옳을 시	谷 골짜기 곡	風 바람 풍	乍 잠깐·갑자기 사
起 일어날 기	北 북녘 북	斗 별이름 두	轉 구를 전
璧 옥 벽 (壁 별이름 벽)	氷 얼음 빙	黃 누를 황	河 강이름 하
日 해 일	躔 궤도 전 (해달별이 운행하는 길)	靑 푸를 청	陸 뭍 륙(육)
草 풀 초	有 있을 유	心 마음 심	而 말이을 이

未 아닐 미	萌 싹 맹	木 나무 목	歸 돌아갈 귀
根 뿌리 근	慾 욕심 욕	遷 옮길 천	惟 생각할 유
彼 저 피	佳 아름다울 가	樹 나무 수	百 일백·모두 백
物 만물 물	先 먼저 선	獨 홀로 독	步 걸음 보
早 이를 조	春 봄 춘	自 스스로 자	專 오로지 전
紫 자줏빛 자	者 놈·것 자	綠 초록빛 록(녹)	晩 늦을 만
短 짧을 단	長 길 장	結 맺을 결	根 뿌리 근
竦 삼갈 송	幹 줄기 간	布 베·펼 포	葉 잎 엽
垂 드리울 수	陰 그늘 음	芽 싹 아	已 이미 이
吐 토할 토	碧 푸를 벽	玉 옥 옥	蕤 드리워질 유 (초목의 꽃이 드리워진 모양)
成 이룰 성	林 수풀 림(임)	曖 가릴 애	蓊 우거질 옹
蔚 무성할 울	阿 언덕 아	那 어찌 나	嬋 고울 선
媛 예쁠 원	翼 날개 익	焉 어찌 언	與 줄 여
若 같을 약	雲 구름 운	作 지을·일어날 작	霧 안개 무
興 일 흥	信 믿을 신	壯 씩씩할 장	觀 볼 관
洞 골 동	嘯 휘파람 불 소	歸 돌아갈 귀	來 올 래

薄 엷을 박	言 말씀 언	采 캘 채	擷 딸 힐
捋 집어딸 랄	負 등에 질 부	且 또 차	載 실어서 운반할 재

3. 용어설명

(1) 공앙갈갈 崆峣嵑嵑

공앙崆峣은 산이 높고 험한 모양을, 갈갈嵑嵑은 산이 매우 험함을 나타내며, 공앙갈갈崆峣嵑嵑은 산이 매우 높고 험한 모양을 나타내는 말이다.

(2) 험희올률 嶮巇屼律

험희嶮巇는 산이 매우 위험하고 험함을 나타내고, 올률屼律은 산이 높이 솟아 매우 가파름을 나타내며, 험희올률嶮巇屼律은 산이 매우 높이 솟아 가파르고 험한 모양을 나타내는 말이다.

(3) 용죄암얼 嶐嶵巖嵲

용죄嶐嶵는 험준한 산봉우리가 울퉁불퉁하게 서 있는 모양을 나타내고, 암얼巖嵲은 가파르고 험한 바위가 높이 서 있는 모양을 나타내며, 용죄암얼嶐嶵巖嵲은 산이 높고 험준하며, 산봉우리가 울퉁불퉁하게 서 있는 모양을 나타내는 말이다.

(4) 당망즉리嵣嵀峛崺

당망嵣嵀은 산줄기가 높이 서 있는 모양을 나타내고, 즉리峛崺는 산줄기가 울퉁불퉁하게 길게 이어져 있는 모양을 나타내며, 당망즉리嵣嵀峛崺는 높고 낮은 산줄기가 울퉁불퉁 길게 이어져 있는 모양을 나타내는 말이다.

(5) 하연혹방呀然或放

골짜기가 텅 빈 듯이 깊음을 나타내는 말이다.

(6) 활연혹절豁然或絶

앞이 확 트이기도 하고 끊어지기도 한 모양을 나타내는 말이다.

(7) 엄연혹은崦然或隱

해가 지는 엄자산崦嵫山과 같이 산이 깊어 그늘져 있음을 나타내는 말이다.

(8) 후돌吼哭

물이 요란하게 흐르는 모양을 나타내는 말이다.

(9) 함하翢厦

작은 새가 지저귀며 나는 모양을 나타내는 말이다.

(10) 준준사사尊尊蓑蓑

초목들이 무성하게 우거져 있는 모양을 나타내는 말이다.

(11) 뇌뇌락락磊磊落落

거침없이 흘러내리는 모양을 말한다.

(12) 도로徒盧

윤경혁 선생은 '사냥개 무리들'로 원래 뜻 그대로 해석하였고, 최영성 교수는 '도로都盧'의 잘못된 표기로서 몸이 가벼워서 장대를 잘 탔다는 도로나라 사람들로 해석하였다. 결국 둘 다 산 잘 타는 사람들이라는 뜻으로 보면 될 것 같다.

(13) 자저趑趄

머뭇거리는 것을 말한다.

(14) 이소魑魈

도깨비를 말한다.

(15) 북두전벽北斗轉璧

북두전벽北斗轉'璧'의 잘못된 표기로, 북두는 28수宿의 하나로서 북쪽 하늘에 있는 현무칠성의 첫째 별자리를 말하고, 벽성璧星은 28수의 열넷째 별을 말한다. 28수의 별은 각각 7개로 나뉘어 동서남북의 4륙에 배치되며, 7개씩 나누어진 별을 7성수星宿라 부른다. 두斗, 우牛, 여女, 허虛, 위危, 실室, 벽璧의 7성수는 북륙北陸에 해당되며, 시기로는 추운 계절이 된다. 이들 7성수 가운데 벽성이 회전하게 되면 봄이 오게 된다는 말이다.

(16) 일전청륙日躔靑陸

해와 달이 운행하는 길을 말한다. 최영성 교수에 의하면 일전청륙日躔靑陸은 '월궤청륙月軌靑陸'의 잘못된 표기로서 해와 달의 운행을 따로 구분하여 나타낸다고 하였으나, 다른 한편으로는 '일전위유日躔胃維 월궤청륜月軌靑陸'의 줄임말로 보는 것도 좋을 것 같다.

(17) 결근송간結根竦幹

나뭇잎은 뿌리로 돌아갔다가 다시 줄기로 옮기려 한다는 뜻으로 가을에 낙엽이 진 후, 봄이 되며 싹이 돋으려 하는 것을 말한다.

(18) 황하黃河

중국의 큰 강인 황하黃河를 이야기하며, 통상 큰 하천을 이르는 말이다.

(19) 엄애晻曖

햇빛이 잘 들어오지 않을 정도로 어둡다는 뜻이다.

(20) 옹울蓊蔚

초목들이 우거지고 무성하다는 뜻이다.

(21) 아나선원阿那嬋媛

부드럽고 여린 것이 우거져서 아름답다는 뜻이다.

(22) 익익翼翼

무성한 모양을 나타내는 말이다.

(23) 여여與與

무성한 모양을 나타내는 말이다.

(24) 박언채채薄言采采

《시경詩經》에 나오는 말로, 찻잎들을 순간순간 딴다는 뜻이다. 박薄은 잠깐 또는 순식간을 이야기하고, 언言은 조사로서 언焉과 같으며, 채采는 딸 채採와 같다.

(25) 힐지랄지擷之捋之

찻잎을 차나무에서 손으로 집어 따는 모양을 나타낸다.

4. 주요 성구成句

(1) 초유심이미맹草有心而未萌 목귀근이욕천木歸根而欲遷

풀들은 아직 새싹을 움트지 않았고, 나무뿌리는 땅의 기운을 모아 가지로 옮겨 다시 피어나려 하는구나.

(2) 유피가수惟彼佳樹 백물지선百物之先 독보조춘獨步早春 자전기천自專其天

오직 저 아름다운 차나무만이 온갖 만물의 으뜸으로, 홀로 이른 봄을 지내며 스스로 온 하늘을 독차지한다. 차나무가 이른 봄에 모든 초목들에 앞서서 자연自然의 정기精氣를 받고 태어남을 구체적으로 알려주고 있다.

(3) 약운지작무지흥若雲之作霧之興 **이신천하지장관야**而信天下之壯觀也

차나무가 자라는 차밭의 정경을 일러서 마치 무성한 모습이 구름 일고 안개 피어나듯 하니 이야말로 진정 '천하天下의 장관壯觀'이라는 말이다.

(4) 통소귀래洞蕭歸來 **박언채채**薄言采采 **힐지랄지**擷之捋之 **부차재지**負且載之

'박언채채'는 《시경》에 나오는 말, '힐지'는 차를 따다, 소 등 위에 앉아 피리 부는 소리가 소치는 아이들이 돌아오는 것처럼 차를 따고 돌아오는 저녁노을의 아름다운 모습이다. 나대경羅大經의 〈산거山居〉라는 시처럼 노을이 아름답게 물든 차산의 풍광을 이야기해주는 것 같다. 나대경의 〈산거山居〉는 다음과 같다.

산은 태고처럼 고요하고 해는 소년처럼 길다네.

내 집은 깊은 산 속에 있어 매년 봄 가고 여름 올 때

푸른 이끼 섬돌에 차오르고 떨어진 꽃이 길바닥에 가득하네.

문 두드리는 사람 없고 솔 그림자 들쑥날쑥하고

새 소리 위아래로 오르내리면 낮잠이 빠지네.

휘도는 산중 샘물 길어다 솔가지 주워 쓴 차를 끓여 마시네.

마음 가는 대로 주역(周易), 국풍(國風), 좌씨전(左氏傳), 이소(離騷), 사기(史記), 그리고 도연명(陶淵明)과 두보(杜甫)의 시, 한유(韓愈)와 소동파(蘇東坡)의 글 몇 편을 읽네.

한가로이 산길을 거닐며 소나무와 대나무를 쓰다듬고

새끼 사슴과 송아지와 함께 긴 숲, 우거진 풀 사이에 함께 누워 쉬기도 하고

흐르는 시냇가에 앉아 찰랑이며 양치질도 하고 발도 씻네.

대나무 그늘진 창 아래로 돌아오면 촌티 나는 아내와 자식들이

죽순과 고사리 반찬으로 보리밥 지어내니 기쁜 마음으로 배불리 먹네.

창가에 앉아 크고 작은 글씨 수십 자를 써보기도 하고

간직한 법첩(法帖)과 묵적(筆跡)과 화권(畫卷)들을 펴놓고 보다가

흥이 나면 짧은 시 한 수 읊조리고 옥로시 한두 단락 짓기도 하네.

다시 쓴 차 한 잔 달여 마시고 밖으로 나가 계곡을 걷다 보면

논밭의 노인이나 계곡 가의 벗들과 만나 뽕나무와 베 농사에 대해 얘기하네.

날이 개거나 비 올지도 모른다는 얘기 주고받다가

돌아와 지팡이에 기대어 사립문 아래 서니 석양은 서산에 걸려 있고

자줏빛, 푸른빛이 만가지 형상으로 문득 변하여 사람의 눈을 황홀하게 하네.

소 잔등에서 피리 불며 짝지어 돌아올 때면

달그림자는 앞 시내에 뚜렷이 떠오르네.

山靜似太古 日長如小年 余家深山之中 每春夏之交 蒼蘚盈堦
落花滿徑 門無剝啄 松影參差 禽聲上下 午睡初足 旋汲山泉 拾松枝
煮苦茗啜之 隨意讀周易 國風 左氏傳 離騷 太史公書 及陶杜詩
韓蘇文數篇 從容步山徑 撫松竹 與麛犢 共偃息於長林豊草間
坐弄流泉 漱齒濯足 旣歸竹窗下 則山妻稚子 作筍蕨 供麥飯 欣然一飽
弄筆窗間 隨大小作數十字 展所藏法帖墨跡畵卷縱觀之 興到則吟小詩
或艸玉露一兩段 再烹苦茗一杯 出步溪邊 邂逅園翁溪友 問桑麻說秔稻
量晴校雨 探節數時 相與劇談半餉 歸而倚杖柴門之下 則夕陽在山
紫翠萬狀 變幻頃刻 怳可人目 牛背篴聲 兩兩來歸而月印前溪矣.

5. 한글 신역

이와 같이 차나무가 잘 자라는 곳은 산이 높고 험하며, 매우 가파르고, 바위들은 우뚝 솟아 연이어져 있구나. 계곡은 깊고 아련하다가 확 트이며, 끊어지기도 하고, 간혹 해가 사라지기도 하며, 굽어지며 좁아지기도 하는구나. 위로 보이는 것은 하늘의 별들이 가까운 듯 떠 있고, 아래로 들리는 것은 요동치며 흐르는 계곡물 소리로구나. 온갖 새들은 하늘을 날아다니며 지저귀고, 여러 동물들이 여기저기 노니는구나. 갖가지 꽃과 상서로운 풀들이 아름다운 색채와 은은한 빛을 드러내고, 저마다 우거져서 아름답게 자라는구나. 산 잘 타는 사람도 오르기 힘든 곳으로, 산 도깨비[魅魅]가 바로 곁에 다가서는 듯하구나.

어느덧 골짜기에 봄바람이 불어 다시 봄이 돌아오니, 황하의 얼음이 풀리고, 태양은 봄날 대지 위를 비추는구나. 풀들은 아직 새싹을 움트지 않았으나, 나뭇잎은 썩어 뿌리로 돌아갔다가 가지로 옮아 다시 피어나려 하는구나. 이러한 때, 오직 저 아름다운 차나무만이 온갖 만물의 으뜸으로, 홀로 이른 봄을 지내며, 스스로 온 하늘을 독차지하는구나. 보랏빛으로 된 것, 녹색으로 된 것, 푸른 것, 누른 것, 이른 것, 늦은 것, 짧은 것, 긴 것들이 저마다 뿌리를 맺고, 줄기를 뻗으며, 잎을 펼쳐 그늘을 드리워서 황금빛 싹을 움트이게 하고, 어느덧 푸른 옥玉 같은 울창한 숲을 이루는구나. 부드럽고 여린 잎들이 서로 연달아 있고, 무성한 모습이 구름 일고 안개 피어나듯 하니, 이야말로 진정 천하(天下)의 장관(壯觀)이로구나.

아름다운 석양을 뒤로하고 퉁소를 불고 돌아오며, 찻잎 가득 따서 등에 지고 수레에 실어 나르노라.

6. 해설

차茶의 종류와 산지에 대한 소개에 이어서 차가 잘 자라고 있는 산지產地의 자연스런 정경靜境을 구체적으로 기술하고 있다. 이것은 단순한 '차산茶山의 풍광風光'에 대한 소개이기도 하지만, 어찌 보면 자신이 처한 한파가 심했던 자신의 삶과 역정을 그대로 묘사한 것이고, 그것은 곧 한재 이목 선생 스스로의 청정한 삶과 환경을 차산과 대비해서 구체적으로 표현한 내용이라고 볼 수도 있다.

차산茶山의 풍광風光에서 첫째는 차나무가 자라는 곳의 환경에 대해서, 둘째는 차나무가 자라는 시기에 대해서, 셋째는 차나무와 차나무가 자라는 환경의 아름다움에 대해서, 그리고, 마지막으로는 노을 진 저녁 무렵 차를 따고 실어오는 아름다운 과정에 대해서 묘사하고 있다.

먼저 차나무가 자라는 곳의 험한 환경과 정황을 구체적으로 나타내고 있다. 요즘과 같이 다원茶園을 조성하여 인위적으로 차를 재배하는 것이 아니라, 자연적으로 차가 잘 자라는 곳의 환경을 묘사하고 있다. 차나무가 잘 자라는 곳은 청정淸淨한 산山 지역으로서 산이 높고 험하며, 온갖 산짐승들이 뛰노는 천혜의 자연自然스런 지역임을 나타내고 있다.

두 번째로는 차나무의 기본적인 특성으로서 춥고 어두운 겨울에 모든 만물이 얼어붙은 시기에 모든 만물萬物에 앞서 싹을 틔우고, 천지天地의 아름다움과 정기精氣를 독차지하고 있음을 말하고 있다.

'날씨가 추워진 다음에야 송백이 시들지 않음을 안다[歲寒然後 知松栢之後彫].'고 공자께서 말씀하셨듯이, 자연계의 군자로서 모든 만물이 얼어붙어 움츠리고 있는 시기에 그 누구보다도 앞서 자연自然의 정기精氣를 받아서 아름다운 싹을 키워내고 있는 것이다.

그런 의미에서 통상 우리들이 이야기하는 매화와 난초와 국화와 대나무를 사군자四君子라 하여 예찬하여 왔으나, 차나무를 포함하여 '오군자五君子'라 하는 것이 진정한 의미의 군자상이라고 볼 수가 있다. 실질적으로 차茶는 진정한 의미의 군자君子로서 그 청정성淸淨性과 기상氣像이 잘 드러나고 있기 때문이다.

이와 같이 차茶가 잘 자라는 곳은 매우 험한 환경環境임을 나타내고 있다. 우리 모두가 바라는 양호한 환경이 아니라, 진정한 차茶는 험한 환경에서 스스로의 악조건惡條件을 딛고 새로운 생명生命으로서의 새싹을 키워내고 있음을 알 수가 있다.

이 점은 한재寒齋 이목李穆 선생 스스로의 삶에서도 확인해 볼 수 있다. 신진 사림파의 일원으로서 성균관 유생 시절 공주에 유배 가고, 또한 신흥 사대부로서 대과에 장원급제하고, 눈앞에 입신양명의 기회가 보장되어 있음에도 불구하고 스스로 청정淸淨한 삶을 살기 위해서 불의不義와 타협하지 않았고, 스스로 험한 길을 택해 갔다는 사실이다.

그러한 측면에서 한재寒齋 선생과 차茶가 자라는 환경은 비슷한 것이며, 한재 선생 자신도 그것을 알고 차산茶山의 풍광風光을 통하여 스스로의 삶에 대한 비유적인 설명을 하고 있다고 볼 수가 있다.

연구과제

1. 조선과 중국의 주요 차 산지 풍광 비교
2. 차산의 풍광과 한재 이목 선생의 삶 비교
3. '도법자연(道法自然)'과 '다법자연(茶法自然)'의 비교
4. 조선 선비정신과 차
5. 조선전기 사림파의 차문화
6. '오군자(五君子)'로서의 차

05.

차의 특성(1) :
차 달이기와 차의 세 가지 품[茶三品]

1. 원문

搴玉甌而自濯 煎石泉而旁觀 白氣漲口 夏雲之生溪巒也
건 옥 구 이 자 탁 전 석 천 이 방 관 백 기 창 구 하 운 지 생 계 만 야

素濤鱗生 春江之壯派瀾也 煎聲颼颼 霜風之嘯篁栢也
소 도 린 생 춘 강 지 장 파 란 야 전 성 수 수 상 풍 지 소 황 백 야

香子泛泛 戰艦之飛赤壁也 俄自笑而自酌 亂雙眸之明滅
향 자 범 범 전 함 지 비 적 벽 야 아 자 소 이 자 작 난 쌍 모 지 명 멸

於以能輕身者 非上品耶 能掃痾者 非中品耶 能慰悶者
어 이 능 경 신 자 비 상 품 야 능 소 아 자 비 중 품 야 능 위 민 자

非次品耶
비 차 품 야

2. 한자 풀이

搴 빼낼 건	玉 옥 옥	甌 사발·주발 구	而 말이을 이
自 <u>스스로</u> 자	濯 씻을 탁	煎 달일 전	石 돌 석
泉 샘 천	旁 옆·두루 방	觀 볼 관	白 흰 백
氣 기운 기	漲 물이불 창	口 입 구	夏 여름 하
雲 구름 운	之 갈 지	生 날 생	溪 시내 계
巒 뫼 만	也 어조사 야	素 흴 소	濤 큰 물결 도
鱗 비늘 린	春 봄 춘	江 강 강	壯 씩씩할 장
波 물결 파	瀾 물결 란(난)	聲 소리 성	颼 바람 소리 수
霜 서리 상	風 바람 풍	嘯 휘파람 불 소	篁 대숲 황
柏 나무이름 백	香 향기 향	子 아들·어조사 자	泛 뜰 범
戰 싸울 전	艦 싸움배 함	飛 날 비	赤 붉을 적
壁 벽 벽	俄 갑자기 아	笑 웃을 소	酌 따를 작
亂 어지러울 난	雙 쌍 쌍	眸 눈동자 모	明 밝을 명
滅 멸할 멸	於 어조사 어	以 써 이	能 능할 능
輕 가벼울 경	身 몸 신	者 놈 자	非 아닐 비

上 위 상	品 물건 품	耶 어조사 야	掃 쓸 소
痾 숙병 아	中 가운데 중	慰 위로할 위	悶 번민할 민
次 버금 차			

3. 용어설명

(1) 옥구玉甌

'옥다구[玉甌]'라는 명칭으로 보아 하얀 옥과 푸른 옥을 상징하는 백자나 청자 다구일 것으로 추정되며, 15세기 후반의 한국 도자 문화와 특성으로 보아서 백자다기일 가능성이 높다고 볼 수가 있다.

(2) 자탁自濯

다구를 내어다가 몸소 씻는다는 뜻으로 직접 차를 달이는 차인으로서 기본적인 태도를 잘 나타내고 있다.

(3) 석천石泉

《다경茶經》 등에서는 여러 종류의 찻물을 이야기하고 있다. 우리나라의 경우에도 여러 찻물이 사용될 수 있으나, 한재 이목 선생이 사용하던 당시에는 돌 샘물이 많이 사용되었음을 알 수가 있다.

(4) 수수颼颼

바람이 대숲에서 솔솔 부는 소리를 나타낸다.

(5) 범범泛泛

물 위에 떠 있는 모양을 나타낸다.

(6) 적벽赤壁

중국의 삼국시대《삼국지》에 나오는 대표적인 전적지로, 제갈공명이 유비와 손권의 소수 연합군으로 조조의 대군을 격파하여 대승을 거둔 장소이다.

(7) 자소自笑

스스로 웃는다는 뜻으로 차를 달이는 즐거움을 드러낸 말로서 차 달이는 정경의 아름다움과 차를 즐기는 차인의 여유와 경지를 나타낸다고 볼 수가 있다.

(8) 자작自酌

스스로 마신다는 뜻으로 한재 선생은 평소에 차를 즐겨서 혼자 차를 마시며, 마음을 다스리고 뜻을 세우고 있음을 알 수가 있다.

(9) 경신輕身

한재 이목 선생이 〈다부〉에서 차의 세 가지 품인 차삼품茶三品 중 상품上品의 특성으로서 몸을 가볍게 한다는 것이다. 중국 양梁나라 때 도홍경陶弘景은 "차는 사람의 몸을 가볍게 하고, 속골俗骨을 선골仙骨로 바뀐 듯한 느낌을 준다."고 하였다.

(10) 소아掃痾

한재 이목 선생이 〈다부〉에서 차의 세 가지 품인 차삼품茶三品 중 중품中品의 특성으로서 피곤함을 가시게 해준다는 것이다.

(11) 위민慰悶

한재 이목 선생이 〈다부〉에서 차의 세 가지 품인 차삼품茶三品 중 차품次品의 특성으로서 고민을 달래준다는 것이다.

4. 주요 성구成句

(1) 차의 세 가지 품[차삼품, 茶三品]

한재 이목 선생이 한국 최고의 전문다서인 〈다부〉에서 언급한 차의 특성 중 하나로서 차의 품品을 세 가지로 구분한 것으로서, 상품上品 은 능히 몸을 가볍게 하고, 중품中品은 피곤함을 가시게 해주고, 차품 次品은 고민을 달래주는 것이라고 하고 있다. '차삼품茶三品'은 몸을 가 볍게 하는 ①'경신輕身', 오랜 피곤을 가시게 하는 ②'소아掃痾', 고민 을 달래주는 ③'위민慰悶'으로 나타낼 수 있다.

5. 한글 신역

몸소 옥다구[玉甌]를 내어다가 씻어낸 후, 돌 샘물[石泉]로 차를 달이며 살피나니, 하얀 김이 옥다구에 넘치는 모습이, 여름 구름[夏雲]이 시냇가와 산봉우리에 피어나는 듯하고, 하얗게 끓는 물은 봄 강[春江]에 세찬 물결이 일어나는 듯하구나. 찻물 끓는 수수한 소리는 서릿바람이 대나무와 잣나무 숲을 스쳐가는 듯하고, 차 달이는 향기는 적벽(赤壁)에 날랜 전함이 스쳐가듯 주위에 가득해지는구나.

잠시 동안 절로 웃음 지으며[自笑], 손수 따라 마시나니[自酌], 어지러운 두 눈동자 스스로 밝아졌다 흐려졌다 하면서 능히 몸을 가볍게 하나니[輕身], 이는 상품(上品)이 아니겠는가? 또한 피곤함을 가시게 해주나니[掃痾], 이는 중품(中品)이 아니겠는가? 그리고 고민을 달래주나니[慰悶], 이는 그다음 품[次品]이 아니겠는가?

6. 해설

지금까지는 차茶의 가치와 환경에 대한 이야기를 하면서 차가 가지고 있는 기본적인 배경을 제시하였다면, 본 절부터는 차茶가 가지고 있는 여러 가지 다양한 특성特性에 대한 이야기를 시작하고 있다.

그러기 위해서는 우선 직접 차를 따고 덖은 이후에 몸소 다구를 꺼내다가 씻은 후에 차를 달인 후 차를 마시는 것이다. 여기에 진정한 차인으로서 갖추어야 할 기본적인 태도가 잘 나타나고 있다. 차는 남에게 대접받고 보여주기 위한 것이 아니라, 평상시에 몸소 즐기며, 스스로 행行하고 생활生活 속에서 즐기는 것이라는 점이다.

본문에서는 그와 같은 몸소 행하는 차인으로서의 기본적인 자세가 잘 나타나고 있으며, 진정으로 직접 차를 달이며, 스스로 즐기는 모습이 그대로 드러나고 있다.

우선 한재 선생은 차나무에서 차를 따서 차를 만든 후에, 직접 차를 달이는 과정을 구체적으로 묘사하고 있다. '몸소 옥다구를 내어다가 씻어내고[搴玉甌而自濯], 스스로 웃음 지으며 즐기나니[自笑而自酌]'에서 보듯이 무엇보다 스스로의 삶 중에서 좋아하는 것을 실천하는 선비로서, 그리고 진정한 차인으로서 차를 달이고 즐기는 아름다운 모습이 잘 나타나고 있다.

특히 본 절에서는 차를 달이며 즐기는 정경이 시원하고 부드럽고 기운차며 서경적紋景的인 모습으로 잘 드러나고 있다. 본문의 내용에서 보듯이 차를 달이는 모습이 하얀 김이 마치 여름 구름[夏雲]이 시냇가와 산봉우리에 피어나는 듯하고, 하얗게 끓는 물은 봄 강[春江]에 물결이 세차게 이는 것과 같으며, 찻물이 끓는 소리는 서릿바람이 대숲과 잣나무 숲을 스쳐가는 듯 수수하고, 차 달이는 향기는 요동치는 강물에 배가 흔들리는 것 같이 주위에 가득해진다고 구체적인 정경靜境으로 묘사하고 있다.

그리고 차를 달이고 난 이후, 차를 마시는 모습이 또한 '잠시 동안 절로 웃음 지으며 손수 따라 마시나니[俄自笑而自酌]'라며 스스로 즐거워하고 있다.

이와 같은 내용을 통하여 차茶를 즐기는 차인은 마침내 차와 하나로 동화되어 스스로 시인이 되고, 더 나아가서 차인과 차와 주위의 정경이 하나가 되는 다인불이茶人不二의 아름다운 모습이 잘 나타나고 있음을 확인할 수가 있다.

여기에서 우리는 오늘날의 차인들에게 중요한 가르침 하나를 확인해 볼 수 있다. 차茶는 우리가 생활生活 속에서 스스로 즐기는 것이지, 남에게 자랑하거나 보이기 위한 것이 아니라는 사실이다. 우리는 살며 좋아하는 일이 있다면, 스스로 좋아하는 바를 실천하고 생활 속에서 즐겨야 한다.

그리고 옥다구[玉甌]에 대해서는 전 국립중앙박물관장인 정양모 관장의 다음과 같은 이야기가 참고가 될 것 같다.

"《용재총화(慵齋叢話)》에 '세종조 어기(御器)는 백자(白磁)를 전용한다'고 하였으며, 《점필재집(佔畢齋集)》에 세종조의 명신 김종서가 고령의 백자에 대하여 찬탄하였다는 기록이 있어서 백자가 왕이 전용하는 정밀하고 세련된 자기일 뿐 아니라 사대부들에게도 백자에 대한 깊은 이해와 애정이 담겨있는 상태라고 하겠다. 백자는 왕의 일상용뿐 아니라 왕실의 제기에도 은기 대신 백자를 사용케 하고 세종 29년 6월 중궁(中宮)의 재방에서 사용하는 금잔을 화자기청화백자로 대신케 하고 동궁도 자기백자를 사용케 하였다. 세종 원년 윤유월 기록이 있어서 백자의 사용이 점차 확대되어 가고 있음을 말해주고 있다. 이러한 왕실의 백자 사용은 사서인(士庶人)에게까지 확대되어 오히려 다시 금령(禁令)을 내리기에 이른 상태까지 발전한 경우도 있다. 세종 6년 8월에 '평안도에는 원래 자기장인(磁器匠人)이 없으므로 중국 사신의 래왕(來王) 접대에 사용하는 기명(器皿)이 깨끗치 못하다. 그러므로 충청도 각 관에서 숙달된 자기장(磁器匠) 2명을 여기 보내어 자기 제작을 전습하여 번조(燔造)케 하였다'는 기록이 있어 자기가 지방으로 확장되어 나가고 있음을 말해주고 있다."

위의 내용을 참조하여 볼 때, 15세기 후반 한재 선생이 사용하던 다기는 백자일 것으로 판단된다.

마지막으로 차를 마신 이후, 차茶를 마시며 느끼는 차茶의 효과效果에 대한 특성을 구체적으로 직시하며, 스스로의 체험에 의해 차茶의 기본적인 특성特性을 구분하여 차의 세 가지 품[茶三品]으로 정리하고 있다. 차의 기본적인 특성으로서의 차삼품茶三品은 차를 마시는 차인이라면 느낄 수 있는 것을 정리한 것이라고 볼 수가 있다. 한재 선생은 '차삼품茶三品'이라 하여 상품上品과 중품中品, 그리고 차품次品의 삼품三品으로 차의 품질品質을 세 가지로 구분하였다. 상품上品은 어지러운 두 눈동자 스스로 밝아졌다 흐려졌다 하면서 능히 몸을 가볍게 하고, 중품中品은 피곤함을 가시게 해주고, 그리고 그다음 품[次品]은 고민을 달래준다고 하였다. 이와 같은 차의 세 가지 품으로서의 '차삼품茶三品'은 간단하게 정리하면, 몸을 가볍게 하는 ①'경신輕身', 오랜 피곤을 가시게 하는 ②'소아掃痾', 고민을 달래주는 ③'위민慰悶'으로 나타낼 수 있다.

오늘날의 입장에서 차삼품茶三品은 결국 차가 가지고 있는 기본적인 효과와 기능을 구분한 것으로서 차에 대한 여러 가지 기능적 특성을 정리한 것이라고 볼 수가 있다.

연구과제

1. 15세기 조선의 차문화와 도자기
2. 조선시대 차문화와 도자기
3. 한국의 차문화와 도자기
4. 조선전기 선비의 차문화
5. 한재 이목 선생의 차생활과 차문화
6. 차의 세 가지 품[茶三品]
7. 차인으로서의 실천적 삶
8. 자탁(自濯), 자소(自笑), 자작(自酌)의 삶
9. 차인으로서의 기본자세

06.

차의 특성(2) :
차의 일곱 가지 효능[茶 七效能]

1. 원문

乃把一瓢 露雙脚 陋白石之煮 擬金丹之熟 啜盡一椀
내 파 일 표　노 쌍 각　누 백 석 지 자　의 금 단 지 숙　철 진 일 완

枯腸沃雪 啜盡二椀 爽魂欲仙 其三椀也 病骨醒頭風痊
고 장 옥 설　철 진 이 완　상 혼 욕 선　기 삼 완 야　병 골 성 두 풍 전

心兮 若魯叟抗志於浮雲 鄒老養氣於浩然 其四椀也 雄豪發
심 혜　약 노 수 항 지 어 부 운　추 노 양 기 어 호 연　기 사 완 야　웅 호 발

憂忿空 氣兮 若登太山而小天下 疑此俯仰之不能容 其五椀也
우 분 공　기 혜　약 등 태 산 이 소 천 하　의 차 부 앙 지 불 능 용　기 오 완 야

色魔驚遁 餐尸盲聾 身兮 若雲裳而羽衣 鞭白鸞於蟾宮
색 마 경 둔　찬 시 맹 롱　신 혜　약 운 상 이 우 의　편 백 란 어 섬 궁

其六椀也 方寸日月 萬類遽篨 神兮 若驅巢許而僕夷齊
기 육 완 야　방 촌 일 월　만 류 거 저　신 혜　약 구 소 허 이 복 이 제

揖上帝於玄虛 何七椀之未半 鬱淸風之生襟 望閶闔兮孔邇
읍 상 제 어 현 허　하 칠 완 지 미 반　울 청 풍 지 생 금　망 창 합 혜 공 이

隔蓬萊之簫森
격 봉 래 지 소 삼

2. 한자풀이

乃 이에 내	把 잡을 파	一 한 일	瓢 박·바가지 표
露 이슬·드러낼 로	雙 쌍 쌍	脚 다리 각	陋 좁을·천할 루
白 흰 백	石 돌 석	之 갈 지	煮 삶을 자
擬 헤아릴·모방할 의	金 쇠 금	丹 붉을 단	熟 익을 숙
啜 마실 철	盡 다할 진	椀 주발·사발 완	枯 마를 고
腸 창자 장	沃 물댈 옥	雪 눈 설	二 두 이
爽 시원할·마음이 맑고 즐거울 상	魂 넋 혼	欲 하고자 할 욕	仙 신선 선
其 그 기	三 석 삼	也 어조사 야	病 병 병
骨 뼈 골	醒 깰 성	頭 머리 두	風 바람 풍
痊 병 나을 전	心 마음 심	兮 어조사 혜	若 같을 약
魯 나라 이름 노	叟 늙은이 수	抗 막을·들어올릴 항	志 뜻 지

於 어조사 어	浮 뜰 부	雲 구름 운	鄒 나라 이름 추
老 늙은이 노	養 기를 양	氣 기운 기	浩 클 호
然 그러할 연	四 넉 사	雄 수컷 웅	豪 호걸 호
發 쏠 발	憂 근심할 우	忿 성낼 분	空 빌 공
登 오를 등	太 클 태	山 뫼 산	小 작을 소
天 하늘 천	下 아래 하	疑 의심할 의	此 이 차
俯 구부릴 부	仰 우러를 앙	不 아니 불	能 능할 능
容 얼굴 용	五 다섯 오	色 빛 색	魔 마귀 마
驚 놀랄 경	遁 달아날 둔	餐 먹을 찬	尸 주검 시
盲 소경 맹	聾 귀머거리 롱	身 몸 신	雲 구름 운
裳 치마 상	羽 깃·날개 우	衣 옷 의	鞭 채찍 편
鸞 난새 란	蟾 달·두꺼비 섬	宮 집 궁	六 여섯 륙(육)
方 모 방	寸 마디 촌	日 해 일	月 달 월
萬 일만 만	類 무리 류	籧 대자리 거	篨 대자리 저
神 귀신 신	驅 몰 구	巢 집 소	許 허락할 허

僕 종·마부 복	夷 오랑캐 이	齊 가지런할 제	揖 읍 읍
上 위 상	帝 임금 제	玄 검을·하늘 현	虛 빌 허
何 어찌 하	七 일곱 칠	未 아닐 미	半 반 반
鬱 막힐·우거질 울	淸 맑을 청	風 바람 풍	生 날 생
襟 옷깃 금	望 바랄 망	閶 천문 창	闔 문짝 합
孔 구멍·매우 공	邇 가까울 이	隔 사이 뜰 격	蓬 쑥 봉
萊 명아주 래	蕭 맑은 대쑥 소	森 나무 빽빽할 삼	

3. 용어설명

(1) 백석白石

중국 상고시대의 신선인 백석생白石生이 백석白石을 달여 양식으로 삼았다는 이야기가 있다.

(2) 금단金丹

선단仙丹이라고도 하며, 사람들이 먹으면 장생불사의 신선이 된다고 하는 영약靈藥을 말한다.

(3) 완椀

사발 또는 주발을 말하며, 여기에서는 찻잔으로 볼 수 있다. 일반적으로 사발은 사기沙器로 만든 발鉢을 말하며, 발은 몸통보다 아가리 입구가 넓은 그릇의 이름이다. 그 크기에 따라 대·중·소의 규격이 있으며, 큰 것의 입지름은 약 17cm, 중간 것은 15cm, 작은 것은 12cm가 기준이 된다. 일반적으로 큰 그릇은 발鉢이라고 부르고, 중간 것은 완椀으로, 그리고 작은 것은 종鐘 또는 잔盞으로도 부른다.

(4) 옥설沃雪

물을 대어서 깨끗이 씻는 것을 이야기한다.

(5) 전瘳

병이 낫는 것을 말한다.

(6) 노수魯叟

'노魯나라의 늙은이[叟]'라는 뜻으로 춘추시대 노나라(오늘날의 산동성) 사람인 '공자孔子'를 가리키는 말이다.

(7) 추노鄒老

'추鄒나라의 노인[老]'이라는 뜻으로 전국시대 추나라(오늘날의 산동성 추평현) 사람인 '맹자孟子'를 가리키는 말이다.

(8) 호연浩然

'호연지기浩然之氣'를 말하며, 호연지기란 지극히 크고 곧은 마음을 이야기한다.

(9) 시尸

옛날 제사를 지낼 적에 신위 대신 그 자리에 앉히던 어린아이[尸童]를 말한다. 여기에서는 제사상 위에 앉아있는 어린아이가 제사 음식에 대한 먹고 싶은 욕심을 참을 수 없으나, 차를 마시면 식탐食貪과 같은 헛된 욕심이 사라지고, 마음을 차분하게 가라앉힐 수 있다는 말이다.

(10) 섬궁蟾宮

'달'을 가리키는 말이다.

(11) 거저遽篨

발이 거친 대자리를 말한다.

(12) 소허巢許

중국의 요堯임금 때의 고사高士인 '소보巢父'와 '허유許由'를 말하며, 소보는 산속에 숨어 세속의 명리에 초연하였으며, 허유는 요임금이 천하를 양도하려고 하였으나 거절하고 산속에 숨어들었다는 이야기가 전해온다.

(13) 이제夷齊

'백이숙제伯夷叔齊'를 말하며, 중국 은나라 때 고죽군孤竹君의 아들로서 절의를 지키며 굶어 죽었다고 한다.

(14) 상제上帝

하늘나라를 다스리는 임금을 말하며, '상제上帝' 또는 '천제天帝'라고도 한다.

(15) 현허玄虛

'하늘' 또는 허공을 말한다.

(16) 창합閶闔

'하늘 문[天門]'을 말한다.

(17) 공이孔邇

매우 가까운 것을 말한다.

(18) 봉래蓬萊

중국 전설에서 신선의 산다는 세 산인 '삼신산三神山'의 하나로서 삼신산은 '봉래산蓬萊山', '방장산方丈山', '영주산瀛州山'을 말하며, 우리나라에서는 금강산, 지리산, 한라산을 이르고 있다.

(19) 소삼簫森

수목이 많아 숲이 우거져 있는 모양을 말한다.

4. 주요 성구成句

(1) 등태산소천하登太山小天下

《맹자孟子》의 〈진심盡心〉 장에 나오는 구절로서 '공자께서 태산에 올라 보니 천하가 작음을 알았다[登太山小天下]'는 이야기이다. 호연지기를 나타내는 말로서 사람으로서 가져야 할 큰 뜻을 이야기하고 있다. 한재 이목 선생도 유학자로서 공자와 맹자의 가르침을 따르고자 하는 선비의 기상과 뜻을 드러낸 말이다.

(2) 차의 일곱 가지 효능[茶 七效能]

한재 이목 선생이 〈다부〉에서 차가 가지고 있는 일곱 가지 효능을 정리한 것이다. 차의 첫 번째 효능으로서의 차의 제1효능[茶第一效能]은 마른 창자가 깨끗이 씻겨진다는 '장설腸雪', 차의 두 번째 효능으로서 차의 제2효능[茶第二效能]은 신선이 된 듯 상쾌하다는 '상선爽仙', 차의 세 번째 효능으로서 차의 제3효능[茶第三效能]은 온갖 고민에서 벗어나고 두통이 사라진다는 '성두醒頭', 차의 네 번째 효능으로서 차의 제4효능[茶第四效能]은 큰마음이 일어나고 우울함과 울분이 사라진다는 '웅발雄發', 차의 다섯 번째 효능으로서 차의 제5효능[茶第五效能]은 색정이 사라진다는 '색둔色遁', 차의 여섯 번째 효능으로서 차의 제6효능[茶第六效能]은 마음이 밝아지고 편안해진다는 '방촌일월方寸日月', 차의 일곱 번째 효능으로서 차의 제7효능[茶第七效能]은 마음이 맑아지며 신선이 되어 하늘나라에 다가선 듯하다는 '창합공이閶闔孔邇'이다.

5. 한글 신역

이에 표주박 하나를 손에 들고 두 다리를 편히 하고, 백석(白石)과 금단(金丹)을 만들어 신선이 되고자 했던 옛사람들과 같이 차를 달여 마시어 보네.

첫째 잔의 차(茶)를 마시니 마른 창자가 깨끗이 씻겨지고[① 장설(腸雪)],
둘째 잔의 차를 마시니 상쾌한 정신이 신선(神仙)이 되는 듯하고[②상선

[爽仙], 셋째 잔의 차를 마시니 오랜 피곤에서 벗어나고 두통이 말끔히 사라져서 이 내 마음은 부귀를 뜬구름처럼 보고 지극히 크고 굳센 마음 [浩然之氣]을 기르셨던 공자(孔子)와 맹자(孟子)와 같아지고[③성두(醒頭)], 넷째 잔의 차를 마시니 웅혼한 기운이 생기고 근심과 울분이 없어지니 그 기운은 일찍이 공자(孔子)께서 태산(泰山)에 올라 천하(天下)를 작다고 하심과 같나니, 이와 같은 마음은 능히 하늘과 땅으로도 형용할 수 없고[④웅발(雄發)], 다섯째 잔의 차를 마시니 어지러운 생각들[色魔]이 놀라서 달아나고 탐(貪)내는 마음이 눈 멀고 귀 먹은 듯 사라지나니 이 내 몸이 마치 구름을 치마 삼고 깃을 저고리 삼아 흰 난새[白鷺]를 타고 달 나라[蟾宮]에 가는 듯하고[⑤색둔(色遁)], 여섯째 잔의 차를 마시니 해와 달이 이 마음[方寸] 속으로 들어오고, 만물들이 대자리 만하게 보이나니, 그 신기함이 옛 현인들-소보(巢父)와 허유(許由), 백이숙제(伯夷叔齊)- 과 함께 하늘에 올라가 하느님[上帝]을 뵙는 듯하고[⑥방촌일월(方寸日月)], 일곱째 잔의 차를 마시니 차를 아직 채 반도 안 마셨는데 마음속에 맑은 바람이 울울히 일어나며 어느덧 바라보니 신선이 사는 울창한 숲을 지나 하늘 문[闔] 앞에 다가선 듯하구나[⑦창합공이(閶闔孔邇)].

6. 해설

앞 장에서 언급한 차茶의 세 가지 품품에 이어서 이번에는 차茶가 가지고 있는 일곱 가지의 효능效能을 구분하여 구체적으로 제시하고 있다. 여기에서는 차를 달이는 기본적인 자세와 차를 즐기면 나타나게 되는 기본적인 특성으로서 차의 일곱 가지 효능과 함께 한재寒齋 이목李穆 선생의 양생관養生觀과 인생관人生觀을 살펴볼 수 있는 구체적인 내용들이 소개되고 있다.

먼저 차인으로서 차를 달이는 자세에 대해서 한재 선생은 옛 선인들이 신선이 되고자 하는 경건한 마음과 행동으로 차를 달인다는 사실을 확인해 볼 수 있다. 이러한 점은 초의선사가 〈다신전茶神傳〉에서 '다도茶道란 만들 때의 정교함과 저장할 때의 건조, 그리고 달일 때의 청결함을 다하여야 한다[精燥潔 茶道盡矣].'라고 일렀듯이 우선은 차를 달이는 기본적인 자세와 마음가짐이 청정하고 정성을 다해야 함을 알수가 있다.

또한 차茶를 마시는 일곱 가지 효능效能으로서 장복하면 몸에 좋다는 사실 중의 하나로서 마른 창자를 깨끗이 하며 몸을 다스리는 것과 상쾌한 정신으로 신선이 되는 것 같다는 사실과 한재 선생의 사상적 배경을 확인할 수는 있는 구체적인 내용들이 소개되고 있다.

한재 이목 선생은 기본적으로 조선시대를 대표하는 선비 중의 한 사람으로서 공자와 맹자의 사상을 실천하고자 하는 유학사상儒學思想을 그 기본으로 하고 있다. 그러나 여기에서는 이와 함께 도교를 배경으로 하는 신선사상神仙思想에 대해서도 깊은 이해와 실천이 있음을 확인할 수가 있다.

먼저 한재寒齋 이목李穆 선생은 〈다부〉에서 차茶가 가지고 있는 '차의 일곱가지 효능[茶七效能]'으로 정리하여 나타내고 있다. 차의 첫 번째 효능[茶第一效能]은 마른 창자가 깨끗이 씻겨진다는 '장설腸雪', 차의 두 번째 효능[茶第二效能]은 신선이 된 듯 상쾌하다는 '상선爽仙', 차의 세 번째 효능[茶第三效能]은 온갖 고민에서 벗어나고 두통이 사라진다는 '성두醒頭', 차의 네 번째 효능[茶第四效能]은 큰마음이 일어나고 우울함과 울분이 사라진다는 '웅발雄發', 차의 다섯 번째 효능[茶第五效能]은 색정이 사라진다는 '색둔色遁', 차의 여섯 번째 효능[茶第六效

能]은 마음이 밝아지고 넓어진다는 '방촌일월方寸日月', 차의 일곱 번째 효능[茶第七效能]은 마음이 맑아지며 신선이 되어 하늘나라에 들어선 듯 하다는 '창합공이閶闔孔邇'를 이야기하고 있다.

이와 같은 차의 일곱 가지 효능[茶七效能]은 형식면에서 보면 중국 당나라 때 시인인 노동盧仝의 〈칠완다가七碗茶歌〉와 비교하여 볼 수가 있으나, 그 내용을 보다 구체화하였으며, 보다 활기 있고 호방하게 기술하였다고 볼 수가 있다. 참고로 노동의 〈칠완다가〉는 〈맹간의가 보낸 신차를 받고 감사하며 붓 가는 대로 쓰다[走筆謝孟諫議寄新茶]〉의 일부로, 전문은 다음과 같다.

맹간의가 보낸 신차를 받고 감사하며 붓 가는대로 쓰다
走筆謝孟諫議寄新茶

해는 다섯 장이나 높이 떠올라 낮잠이 한창일 때
군의 장교가 문을 두드리며 단잠을 깨우는구나.
말하기를 간의가 서신을 보냈다 하며,
흰 비단에 비스듬히 봉하고 세 개의 도장까지 찍혔네.
편지를 뜯어보니 간의의 얼굴을 보는 듯하고,
달처럼 둥근 병차 삼백 편을 보게 되네.
듣자니 새해의 기운이 산중으로 들어가서
잠자던 벌레가 놀라 깨어나고 봄바람이 부는구나.
천자가 양선차(陽羨茶)를 맛보기 전에
온갖 풀들도 감히 먼저 꽃을 피우지 못하듯이.
보드라운 봄바람이 구슬 같은 꽃봉오리 맺게 하고,
이른 봄에 황금빛 새싹을 드러내네.

새싹을 따서 약한 불에 구워 잘 봉하나니

지극한 정성과 훌륭함이 사치스럽지 않네.

천자께 드리고 왕공들과 나누면 합당할 텐데,

어찌하여 산중에 사는 사람의 집에 이르렀는가.

사립문 닫아도 속된 손님 없으니

옷 갈아입고 스스로 차를 끓여 마시네.

푸른 구름 같은 차 탕이 끊임없이 끊어 올라오고,

하얀 꽃 같은 차 거품이 떠올라 차 그릇에 엉기는구나.

첫째 잔은 목과 입술 적셔주고

둘째 잔은 외로운 시름 사라지게 하네.

셋째 잔은 마른 창자를 풀어주며, 그 뱃속에 오천권의 책이 들어있네.

넷째 잔은 가벼운 땀이 나며, 평생 살며 불평스런 일들이 모두 털구멍으로 흩어지게 하네.

다섯째 잔은 살과 뼈를 맑게 해주고

여섯째 잔은 신령스럽게 해주는구나.

일곱째 잔은 다 마시지도 않았는데 양 겨드랑이에 맑은 바람이 이는 듯하구나. 봉래산이 어디인가? 나 옥천자는 맑은 바람 타고 그곳으로 돌아가고자 하네.

산 위의 신선들이 산 아래를 다스리는데,

위치가 너무 높아 비바람으로부터 떨어져 있구나.

무수한 생명들이 높은 절벽으로부터 떨어져 고통 속에 살아가는 걸 어찌 알리오.

간의에게 뭇 생명들에 대해 물어보나니

결국에는 이들이 되살아날 수도 있지 않을까.

日高丈五睡正濃 軍將打門驚周公 口云諫議送書信 白絹斜封三道印

開緘宛見諫議面 手閱月團三百片 聞道新年入山裏 蟄蟲驚動春風起
天子須嘗陽羨茶 百草不敢先開花 仁風暗結珠琲瓃 先春抽出黃金芽
摘鮮焙芳旋封裏 至精至好且不奢 至尊之餘合王公 何事便到山人家
柴門反關無俗客 紗帽籠頭自煎吃 碧雲引風吹不斷 白花浮光凝碗面
一碗喉吻潤 兩碗破孤悶 三碗搜枯腸 唯有文字五千券 四碗發輕汗
平生不平事 盡向毛孔散 五碗肌骨散清 六碗通仙靈 七碗吃不得也
唯覺兩腋習習淸風生 蓬萊山 在何處? 玉川子 乘此淸風欲歸去
山上群仙司下土 地位淸高隔風雨 安得知百萬億蒼生命
墮在巔崖受辛苦便爲諫議問蒼生 到頭還得蘇息否

이와 같이 한재寒齋 선생의 〈다부茶賦〉에 나타난 차의 일곱 가지 효
능을 정리해보면, 심신이 건강하고, 의기가 굳건하고, 웅혼한 기운이
생기며, 심신이 가벼워져서 마치 신선이 되어 하늘나라에 들어선 듯
하다는 점이다. 여기에서 우리는 한재 이목 선생의 차를 통한 양생관
과 인생관을 엿볼 수 있다. 더불어 뜻깊은 선비의 의기와 굳건한 기상
을 다시금 확인할 수가 있다.

〈다부〉에 나타난 일곱 가지 효능을 구체적으로 살펴보면, 첫째와
둘째는 실제적으로 몸을 깨끗하게 하고 정신을 상쾌하게 하여 신선이
되는 듯하다는 말이다. 기본적으로 차를 마시는 차인들의 음다飮茶 행
위는 심신을 건강하게 하여 몸을 보補하고자 하는 것이 기본적인 목
적이 될 수가 있기 때문이다.

셋째부터 다섯째는 천하의 이치와 우주의 진리를 구하는 도학자로
서 공자와 맹자와 같은 뜻과 기상을 배우고 실천하게 된다는 점에서
온갖 세속의 혼란한 현실과 상념에서 벗어나 성현들의 가르침을 구현
하고자 노력하게 된다.

이 점에서 지금의 우리도 차를 마시면 마음이 평안해지며, 그 상태에서 결국 성현聖賢들의 높은 기상과 뜻을 알게 된다는 사실이다.

그리하여 결국에는 여섯째에서 보듯이 모든 것이 마음 안에 들어와서 한 눈 안에 이루어지게 되어, 결국은 여러 성현과 하늘나라에 올라가 상제를 뵙는 것 같다는 것이고, 마지막에는 신선들이 사는 봉래산을 지나 하늘나라에 들어선 듯하다는 점이다.

이와 같이 차의 일곱 가지 기능을 통해 한재寒齋 이목李穆 선생은 몸[身]의 건강함과 정신세계의 평안함-심心, 기氣, 신神-을 추구함으로써 차를 통해 스스로의 이상세계에 도달할 수 있다는 심신일여心身一如의 구체적인 실례를 보여주고 있다고 볼 수가 있다.

차茶를 통해 이루어지는 이러한 신묘한 세계의 창조는 한재寒齋 이목李穆 선생 스스로의 이상理想이기도 하지만, 오늘날 우리 차인들이 반드시 이루어가야 할 사명이며 이상이기도 하다.

결국 한재 이목 선생은 차가 가지고 있는 일곱 가지의 효능을 통해 차인으로서의 뜻과 기상, 그리고 여유, 그런 드높은 경지를 구현해야 함을 가르치고 있다.

한재寒齋 이목李穆 선생의 〈다부茶賦〉에 나타난 차茶의 일곱 가지 효능을 통하여 오늘날의 우리도 차를 통해 새로운 만남을 가질 수도 있고, 새로운 세계를 이끌어 갈 수도 있으며, 최종적으로는 신선이 되어 하늘나라에 갈 수가 있음을 알려주고 있다.

결국 한재寒齋 이목李穆 선생은 〈다부茶賦〉를 통해 차를 통해서 우리는 심신心身의 건강과 세상世上의 평안함, 그리고 스스로의 이상세계理想世界를 구현할 수 있음을 전해주고 있다.

연구과제

1. 한재(寒齋) 이목(李穆) 선생의 양생관(養生觀)과 인생관(人生觀)

2. 한재 이목 선생의 도학사상(道學思想)

3. 한재 이목 선생의 양생론(養生論)

4. 차(茶)의 일곱 가지 효능[茶七效能]

5. 차의 과학과 7효능의 비교

6. 〈다부〉와 고전시가

7. 노동(盧仝)의 〈칠완다가(七碗茶歌)〉와의 비교

8. 차인으로서의 마음가짐과 자세

차의 특성(3) :
차의 다섯 가지 공[茶 五功]

1. 원문

若斯之味 極長且妙 而論功之 不可闕也 當其凉生玉堂
약 사 지 미　극 장 차 묘　이 론 공 지　불 가 궐 야　당 기 량 생 옥 당

夜闌書榻 欲破萬卷 頃刻不輟 童生脣腐 韓子齒豁
야 란 서 탑　욕 파 만 권　경 각 불 철　동 생 순 부　한 자 치 활

靡爾也 誰解其渴 其功一也 次則 讀賦漢宮 上書梁獄 枯槁其形
미 이 야　수 해 기 갈　기 공 일 야　차 즉　독 부 한 궁　상 서 양 옥　고 고 기 형

憔悴其色 腸一日而九回 若火燎乎膈臆 靡爾也 誰敍其鬱
초 췌 기 색　장 일 일 이 구 회　약 화 료 호 픽 억　미 이 야　수 서 기 울

其功二也 次則 一札天頒 萬國同心 星使傳命 列侯承臨
기 공 이 야　차 즉　일 찰 천 반　만 국 동 심　성 사 전 명　열 후 승 임

揖讓之禮旣陳 寒暄之慰將訖 靡爾也 賓主之情誰協 其功三也
읍 양 지 례 기 진　한 훤 지 위 장 흘　미 이 야　빈 주 지 정 수 협　기 공 삼 야

次則 天台幽人 靑城羽客 石角噓氣 松根鍊精 囊中之法欲試
차 즉 천 태 유 인 청 성 우 객 석 각 허 기 송 근 련 정 낭 중 지 법 욕 시

腹内之雷乍鳴 靡爾也 三彭之蠱誰征 其功四也 次則 金谷罷宴
복 내 지 뢰 사 명 미 이 야 삼 팽 지 고 수 정 기 공 사 야 차 즉 금 곡 파 연

兎園回轍 宿醉未醒 肝肺若裂 靡爾也 五夜之醒誰輟 自註
토 원 회 철 숙 취 미 성 간 폐 약 렬 미 이 야 오 야 지 정 수 철 자 주

唐人以茶爲輟醒使君 其功五也
당 인 이 다 위 철 정 사 군 기 공 오 야

2. 한자 풀이

若 같을 약	斯 이 사	之 갈 지	味 맛 미
極 다할 극	長 길 장	且 또 차	妙 묘할 묘
而 말이을 이	論 말할 논	功 공로 공	不 아닐 불
可 옳을 가	闕 대궐 궐	也 어조사 야	當 당할 당
其 그 기	涼 서늘할 량	生 날 생	玉 옥 옥
堂 집 당	夜 밤 야	闌 가로막을 란	書 글 서
榻 걸상 탑	欲 하고자 할 욕	破 깨뜨릴·다할 파	萬 일만 만
券 문서 권	頃 밭 넓이 단위 경	刻 새길 각	輟 그칠 철
董 동독할 동	生 날 생	脣 입술 순	腐 썩을 부

韓 나라이름 한	子 아들 자	齒 이 치	豁 뚫린 골 활
靡 쓰러질 미	爾 너 이	也 어조사 야	誰 누구 수
解 풀 해	渴 목마를 갈	一 한 일	次 다음 차
則 곧 즉	讀 읽을 독	賦 노래 부	漢 한수 한
宮 집 궁	上 위 상	梁 들보 양	獄 옥 옥
枯 마를 고	槁 마를 고	形 모양·몸 형	憔 수척할 초
悴 파리할 췌	色 빛·얼굴 색	腸 창자 장	日 날 일
九 아홉 구	回 돌 회	若 같을 약	火 불 화
燎 화톳불 요	乎 인가 호	膈 답답할 픽	臆 가슴 억
靡 쓰러질 미	敍 차례 서	鬱 막힐 울	二 두 이
札 패 찰	天 하늘 천	頒 나눌 반	國 나라 국
同 한가지 동	心 마음 심	星 별 성	使 하여금·사신 사
傳 전할 전	命 명할 명	列 줄 열	候 물을 후
承 받들 승	臨 임할 임(림)	揖 읍 읍	讓 사양할 양
之 갈 지	禮 예도 예(례)	旣 이미 기	陣 줄 진
寒 찰 한	暄 따뜻할 훤	慰 위로할 위	將 장차 장

訖 이를 흘	賓 손 빈	主 주인 주	情 정 정
恊 화합할 협	三 석 삼	台 별 태	幽 그윽할 유
人 사람 인	靑 푸를 청	城 성 성	羽 깃 우
客 손 객	石 돌 석	角 뿔 각	噓 불 허
氣 기운 기	松 소나무 송	根 뿌리 근	鍊 단련할 련
精 정기 정	囊 주머니 랑(낭)	中 가운데 중	法 법 법
試 시험할 시	腹 배 복	內 안 내	雷 우뢰 뢰(뇌)
乍 잠깐 사	鳴 울 명	彭 성 팽	蠱 독 고
征 칠 정	四 넉 사	金 쇠 금	谷 골짜기 곡
罷 파할 파	宴 잔치 연	兎 토끼 토	園 동산 원
轍 바퀴자국 철	宿 묵을 숙	醉 취할 취	未 아닐 미
醒 깰 성	肝 간 간	肺 허파 폐	裂 찢을 렬(열)
五 다섯 오	夜 밤 야	酲 숙취 정	輟 그칠 철
自 스스로 자	註 주해 주	唐 당나라 당	以 써 이
茶 차 다	爲 할 위	君 임금 군	

3. 용어 설명

(1) 옥당玉堂

조선시대 관청으로서 '홍문관弘文館'을 달리 이르던 말이다. 홍문관은 조선 시대 삼사三司의 하나로 경서經書와 사적史籍의 관리, 문서의 처리 및 왕의 자문에 응하는 일을 맡아보던 관청이다.

(2) 만권萬卷

'만권의 책'을 이야기하나, 보통은 수많은 책을 말한다. 예로부터 '남아수독오거서男兒須讀五車書'라고 하여 제대로 공부하는 사람이라면 마땅히 다섯 수레 이상의 많은 책을 읽어야 한다는 말이 있다.

(3) 동생董生

중국 당나라 때 사람인 '동소남董邵南'을 가르킨다. 수주 안풍현壽州安豊縣사람으로서 일찍 진사가 되었으나, 벼슬을 하지 못하였다. 그는 입술이 터져 썩을 정도로 많은 책을 읽었다는 일화가 전해져 온다.

(4) 한자韓子

당나라 때 유학자이자 문장가인 '한유韓愈'를 높여 부른 말이다. 당송8대가唐宋八大家의 한 사람으로서 자는 퇴지退之이며, 책을 많이 읽는 동안 이가 마주쳐서 이가 빠졌다고 한다.

(5) 부賦

'부賦'는 중국 한漢나라 때 유행하던 문학 양식의 하나로서, 〈초사楚辭〉로부터 발전하여 한나라 초기에는 서정적인 부가 유행하였으나 후기에는 산문체의 장문長文의 부가 유행하였다.

(6) 한궁漢宮

한漢나라의 궁전을 말한다.

(7) 상서양옥上書梁獄

중국의 전한前漢시대 사람인 '추양鄒陽'이 모함을 받아서 감옥[梁獄]에 갇혔을 적에 양효왕梁孝王에게 상소를 올려서 풀려났다는 이야기가 전해져 온다.

(8) 추양鄒陽

중국 전한 때 사람으로 처음엔 오왕 비濞를 따랐으나, 오왕이 반란을 획책함에 글을 올려 간하였지만 듣지 않자 양梁나라 효왕孝王을 따랐다. 후에 양승羊勝과 공손궤公孫詭 등의 모함을 받아 양옥梁獄에 갇혔다가 옥중에서 글을 올려 억울함을 호소하여 풀려났다.

(9) 성사星使

임금의 사자, 천자의 칙사를 가리키는 말이다.

(10) 읍揖

상대방에게 공경의 뜻을 표하는 예禮의 하나이다.

(11) 천태天台

중국 명산名山의 하나로서 절강성浙江省 천태현天台縣의 성 북쪽에 있다. 도교와 불교의 근본 도량으로 유명하다.

(12) 유인幽人

세상에 숨어 사는 은자隱者들을 이야기하나, 여기에서는 신선神仙들을 말한다.

(13) 청성靑城

중국 명산名山의 하나로서 사천성四川省 관현灌縣 서남쪽에 있다.

(14) 우객羽客

신선神仙을 달리 가리키는 말로서 우화등선羽化登仙 하는 선인仙人을 일컫는다.

(15) 낭중지법囊中之法

낭중은 복중腹中과 같은 말로서 낭중지법은 도교의 내공 수련을 말한다.

(16) 삼팽지고三彭之蠱

삼팽은 도교에서 사람을 병들게 하는 삼시三尸를 말하며, 삼시의 성이 팽彭이므로 삼팽三彭이라고도 한다. 고蠱는 배 속에 있으면서 사람의 병의 원인이 되는 삼시충三尸蟲을 가리킨다. 결국 삼팽지고는 사람을 병들게 하는 원인 또는 질병을 말한다.

(17) 금곡金谷

중국 진晉나라 때 '석숭石崇'이 만든 정원을 말하며, 손님들을 초청하여 잔치를 베풀며 각각 시詩를 짓도록 하였는데, 시를 짓지 못하면 벌로서 술을 마시게 하였다는 이야기가 전해져 오고 있다.

(18) 토원兎園

중국 전한前漢시대 양효왕梁孝王이 만든 정원을 말한다. 천하의 호걸과 유세객들을 초청하여 잔치를 베풀었다고 한다.

(19) 오야五夜

'오경五更'을 말한다. 오전 3시부터 5시까지로 날이 새는 새벽녘에 해당된다.

(20) 자주自註

한재 이목 선생이 〈다부〉를 지으면서 〈다부〉의 내용을 설명하기 위하여 스스로 해설한 내용이다.

(21) 당인唐人

본래의 뜻은 당나라 사람이라고 할 수 있으나, 통상적으로 '중국 사람'을 가리키는 말이다. 다른 예로서 '당물唐物'은 당나라 물건일 수도 있으나 일반적으로 중국 물건을 통칭하는 말이기도 하다.

4. 주요 성구成句

(1) 철정사군輟酲使君

중국 사람들이 차를 가리키는 말로, 차의 효능 중 술을 깨게 하는 효과가 있음을 들어서 차를 숙취를 그치게 하는 사신이라 하여 '철정사군輟酲使君'이라고 불렀다는 것이다. 예로부터 차가 가지고 있는 여러 효과 중의 하나가 바로 술을 깨게 하고 정신을 맑게 하는 것을 이야기한 것이라고 할 수가 있다.

(2) 차의 다섯 가지 공[茶 五功]

한재 이목 선생이 〈다부〉에서 차茶가 가지고 있는 다섯 가지 공功을 정리한 것이다. 차의 다섯 가지 공덕으로서의 '다오공茶五功'은 차의 첫째 공덕[茶第一功]은 목마름을 풀어준다는 '해갈解渴', 차의 둘째 공덕[茶第二功]은 가슴속의 울분을 풀어준다는 '서울敍鬱', 차의 셋째 공덕[茶第三功]은 주인의 예로서 정을 나눈다는 '예정禮情', 차의 넷째 공덕[茶第四功]은 몸속의 병을 다스린다는 '고정蠱征', 그리고 차의 다섯째 공덕[茶第五功]은 술에서 깨어나게 한다는 '철정輟酲'이다.

5. 한글 신역

만약 이 차(茶)의 맛이 매우 좋고, 또한 오묘하다면, 그 공덕[功]을 이야기하지 않을 수 없나니,

서늘한 가을바람이 옥당(玉堂)에 불어올 적에, 밤늦도록 책상 앞에서 많은 책을 읽어 잠시도 쉬지 않아 동생(董生)처럼 입술이 썩고 한자(韓子)처럼 이 사이가 벌어지도록 열심히 공부할 적에, 네가 아니면 그 누가 그 목마름을 풀어주겠는가?[① 해갈(解渴)] 그 공(功)이 첫째요,

그다음으로는 추양(鄒陽)이 한나라 궁전에서 글[賦]을 읽고, 그 억울함을 상소할 적에 그 몸이 마르고 얼굴빛이 초췌하여, 창자는 하루에 아홉 번씩 뒤틀리고, 답답한 가슴이 불타오를 적에, 네가 아니면 그 누가 그 울분을 풀어주겠는가?[② 서울(敍鬱)] 그 공(功)이 둘째요,

그다음으로는 천자(天子)가 칙령을 반포하면, 여러 나라의 제후들이 한

마음으로 따르고, 칙사가 천자의 명(命)을 전해 와서 여러 제후들이 예의(禮儀)로써 받들어 베풀고 위로할 적에, 네가 아니면 그 누가 손님과 주인의 정(情)을 화목하게 하겠는가?[③ 예정(禮情)] 그 공(功)이 셋째요,

그다음으로는 천태산(天台山)과 청성산(靑城山)의 신선들[천태유인(天台幽人)과 청성우객(靑城羽客)]이 깊은 산중에서 숨을 내쉬고, 솔뿌리로 연단을 만들어 주머니 속에 넣었다가 시험 삼아 먹어볼 적에, 뱃속에서 우뢰 소리가 울리며 약효가 나타나는 것처럼, 네가 아니면 그 누가 몸 안의 질병[三彭之蠱]을 정복하겠는가?[④ 고정(蠱征)] 그 공(功)이 넷째요,

그다음으로는 금곡(金谷)과 토원(兎園)의 잔치가 끝나고 돌아와 아직 술이 깨지 않아 간과 폐가 찢어질 적에, 네가 아니면 그 누가 깊은 밤[五夜] 술에 취한 것을 깨어나게 하겠는가?[⑤ 철정(輟酲)] 그 공(功)이 다섯째로다.

스스로 설명하기를 중국 사람들은 차(茶)가 술을 깨게 하는 사신(使臣)이라 하여 '철정사군(輟酲使君)'이라고 하였다.

6. 해설

앞에서 차茶의 세 가지 품과 일곱 가지 효능인 '다삼품茶三品'과 '다칠효능茶七效能'에 대해서 이야기한 다음에 세 번째로 차의 특성 중의 하나로서 '차의 다섯 가지 공[茶五功]'에 대해서 이야기하고 있다.

먼저 앞서 이야기한 차의 삼품과 효능을 통해 차의 훌륭함과 효능을 알았다면, 이제는 마땅히 그 공功에 대해서 구체적으로 살펴보는 것으로 시작되고 있다.

여기에서 차茶의 공功을 일컬으면서 옥당玉堂에서 독서를 하면서 그

목마름을 해결한다는 말 등 '차의 다섯 가지 공[茶五功]'을 통하여 한 재 이목 선생에 대한 몇 가지 사실을 다시금 확인해볼 수가 있다.

먼저 옥당玉堂이라는 말이 한재 이목 선생이 정통적인 유학자로서 본인이 추구하는 도학道學을 달성하고자 하는 한 과정에서 과거에 장원급제한 이후 실제로 옥당에 앉아 공부하면서 느꼈던 고마운 마음을 나타낸 것일 수도 있다.

또 우리는 저마다 세상을 살며 세상일에 부대끼며, 때때로 어렵고 힘들고 가슴이 답답할 때, 차를 통해 그 울분과 괴로움을 다스릴 경우가 있다. 한재寒齋 이목李穆 선생 자신 또한 젊은 시절 의기 있고 올바른 스스로의 삶 중에서 세상의 불의와 그릇된 일을 보고 느꼈던 현실 속에서의 한계와 좌절(의금부 구금 및 공주 유배) 등과, 그를 통한 마음속의 답답함과 울분 등을 차茶를 통해 달래며 스스로를 다스렸음을 알 수가 있다.

이와 같은 차의 다섯 가지 공덕[茶五功]에 대한 내용을 구체적으로 살펴보면, 먼저 차의 첫째 공덕[茶第一功]은 옥당에서 독서를 할 적에 목마름을 풀어준다는 '해갈解渴'로서 누구보다 공부에 열심이었던 한재 선생의 삶에서 차茶는 훌륭한 동반자 역할을 담당하고 있었음을 알 수가 있다. 차의 둘째 공덕[茶第二功]은 가슴속의 울분을 풀어준다는 '서울敍鬱'에서도 한재 선생의 일생에서 시류와 불의에 타협하지 않아서 귀양을 가게 되고, 그런 과정에서 여러 번의 상소를 통하여 겪게 되는 가슴속의 답답함과 울분을 풀어주는 것이 바로 차茶였다는 사실이다. 차의 셋째 공덕[茶第三功]은 주인과 손님이 예禮로써 정을 나눈다는 '예정禮情'인데, 이것 또한 조선 초의 도학자이자 차인으로 유명한 점필재 김종직 선생의 제자로서 공부하며 친구들과 차를 접대하고, 초시初試에 합격하여 진사로서 성균관의 유생 시절 중국의 사신을 맞아 차를 접대하는 다례茶禮 등 공적·사적인 다회茶會 등을 통하여 차를 통한 교유와 예의를 접하게 되었다는 사실이다. 차의 넷째 공덕[茶第四功]은 몸속의 병을 다스린다는 '고정蠱征'인데, 한재 이목 선생은 공부 중에 도교의 신선 사상과 여러 선인의 양생론에 많은 관심을 가지고 있었으며, 그중에서도 차를 통한 몸과 맘의 건강과 수행에 노력하였다는 점이다. 마지막으로 차의 다섯째 공덕[茶第五功]은 술에서 깨어나게 한다는 '철정輟酲'인데, 이것은 본인 스스로도 차茶를 술을 깨게 하는 사신使臣이라는 '철정사군輟酲使君'이라는 중국 사람들의 말을 인용하여 차가 가지고 있는 기본적인 특성을 잘 드러내 주고 있음을 또한 알 수가 있다.

이와 같이 〈다부茶賦〉에 나타난 차茶의 다섯 가지 공덕[功]인 '다오공茶五功'은 한재 이목 선생의 삶에서 선생 스스로가 느끼고 체험했던 내용을 구체적으로 정리한 것이라고 할 수가 있다. 이 점에서 한재 이목 선생은 〈다부〉에서 기존에 언급됐던 차에 대한 기록들을 바탕으로 자신의 경험에서 직접 체험했던 사실들을 바탕으로 차의 특성을 보다 구체화한 것으로 나타나고 있다.

지난 수천 년에 걸친 차茶의 역사에서 차의 공과功過에 대해 여러 사람들이 이야기하여 왔다. 한재寒齋 이목李穆 선생 또한 〈다부茶賦〉를 통해 스스로의 체험을 바탕으로 차茶의 공功을 이야기함으로써 차茶가 단순한 음료로서 뿐만이 아니라 수행과 예의, 건강과 숙취 등을 강조함으로써 우리 생활의 동반자로서의 중요성을 다시 강조하고 있다.

연구과제

1. 차의 다섯 가지 공덕[茶 五功]
2. 차와 술의 공덕 비교
3. 한재 이목 선생과 신선사상
4. 차의 생활화와 대중화

08.

차의 특성(4) :
차의 여섯 가지 덕[茶 六德]

1. 원문

吾然後知 茶之又有六德也 使人壽修 有帝堯大舜之德焉
오연후지 다지우유육덕야 사인수수 유제요대순지덕언

使人病已 有兪附扁鵲之德焉 使人氣淸 有伯夷楊震之德焉
사인병이 유유부편작지덕언 사인기청 유백이양진지덕언

使人心逸 有二老四皓之德焉 使人仙 有黃帝老子之德焉
사인심일 유이로사호지덕언 사인선 유황제노자지덕언

使人禮 有姬公仲尼之德焉 斯乃玉川之所嘗贊 陸子之所嘗樂
사인례 유희공중니지덕언 사내옥천지소상찬 육자지소상락

聖兪以之了生 曹鄴以之忘歸 一村春光靜樂天之心機
성유이지료생 조업이지망귀 일촌춘광정낙천지심기

十年秋月 却東坡之睡神 掃除五害 凌厲八眞
십년추월 각동파지수신 소제오해 능려팔진

此造物者之蓋有幸 而吾與古人之所共適者也
차 조 물 자 지 개 유 행　이 오 여 고 인 지 소 공 적 자 야

豈可與儀狄之狂藥 裂腑爛腸 使天下之人德損而命促者
기 가 여 의 적 지 광 약　열 부 난 장　사 천 하 지 인 덕 손 이 명 촉 자

同日語哉
동 일 어 재

2. 한자 풀이

吾 나 오	然 그러할 연	後 뒤 후	知 알 지
茶 차 다	之 갈 지	又 또 우	有 있을 유
六 여섯 육	德 덕 덕	也 어조사 야	使 하여금 사
人 사람 인	壽 목숨 수	修 닦을 수	帝 임금 제
堯 요임금 요	大 큰 대	舜 순임금 순	焉 어찌 언
病 병 병	已 이미 이	兪 점점 유	附 붙을 부
扁 넓적할 편	鵲 까치 작	氣 기운 기	淸 맑을 청
伯 맏 백	夷 오랑캐 이	楊 버들 양	震 벼락 진
心 마음 심	逸 달아날 일	二 두 이	老 늙은이 노
四 넉 사	皓 흴 호	仙 신선 선	黃 누를 황

子 아들 자	禮 예도 예(례)	姬 성 희	公 공적 공
仲 버금 중	尼 중 니	斯 이 사	乃 이에 내
玉 옥 옥	川 내 천	之 갈 지	所 바 소
嘗 맛볼 상	贊 도울 찬	陸 뭍 륙	子 아들 자
樂 즐길 락	聖 성인 성	兪 점점 유	以 써 이
了 마칠 료	生 날 생	曹 마을 조	鄴 땅이름 업
忘 잊을 망	歸 돌아갈 귀	一 한 일	村 마을 촌
春 봄 춘	光 빛 광	靜 고요할 정	天 하늘 천
心 마음 심	機 틀 기	十 열 십	年 해 년
秋 가을 추	月 달 월	却 물리칠 각	東 동녘 동
坡 고개 파	睡 잘 수	神 귀신 신	掃 쓸 소
除 섬돌 제	五 다섯 오	害 해칠 해	凌 능가할 능
屬 갈 려	八 여덟 팔	眞 참 진	此 이 차
造 지을 조	物 만물 물	者 놈 자	蓋 덮을 개
有 있을 유	幸 다행 행	而 말 이을 이	吾 나 오

與 줄 여	古 옛 고	人 사람 인	共 함께 공
適 갈 적	豈 어찌 기	可 옳을 가	儀 거동 의
狄 오랑캐 적	狂 미칠 광	藥 약 약	裂 찢을 열(렬)
腑 장부 부	爛 문드러질 란	腸 창자 장	使 하여금 사
下 아래 하	德 덕 덕	損 덜 손	命 목숨 명
促 재촉할 촉	同 한 가지 동	語 말씀 어	哉 어조사 재

3. 용어설명

(1) 제요帝堯
중국 고대의 유명한 성군聖君인 '요堯임금'을 말한다.

(2) 대순大舜
중국 고대의 유명한 성군聖君인 '순舜임금'을 말한다.

(3) 유부俞附
중국 고대 황제黃帝 때의 명의名醫를 말한다.

(4) 편작扁鵲
중국 전국시대의 명의名醫를 말한다.

(5) 백이伯夷

중국 상商나라 말기 고죽군의 아들로서 아우인 숙제叔齊와 함께 주周 무왕武王의 반란이 성공하자 수양산에 들어가 굶어 죽었다는 일화가 전해져 온다.

(6) 양진楊震

중국 후한後漢 때의 학자로서 청빈하고 박학한 것으로 유명하다.

(7) 이노二老

순제 때의 예관인 '백이伯夷'와 주나라 초기의 '태공망太公望[여상, 呂尙]'을 말한다.

(8) 사호四皓

'상산사호商山四皓'의 준말로서 중국 전한前漢의 고조 때 상산商山에 은거했던 네 사람의 노인으로 '동원공東園公, 기리계綺里季, 하황공夏黃公, 녹리선생用里先生'을 말한다.

(9) 황제黃帝

중국 고대 삼황三皇 중의 한 사람이다. 삼황三皇은 복희伏羲·신농神農과 황제黃帝 또는 수인燧人을 말한다. 황제黃帝는 부싯돌로 불을 붙여 익혀 먹는 법을 가르쳐 주었다고 전한다.

(10) 노자老子

중국 춘추시대 주周나라 말기의 철학자로서 이름은 이이李耳, 자는 백양伯陽, 시호는 담聃이고,《도덕경道德經》의 저자로서 도교의 시조로 받들어지고 있다.

(11) 희공姬公

성은 희姬, 이름은 단旦이다. 주공단周公旦, 또는 주망周望이라고도
한다. 문왕의 아들이자 무왕의 아우로서 주의 문왕과 무왕을 도와
건국 초기 나라의 기틀을 다졌다.

(12) 중니仲尼

유교의 교조인 춘추시대 노나라 사람 '공자孔子'의 자字이다.

(13) 옥천자玉川子

당唐나라 때 시인인 '노동盧仝'의 호號이다. 그가 차를 예찬한 〈칠완
다가七椀茶歌〉가 매우 유명하다. 참고로 노동의 〈칠완다가〉는 〈맹간의
가 보낸 신차를 받고 감사하며 붓 가는 대로 쓰다[走筆謝孟諫議寄新茶]〉
라는 시의 한 부분이며, 구체적인 시는 다음과 같다.

맹 간의가 보낸 신차를 받고 감사하며 붓 가는 대로 쓰다
走筆謝孟諫議寄新茶

해는 다섯 장이나 높이 떠올라 낮잠이 한창일 때
군의 장교가 문을 두드리며 단잠을 깨우는구나.
말하기를 간의가 서신을 보냈다 하며,
흰 비단에 비스듬히 봉하고 세 개의 도장까지 찍혔네.
편지를 뜯어보니 간의의 얼굴을 보는 듯하고,
달처럼 둥근 병차 삼백 편을 보게 되네.

듣자니 새해의 기운이 산중으로 들어가서

잠자던 벌레가 놀라 깨어나고 봄바람이 부는구나.

천자가 양선차(陽羨茶)를 맛보기 전에

온갖 풀들[百草]도 감히 먼저 꽃을 피우지 못하듯이.

보드라운 봄바람이 구슬 같은 꽃봉오리 맺게 하고,

이른 봄에 황금빛 새싹을 드러내네.

새싹을 따서 약한 불에 구워 잘 봉하나니

지극한 정성과 훌륭함이 사치스럽지 않네.

천자께 드리고 왕공들과 나누면 합당할 텐데,

어찌하여 산중에 사는 사람의 집에 이르렀는가.

사립문 닫아도 속된 손님 없으니

옷 갈아입고 스스로 차를 끓여 마시네.

푸른 구름 같은 차 탕이 끊임없이 끓어 올라오고,

하얀 꽃 같은 차 거품이 떠올라 차 그릇에 엉기는구나.

첫째 잔은 목과 입술 적셔주고

둘째 잔은 외로운 시름 사라지게 하네.

셋째 잔은 마른 창자를 풀어주며, 그 뱃속에 오천 권의 책이 들어있네.

넷째 잔은 가벼운 땀이 나며, 평생 살며 불평스런 일들이 모두 털구멍으로 흩어지게 하네.

다섯째 잔은 살과 뼈를 맑게 해주고

여섯째 잔은 신령스럽게 해주는구나.

일곱째 잔은 다 마시지도 않았는데 양겨드랑이에 맑은 바람이 이는 듯하니

봉래산이 어디인가? 나 옥천자는 맑은 바람 타고 돌아가고자 하네.

산 위의 신선들이 산 아래를 다스리는데,

위치가 너무 높아 비바람으로부터 떨어져 있구나.

무수한 생명들이 높은 절벽으로부터 떨어져 고통 속에 살아가는 걸 어찌 알리오.

간의에게 뭇 생명들에 대해 물어보나니

결국에는 이들이 되살아날 수도 있지 않을까.

日高丈五睡正濃 軍將打門驚周公 口云諫議送書信 白絹斜封三道印
開緘宛見諫議面 手閱月團三百片 聞道新年入山裏 蟄蟲驚動春風起
天子須嘗陽羨茶 百草不敢先開花 仁風暗結珠琲瓃 先春抽出黃金芽
摘鮮焙芳旋封裏 至精至好且不奢 至尊之餘合王公 何事便到山人家
柴門反關無俗客 紗帽籠頭自煎吃 碧雲引風吹不斷 白花浮光凝碗面
一碗喉吻潤 兩碗破孤悶 三碗搜枯腸 唯有文字五千券 四碗發輕汗
平生不平事 盡向毛孔散 五碗肌骨散清 六碗通仙靈 七碗吃不得也
唯覺兩腋習習清風生 蓬萊山 在何處? 玉川子 乘此清風欲歸去
山上群仙司下土 地位清高隔風雨 安得知百萬億蒼生命
墮在巓崖受辛苦便爲諫議問蒼生 到頭還得蘇息否

(14) 육자陸子

중국에서 차에 관한 내용을 집대성한《다경茶經》의 저자 육우陸羽를 말한다.

(15) 성유聖兪

북송北宋 때의 시인인 매요신梅堯臣(1002~1060)의 자이다. 구양수歐陽 修와 함께 서곤체西崑體를 반대하고 시가詩歌의 혁신 운동을 일으켰다.

(16) 조업曹鄴

당唐나라 때 시인으로 자는 업지鄴之이며, 양주자사를 지냈다. 저서로는 《조사부집曹祠部集》이 있고, 다시로 〈고인혜다故人惠茶〉가 유명하다.

(17) 낙천樂天

당唐나라 때 시인이자 정치가인 백거이白居易(772~846)의 자이다. 별호는 향산거사香山居士이다. 별다인別茶人이라고 부를 정도로 차를 좋아했다고 전한다. 당대 대시인 백거이는 일생 동안 시문뿐 아니라 거문고와 차에도 조예가 깊었다. 그는 〈금차琴茶〉에서 "음악이라면 녹수곡이나 겨우 알고, 차로 말하자면 몽산차가 바로 나의 친구. 형편이 좋을 때나 나쁠 때나 늘 함께 지내는 터, 누가 지금 나에게 오가는 이 없다 하는가[琴裏知聞唯淥水, 茶中故舊是蒙山, 窮通行止長相伴, 誰道吾今無往還]."라고 읊조렸으며, "차 익은 향기가 코에 감돈 후, 햇빛에 허리가 따뜻해지네. 거문고는 항상 나의 곁에 있으며, 영춘주가 마르지 않는구나[鼻香茶熟後, 腰暖日陽中. 伴老琴長在, 迎春酒不空]."라고 노래했다[백거이, 〈한와기유동주(閑臥寄劉同州)〉]. 노년의 시인에게 차, 술, 거문고는 항상 그와 함께한 막역지기莫逆知己였다. 당 선종 원화 12년, 백거이가 강주현 강서 구강에 사마司馬로 부임했을 때였다. 청명절이 지난 후, 그는 가벼운 병을 앓게 되었고, 그 소식을 들은 충주자사 이선이 그에게 햇차를 보내주었다. 시인은 친구의 우정에 감사하며 〈사이육랑중기신촉다謝李六郞中寄新蜀茶〉라는 시를 지었다. "주위의 옛 친구가 병든 몸을 위해 신차를 보내주었네. 붉은 종이에 편지 한 장과 화전춘차 열 편이 들어있네. 물을 끓여 기포가 물고기 눈 크기로 커졌을 때, 차를 물속에 집어넣네. 다른 사람 말고 나

에게 먼저 보내주니, 역시 나는 별다인別茶人인 듯하구나[故情周匝向
交親 新茗分張及病身 紅紙一封書後信 綠芽十片火前春 湯添杓水煎魚眼 末下刀圭
攪曲塵 不寄他人先寄我 應緣我是別茶人]."시에서 그는 병중에 신차를 받
은 기쁨을 표현했으며, 차를 끓여 음미한 후 차를 보내준 친구의 우
정에 감사하고, 스스로를 차와 물에 정통한 '별다인別茶人'이라고 칭
하였다. 이외에 시인은 차 끓이는 물과 다구도 매우 중시하여, 각각
의 차를 끓이는 물을 서로 달리 사용하였다. 온천수[泉水]와 설수雪
水는 시인이 좋아하는 팽다지수烹茶之水였다. 차를 끓일 때, 그는 항
상 인내심을 가지고 물이 '꽃이 날리고 물고기 눈 크기로 끓을 때
[花浮魚眼沸]'까지 기다린 후, 가늘게 간 말차末茶를 찻잔에 집어넣
었다. 이렇게 해서 만들어진 색이 아름답고 향이 진한 차를 친구들
과 혹은 혼자 향유하였다. 이후 백거이가 항주자사를 역임할 때, 그
는 서호의 아름다움에 도취되었고, 항주의 명차와 좋은 물을 매우 좋
아하게 되었다. 그는 영은사의 도광韜光선사와 교류하면서 같이 차
를 마시고 시를 노래했다. 선사는 사천 사람으로 시문에 능하였다.
한번은 백거이가 시 한 수를 지어 도광선사를 성으로 초대했다. "스
님께 아뢰오니 같이 밥을 먹고, 재계가 끝나면 차 한잔 같이 하시지요
[命師相伴食 齋罷一甌茶]."[백거이, 〈초도광선사(招韜光禪師)〉] 하지만 도광선
사는 도성의 번화함을 싫어하는 뜻을 전하였다. "산승은 원래 나무와
샘물을 좋아하고, 매일 언덕에 올라 돌베개를 베고 잡니다 …… 성에
는 날아가기 쉽지 못하니, 꾀꼬리가 취루에서 울지 않을까 봐 걱정됩
니다[山僧野性好林泉, 每向岩阿倚石眠 …… 城市不堪飛錫去, 恐妨鶯囀翠樓前]."
[도광선사, 〈사백악천초(謝白樂天招)〉] 백거이는 어쩔 수 없이 선사를 만나
기 위해 성을 나와 영은사로 향했다. 산중에서 같이 차를 마시고 시를
노래하니, 두 사람의 고상한 멋이 후대에까지 전해졌다. 영은 도광사

내에는 팽명정烹茗井이 있는데, 그해 백거이와 도광선사가 물을 길어 차를 끓여 마신 곳이라고 한다.

(18) 동파東坡

북송北宋의 학자이자 문관인 소식蘇軾(1037~1101)의 호이며, 자는 자섬子瞻이다. 아버지인 소순蘇洵, 동생인 소철蘇轍과 함께 '삼소三蘇'라 불린다. 시, 사, 문 등 각 분야에 뛰어났으며, 당송팔대가唐宋八大家의 한 사람으로 특히 귀양 가서도 차를 마시며 잠자는 것도 잊고 달을 바라보며 시심詩心을 키웠다고 전한다.

(19) 수신睡神

졸음을 오게 하는 귀신을 말하며 '수마睡魔'라고도 한다.

(20) 오해五害

최영성 교수는 오해에 대해 첫째는 다섯 가지 자연재해로서 홍수로 인한 수해水害, 가뭄으로 인한 한해旱害, 바람·안개·우박·서리로 인한 풍무박상해風霧雹霜害, 전염병으로 인한 여해癘害, 벌레로 인한 충해蟲害라고 했으며, 둘째는 불교에서 수행을 방해하는 다섯 가지 덮개 장애물로서 문선에 나오는 오개五蓋와 같은 말이라고 한다. 김길자 교수는 불교의 오욕五慾으로서 시視·청聽·후嗅·미味·촉觸의 다섯 가지 감각기관이 인간의 본성을 해치는 것으로 보았다. 부산대 점필재 연구소 남춘우 교수는 오해를 소철蘇轍(1039~1112)의 '촉차의 다섯 가지 폐해를 논하는 글[論蜀茶五害狀]'에 나오는 세금의 부담과 관가의 농간, 시장의 독과점, 공물 대납과 이자놀이, 거간꾼의 농간과 임금, 차와 금은을 바꾸는 폐단 등으로 말하고 있다. 필자는 본문 중의 내용을 참조하여 차와 관련하여 볼 때, 인간이 살며 겪게 되는 오욕으로 해석하여 세상 살며 부대끼는 여러 해로움 또는 어려움으로 해석하였다.

(21) 팔진八眞

《주역》설괘전에 나오는 팔괘가 지닌 덕을 말하며, 건健, 열說, 명明, 동動, 손遜, 함陷, 지止, 순順의 8가지이다. 자연의 변화와 순리에 따르는 것이라고 할 수 있다. 또 최영성 교수는 《아함경》〈반니원경盤泥洹經〉 23에 나오는 팔진도八眞道의 줄임말로서 불교의 팔정도八正道와 같은 말로 정견正見, 정어正語, 정업正業, 정명正命, 정념正念, 정정正定, 정사유正思惟, 정정진正精進을 가리킨다고 말하고 있다. 점필재연구소 남춘우 교수는 팔진미八珍味로 순오淳熬, 순모淳母, 포돈炮豚, 포장炮牂, 도진擣珍, 지漬, 오熬, 간료肝膋를 말하거나, 또는 용간龍肝, 봉수鳳髓, 표태豹胎, 이미鯉尾, 악적鶚炙, 성순猩脣, 웅장熊掌, 소락선酥酪蟬을 말한다고 해석하고 있다.

(22) 적適

마음에 맞거나 즐기는 것을 말한다.

(23) 의적儀狄

중국 하夏나라 때 사람으로 술을 만들어 우禹임금께 올렸는데, 우임금이 그 맛을 보고는 "후세에 반드시 술 때문에 나라를 망칠 사람이 있을 것이다."라고 하면서 만들지 못하게 하였다는 이야기가 있다. 그리하여 의적이 술을 처음으로 만들었다 하여 양주釀酒의 시조라 부르기도 한다.

(24) 광약狂藥

직역하면 '미친 약'이란 말이지만, 여기서는 차와 비교하여 상대적인 개념으로 '술酒'을 말하고 있다.

4. 주요 성구成句

(1) 차의 여섯 가지 덕[茶 六德]

한재 이목 선생이 〈다부茶賦〉에서 차茶가 가지고 있는 여섯 가지 덕德을 정리한 것이며, 차의 여섯 가지 덕으로서의 다육덕茶六德은 차의 첫째 덕[茶第一德]은 '수덕壽德'이자 '요순지덕堯舜之德'으로 사람을 장수하게 하니 요임금과 순임금의 덕[壽德]이 있다는 것이고, 차의 둘째 덕[茶第二德]은 '의덕醫德'이자 '유부편작지덕兪附扁鵲之德'으로 사람의 병을 낫게 하니 유부나 편작의 덕[醫德]이 있다는 것이고, 차의 셋째 덕[茶第三德]은 '기덕氣德'이자 '백이양진지덕伯夷楊震之德'으로 사람의 기를 맑게 하니 백이나 양진의 기덕氣德이 있다는 것이고, 차의 넷째 덕[茶第四德]은 '심덕心德'이자 '이노사호지덕二老四皓之德'으로 사람의 마음을 편안하게 하니 이노와 사호의 심덕心德이 있다는 것이고, 차의 다섯째 덕[茶第五德]은 '선덕仙德'이자 '황제노자지덕黃帝老子之德'으로 사람을 신령스럽게 하니 황제나 노자의 덕[仙德]이 있다는 것이고, 차의 여섯째 덕[茶第六德]은 '예덕禮德'이자 '희공중니지덕姬公仲尼之德'으로 사람을 예의롭게 하니 희공이나 중니 공자의 덕[禮德]이 있다는 것이다.

5. 한글 신역

나는 그러한 뒤에 또한 차(茶)가 여섯 가지 덕[六德]이 있음을 알았나니, 사람들을 장수(長壽)하게 하니 요(堯)임금과 순(舜)임금의 덕(德)을 지녔고[①요순지덕(堯舜之德)], 사람들의 병(病)을 낫게 하니 유부(兪附)와 편작(扁鵲)의 덕(德)을 지녔고[②유부편작지덕(兪附扁鵲之德)], 사람들의 기운(氣運)을 맑아지게 하니 백이(伯夷)와 양진(楊震)의 덕(德)을 지녔고[③백이양진지덕(伯夷楊震之德)], 사람들의 마음을 편안(便安)하게 하니 이노(二老)와 사호(四皓)의 덕(德)을 지녔고[④이노사호지덕(二老四皓之德)], 사람들을 신령(神靈)스럽게 하니 황제(黃帝)와 노자(老子)의 덕(德)을 지녔고[⑤황제노자지덕(黃帝老子之德)], 사람들을 예의(禮儀)롭게 하니 희공(姬公)과 공자[仲尼]의 덕(德)을 지녔느니라[⑥희공중니지덕(姬公仲尼之德)].

이것은 일찍이 옥천자(玉川子)가 기린 바요, 육자(陸子)께서도 일찍이 즐긴 바로서, 성유(聖兪)는 이것으로써 삶을 마치고, 조업(曹鄴) 또한 즐겨서 돌아갈 바를 잊었노라.

이와 같이 차를 마시면 한 마을에 봄빛이 고요히 비치듯, 백낙천(白樂天)의 마음을 편안하게 하였고, 십년 동안 가을 달이 밝듯이 소동파(蘇東坡)의 잠을 물리치게 하였도다. 이와 같이 차를 즐기면 세상 살며 부딪치게 되는 다섯 가지 해로움[五害]에서 벗어나, 자연의 변화와 순리[八眞]대로 살다 가게 되나니, 이것이야말로 하늘의 은총으로 내가 옛사람과 더불어 즐기게 되는 것이로구나.

어찌 의적(儀狄)의 광약(狂藥, 술)처럼 장부를 찢고 창자를 문드러지게 하여, 세상 사람으로 하여금 덕(德)을 잃고 목숨을 재촉하게 하는 것과 같이 말할 수 있겠는가?

6. 해설

차의 특성으로서 '삼품三品'과 '칠효능七效能', 그리고 '오공五功'에 이어서 '육덕六德'을 이야기하고 있다. 〈다부茶賦〉에 나타난 내용을 잘 살펴보면, 차의 특성과 기능을 정리하면서도 한재 이목 선생은 매우 체계적임을 알 수 있다.

먼저 차에 대한 삼품三品을 구분하여 이야기하고, 차의 효능效能에 대한 설명을 하고, 차의 공功을 이야기한 후에, 마지막으로 차가 가지고 있는 여섯 가지의 덕[六德]에 대해 이야기하고 있다.

한재 이목 선생이 〈다부〉에서 말한 차가 가지고 있는 여섯 가지 덕은 곧 '다육덕茶六德'으로, 차의 첫째 덕[茶第一德]은 '수덕壽德'이자 '요순지덕堯舜之德'으로 사람을 장수하게 하니 요임금과 순임금의 덕[壽德]이 있다는 것이고, 차의 둘째 덕[茶第二德]은 '의덕醫德'이자 '유부편작지덕兪附扁鵲之德'으로 사람의 병을 낫게 하니 유부나 편작의 덕[醫德]이 있다는 것이고, 차의 셋째 덕[茶第三德]은 '기덕氣德'이자 '백이양진지덕伯夷楊震之德'으로 사람의 기를 맑게 하니 백이나 양진의 덕[氣德]이 있다는 것이고, 차의 넷째 덕[茶第四德]은 '심덕心德'이자 '이노사호지덕二老四皓之德'으로 사람의 마음을 편안하게 하니 이노와 사호의 덕[心德]이 있다는 것이고, 차의 다섯째 덕[茶第五德]은 '선덕仙德'이자 '황제노자지덕黃帝老子之德'으로 사람을 신선이 되게 하니 황제나 노자의 덕[仙德]이 있다는 것이고, 차의 여섯째 덕[茶第六德]은 '예덕禮德'이자 '희공중니지덕姬公仲尼之德'으로 사람을 예의롭게 하니 희공이나 중니(공자)의 덕[禮德]이 있다는 것이다.

이와 같이 한재 이목 선생이 언급한 차가 가지고 있는 여섯 가지 덕德은 유교儒敎와 도교道敎의 성현聖賢들과 양생養生의 대가들을 구체적으로 소개하며 차가 가지고 있는 중요성을 강조하였다고 볼 수가 있다. 이러한 점들은 한재寒齋 이목李穆 선생 스스로가 도학자로서 스스로 인격 도야와 학문 연구에 매진하면서 차를 직접 마시면서 느끼고 체험한 내용들을 구체적으로 정리한 것이라고 할 수가 있다. 여기에서 여러 성현聖賢들을 구체적으로 드러내면서 차茶가 가지고 있는 실질적인 덕목德目들을 간추리고, 우리들이 인생의 목표로 삼고 있는 성현들과 같이 우리가 지금 마시는 차도 우리 삶에서 평생의 동반자로서 같이 해야 할 필요성과 목적을 확연하게 드러낸 것이라고 볼 수가 있다.

우리들도 우리네의 삶 중에서 성현聖賢들의 가르침을 깨우치고 실천함으로써 성현들의 덕목을 세상에 드러내는 것처럼, 성현들과 같은 여섯 가지 덕목을 가지고 있는 차를 우리 생활의 순간순간 마시고 즐김으로써 차茶가 가지고 있는 덕德을 자기화하여 우리들의 삶이 오랫동안 건강하고, 맑고, 편안하고, 기운차고, 예의롭게 하자는 뜻이 있다고 본다. 이와 같이 〈다부〉에는 요임금과 순임금으로부터 공자와 맹자에 이르기까지 여러 성현聖賢들에 대한 존현사상尊賢思想이 기본적으로 갖추어져 있다.

또한 차茶가 가지고 있는 여섯 가지의 덕德을 이야기한 후, 기존의 차인들의 찬탄과 차의 특성을 다시 요약하여 정리하고 있다. 고대로부터 중국 역사상 유명한 차인들을 적시하면서 그들의 삶은 차와 함께 하며 인생을 즐기었고, 자연의 변화에 순응하며 살다 갔다는 사실을 보여주고 있다. 그중에서도 《다경茶經》을 지은 육우陸羽와 당나라 때 시인으로 〈칠완다가七椀茶歌〉를 지은 노동盧仝, 차를 평소에 즐겨 '별다인別茶人'이라는 별명을 갖고 있던 백낙천白樂天, 당송팔대가의 한 사람으로 특히 귀양 가서도 차를 마시며 잠자는 것도 잊고 달을 바라보며 밝은 정신으로 시심을 키웠다고 전하는 소동파蘇東坡 등의 실례를 들고 있다. 그리고 마지막으로 차茶는 하늘이 우리에게 준 은총이므로 사람의 덕을 손상케 하고 목숨을 재촉하는 술과는 비교할 수 없다는 말로 마무리하고 있다.

그런 면에서 사실 요즘의 차인茶人들은 차인인지 주당酒黨인지 혼란스러울 때가 많다. "술의 신 바쿠스Bacchus는 바다의 신보다 더 많은 사람들을 죽게 하였다."는 이야기가 있다. 오늘날에도 많은 사람들이 차보다는 술을 즐기는 경향이 많다. 많은 경우 차회도 처음에는 차를 마시다가 나중에는 술로 끝나게 되는 현실도 많은 실정이다. '끽다喫茶'와 '음주飮酒'는 무언가를 마신다는 점에서 같을진 몰라도 사람에 미치는 영향 면에서 많은 차이가 있다. 물론 적당한 음주는 몸에 보補가 되고 생활의 좋은 활력소가 될 수 있다. 그렇지만 객관적으로 차와 술의 특성과 가치를 비교하여 볼 때, 술보다 차가 건강한 삶과 건강한 사회를 위해서 더 바람직한 일임을 알 수가 있다. 문제는 일반 세상에서 차의 중요성이 많은 경우 무시당하고 술의 경우는 지나치게 남용되고 있는 실정이다.

그리하여 지금의 세상에서는 오히려 차는 장려하고 술은 적당히 절제하는 지혜가 필요한 것 같다. 지금이나 5백 년 전 한재 이목 선생이 살던 조선시대 당시나 전도顚倒된 삶을 사는 건 마찬가지인 것 같고, 그러한 안타까운 마음을 한재 선생은 술과 비교하여서 직접 표현한 것 같다.

항시 좋은 일은 어렵게 장려해야 하고, 그릇된 일은 쉽게 이루어지는 잘못된 세태는 지금부터라도 시정되어야 할 일이고, 차茶의 청정淸淨함과 중요성을 누구보다 확연히 알고 있는 차인들이 앞장서서 바르게 이끌고 나아가야 한다.

연구과제

1. 차의 여섯 가지 덕[茶 六德]

2. 차와 건강(정신건강)

3. 차와 수행(修行)

4. 차와 도학자의 삶

5. '끽다(喫茶)'와 '음주(飮酒)'

6. 〈다부〉 육덕에 나오는 성현과 가르침

7. 〈다부〉에 나타난 존현사상(尊賢思想)

8. '오해(五害)'와 '팔진(八眞)'에 대한 해석

09.

맺는말:
내(우리) 마음의 차[吾心之茶]

1. 원문

喜而歌曰 我生世兮風波惡 如志乎養生 捨汝而何求
희 이 가 왈   아 생 세 혜 풍 파 오   여 지 호 양 생   사 여 이 하 구

我携爾飮 爾從我遊 花朝月暮 樂且無斁 傍有天君 懼然戒曰
아 휴 이 음   이 종 아 유   화 조 월 모   낙 차 무 역   방 유 천 군   구 연 계 왈

生者死之本 死者生之根 單治內而外凋 穡著論而蹈艱
생 자 사 지 본   사 자 생 지 근   선 치 내 이 외 조   혜 저 론 이 도 간

曷若泛虛舟於智水 樹嘉穀於仁山 神動氣而入妙
갈 약 범 허 주 어 지 수   수 가 곡 어 인 산   신 동 기 이 입 묘

樂不圖而自至 是亦吾心之茶 又何必求乎彼也
낙 부 도 이 자 지   시 역 오 심 지 다   우 하 필 구 호 피 야

2. 한자 풀이

喜 기쁠 희	而 말 이을 이	歌 노래 가	曰 가로 왈
我 나 아	生 날 생	世 세상 세	兮 어조사 혜
風 바람 풍	波 물결 파	惡 모질 오	如 같을 여
志 뜻 지	乎 부사형 어미(-에) 호	養 기를 양	生 날 생
捨 버릴 사	汝 너 여	何 어찌 하	求 구할 구
携 손에 지닐 휴	爾 너 이	飮 마실 음	從 따를 종
游 노닐 유	花 꽃 화	朝 아침 조	月 달 월
暮 저물 모	樂 즐길 락	且 또 차	無 없을 무
斁 싫어할 역	傍 곁 방	有 있을 유	天 하늘 천
君 임금 군	懼 두려워할 구	然 그러할 연	戒 경계할 계
者 놈 자	死 죽을 사	之 갈 지	本 근본 본
根 뿌리 근	單 사람 이름 선(홑 단)	治 다스릴 치	內 안 내
外 밖 외	凋 시들 조	嵆 산 이름 혜	著 지을 저
論 말할 논	蹈 밟을 도	艱 어려울 간	曷 어찌 갈

若 같을 약	泛 뜰 범	虛 빌 허	舟 배 주
於 어조사 어	智 지혜 지	水 물 수	樹 나무 수
嘉 아름다울 가	穀 곡식 곡	仁 어질 인	山 뫼 산
神 귀신 신	動 움직일 동	氣 기운 기	入 들 입
妙 묘할 묘	不 아닐 부	圖 꾀할 도	自 스스로 자
至 이를 지	是 옳을 시	亦 또 역	吾 나 오
心 마음 심	茶 차 다	又 또 우	何 어찌 하
必 반드시 필	彼 저 피		

3. 용어설명

(1) 천군天君

'마음[心]'을 말한다.

(2) 혜저론嵆著論

혜강嵆康의 〈양생론養生論〉을 말한다. 혜강은 중국 위魏나라 사람으로 자는 숙야叔夜이고, 죽림칠현竹林七賢의 한 사람이다. 노장학파老莊學派로서 〈양생론養生論〉이 유명하다.

(3) 도간蹈艱

몸소 어려운 경지를 밟거나 실천하는 것을 말한다.

(4) 지수智水, 인산仁山

공자의 언행록인《논어論語》에 나오는 "지혜로운 사람은 물을 좋아하고, 어진 사람은 산을 좋아한다[智者樂水 仁者樂山]."는 구절에서 나온 말이다.

4. 주요 성구成句

(1) 선치내이외조單治內而外凋 혜저론이도간嵇著論而蹈艱

직역하면 '선표처럼 안[心]만을 다스리면 바깥[身]이 시든다고 혜강嵇康은 〈양생론〉을 지어서 그 어려움을 말하였으나'의 의미다. 이 구절은《장자莊子》의 〈달생達生〉 제19편에 나오는 '선표單豹와 장의張毅의 고사'를 비유하여 전개지와 위공의 문답을 통하여 내심을 기르는 데도 치우치지 말고, 외형을 기르는 데도 치우치지 말고, 그 중간에서 잘 조화시키는 것에 양생의 도가 있음을 가르치고 있다. 한재 선생도 차와 관련한 건강을 〈양생론〉과 결부시켜 치우치지 않고 내외명철內外明徹 해야 함을 이야기하고 있다. 노나라의 선표單豹는 산골에 숨어 샘물이나 마시고 살면서 세상 사람과 더불어 이익을 꾀하지 않는 사람이었다. 그는 나이 일흔이 되어도 그 얼굴빛이 오히려 어린애나 다름없었다. 그러나 불행히도 굶주린 호랑이를 만나 잡아먹히고 말았다. 이에 반해 장의張毅는 부잣집이나 권세 있는 집을 분주히 다니면서 이익을 꾀한 사람이었다. 그러나 그는 나이 마흔에 내열병內熱病으로 죽고 말았다. 선표는 안으로 그 마음을 길렀지만 호랑이가 밖으로 그 몸뚱이를 먹어버렸고, 장의는 밖으로 그 육체를 길렀지만 병이 안으로 그 마음을 침노하였다. 두 사람은 다 그 뒤떨어진 것을 채찍질하지 못했던 것이다.

(2) 범허주어지수泛虛舟於智水 수가곡어인산樹嘉穀於仁山

직역하면 '빈 배를 지혜로운 바다[智水]에 띄우고, 아름다운 곡식을 어진 산[仁山]에 심는 것과 같으리오?"으 의미이나, 본래의 뜻은 차를 생활 속에서 즐겨야 한다는 의미에서, 아무리 좋은 것도 스스로의 삶 속에서 즐기지 않으면 의미가 없다는 뜻이다. 지혜로운 사람은 물을 즐기고, 어진 사람은 산속에서 스스로 즐기면서 살아가야 한다는 의미를 재삼 강조하고 있다. 결국 그 뜻을 의역하면 '지혜로운 사람이 물을 즐기고 어진 사람이 산중에서 사는 것과 같으리오?'라고 할 수 있다. 차를 즐기는 실천적 삶을 강조하고 있다.

(3) 신동기이입묘神動氣而入妙

'신동기이입묘神動氣而入妙'는 '정신이 기운을 움직이는 묘한 경지에 들어가면'이라는 뜻으로, 최성민 소장은 "신神은 우주 만물과 통하는 모습을 말하고, 묘妙는 신神의 작동 상태와 원리로서 차를 마심으로써 우주 만물과 통하게 된다"고 설명한다. 한재 선생은 차茶라는 가시적이고 물질적인 형태[精·氣]의 차가 우리 몸에 음다飲茶되어 우리 마음의 감수 활동에 의해서 정신적 단계인 신[茶神]으로 활성화되어 '내 마음의 차[吾心之茶]'가 된다는 것이다. 한재 선생의 〈허실생백부〉에도 '마음이 신령한데 통하면 만물을 감동시키고, 정신이 기운을 움직이면 미묘한 경지에 든다[精通靈而感物兮 神動氣而入妙]'는 반고班固의

〈유통부幽通賦〉 구절이 있다. 이런 점에서 최성민 소장 또한 '신동기이입묘神動氣而入妙'의 중요성을 강조하며 수양 다도의 핵심원리로서 '신묘神妙'를 강조하고 있다. 최 소장은 우리나라의 제다와 다도가 이런 수양론적 원리인 '신묘神妙'로 연결돼 있다고 주장하면서, '신묘를 담아내는 제다製茶와 신묘의 발현에 의한 다도수양茶道修養이어야 한다'는 사실을 강조하고 있다. 기림사 부주지이신 영송스님 또한 '신차입묘神茶入妙'라 하여 차에 있어 신묘神妙의 중요성을 강조하고 있다.

(4) 내(우리) 마음의 차[吾心之茶]

한재 이목 선생이 〈다부茶賦〉의 결론으로 나타낸 말로서, 그 뜻은 '내(우리) 마음의 차[吾心之茶]'이다. 이 말은 〈다부茶賦〉의 정화精華이자, 차인으로서 한재 이목 선생의 다심일여茶心一如의 경지를 그대로 드러낸 말로서 모든 차인들이 이루어가야 할 상태를 말하고 있다. 맑은 차를 마셔 몸을 깨끗이 하고, 정신적인 경지인 내 마음의 차로 승화해 가야 하며, 더불어 '내 마음의 차'는 자기만의 심신의 건강을 위한 차가 아니라, 주위와 더불어 즐기는 '우리 마음의 차'로 확산시켜 사회를 맑고 밝게 할 수 있도록 하여야 한다. 그런 의미에서 '내 마음의 차'는 보다 확대된 '우리 마음의 차'로 전개시켜 나가야 한다.

(5) 청정한파淸淨蔓菠

'청정한 한재의 차'라는 뜻으로 한재 이목 선생의 차 정신을 추모하는 차인들에 의해 명명된 청정한 한재 이목 선생의 정신과 기품, 그리고, 차의 품성을 기려서 부르는 말이다.

5. 한글 신역

이에 스스로 기뻐하며 노래하기를

"내가 세상에 태어남에, 풍파(風波)가 모질구나.
양생(養生)에 뜻을 둠에 너를 버리고 무엇을 구하리오?
나는 너를 지니고 다니면서 마시고, 너는 나를 따라 노니,
꽃피는 아침, 달뜨는 저녁에, 즐겨서 싫어함이 없도다."

내 항상 마음[天君] 속으로 두려워하면서 경계하기를, 삶[生]은 죽음의
근본이요, 죽음[死]은 삶의 뿌리라네. 선표처럼 안[心]만을 다스리면 바
깥[身]이 시든다고 혜강(嵇康)은 <양생론(養生論)>을 지어서 그 어려움
을 말하였으나, 그 어찌 빈 배를 지혜로운 바다[智水]에 띄우고 아름다
운 곡식을 어진 산[仁山]에 심는 것과 같으리오(지혜로운 사람이 물을 즐기
고, 어진 사람이 산중에서 사는 것과 같으리오)?
이와 같이 차(茶)를 통해 정신이 기운을 움직이는 묘한 경지에 들어가
면(안과 밖이 하나가 되는 깊은 경지에 들어가면), 그 즐거움을 꾀하지 않아도
저절로 이르게 되느니라.
이것이 바로 '내(우리) 마음의 차[吾心之茶]'이나니. 어찌 또다시 이 마음
밖에서 구하겠는가?

6. 해설

현존하는 우리나라 최고最古의 전문다서專門茶書인 〈다부茶賦〉는 그

서문에서 차茶의 성품性品과 가치價値를 말하고, 본문에서 차의 종류와 산지, 다산의 정경, 그리고 차의 특성 등을 구체적으로 제시하였으며, 이제 마지막 결론으로서 '내(우리) 마음의 차[吾心之茶]'라는, 차와 내가 하나가 되는 다심일여茶心一如의 경지, 심차사상心茶思想을 드러내며 마무리하고 있다.

〈다부茶賦〉의 결론에 나타난 한재寒齋 이목李穆 선생의 차정신은 결국 이 시대 우리들의 지표이기도 하기에 그의 지행일치의 삶과 다심일여의 차 정신, 그리고 이 시대 한국 차의 지표 등에 대하여 살펴보고 끝맺음하고자 한다.

(1) 지행일치의 삶 실천

한재寒齋 이목李穆 선생의 삶 자체는 스스로의 실천적 삶을 바탕으로 자신의 앎과 삶을 하나로 실천하였음을 알 수가 있다. 도학자로서 수행적 삶을 배우고 실천한 구체적인 증거는 그가 남긴 시詩와 사辭 등 글을 통하여 구체적으로 확인할 수가 있다. 무엇보다 중요한 사실은 한재 이목 선생은 당신의 삶에서 지행일치知行一致의 하나됨의 삶을 실천하고 갔다. 사실 스스로의 앎과 삶을 일치하며 살아가는 사람은 현실적으로 어려운 일이고, 또한 매우 드문 일이기도 하다.

《논어》〈위정爲政〉 편에 나오는 공자님 말씀 중에 "옳은 일을 보고도 행하지 않으면 용기가 없는 일이다[見義不爲無勇也]."라는 구절이 있듯이 한재 이목 선생은 스스로의 소신대로 믿는 바를 실천하고 갔다. 그렇듯이 차를 즐기며 자신의 삶을 〈다부〉에 투영하고, 우리나라를 대표하는 최고의 차 노래인 〈다부茶賦〉를 지었다.

조선시대 마지막 선비인 매천 황현黃玹(1855~1910)은 한일합병의 소식을 듣고 '가을 등불 아래 책 덮고 지난날을 생각해보니 인간 세상에

아는 사람 노릇하기 어렵구나[秋燈掩卷懷千古 難作人間識字人]'라는 절명
시絕命詩를 남기고 스스로의 삶을 마감하였다. 매우 안타까운 일이지
만, 후세의 사람들은 그분의 절의節義를 자손 대대로 추앙하고 있다.
제대로 공부한 사람으로서 자신만의 명리名利를 추구하지 않고, 스스
로의 목숨을 버리는 의기와 언행일치, 지행일치知行一致의 일관된 삶
에서 시대를 선도해가는 올바른 정신과 하나 되는 삶의 구체적인 모
습을 배우게 되기 때문이다.

　오늘날에도 말로는 정의와 도리를 부르짖으면서 실제로는 세속의
영예와 부귀만을 탐하는 어설픈 지도층들의 모습을 보면서 우리 차인
들도 그것들을 맹목적으로 추종하고 있는 것은 아닌지에 대한 되새김
이 있어야 할 것이라고 본다. 우후죽순으로 늘어나고 있는 차 관련 단
체와 모임들을 보면서 차를 진정으로 즐기고, 서로를 위해 노력하고,
더불어 함께 하려 하기보다는 자신들만의 힘을 과시하거나 보여주기
위한 겉치레에 치중하는 등 세속화하고 있는 것은 아닌지에 대한 자
성自省도 필요한 시기라고 본다. 이 점에서 한재寒齋 이목李穆 선생의
삶은 바로 그와 같은 아는 자, 앞서가는 자로서의 괴로움을 토로하며,
차茶를 즐기는 진정한 차인이라면 모름지기 차를 즐기며, 그 어떤 세
속의 명리보다 자신과, 또는 청정清淨한 차茶의 본성本性과 하나가 되
는 스스로의 삶을 살아가라는 구체적인 본보기를 보여주고 있다.

(2) '내 마음의 차[吾心之茶]'라는 다심일여의 차정신 구현

　한재 이목 선생이 〈다부〉에서 말하고자 한 결론은 '내 마음의 차[吾
心之茶]'이다. 차를 마시며 스스로를 성찰하면서 몸과 맘이 하나로 되
어 내외명철內外明徹한 후 신묘神妙함을 드러내는 것이 바로 한재 이
목 선생이 〈다부〉에서 말하는 '내 마음의 차[吾心之茶]'이다.

차茶를 즐기는 참된 차인이라면 모름지기 차를 마시며 몸과 차가 하나가 되는 자연적인 현상뿐만이 아니라, 차가 가지고 있는 본질적인 특성을 스스로 구현하며 살아가는 삶이어야 한다.

한재 이목 선생은 〈다부〉의 머리글에서 차의 성품과 성현들에 대한 존중을 드러내며, '하늘이 만물을 낸 본뜻[天生物之本意]'이라 하여 차茶라는 만물 중의 한 사물이 가지고 있는 본뜻과 성품과 그에 대한 존현 사상을 이야기하였다. 그리고 구체적으로 부연하여 하늘과 땅의 깨끗한 정기를 머금고, 해와 달의 밝은 빛을 받아들였다고 이야기하고 있다. 결국 천지天地의 정기精氣와 빛을 간직한 차는 우리 삶의 바른 길과 빛을 제시해 주고 있다고 본다. 이 시대 진정한 차인으로서의 삶은 차가 가지고 있는 청정한 정기精氣와 하나가 되는 삶이어야 한다는 것이다. 차를 마시는 행위는 차茶라는 음료만을 마시는 것이 아니라, 차가 간직하고 있는 본성本性과 하나가 되는 '내 마음의 차[吾心之茶]'라는 '다인불이茶人不二'의 상태가 되어 우리들의 삶이 변화해 가야 한다는 것이다. 그것이야말로 시대를 초월한 진정한 차인으로서의 길이다.

〈다부〉의 결론인 '내 마음의 차[吾心之茶]'는 또한 스승이신 점필재 김종직 선생의 문학작품 속에 도道가 용해되어있는 도문일치道文一致의 정신을 이어서 차라는 노래[茶賦]를 통해 정신적 차원의 도학적 의미를 담으려 한 것으로 볼 수가 있다.

또한 이 시대 내 마음의 차는 맑은 차를 마시고 몸을 맑게 하고, 정신적인 경지인 내 마음의 차로 승화해 가야 하고, 더불어 '내 마음의 차'는 자신만의 심신의 건강을 위한 차가 아니라 주위와 더불어 즐기는 '우리 마음의 차'로 확산시켜 사회를 맑고 밝게 할 수 있도록 하여야 한다. 그런 의미에서 '내 마음의 차'는 보다 확대된 '우리 마음의 차'로 전개시켜 나가야 한다.

(3) 차와 양생의 도

한재 이목 선생은 〈다부〉의 첫머리에서 차의 본질적 가치와 본인의 차에 대한 고질병이 있다고 하면서 차를 즐기는 기본적인 이유를 제시하였다. 그리고 마지막 결론 부분에 다시 차를 일상 중에서 즐겨야 함을 강조하면서《장자莊子》의 〈달생達生〉 편에 나와 있는 선표單豹와 장의張毅의 고사를 비유하면서 '양생의 도道'에 대해 말하고 있다.

《장자》의 〈달생〉 편에는 노나라 선표와 장의라는 사람의 고사가 전해지고 있다. 노나라 때 선표라는 사람은 바위굴 속에 살면서 물만을 마시고 사람들과 다투지 않고 나이 70이 되어서도 어린아이 같은 얼굴빛이었지만, 굶주린 호랑이에게 잡아먹혔고, 장의라는 사람은 사람들을 사귀지 않는 사람이 없었지만 나이 사십에 열병에 걸려 죽었다. 또한 혜강은 〈양생론〉을 지었음에도 불구하고 인간관계를 잘못하여 오만하다가 결국 처형당했다.

이와 같은 고사를 통해 살펴보는 '양생의 도'는, 안만을 다스리거나 바깥만을 다스려서는 안 되고, 안팎이 하나가 되는 조화로운 삶을 살아야 한다는 점을 강조하고 있다.《논어》의 〈옹야雍也〉 장에 보면, '문질빈빈文質彬彬'이라 하여 안과 밖이 조화를 이뤄야 한다고 이야기하고 있다.

결국 〈다부〉의 결론에서 한재 선생이 말하고자 하는 사실은 자연성의 대표적인 산물인 차茶를 즐김으로써 몸과 정신이 완전한 상태를 이루는 것이 양생養生의 극치이고, 몸과 맘이 하나가 되는 것이야말로 '내(우리) 마음의 차[吾心之茶]'라는 사실이다.

(4) 한국의 3대 다시茶詩

우리나라의 대표적인 '3대 다시茶詩'는 한재寒齋 이목李穆 선생의

〈다부茶賦〉의 결론 부분에 나오는 '내 마음의 차[吾心之茶]'에 나타난 다심일여茶心一如의 경지를 드러낸 다시와, 서산西山대사의 '다선일미 茶禪一味'를 나타내는 선시, 초의草衣선사 〈동다송東茶頌〉의 결론 부분에 나오는 '도인의 찻자리'에 나타난 다선일미茶禪一味의 경지를 드러낸 선시禪詩가 꼽힐 수 있다.

① 한재(寒齋) 이목(李穆) 선생의 '내(우리) 마음의 차[吾心之茶]'

내가 세상에 태어남에, 풍파가 모질구나.
양생(養生)에 뜻을 둠에 너를 버리고 무엇을 구하리오?
나는 너를 지니고 다니면서 마시고, 너는 나를 따라 노니,
꽃피는 아침, 달뜨는 저녁에, 즐겨서 싫어함이 없도다.
我生世兮風波惡 如志乎養生 捨汝而何求 我携爾飮 爾從我游
花朝月暮 樂且無斁

② 서산(西山)대사의 '다선일미(茶禪一味)'

낮에는 차 한 잔
밤에는 잠 한 숨
푸른 산 흰 구름이 다 함께
무생사(無生死)를 이야기하네.
晝來一椀茶 夜來一場睡 青山與白雲 共說無生死

③ 초의(草衣)선사의 <동다송(東茶頌)> 중 '도인의 찻자리'

밝은 달[明月]을 등불 겸 벗으로 삼고

흰 구름[白雲]을 자리 겸 병풍으로 둘러서

대바람 솔바람 소리 고요히 잦아들고 서늘해지니

맑은 바람 뼛속 깊이 스며들고 마음 또한 또렷해질 적에

오직 흰 구름과 밝은 달을 두 손님으로 허락하나니

도인(道人)의 찻자리가 이만하면 으뜸이로세.

明月爲燭兼爲友 白雲鋪席因作屛 竹籟松濤俱蕭凉 淸寒瑩骨心肝惺

惟許白雲明月爲二客 道人座上此爲勝

(5) '우리 마음의 차[吾心之茶]'라는 21세기 차 세계 구현

'오심지다吾心之茶'는 일반적으로 '내 마음의 차'라고 번역한다. 부
산대학교 점필재연구소 이준규 소장은 '나 오吾'의 중요성을 강조한
다. 오심吾心은 곧 자신에 대한 '심차心茶'로서 스스로의 깨달음의 세
계를 이야기한다고 볼 수가 있다. <다부>의 결론인 내 마음의 차는 결
국 조선 전기 도학사상의 도문일치道文一致의 구체적인 사례로서 매우
큰 의미가 있다. 점필재 김종직 선생이 조선 유학의 종조라 하는 것은
당시 점필재 선생이 도학道學과 문장文章, 그리고 절의節義를 중심으
로 가르쳤고, 당시 한재 선생 등의 문하 제자들이 도학道學을 중심으
로 문리文理가 트였으며, 누구보다도 점필재 선생의 도학과 문장과 절
의를 따랐던 한재 선생 또한 <다부>의 끝마무리도 '내 마음의 차'라는
도문일치의 정신을 구현했다는 점이다.

또한 영담스님은 한자 '나 오吾' 자는 '다섯 오五'와 '입 구口' 자가
합쳐진 글자이므로 '나'보다는 '우리'라고 하는 것이 바람직하다고 하

여 '내 마음의 차'보다는 '우리 마음의 차[吾心之茶]'로 하는 것이 좋다는 말을 한다. 어찌 보면 내 스스로 즐기는 것도 좋지만, 여럿이 함께 차를 즐기는 것이야말로 우리 시대 차문화를 대중화하는 길이기도 하다. 그러기에 21세기인 지금에는 혼자 즐기는 것도 좋은 일이지만, 여럿이 좋은 차문화를 공유하고 즐기며, '내 마음의 차'에서 '우리 마음의 차'로 만들어 가서 사회 전체가 건강해지는 것도 보다 의미있는 일이라 생각된다.

(6) 한국차의 정신으로서 '내 마음의 차[吾心之茶]'

한국차의 역사는 현재로부터 조선시대 부흥기인 영정조 시대 아암 혜장兒庵惠藏(1772~1811) 선사와 다산茶山 정약용丁若鏞(1762~1836) 선생, 그리고 초의艸衣(1786~1866) 선사와 추사秋史 김정희金正喜(1786~1856) 선생으로부터 보면 200여 년, 조선 초기 점필재佔畢齋 김종직金宗直(1431~1492) 선생과 매월당梅月堂 김시습金時習(1435~1493) 선생, 그리고 한재寒齋 이목李穆(1471~1498) 선생으로부터 보면 500여 년의 역사가 있다. 그리고 《삼국사기》에 있는, 중국에 사신으로 갔던 김대렴이 차 씨앗을 가져다가 심었다는 기록에 의하면 1,200여 년의 역사가 있고, 《삼국유사》에 나오는 가야시대 가야차의 역사와 기록을 인정한다면 2,000년의 역사가 있다. 우리 스스로 역사를 폄훼하는 것이 아니고, 과거의 기록을 인정한다면, 200년 전보다 500년 전의 역사성이 높은 것이고, 1,200년 전보다 2,000년의 역사성이 더 소중한 것이기에 한국차의 역사를 2,000년으로 보는 것이 바람직할 것 같다.

또한 이제는 한국차의 역사에서 연면히 이어져 온 차정신이 무엇인지에 대해서도 우리는 진지하게 생각해볼 때가 되었다고 본다.

기본적으로 한국 사람이라면 건국신화인 단군신화의 기록을 잘 알고 있기에 우리 차의 기본정신은 단군신화에 기록되어 있듯이 널리 인간 세상을 이롭게 한다는 '홍익인간弘益人間'으로부터 시작하는 것이 바람직하다고 본다. 그리고 우리나라에서 가장 오래된 다서茶書인 조선 전기 한재 이목 선생의 〈다부茶賦〉의 결론으로 언급된 내 마음의 차[吾心之茶-心茶-心學]를 기본정신으로 이해하여야 하고, 차의 제다 등 기술적인 사항은 조선 후기 초의선사의 〈동다송東茶頌〉에 언급된 다도중정茶道中正의 정신을 바탕으로 정립하는 것이 바람직하다고 판단된다.

이와 같이 한국차의 정신精神은 단군신화에 나타난 인간 세상을 널리 이롭게 한다는 홍익인간弘益人間의 정신과 고대 성인들과 선인들에 올리는 봉차정신奉茶精神, 차는 자연이라는 다법자연茶法自然의 정신을 바탕으로 기술적 측면에서의 다도라는 것은 중정을 잃지 않는 다도중정茶道中正과 물질적 차를 마시고 정신적 차로 승화되어야 한다는 정신적 측면에서의 오심지다吾心之茶라는 양대 축을 중심으로 전개된다. 그런 의미에서 다도중정茶道中正과 오심지다吾心之茶는 결국 차는 자연이고, 마음의 차[心茶]라는 다법자연茶法自然으로 확장되고 귀결된다고 볼 수가 있다.

(7) 차인으로서의 공부와 수양 다도 제시

차인이라면 기본적으로 생활 속에서 차를 즐기며, 단순히 차를 즐길 뿐만이 아니라 평생에 걸쳐 스스로를 향상시키고자 하는 부단한 노력이 있어야 한다. 한재 이목 선생은 스승이신 점필재 김종직 선생의 가르침에 따라 도학과 문장, 그리고 절의를 겸수하고자 끊임없이 정진하였다.

특히 마음을 윤리실천의 주체로 하여 마음을 닦는 학문으로 성현의 경지에 직입하는 것을 추구하는 심학心學을 공부하였다. 결국《소학》의 마음공부에 나타난 경敬을 통해 본성을 함양하는 윤리적 실천을 수행함으로써 심성을 함양하여 성인의 영역에 직접적으로 도달하고자 노력하였다(김기, 2021).

한재 이목 선생은 〈다부〉 서론에서 차의 본질적 가치와 공덕을 이야기하고, 본론으로서 차의 이름과 종류, 그리고 다산의 전경들을 소개하고, 차의 삼품三品과 오공五功, 육덕六德과 칠효능七效能에 대해 이야기하였다.

그리고 마지막 결론으로 즐겁게 노래하기를, 차를 마시며 몸과 맘이 하나가 되어야 하고, 정신이 기운을 움직여 신묘한 경지에 도달하는 '내 마음의 차[吾心之茶]'라는 심차사상心茶思想으로 마무리하였다. 물질적인 차를 마시고 몸을 건강하게 해야 할 뿐만이 아니라, 정신적으로 승화되어야 함을 말하고 있다. 차를 마시는 행위가 단순한 음료로서의 가치뿐만이 아니라 정신적 수행의 완성을 위한 경지로 인식하여야 함을 적시하고 있다.

제대로 된 차인茶人이라면, 전인적全人的인 인격人格을 갖춰야 함을 이야기하고 있다. 오늘날 전문교육 위주의 교육 행태에서 인성과 품격을 갖춘 전인적全人的인 인간人間으로서의 차인의 역할이 더욱 강조되고 있는 시점에서 〈다부〉는 '내(우리) 마음의 차[吾心之茶]'라는 정신적 경지를 결론으로 마무리함으로써 차인들이 추구해야 할 이상적인 경지를 제시해 주고 있다고 볼 수가 있다.

그런 의미에서 모름지기 차인이라면 평생에 걸쳐 차를 즐기며 부단히 공부하여 전인全人적 품격을 지닌 차인, 즉 부단히 정진하여 성인聖人의 경지에 도달해야 함을 말하고 있다.

(8) 한국차의 지표 제시

'마음 밖에 따로 법이 없다[心外無法]'는 말이 있다. 진정한 도道라는 것은 기나긴 우리의 삶에서 떠나 있는 것이 아니고, 스스로의 생활 속에서 실천해야 한다는 말이다. 차인이라면 스스로의 삶 속에서 자신과 차가 하나가 되는 경지, 그리고 자신의 몸과 마음이 하나가 되는 경지에 스스로 도달해야 한다.

실제로 한재寒齋 이목李穆 선생은 스스로의 삶을 통하여, 진정한 사람의 삶은 말과 행이 하나가 되는 지행일치知行一致의 삶이어야 함을 그대로 드러내 보여주고 갔다. 이 점은 특히 한재 이목 선생의 〈다부茶賦〉 결론 부분을 통해서도 다시 확인해 볼 수가 있다.

한재 선생은 〈다부〉의 마지막 구절에서 혜강嵇康의 〈양생론養生論〉을 이야기하면서 "그 어찌 빈 배를 지혜로운 바다[智水]에 띄우고, 아름다운 곡식을 어진 산[仁山]에 심는 것과 같으리오?[泛虛舟於智水 樹嘉穀於仁山]"라고 하면서 아무리 좋은 것도 스스로의 삶 속에서 즐기지 않으면 의미가 없음을 재삼 강조하고 있다. 이와 같이 진정으로 차를 즐기는 차인이라면 생활 속에서 즐겨야 함을 이야기하고 있다.

예로부터 동양 사회에서 최고의 이상적인 인간상으로서 지혜로운 사람[智者]과 어진 사람[仁者]은 물[水]과 산山 등 자연自然을 통하여 구체적으로 형상화되고 있다. 이러한 사실은 특히 옛 성현들의 삶을 통해 확인해 볼 수가 있듯이 단순히 물과 산을 좋아하는 것이 아니라, 물과 산중에서 살며, 그것을 즐기고 하나가 되는 실천적 삶보다 중요한 것은 없다.

지금 우리가 차茶를 마심에 단순히 차를 수단과 의식으로서 마시는 것도 중요하나, 우리 스스로의 생활生活 속에서 즐겨야 한다. 여기에서 더 나아가 차의 본성과 하나가 되는 다심일여茶心一如의 경지가 바람직하다.

이러한 관점에서 〈다부茶賦〉의 결론 부분에 나타난 '내(우리) 마음의 차[吾心之茶]'는 차인으로서 차를 좋아하는 것만이 아니라, 차를 즐기며 생활화 함으로서 느끼며 도달해야 하는 정신적 세계의 이상을 표현한 구절이라고 볼 수가 있다.

이 점에서 오늘날의 차인들은 한재 이목 선생의 이상적인 정신세계인 '내(우리) 마음의 차[吾心之茶]'라는 심차心茶, 곧 다심불이茶心不二라는 다심일여茶心一如의 정신세계를 스스로의 차생활 속에서 구현해야 할 필요성이 있다.

또한 한재寒齋 이목李穆 선생은 자신과 다른 사람들에게, 그리고 후세의 차인들인 지금의 우리들을 위한 경구와 당부로서 자신의 마음 밖에서 찾지 말 것을 부탁하며 마무리하고 있다.

그런 점에서 오늘날의 우리 차인들은 너무나 많은 정보와 물질적 풍요 속에서 과연 차의 성품과 가치를 구현하며 살고 있는지에 대한 자성自省이 필요한 때라고 판단된다.

단순히 차를 기호품만으로 즐기거나, 너무 외형적인 행사와 호사에만 치중하고 있는 것은 아닌지에 대한 되새김도 필요한 시기라고 본다. 또한 차를 스스로의 삶 중에서 즐기며, 생활화함과 함께 더 나아가 이 시대의 차정신茶精神을 구현하고자 노력하고 있지도 않은 실정이다. 그런 의미에서 이제는 모름지기 차를 즐기는 차인이라면 진정한 이 시대의 차정신을 실천하려는 관심과 노력이 필요하다.

이 시대의 차정신은 차를 생활화하고, 차가 가지고 있는 기본적인 품성과 하나가 되는 길이기도 하기에 그것은 곧 차인으로서의 기본적인 본분과 정신을 회복하고 드러내는 길이다.

그런 의미에서 한재 이목 선생은 〈다부茶賦〉를 통해 조선시대 당시

뿐만이 아니라 지금 우리가 함께 살아가는 이 시대, 그리고 미래의 한국 차문화 발전을 기원하며 차인의 한 사람으로서 진정한 차정신으로서 차의 성품과 가치를 드높이고자 노력하였다.

마지막으로 한재 이목 선생의 〈다부茶賦〉는 그 체계와 내용상으로 볼 때, 머리말의 '무릇 사람이 한 물건을[凡人之於物]'의 첫 구절의 '한 인간과 물건'에서, 결론 부분의 마지막 구절은 '이것이 바로 내(우리) 마음의 차[吾心之茶]이나니. 어찌 또다시 마음 밖(차)에서 구하겠는가?'라는 '내(우리) 마음의 차[吾心之茶]'로 마무리하고 있다. 이 점은 한재 이목 선생의 가르치고자 하는 바를 결론적으로 잘 나타낸 것이라고 판단된다.

그것은 우리의 삶과 진정한 차인茶人으로서 길이 어디로 향해 가야 하는가에 대한 구체적인 가르침을 제시해 주고 있다고 본다.

오늘날 한국차는 이 시대의 정체성과 방향성을 가지고 새로운 미래를 향한 몸부림이 있어야 한다. 그리하여 이 시대의 한 사람으로서 올바르게 시대를 선도해가고자 한다면, 차茶의 본성本性이자 한재寒齋 이목李穆 선생의 본성이고, 모든 사람들과 만물의 본성인 청정하고 바른 길을 실천해야 한다. 이 점은 오늘날 올바른 정체성과 방향성을 잃고 헤매는 이 시대의 사람들, 특히 차를 즐기는 차인들에게 좋은 가르침과 지표가 되고 있다.

지금 이 시대 한재寒齋 이목李穆 선생의 〈다부茶賦〉는 물질은 풍요하나 정신은 삭막하고, 혼탁한 이 시대 사람들에게 '청정淸淨한 정신精神으로 살아야 한다'는 사실을 곧바로 알려주고 있다. 더불어 '진정한 차인이라면 생활 속에서 차를 즐기며, 스스로 자족의 삶을 살며, 스스로의 마음을 잘 다스려야 한다'는 사실을 '내(우리) 마음의 차[吾心之茶]', 곧 마음의 차[心茶]이고, 그것은 차를 통해 스스로의 정신적 경지를 열어가는 심학心學의 세계를 보여주고 있다.

우리 모두 차를 즐기는 차인茶人이라면, 내가 세상에 태어남에 '내 마음의 하늘[吾中之天]'이 있음을 알고, '내 마음의 차[吾心之茶]'를 마시 듯 인생을 즐겨야 한다.

부디 〈다부茶賦〉에 나타난 한재寒齋 이목李穆(1471~1498) 선생의 가르침을 바탕으로 우리 사회가 맑고 깨끗하게 되기를 고대하게 된다.

젊은 나이에 채 뜻을 펴지도 못하고 돌아가시매

꽃은 피었으나, 열매를 거두지 못하였네.

허나 사후 오백 년이 지난 오늘에 와서야

청정한 한재(寒齋)의 차는 더욱 푸르르고,

한재(寒齋)의 바른 기운은 영원히 그윽하네.

清淨蒹葭 萬古常青 寒齋正氣 萬年幽香

연구과제

1. 청정한파(淸淨蘘菠)의 삶

2. 차인으로서의 지행일치(知行一致)의 삶

3. 차와 건강·양생(養生)

4. 차와 도학(道學)·심학(心學)

5. 차와 수행(修行)

6. '내 마음의 하늘[吾中之天]'과 '내(우리) 마음의 차[吾心之茶]'

7. 한국차의 정신으로서 내 마음의 차[吾心之茶]

8. 〈다부〉에 나타난 심차사상(心茶思想)

9. 한재 이목 선생의 차정신(茶精神)

10. 한재 이목 선생의 차정신과 한국의 차정신

11. 21세기 한국의 차문화와 차정신

12. 한국차의 지표

不亦謬乎於是考真名驗其產□下其

品為之賦或曰茶有入稅反為之病乎□本

欲云云乎對曰然然是豈天生之本

意乎人也非茶也且余有疾不及此

云其辭曰

有物於此厥頦孔多曰茗曰荈曰㿋仙

掌雷鳴鳥嘴雀舌頭金蠟面龍鳳名的山提

勝金靈草薄側仙芝之瀨藥軍慶福祿等英來

제8장

〈다부〉원문과 번역본 비교

01.

〈다부茶賦〉원문과 번역본 비교

〈다부〉 원문	독음	〈다부〉 번역본
茶賦 幷序 – 寒齋 李穆 著	**〈다부〉 병서** – 한재 이목 저	**내 마음의 차 노래 서문** 한재 이목 저 / 이병인李炳仁 신역
		1. 머리말
凡人之於<u>物</u>	범인지어물	무릇 사람이 어떤 물건에 대해
或玩焉 或味焉	혹완언 혹미언	혹은 사랑하고, 혹은 맛을 보아
樂之終身 而無厭者	낙지종신 이무염자	평생동안 즐겨서 싫어함이 없는 것은 그 성품性品 때문이다.
<u>其性矣乎</u>	기성의호	<u>이태백李太白</u>이 달을 좋아하고,
若<u>李白</u>之於月 <u>劉伯倫</u>之 於<u>酒</u>	약이백지어월 유백륜지 어주	<u>유백륜劉伯倫</u>, 죽림칠현이 술을 좋아함과 같이
其所好雖殊	기소호수수	비록 그 좋아하는 바가 다를지라도
而樂之至則一也	이낙지지칙일야	즐긴다는 점은 다 같으니라.
余於茶越乎	여어다월호	내가 차茶에 대해서

〈다부〉 원문	독음	〈다부〉 번역본
其莫之知	기막지지	잘 알지 못하다가
自讀陸氏經	자독육씨경	육우陸羽의 《다경茶經》을 읽은 뒤에
稍得基性心	초득기성심	점점 그 차의 성품을 깨달아서
甚珍之	심진지	마음 깊이 진귀하게 여겼노라.
昔中散樂琴而賦	석중산낙금이부	옛날에 중산中散(혜강)은 거문고를 즐겨서 거문고 노래琴賦를 지었고,
彭澤愛菊而歌	팽택애국이가	도연명陶淵明은 국화를 사랑하고 노래하여
其於微尙加顯矣	기어미상가현의	그 미미함을 오히려 드러냈거늘,
況茶之功最高	황다지공최고	하물며 차의 공功이 가장 높은데도
而未有頌之者	이미유송지자	아직 칭송하는 사람이 없으니,
若廢賢焉	약폐현언	이는 어진 사람을 내버려 둠과 같으니라.
不亦謬乎	불역류호	이 또한 잘못된 일이 아니겠는가?
於是考其名	어시고기명	이에 그 이름을 살피고[考],
驗基産	험기산	그 생산됨을 증험하며[驗],
上下其品 爲之賦	상하기품 위지부	그 품질[品]의 상하와 특성을 가려서 차 노래[茶賦]를 짓느니라.
或曰	혹왈	어떤 사람이 말하기를
茶自入稅	다자입세	"차茶는 스스로 세금을 불러들여
反爲人病	반위인병	도리어 사람에게 병폐가 되거늘,
子欲云云乎	자욕운운호	그대는 어찌하여 좋다고 말하려 하는가?"
對曰然	대왈연	이에 대답하기를
然是豈天生物之本意乎	연시개천생물지본의호	"맞는 말이다! 그러나, 그것이 어찌 '하늘이 만물을 낸 본뜻[天生物之本意]'이겠는가?
人也 非茶也	인야 비다야	사람의 잘못이요, 차의 잘못이 아니로다.
且余有疾 不暇及此云	차여유질 부가급차운	또한 나는 차를 너무 즐겨서[有疾] 이를 따질 겨를이 없노라." 라고 하였다.

〈다부〉 원문	독음	〈다부〉 번역본
		2. 차의 이름과 종류
其辭曰	기사왈	옛 글에 이르기를,
有物於此 厥類孔多	유물어차 궐류공다	차茶에는 그 이름과 종류가 매우 많다.
曰茗曰荈曰蹇曰菠	왈명왈천왈한왈파	차의 이름으로는 명茗(이른 찻잎), 천荈(늦은 찻잎), 한蹇, 파菠라 부르고,
		차의 종류로는
仙掌 雷鳴 鳥嘴 雀舌	선장 뇌명 조취 작설	선장仙掌, 뇌명雷鳴, 조취鳥嘴, 작설雀舌,
頭金 蠟面 龍鳳	두금 납면 롱봉	두금頭金, 납면蠟面, 용단龍團과 봉단鳳團,
召·的 山提 勝金	소·적 산제 승금	석유石乳와 적유的乳, 산정山挺, 승금勝金,
靈草 薄側 仙芝	영초 박측 선지	영초靈草, 박측薄側, 선지仙芝,
嫩蘂 運·慶	란예 운·경	눈예嫩蘂, 운합運合과 경합慶合,
福·祿 華英 來泉	복·록 화영 내천	복합福合과 녹합祿合, 화영華英, 내천來泉,
翎毛 指合 淸口	령모 지합 청구	영모翎毛, 지합指合, 청구靑口,
獨行 金茗 玉津	독항 금명 옥진	독행獨行, 금명金茗, 옥진玉津,
雨前 雨後 先春 早春	우전 우후 선춘 조춘	우전雨前, 우후雨後, 선춘先春, 조춘早春,
進寶 雙溪 綠英 生黃	진보 쌍계 녹영 생황	진보進寶, 쌍승雙勝, 녹영綠英, 생황生黃 등이며,
或散 或片	혹산 혹편	어떤 것은 잎차[散茶]로, 어떤 것은 덩이차[片茶]로,
或陰 或陽	혹음 혹양	어떤 것은 음지에서, 어떤 것은 양지에서,
含天地之粹氣 吸日月之休光	함천지지수기 흡일월지휴광	하늘과 땅의 깨끗한 정기를 머금고, 해와 달의 밝은 빛을 받아들이노라.
		3. 차의 주요 산지産地
其壤則	기양칙	차가 잘 자라는 지역으로는
石橋 洗馬 太湖 黃梅	석교 세마 태호 황매	석교石橋, 세마洗馬, 태호太湖, 황매黃梅,
羅原 麻步 婺·處 溫·台	나원 마보 무·처 온·태	나원羅原, 마보麻步, 무·처婺·處, 온·태溫·台,

〈다부〉 원문	독음	〈다부〉 번역본
龍溪 荊·峽 杭·蘇 明·越 商城 王同 興·廣 江·福 開順 劒南 信·撫·饒·洪 筠·哀 昌·康 岳·鄂 山·同 潭·鼎 宣·歙 鴉鍾 蒙·霍	용계 형·협 항·소 명·월 상성 왕동 흥·광 강·복 개순 검남 신·무 요·홍 균·애 창·강 악·악 산·동 담·정 선·흡 아·종 몽·곽	용계龍溪, 형협荊峽, 항소杭蘇, 명·월明越, 상성商城, 왕동王同, 흥·광興廣, 강·복江福, 개순開順, 검남劒南, 신·무信撫, 요·홍饒洪, 균·애筠哀, 창강昌康, 악악岳鄂, 산동山同, 담정潭鼎, 선흡宣歙, 아종鴉鍾, 몽·곽蒙霍 등이며,
蟠柢丘陵之厚 揚柯雨露 之澤	반저구능지후 양가우로 지택	두터운 언덕에 곧은 뿌리를 내리고, 비와 이슬의 혜택으로 차나무가 잘 자라는구나.

4. 차산茶山의 정경靜境·풍광風光

造其處則	조기처칙	이와 같이 차나무가 잘 자라는 곳은
崆山兇崴峏	공산흉갈갈	산이 높고 험하며,
嶮巇屼嵂	험희올률	매우 위험하고 가파르며,
嵤嶉巖嵲	용죄암얼	바위들은 우뚝 솟아
嵣山莽崱屴	당산망즉리	연이어져 있구나.
呀然或放	하연혹방	계곡은 깊고 아련하다가
豁然或絕	활연혹절	확 트이며, 끊어지기도 하고,
崦然或隱	엄연혹은	간혹 해가 사라져 그늘지기도 하며,
鞠然或窄	국연혹착	굽어지며 좁아지기도 하는구나.
其上何所見	기상하소견	위로 보이는 것은
星斗咫尺	성두지척	하늘의 별들이 가까운 듯 떠 있고,
其下何所聞	기하하소문	아래로 들리는 것은
江海吼哎	강해후돌	요동치며 흐르는 계곡물 소리로구나.
靈禽兮翮颬	영금혜함하	온갖 새들은 하늘을 날아다니며 지저귀고,
異獸兮拏攫	이수혜나확	여러 동물들이 여기저기 노니는구나.

〈다부〉 원문	독음	〈다부〉 번역본
奇花瑞草	기화서초	갖가지 꽃과 상서로운 풀들이
金碧珠璞	금벽주박	아름다운 색채와 은은한 빛을 드러내고,
尊尊莪莪	준준사사	저마다 우거져서 아름답게 자라는구나.
磊磊落落	뇌뇌낙낙	산 잘 타는 사람도 오르기 힘든 곳으로,
徒盧之所趙超 魑魈之所 逼側	도노지소자저 이소지소 핍측	산 도깨비[魑魈]가 바로 곁에 다가서는 듯하구나.
於是谷風乍起 北斗轉璧	어시곡풍사기 북두전벽	어느덧 골짜기에 봄바람이 불어 다시 봄이 돌아오니,
氷解黃河	빙해황하	황하의 얼음이 풀리고,
日躔靑陸	일전청륙	태양은 봄날 대지 위를 비추는구나.
草有心而未萌	초유심이미맹	풀들은 아직 새싹을 움트지 않았으나,
木歸根而欲遷	목귀근이욕천	나뭇잎은 썩어 뿌리로 돌아갔다가 가지로 옮아 다시 피어나려 하는구나.
惟彼佳樹	유피가수	이러한 때, 오직 저 아름다운 차나무만이
百物之先	백물지선	온갖 만물의 으뜸으로,
獨步早春	독보조춘	홀로 이른 봄을 지내며,
自專其天	자전기천	스스로 온 하늘을 독차지하는구나.
紫者 綠者 靑者 黃者 早者 晩者 短者 長者	자자 녹자 청자 황자 조자 만자 단자 장자	보랏빛으로 된 것, 녹색으로 된 것, 푸른 것, 누른 것, 이른 것, 늦은 것, 짧은 것, 긴 것들이
結根竦幹 布葉垂陰	결근송간 포섭수음	저마다 뿌리를 맺고, 줄기를 뻗으며, 잎을 펼쳐 그늘을 드리워서
黃金芽兮已吐	황금아혜이토	황금빛 싹을 움트게 하고,
碧玉粲兮成林	벽옥유혜성임	어느덧 푸른 옥玉 같은 울창한 숲을 이루는구나.
晻曖蓊蔚 阿那嫚媛	엄애옹울 아나선원	부드럽고 여린 잎들이 서로 연달아 있고,
翼翼焉 與與焉	익익언 여여언	무성한 모습이

〈다부〉 원문	독음	〈다부〉 번역본
若雲之作霧之興	약운지작무지흥	구름 일고 안개 피어나듯 하니,
而信天下之壯觀也	이신천하지장관야	이야말로 진정 천하天下의 장관壯觀이로구나.
洞嘯歸來 薄言采采	동소귀내 박언채채	아름다운 석양을 뒤로하고 퉁소를 불고 돌아오며,
擷之挌之 負且載之	힐지랄지 부차재지	찻잎 가득 따서 등에 지고, 수레에 실어 나르노라.
		5. 차의 특성 ① 차 달이기와 차의 세 가지 품[茶 三品]
搴玉甌而自濯	건옥구이자탁	몸소 옥 다구[玉甌]를 내어다가 씻어낸 후,
煎石泉而旁觀	전석천이방관	돌 샘물[石泉]로 차를 달이며 살피나니,
白氣漲口	백기창구	하얀 김이 옥 다구에 넘치는 모습이,
夏雲之生溪巒也	하운지생계만야	여름 구름[夏雲]이 시냇가와 산봉우리에 피어나는 듯하고,
素濤鱗生	소도인생	하얗게 끓는 물은
春江之壯派瀾也	춘강지장파란야	봄 강[春江]에 세찬 물결이 일어나는 듯 하구나.
煎聲颼颼	전성수수	찻물 끓는 수수한 소리는
霜風之嘯篁栢也	상풍지소황백야	서릿바람이 대나무와 잣나무 숲을 스쳐가는 듯하고,
香子泛泛 戰艦之飛赤壁也	향자범범 전함지비적벽야	차 달이는 향기는 적벽赤壁에 날랜 전함이 스쳐가듯 주위에 가득해지는구나.
俄自笑而自酌	아자소이자작	잠시 동안 절로 웃음 지으며[自笑], 손수 따라 마시나니[自酌],
亂雙眸之明滅	난쌍모지명멸	어지러운 두 눈동자 스스로 밝아졌다 흐려졌다 하면서
於以能輕身者 非上品耶	어이능경신자 비상품야	능히 몸을 가볍게 하나니[輕身], 이는 ① 상품上品이 아니겠는가?

〈다부〉 원문	독음	〈다부〉 번역본
能掃痾者 非中品耶	능소아자 비중품야	또한 피곤함을 가시게 해주나니[掃痾], 이는 ② 중품中品이 아니겠는가?
能慰憫者 非次品耶	능위민자 비차품야	그리고 고민을 달래주나니[慰憫], 이는 ③ 그다음 품[次品]이 아니겠는가?
		6. 차의 특성 ② 차의 일곱 가지 효능[茶 七效能]
乃把一瓢 露雙脚	내파일표 노쌍각	이에 표주박 하나를 손에 들고 두 다리를 편히 하고,
陋白石之煮 擬金丹之熟	누백석지자 의금단지숙	백석白石과 금단金丹을 만들어 신선이 되고자 했던 옛사람들과 같이 차를 달여 마시어 보네.
啜盡一椀	철진일완	첫째 잔의 차茶를 마시니.
枯腸沃雪	고장옥설	마른 창자가 깨끗이 씻겨 지고[①장설腸雪],
啜盡二椀	철진이완	둘째 잔의 차를 마시니,
爽魂欲仙	상혼욕선	상쾌한 정신이 신선神仙이 되는 듯하고[②상선爽仙],
其三椀也	기삼완야	셋째 잔의 차를 마시니.
病骨醒頭風痊	병골성두풍전	오랜 피곤에서 벗어나고, 두통이 말끔히 사라져서
心兮	심혜	이 내 마음은
若魯叟抗志於浮雲 鄒老養氣於浩然	약노수항지어부운 추노 양기어호연	부귀를 뜬구름처럼 보고, 지극히 크고 굳센 마음[浩然之氣]을 기르셨던 공자孔子와 맹자孟子와 같아지고[③성두醒頭],
其四椀也	기사완야	넷째 잔의 차를 마시니,
雄豪發	웅호발	웅혼한 기운이 생기고,
憂忿空	우분공	근심과 울분이 없어지니,
氣兮	기혜	그 기운은

〈다부〉 원문	독음	〈다부〉 번역본
若登太山而小天下 疑此俯仰之不能容	약등태산이소천하 의차부앙지부능용	일찍이 공자孔子께서 태산泰山에 올라 천하天下를 작다고 하심과 같나니, 이와 같은 마음은 능히 하늘과 땅으로도 형용할 수 없고[④웅발雄發].
其五椀也	기오완야	다섯 째 잔의 차를 마시니,
色魔驚遁	색마경둔	어지러운 생각들[色魔]이 놀라서 달아나고,
餐尸盲聾	찬시맹농	탐貪내는 마음이 눈 멀고 귀 먹은 듯 사라지나니,
身兮	신혜	이 내 몸이
若雲裳而羽衣 鞭白鸞於蟾宮	약운상이우의편백란어섬궁 편백란어섬궁	마치 구름을 치마 삼고 깃을 저고리삼아 흰 난새[白鸞]를 타고 달나라[蟾宮]에 가는 듯하고[⑤색둔色遁].
其六椀也	기육완야	여섯 째 잔의 차를 마시니,
方寸日月	방촌일월	해와 달이 이 마음[方寸]속으로 들어오고,
萬類遽篠	만류거저	만물들이 대자리 만하게 보이나니,
神兮	신혜	그 신기함이
若驅巢許而僕夷齊 揖上帝於玄虛	약구소허이복이제 읍상제어현허	옛 현인들[소보巢父와 허유許由, 백이숙제伯夷叔齊]과 함께 하늘에 올라가 하느님[上帝]을 뵙는 듯하고[⑥방촌일월方寸日月].
何七椀之未半	하칠완지미반	일곱 째 잔의 차를 마시니, 차를 아직 채 반도 안 마셨는데,
鬱淸風之生襟	울청풍지생금	마음속에 맑은 바람이 울울히 일어나며,
望閶闔兮 孔邇隔蓬萊之簫森	망창합혜 공이격봉래지소삼	어느덧 바라보니 신선이 사는 울창한 숲을 지나 하늘 문[閶闔] 앞에 다가선 듯하구나[⑦창합공이閶闔孔邇].
		7. 차의 특성 ③ 차의 다섯 가지 공[茶 五功]
若斯之味	약사지미	만약 이 차茶의 맛이 매우 좋고,

〈다부〉 원문	독음	〈다부〉 번역본
極長且妙	극장차묘	또한 오묘하다면,
而論功之 不可闕也	이론공지 부가궐야	그 功功을 이야기하지 않을 수 없나니,
當其凉生玉堂	당기양생옥당	서늘한 가을바람이 옥당玉堂에 불어올 적에,
夜□書榻	야란서탑	밤늦도록 책상 앞에서
欲破萬卷 頃刻不輟	욕파만권 경각불철	많은 책을 읽어 잠시도 쉬지 않아
童生脣腐	동생순부	동생童生처럼 입술이 썩고,
韓子齒豁 靡爾也	한자치활 미이야	한자韓子[한유]처럼 이 사이가 벌어지도록 열심히 공부할 적에,
誰解其渴	수해기갈	네가 아니면 그 누가 그 목마름을 풀어 주겠는가?[①해갈解渴]
其功一也	기공일야	그 功功이 첫째요,
次則	차칙	그 다음으로는
讀賦漢宮 上書梁獄	독부한궁 상서양옥	추양鄒陽이 한나라 궁전에서 글[賦]을 읽고, 그 억울함을 상소할 적에
枯槁其形 憔悴其色	고고기형 초췌기색	그 몸이 마르고 얼굴빛이 초췌하여,
腸一日而九回	장일일이구회	창자는 하루에 아홉 번씩 뒤틀리고,
若火燎乎膈臆	약화요호픽억	답답한 가슴이 불타오를 적에,
靡爾也 誰敍其鬱	미이야 수서기울	네가 아니면 그 누가 그 울분을 풀어주겠는가?[②서울敍鬱]
其功二也	기공이야	그 功功이 둘째요,
次則	차칙	그 다음으로는
一札天頒	일찰천반	천자天子가 칙령을 반포하면,
萬國同心	만국동심	여러 나라의 제후들이 한마음으로 따르고,
星使傳命	성사전명	칙사가 천자의 명命을 전해 와서
列侯承臨	열후승림	여러 제후들이
揖讓之禮旣陳	읍양지예기진	예의禮儀로써 받들어

〈다부〉 원문	독음	〈다부〉 번역본
寒喧之慰將訖	한훤지위장흘	베풀고 위로할 적에,
靡爾也 賓主之情誰協	미이야 빈주지정수협	네가 아니면 그 누가 손님과 주인의 정情을 화목하게 하겠는가?[③예정醴情]
其功三也	기공삼야	그 공功이 셋째요,
次則	차칙	그 다음으로는
天台幽人 靑城羽客	천태유인 청성우객	천태산天台山과 청성산靑城山의 신선들(천태유인天台幽人과 청성우객靑城羽客)이
石角嘘氣	석각허기	깊은 산중에서 숨을 내쉬고,
松根鍊精	송근간정	솔뿌리로 연단을 만들어
囊中之法欲試	낭중지법욕시	주머니 속에 넣었다가 시험 삼아 먹어볼 적에,
腹内之雷乍鳴	복내지뇌사명	뱃속에서 우레 소리가 울리며 약효가 나타나는 것처럼,
靡爾也 三彭之蠱誰征	미이야 삼팽지고수정	네가 아니면 그 누가 몸 안의 질병[三彭之蠱]을 정복하겠는가?[④고정蠱征]
其功四也	기공사야	그 공功이 넷째요,
次則	차칙	그 다음으로는
金谷罷宴 兎園回轍	금곡파연 토원회철	금곡金谷과 토원兎園의 잔치가 끝나고 돌아와
宿醉未醒 肝肺若裂	숙취미성 간폐약열	아직 술이 깨지 않아 간과 폐가 찢어질 적에,
靡爾也	미이야	네가 아니면
五夜之醒誰輟	오야지정수철	그 누가 깊은 밤[五夜] 술에 취한 것을 깨어나게 하겠는가?[⑤철정輟醒]
自註 唐人以茶爲輟醒使君	자주 당인이다위철정사군	스스로 설명하기를, 중국 사람들은 차茶가 술을 깨게 하는 사신使臣이라 하여 철정사군輟醒使君이라고 하였다.
其功五也	기공오야	그 공功이 다섯째로다.

〈다부〉 원문	독음	〈다부〉 번역본
		8. 차의 특성 ④ 차의 여섯 가지 덕[茶 六德]
吾然後知	오연후지	나는 그러한 뒤에
<u>茶</u>之又有六德也	다지우유육덕야	또한 차茶가 여섯 가지 덕德이 있음을 알았나니,
使人壽修 有帝堯大舜之德焉	사인수수 유제요대순지덕언	사람들을 장수長壽하게 하니 요堯임금과 순舜임금의 덕德을 지녔고[①수덕壽德],
使人病已 有俞附扁鵲之德焉	사인병이 유유부편작지덕언	사람들의 병病을 낫게 하니 유부俞附와 편작扁鵲의 덕德을 지녔고[②의덕醫德],
使人氣淸 有伯夷楊震之德焉	사인기청 유백이양진지덕언	사람들의 기운氣運을 맑아지게 하니 백이伯夷와 양진楊震의 덕德을 지녔고[③기덕氣德],
使人心逸 有二老四皓之德焉	사인심일 유이노사호지덕언	사람들의 마음을 편안便安하게 하니 이노二老(노자와 노래자)와 사호四皓의 덕德을 지녔고[④심덕心德],
使人仙 有黃帝老子之德焉	사인선 유황제노자지덕언	사람들을 신령神靈스럽게 하니 황제黃帝와 노자老子의 덕德을 지녔고[⑤선덕仙德],
使人禮 有姬公仲尼之德焉	사인예 유희공중니지덕언	사람들을 예의禮儀롭게 하니 희공姬公(주공)과 공자[仲尼]의 덕德을 지녔느니라.[⑥예덕禮德]
斯乃玉川之所嘗	사내옥천지소상	이것은 일찍이 옥천자玉川子(노동)가 기린 바요,
贊陸子之所嘗	찬육자지소상	육자陸子(육우)께서도 일찍이 즐긴 바로서,
樂聖俞以之了生	낙성유이지요생	성유聖俞(매요신)는 이것으로써 삶을 마치고,
曹鄴以之忘歸	조업이지망귀	조업曹鄴 또한 즐겨서 돌아갈 바를 잊었노라.
一村春光靜樂天之心機	일촌춘광정낙천지심기	이와 같이 차를 마시면 한 마을에 봄빛이 고요히 비치듯, 백낙천白樂天의 마음을 편안하게 하였고,
十年秋月 却東坡之睡神	십년추월 각동파지수신	십 년 동안 가을 달이 밝듯이 소동파蘇東坡의 잠을 물리치게 하였도다.

〈다부〉 원문	독음	〈다부〉 번역본
掃除五害 凌厲八眞	소제오해 능려팔진	이와 같이 차를 즐기면 세상 살며 부딪치게 되는 다섯 가지 해로움[五害]에서 벗어나, 자연의 변화와 순리[八眞]대로 살다 가게 되나니,
此造物者之蓋有幸	차조물자지개유행	이것이야말로 하늘의 은총으로
而吾與古人之所共適者也	이오여고인지소공적자야	내가 옛사람과 더불어 즐기게 되는 것이로구나.
豈可與儀狄之狂藥	개가여의적지광약	어찌 의적[儀狄]의 광약[狂藥](술)처럼
裂腑爛腸	열부난장	장부를 찢고 창자를 문드러지게 하여,
使天下之人德損而命促者 同日語哉	사천하지인덕손이명촉자 동일어재	세상 사람으로 하여금 덕德을 잃고 목숨을 재촉하게 하는 것과 같이 말할 수 있겠는가?
		9. 맺는 말 내 마음의 차[吾心之茶]
喜而歌曰	희이가왈	이에 스스로 기뻐하며 노래하기를
我生世兮	아생세혜	"내가 세상에 태어남에,
風波惡	풍파오	풍파風波가 모질구나.
如志乎養生	여지호양생	양생養生에 뜻을 둠에
捨汝而何求	사여이하구	너를 버리고 무엇을 구하리오?
我携爾飮	아휴이음	나는 너를 지니고 다니면서 마시고,
爾從我遊	이종아유	너는 나를 따라 노니,
花朝月暮	화조월모	꽃피는 아침, 달뜨는 저녁에,
樂且無斁	낙차무역	즐거서 싫어함이 없도다."
傍有天君 懼然戒曰	방유천군 구연계왈	내 항상 마음[天君] 속으로 두려워하면서 경계하기를,
生者死之本 死者生之根	생자사지본 사자생지근	'삶生은 죽음의 근본이요, 죽음死은 삶의 뿌리라네.

〈다부〉 원문	독음	〈다부〉 번역본
單治內而外凋	선치내이외조	선표처럼 안[心]만을 다스리면 바깥[身]이 시든다'고
嵇著論而踣艱	혜저론이도간	혜강嵇康은 〈양생론養生論〉을 지어서 그 어려움을 말하였으나,
曷若泛虛舟於智水	갈약범허주어지수	그 어찌 빈 배를 지혜로운 물[智水]에 띄우고,
樹嘉穀於仁山	수가곡어인산	아름다운 곡식을 어진 산[仁山]에 심는 것과 같으리오?(지혜로운 사람이 물을 즐기고, 어진 사람이 산중에서 사는 것과 같으리오?)
神動氣而入妙 樂不圖而自至	신동기이입묘 낙부도이자지	이와 같이 차茶를 통해 정신이 기운을 움직이는 묘한 경지에 들어가면(안과 밖이 하나가 되는 깊은 경지에 들어가면), 그 즐거움을 꾀하지 않아도 저절로 이르게 되느니라.
是亦吾心之茶	시역오심지다	이것이 바로 '내(우리) 마음의 차[吾心之茶]'이나니.
又何必求乎彼也	우하필구호피야	어찌 또 다시 이 마음 밖[求]에서 구하겠는가?

연구과제

1. 〈다부〉 원문 연구
2. 〈다부〉 원문과 번역본 비교
3. 〈다부〉 번역본들 비교
4. 〈다부〉 병서(머리말)
5. 〈다부〉 본론
6. 〈다부〉 결론
7. 〈다부〉에 나타난 차의 특성 연구
8. 오심지다(吾心之茶)

제9장

한재 이목 선생에 대한 연구현황과 화제

茶之功最高而未有頌

不亦謬乎於是考其名驗其

品為之賦或曰茶有八祝及

欲云云乎對曰然然是豈天之本

意乎人也非茶也且余有疾眼及此

云其辭曰

有物於此厥顙孔多曰茗曰荈曰寒曰炎仙

掌雷鳴鳥嘴雀舌頭金蠟面龍鳳名的山提

勝金靈草薄側仙芝賴藥軍蔓福彔薺英來

01.

서론

한재寒齋 이목李穆(1471~1498) 선생은 조선 초기 문신文臣이자 조선 초기 차문화를 대표하는 차인茶人으로서 오늘날 '한국의 다부茶父'[1] 또는 '다선茶仙'[2]으로 추앙받고 있다.

한재 이목 선생은 무오사화戊午士禍로 인해 스물여덟이라는 젊은 나이에 요절하였다. 그렇기에 상대적으로 한국을 대표하는 사상가로 대성할 수 없었다는 것이 안타까운 일이다. 그렇지만 15세기 우리나라 차 역사에서 가장 오래된 차 관련 자료인 〈다부茶賦〉를 남긴 것만으로도 매우 큰 의미가 있다.

한재 이목 선생은 조선 초기 차茶를 즐긴 차인일 뿐만 아니라, 삼국시대와 고려시대를 이어 한국 차정신을 정립한 대표적인 선비이기도 하다.[3]

한재 이목 선생은 성종 2년(서기 1471년)에 출생하여 연산군 4년(서기 1498년) 스물여덟이라는 젊은 나이에 무오사화에 연루되어 죽음을 맞이하였다. 지난 500년 이상을 한재문중寒齋門中과 유림儒林의 일원으로만 추앙되어 왔다. 그러다가 1981년《한재문집》이 번역되면서 1980년대 초반 류승국 선생과 이형석 박사 등에 의해《한재문집》중의〈다부茶賦〉가 소개되고, 이후 '한국 차의 선도자'로 각광받고 있다.[4,5]

그 이후 차인으로서의 한재 이목 선생과〈다부〉등에 대한 연구가 본격적으로 이루어진 것은 20여 년에 불과한 실정이다. 또한 아직까지도 차인으로서의 한재寒齋 이목李穆 선생에 대한 연구는 미약한 실정이며, 한재 이목 선생과〈다부〉에 대한 잘못된 정보로 인한 오해도 없지 않은 실정이다.

본 장에서는 기존에 연구된 내용을 중심으로 한재寒齋 이목李穆 선생의 삶과 특성을 고찰해보고, 잘못된 정보를 재확인하며, 더불어 한재 이목 선생의〈다부〉에 대한 앞으로의 연구에 대한 제언을 살펴봄으로써 이 시대 올바른 차문화의 정립에 이바지하고자 한다.

02.

한재 이목 선생의 생애와 저서

1. 한재 이목 선생의 생애

한재寒齋 이목李穆 선생의 생애는 다음 표에서 보듯이 생전의 세 시기(수학기, 유배기와 사행기, 공직기), 그리고 사후의 세 시기(참형기, 복권 및 추증기, 재조명 및 평가기)로 나누어서 총 여섯 시기로 구분해 볼 수 있다.[6,7,8]

〈표〉 한재 이목 선생의 생애 구분

구분	내용
Ⅰ. **수학기(修學期)** 출생 후 진사시에 합격할 때까지 [성종 2년(1471) ~ 성종 20년(1489)]	1. 성종 2년(1471) – 현 경기도 김포군 하성면 가금리 출생 2. 성종 9년(1478, 8세) – 취학(류분 문하) 3. 성종 15년(1484, 14세) – 점필재 김종직 문하에서 수학

구분	내용
II. 유배기(流配期) / 사행기(使行期) 진사시 합격 후 중국 사행 때까지	1. 성종 20년(1489, 19세) - 생원시 장원, 진사시 2위 급제, 전주부윤 김수손의 딸과 혼인, 성균관 벽송정의 무녀 음사 축출 2. 성종 23년(1492) 12월 4일 - 윤필상의 간악함을 상소, 12월 14일까지 10일간 의금부에 구금됨 3. 성종 24년(1493) 10월 12일 ~ 성종 25년(1494) 3월 10일 - 정조사인 김수손의 자제군관으로 중국 연경에 사행(使行) 갔다 옴 4. 연산군 원년(1495, 25세) 1월 27일 - 노사신 탄핵 사건으로 공주에 귀양 갔다가 동년 5월 22일 풀려남(《다부》 저술 추정?)
III. 공직기(公職期) 문과 장원 후 무오사화 때까지	1. 연산군 원년(1495, 25세) 10월 - 증광문과(增廣文科) 장원급제, 12월 성균관전적(成均館典籍)과 종학사회(宗學司誨) 제수 2. 연산군 2년(1496, 26세) - 진용교위(進勇校尉)로 영안남도(永安南道) 병마평사(兵馬評事), 6월 26일 아들 세장(世璋) 탄생, 12월 홍문관 보직 및 사가독서(賜暇讀書, 《다부》 저술 추정?)
IV. 참형기(斬刑期) 무오사화 시 참형~갑자사화 시 부관참시~중종반정 후 복권될 때까지	1. 연산군 4년(1498) 7월 27일 - 무오사화 시 난언절해죄(亂言切害罪)로 참형 2. 연산군 10년(1504) 갑자사화 시 부관참시(剖棺斬屍).
V. 복권 및 추증기(復權 및 追贈期) 중종반정 후 복권~공주 충현서원 배향, 시호 정간(貞簡) 등 추증	1. 중종 2년(1507) - 복관(復官) 및 가산 환급 2. 명종 7년(1552) - 가선대부 이조참판 겸 홍문관 제학, 동지춘추관, 선균관사 추증 3. 선조 14년(1581) - 공주 충현서원(忠賢書院) 배향 4. 선조 18년(1585) - 자제인 감사공 세장(世璋)이 수습 성책하고, 손자인 무송현감 철이 활자로 문집 《이평사집(李評事集)》 간행 5. 인조 3년(1625) - 김상헌이 〈묘표(墓表)〉 지음 6. 인조 9년(1631) - 청송부사인 증손 구징이 문집 《이평사집(李評事集)》 중간 7. 경종 2년(1722) - 시호 '정간(貞簡)' 내림 8. 영조 2년(1726) - 부조지전(不祧之典) 내림 9. 정조 5년(1781) - 황강사(黃岡祠)에 추배(追配) 10. 순조 30년(1830)-유생들에 의해 문묘종사(文廟從祀) 요청 11. 1914년 - 14세손 이존원, 《한재집(寒齋集)》 간행
VI. 재조명 및 평가기(再照明 및 評價期) 《한재문집》 국역 발간(1981) 후 절조 있는 선비와 한국차의 선구자로 재조명 및 평가	1. 1974년 - 한재당(寒齋堂) 중건, 12월 28일 한재종중 관리위원회 발족 2. 1975년 9월 5일 - 한재당, 경기도 지방문화재 제47호로 지정

구분	내용
VI. 재조명 및 평가기(再照明 및 評價期) 《한재문집》 국역 발간(1981) 후 절조 있는 선비와 한국차의 선구자로 재조명 및 평가	3. 1981년 – 한재종중관리위원회, 《한재문집(寒齋文集)》 국역본 발간. 4. 1986년 3월 16일 – 차문화연구회, 김포 한재당에서 헌다식(獻茶式) 거행 5. 1986년 12월 13일 – 제1회 한국차문화연구회 학술발표회, '우리나라 차의 아버지 – 다부(茶父)' 추앙(追仰) 6. 1988년 4월 – 한재다원(온실) 조성 / 한국문집총간 제18권 《이평사집》 영인본 발간 7. 1996년 12월 23일 – 한재다정(寒齋茶亭) 준공 8. 1998년 7월 26일(음) – 한재 기제사 날 제사홀기(祭祀笏記)의 '철갱봉다(撤羹奉茶)' 확인 9. 2004년 8월 – 한국차인연합회, '다선(茶仙)' 추앙(追仰) 10. 2008년 2월 – 한재이목선생기념사업회 설립(회장 류승국 박사) 11. 2012년 – 국역 《한재집》 발간 12. 2021년 – 신도비 및 다부비 건립

제1기인 수학기修學期는 성종 2년인 1471년 출생한 후, 진사시에 합격할 때까지이다. 이 시기 집안에서 전래해 온 다례와의 만남, 그리고 14세인 1484년에 점필재 김종직 선생 문하에서 수업을 시작하였다는 점이 중요하다.

제2기는 유배기流配期와 사행기使行期로서 진사시에 합격한 후, 중국에 사행使行할 때까지의 시기이다. 19세인 1489년에 진사시에 합격한 후 선생은 성균관에 들어가게 된다. 성균관 유생 시절 벽송정에서 벌어진 무녀巫女의 음사를 축출하여 성종의 칭찬을 받았다. 그리고 22세인 성종 23년(1492) 12월 4일 윤필상의 간악함을 상소하다가 의금부에 갇혔다가 10일 후인 12월 14일 석방되기도 하였으며, 성종 24년(1493) 10월 6일 정조사인 김수손을 따라 중국 연경에 사행使行 갔다가

5개월 여를 보내고 성종 25년(1494) 3월 10일 귀국하였다.

그리고 연산군 원년(1495) 수륙제에 관한 노사신 탄핵 사건으로 1월 27일 공주로 귀양 갔다가 동년 5월 22일 풀려난 시기이다.

제3기는 공직기公職期로서 연산군 원년(1495) 10월 별시에 장원급제한 후 성균전적, 종학사회, 진용교위, 영안남도 병마평사 등을 제수받았던 시기이다.

제4기는 참형기斬刑期로서 28세에 무오사화로 참형을 당하고, 갑자사화 시 부관참시된 후, 복권이 될 때까지이다.

제5기는 복권復權 및 추증기追贈期로서 중종반정 후 관직이 회복되고, 공주 충현서원忠賢書院에 배향되며, '정간貞簡'이라는 시호와 부조묘不祧廟를 받고, 사당이 경기도 지방문화재 등으로 지정되는 시기이다. 이 과정에서 후손들에 의해《이평사집》,《이평사집》중간본 등의 문집들이 발간되게 된다.

마지막으로 제6기는 재조명再照明 및 평가기評價期로서《한재문집》(1981)이 국역되어 발간된 후 재평가되는 시기이다. 이 시기에는 절조 있는 선비와 한국차의 선구자로서의 재조명과 평가가 진행되어 한국의 '다부茶父' 또는 '다선茶仙'으로 추앙되는 시기이다.

2. 한재 이목 선생의 저서와 특성

한재寒齋 이목李穆 선생은 무오사화戊午士禍와 연루되어 스물여덟이라는 젊은 나이에 운명하였기에 후대에 남겨진 유품은 거의 없다. 그렇지만 사후 후손들에 의해 문집이 정리되어 다음과 같이 네 번에 걸쳐 문집文集이 발간되었다.

초간본은 선조 18년(1585) 이철李鐵 무송현감이 《이평사집李評事集》 2권 1책으로 발간하였으나,[9] 현재에는 전해지지 않고 있다. 중간본은 인조 9년(1631) 이구징李久澄 청송부사가 《이평사집李評事集》을 중간 重刊하였다.[10] 1914년 후손인 이존원李存原 선생이 《한재집寒齋集》 상 하 2권, 부록 2권을 발간하였고,[11] 마지막으로 1981년 한재종중관리 위원회에 의해 《한재문집寒齋文集》으로 국역되어 발간되었다.[12] 그리 고 1988년 민족문화추진회에 의해 《이평사집李評事集》이 한국문집총 간 제18권으로 발간되었다.[13]

그리고 《한재문집》에 나타난 한재 선생의 저술은 가사歌詞 4, 부賦 8, 시詩 30, 소疎 1, 계啓 1, 책策 3, 해解 1, 기記 1, 송頌 1, 제문祭文 1편 등 총 52편이 전해지고 있다.[12,13]

3 한재 이목 선생의 다도 특성

한재寒齋 이목李穆 선생은 조선 초기 도학道學과 문장文章에 뛰어난 선비이자, 조선시대 차생활을 선도한 차인이었다. 더불어 차생활을 즐기며 우리나라 최고最古의 전문다서專門茶書인 〈다부茶賦〉를 통해 한 국의 차학茶學을 선도한 선구자였다.[14]

한재 이목 선생의 다도정신의 기본은 일부 도교적 사상을 배경으 로 한 내용이 눈에 뜨이기도 하나, 기본적으로 유학 사상을 바탕으로 한 선비정신이다. 이 시기는 시대적으로 조선 초기 유학을 바탕으로 하는 성종조는 《경국대전》 등 유학 사상을 바탕으로 왕권의 기틀이 다져진 시기이다. 이 시기에 점필재 김종직 선생을 중심으로 하는 신 흥사대부의 도학 사상이 시대적 흐름이었다. 차에 관한 한재 사상의 근간도 바로 유학 사상을 바탕으로 한 도학道學이다. 그런 면에서 〈다부〉에 나타난 '내(우리) 마음의 차[吾心之茶]'의 경지를 통해 본다면, 한재 선생의 도학道學은 곧 한재 선생의 차학茶學이기도 하다.

03.

한재 연구의 현황과 재확인

1. 한재 연구의 현황

　한재 연구의 시작은 1981년 한재종중관리위원회에 의해《한재집寒齋集》이 국역되어《한재문집寒齋文集》으로 발간된 이후로 보아야 할 것 같다. 한재 이목 선생은 사후 480년 이상을 한재문중寒齋文集과 유림儒林의 일원으로만 추앙되어 왔다. 그러다가 1981년《한재문집》이 국역되면서 1980년대 초반에 류승국 선생과 이형석 박사 등에 의해《한재문집》중의 〈다부茶賦〉가 소개된 이후 차인들과 차 전문가들에 의하여 연구가 진행되어 왔다.[14,15]

　《한재문집》(1981)[12]에 포함된 〈다부茶賦〉를 시작으로 석용운(1986),[16] 윤경혁(1998),[17] 김명배(1999),[18] 김길자(2001),[19] 최영성(2003),[20] 이병인

(2005),[21] 이병인과 이영경(2007),[22] 류건집(2009),[23] 정영선(2011),[24] 송재소 외(2012),[25] 최영성(2012),[26] 박남식(2018),[27] 정민·유동훈(2020),[28] 남춘우 (2021)[29] 등에 의한 번역과 주해가 시도되었다.

또한 차인茶人으로서의 한재 이목 선생에 대한 연구는 심백강(1986)[30] 등이 제1회 차문화 학술발표 논문 중 〈한재 이목 선생의 생애와 사상〉 을 시작으로 최영성, 이현, 유건집 등의 연구가 진행되었다. 학위논문으 로는 최진영(2003)[31]의 〈한재 이목의 차정신 연구-〈다부〉를 중심으로〉와 염숙,[32] 이병인[33] 등에 의한 연구가 진행되어왔다.

지금까지 연구의 주요 주제는 한재寒齋 선생의 삶과 정신, 그리고, 〈다부茶賦〉의 특성과 가치 등에 대한 것이 대부분인 것으로 나타나고 있다.

2. 기존연구의 오류와 재확인

(1) 한국 최고最古의 다서茶書에 대한 확인

현존하는 한국 최고最古의 다서茶書가 무엇인가에 대한 기본적인 질 문이다. 현재까지 확인된 한국 최고의 다서는 한재 이목 선생의 〈다부 茶賦〉임에도 불구하고, 한국의 차 역사 및 차 문헌에 대한 제대로 된 인식이 없는 사람들에 의해 한국 최고의 다서에 대한 왜곡 현상이 이 따금 제기되고 있다. 그런 점에서 현존하는 우리나라에서 가장 오래 된 다서는 초의선사의 〈다신전〉이나 〈동다송〉, 〈기다〉 등이 아니라 〈다부〉이다. 〈다부〉의 작성 시기에 대해서는 아직 확인된 것은 아니 나, 한재 이목 선생이 중국 사행 갔다 온 뒤인 1494년 이후인 1495년 공주 유배 시와 1496년 사가독서 시기로 추정되고 있으나, 확실히 밝혀진 것은 아니다.

(2) 한재 이목 선생의 삶과 정체성에 대한 재확인

한재寒齋 이목李穆 선생에 대한 표기表記 문제와 차인茶人으로서의 시기 문제, 그리고 한재 이목 선생의 정체성正體性 등에 대한 문제 등이다.

먼저 '한재寒齋 이목李穆' 선생의 표기에 대해서는 한자나 한글, 또는 영문이건 간에 '한재 이목, Hanjae Yi Mok'이라는 이름 자체가 고유명사이므로 하나로 일치시키는 것이 바람직하다. 그러나 한글 표기 시 '한재'를 '한제'로 잘못 표기하는 경우도 있다.[34]

영문 표기의 경우에도 최진영[31]은 Hanjae Imok, 염숙[32]은 Hanjae Leemok, 최영성은 Yi, Mock 등으로 표기하고 있다. 한재라는 호에 대해서는 'Hanjae'라 하여 큰 표기 차가 없으나 이름에 대해서는 서로 다른 것으로 나타나고 있다. 〈다부茶賦〉의 경우에도 최진영[31] 등은 Dabu, 염숙[32]은 Daboo 등으로 표기하고 있다. 고유명사의 표기를 각자 임의대로 표기하는 것은 맞지 않으므로 통일하는 것이 바람직하다. 특히 이름에 관해서는 우선적으로 한재 이목 선생의 후손들 모임인 한재종중관리위원회의 결정에 의해 이루어지는 것이 가장 바람직한 일이다.

그러므로 이씨의 성은 조선왕조를 Yi dynasty라 부르듯 성은 일반적으로 사용하는 Lee가 아니라 Yi, 이름은 Mok으로 통일하여 'Hanjae Yi Mok'으로 통일하는 것이 바람직하다.

천병식[34]은 한재 이목 선생의 〈다부茶賦〉를 유정량劉貞亮의 다선십덕茶扇十德과 명혜상인明惠上人의 차의 십덕十德과 비교하며, 공이 차 생활을 한 연륜이 짧은데도 불구하고 이와 같은 노래를 지을 수 있었다는 사실에 놀라움을 금치 못한다고 하였다. 이형석 박사는 24세 때 연경에 가 육우의 《다경》을 읽고는 차와 인연을 맺는다고 하였으며, 학문하는 여가에 단지 차를 즐겼을 뿐이고 학문 중 하나로 차 노래글 〈다부〉 기록을 남겼다고 하였다. 정찬주[35] 선생 등도 김종직 선생 문하에서 도학을 공부한 이목 선생이 차 살림을 본격적으로 하게 된 것은 24세에 중국 연경을 다녀온 뒤부터였다라고 기술하고 있다. 그러나 한재 이목 선생의 삶을 살펴보면, 그의 차생활은 어린 시절 집안의 다례[36,37]와 이미 14세 되던 해에 차인이었던 점필재 김종직 선생의 문하로 들어가 수학하였다. 이와 같이 차인이었던 점필재 김종직 선생과 그 동문들과의 교류, 성균관 시절 다례 등에 비추어볼 때, 비교적 어릴 적부터 차를 접하였다는 사실을 확인해 볼 수가 있다. 그런 점에서 24세 이후 연경에 사행을 갔다 온 이후 차를 접하게 되었다는 내용 등은 보완되어야 할 것으로 판단된다.

또 이기윤[38] 선생 등은 "한재의 글에는 낯선 것이 많다. 문체 또한 나이에 어울리지 않게 노숙한 흠이 있다. 그의 상식은 독서에 바탕한 것이요, 〈다부〉는 글재주의 발휘일 뿐이다. 얼마간 차생활을 했겠지만, 노래로 표현된 그의 다론은 크게 깊이를 갖는 것이라고 볼 수는 없을 것 같다."고 기술하고 있다. 그러나, 아무리 소설이라 할지라도 단순한 비판이 아니라 선현先賢을 욕보이는 것은 후학後學으로서 해야 할 바람직한 일은 아니다.

오늘날 많은 사람들이 한재 선생의 〈다부〉에 대해서는 한재 선생의 천재성을 이야기하고 있는데, 그 점도 있지만, 조선 전기 점필재 선생과 그 문하생은 단순한 한학만을 가르친 것이 아니라 도학道學을 가르쳤고, 그와 같은 조선 전기 점필재 문하의 도학적 수준의 수승함이 있었다고 본다. 결국 〈다부〉는 한재 선생 당신의 뛰어남도 있지만, 당시 조선 최고의 도학 수준을 드러낸 좋은 스승과 동문들의 영향으로 탄생하였다고 보는 것이 좋을 것 같다.

그러므로 앞으로는 한재寒齋 이목李穆 선생에 대한 정확한 사실이나, 단순한 비판적 시각이 아니라, 개인적인 폄훼에 대해서는 지양되어야 한다. 또한 차인茶人으로서의 호칭에 대해서도 충현서원忠賢書院 등에 배향될 정도로 조선 초기 대표적인 유학자로서 한재 이목 선생의 위치와 정체성 등이 존중되어야 한다. 더욱 후세의 차인들에 의해 '한국 차의 아버지[茶父]', 또는 '한국의 다선茶仙'으로 추앙되는 입장에서 바람직한 일은 아니다.

(3) 〈다부〉에 대한 재확인

〈다부茶賦〉의 가치와 작성 시기, 〈다부〉 번역의 정확성, 그리고 〈다부〉의 특성에 대한 문제이다.

한국차의 역사에서 〈다부茶賦〉는 분명 큰 의미와 가치가 있음을 부인할 수 없다. 한자가 전래되고 한글이 창제된 이후 차에 관한 글들은 많아도 그 내용과 형식 면에서 차에 관한 체계적인 자료는 상대적으로 빈약하기 때문이다. 그런 면에서 조선 초기 15세기 말에 한재 이목 선생이 〈다부茶賦〉를 저술했다는 것은 한국차의 역사에서 매우 획기적인 일이다. 그런 의미에서 초의선사의 〈동다송東茶頌〉과 함께 한국차를 대표하는 전문다서專門茶書라는 데에 그 의미가 있다. 그러나 간혹 〈동다송〉 등과 비교하여 다인으로서의 전문성을 따지거나, 자료의 우월성을 비교하거나, 이를 통해 개인적인 폄하를 시도하는 일은 바람직한 일이 아니다.[39] 한재 선생의 〈다부〉나 초의선사의 〈동다송〉 등은 각 그 시대時代의 산물이고, 그 시대에 따른 적절한 의미와 가치가 부여되어 있기 때문이다. 〈다부〉 또한 일반적으로 고려시대 이후 상대적으로 쇠퇴한 조선 초기의 차에 관한 내용을 유교적 관점에서 스스로의 도학사상을 바탕을 두고 체계적으로 정리했다는 데 그 가치가 있다.[40,41] 그리고, 단순한 시詩나 단편적인 내용이 아니라, 우리나라 차 역사상 현존하는 차에 대한 종합적인 내용을 담고 있는 최고最古의 다서茶書라는 데에 그 의미가 있다고 할 수가 있다.

〈다부茶賦〉의 작성 시기에 대한 논란도 문제가 있다. 지금까지 확인된 자료에 의하면 〈다부〉의 작성 시기에 대하여 명확히 밝혀진 것은 없다. 다만 성종 25년(1494) 24세 되던 해에 연경[北京]에 갔다 온 뒤에 작성하였다는 사실은 〈다부茶賦〉의 내용을 살펴서 알 수가 있을 뿐이다. 그런 측면에서 〈다부〉의 작성 시기를 명확한 연도나 나이로 표기한다는 것은 아직까지 확인된 내용이 없다는 점에서 함부로 〈다부〉의 작성 시기를 제시하는 것은 바람직하지 않다고 판단된다. 또한 〈다부〉 자체에 대한 오류도 많다. 현재 전해지고 있는 〈다부〉의 구성은 제목인 〈다부茶賦〉와 머리말에 해당하는 병서幷序, 그리고 본문으로 구성되어 있다. 구체적으로 살펴보면, 〈다부茶賦〉라는 제목 2자와 병서幷序라는 부제 2자, 그리고 본문 1,328자(서문 166자, 본론 1056자, 결론 106자)로서 총 1,332자로 이루어져 있다. 그러나 아직도 많은 사람들이 제대로 확인도 하지 않고 〈다부〉의 숫자들을 잘못 표기하고 있다.[42]

지금까지 〈다부茶賦〉의 번역은 기존에 14본이 나와 있으나, 아직 부족한 점이 많다. 〈다부〉의 번역은 한재寒齋 이목李穆 선생이 살던 당시의 시대적 상황에 대한 이해가 필요하며, 이와 더불어 한학漢學과 도학道學, 그리고 차학茶學과 당시 한국과 중국의 차문화茶文化와 지리학地理學에 대한 종합적인 이해가 필요한 일이다. 또 한재寒齋 선생의 도학道學과 차학茶學, 그리고 문학文學에 대한 이해가 필수적인 것으로 판단된다.

04.
한재 연구에 대한 제언과 과제

기존에 수행된 한재寒齋 이목李穆(1471~1498) 선생에 대한 연구를 바탕으로 앞으로 진행되어야 연구 과제는 다음과 같다.

첫째, 한재 이목 선생의 학문 세계에 대한 보다 체계적인 연구가 필요하다. 지금까지는 일부 유학계와 차 전문가들에 의한 부분적인 관심이 있었을 뿐, 한재 이목 선생의 삶과 철학, 문학, 그리고 특히 차인으로서의 삶과 사상에 대한 체계적인 연구가 부족한 실정이다.

둘째, 지금까지의 연구는 대부분《한재문집》과 〈다부茶賦〉 등을 중심으로 한 연구였다. 그러나 한재 이목 선생의 문집 전체 내용에 대한 문헌학적 고찰과 분석은 아직 많은 연구가 되어있지 못하다. 초간본과 중간본 등의 제작 시기 및 각 특성에 대한 고찰과 함께, 특히 동시대 한재 이목 선생과 같은 시대를 산 스승이자 동문 점필재 문하의 차문화 등 친지를 중심으로 한 문헌학적 연구는 상대적으로 매우 미약하다. 그러므로 관련 동문들과 친지들의 문헌 자료를 중심으로 한재 이목 선생을 평가하기 위한 관심과 노력이 필요하다.

셋째, 〈다부茶賦〉와 관련하여 〈다부〉의 작성 시기, 〈다부〉의 내용에 대한 문헌학적 해석과 당시 중국과 한국의 차문화 특성을 바탕으로 한 연구가 미비하다. 물론 최근 한재 이목 선생의 〈다부〉에 대한 기본적인 이해는 많이 되고 있다. 그러나 〈다부〉에 나타난 오공, 육덕, 칠효능뿐만이 아니라, 〈다부〉가 가지고 있는 본질적·역사적·철학적·문학적·문화적·지리적 특성 등에 대한 보다 심화된 연구가 부족하다. 당시 한국(15세기 조선)과 중국(15세기 명나라), 그리고 일본 등의 차와 차산지, 차학茶學과 관련하여 〈다부〉의 특성을 보다 면밀하게 비교 분석하는 것이 바람직하다.

넷째, 〈다부茶賦〉에 나타난 차의 이름과 종류, 차의 산지 등에 대한 정확한 확인 작업이 필요하다. 이와 함께 〈다부〉에 나타난 일부 용어에 대한 해석과 일부 오자誤字 등에 대한 정정 작업도 필요하다. 또 한국의 주요 차 산지와 공차 등에 대한 비교연구도 바람직하다.

다섯째, 한국의 차 역사에서 한재寒齋 이목李穆 선생의 가치와 평가 문제이다. 우리나라의 차 역사에서 한재 이목 선생이 차지하는 역사적 의미를 재확인하고, 제대로 평가되어야 한다. 특히 조선 초기 점필재 김종직 선생과 한재 이목 선생으로 이어지는 조선 전기 차문화와 차정신의 특성을 재확인하고 재평가하는 작업이 필요하다.

여섯째, 미래지향적 관점에서 한재 이목 선생의 역할과 차인으로서의 인물상에 대한 정립 문제이다. 한국차의 상징적인 인물에 대한 학문적 정립이 필요하다. 그 한 예로서 초의선사와 한재 이목 선생은 한국차학韓國茶學의 큰 중심축으로서 적극 장려될 필요성이 있다. 그리하여 다산 선생과 초의선사의 학문과 차 사상 등을 체계화하기 위한 '다산학茶山學·초의학草衣學'과 한재 이목의 학문과 사상 등을 종합하기 위한 '한재학寒齋學' 등에 대한 학문적 연구도 필요할 것으로 판단된다.

일곱째, 그동안 '한재이목선생기념사업회寒齋李穆先生記念事業會'가 설립되는 등 한재 이목 선생을 재평가하고자 하는 노력이 진행되고 있음은 바람직한 일이다. 또한 문중 차원이건, 관련 전문가들의 모임이건 간에 한재 이목 선생의 영정影幀과 〈다부〉를 포함한《한재문집寒齋文集》의 영역 및 중역화 작업 등을 통해 '한국차학韓國茶學'과 한재 이목 선생을 세계로 알리는 선양작업도 필요할 것으로 판단된다.

여덟째, 기존에 번역된 한재 이목 선생의 〈다부〉는 14개의 번역본이 나왔으므로 이제는 기존에 번역된 여러 번역본들에 대한 비교연구 및 평가가 종합적으로 이루어져서 〈다부〉에 대한 실질적인 연구에 도움을 주는 것이 바람직하다.

아홉째, 〈다부〉에 나타난 차의 별칭인 '한蕣과 파菠'에 대한 연구, 서문에 나타난 '여어다월호余於茶越乎 기막지지其莫之知'의 구체적 의미, 본문의 차 이름과 차 산지, 그리고 말미에 '오해五害'와 '팔진八眞' 등에 대한 의미 분석 등 주요 논점 사항에 대해 심층적인 연구가 진행되는 것이 바람직하다.

열째, 한재 이목 선생의 〈다부〉는 '우리나라 최고最古의 다서茶書'라는 상징성도 있지만, 정영선 소장 등이 말했듯이 '세계 최초의 다도경전茶道經典'이라는 차에 관한 정신성이 강조되고 있다는 점에서 한국 차정신의 원천으로서의 상징성이 높으므로 앞으로는 단순한 기호음료나 취미의 수준이 아니라, 〈다부〉에 나타난 차정신의 철학적 정립에 이바지할 수 있도록 지속적인 연구 작업이 이루어지는 것이 바람직하다고 판단된다.

참고문헌

1. 이형석, 〈한재호칭연구-한국차의 아버지 '다부'〉《차문화연구》제9호, 2008.

2. 박권흠, 〈한재 이목 선생 다선추앙선언〉《차인》2004년 9/10월호.

3. 최영성, 〈한재 이목 선생〉《충현서원 배향 구선생의 학문과 사상》, 사단법인 충현서원, 2001.

4. 최영성, 〈한재 이목의 '다부' 연구〉《한국 사상과 문화》제19집, 한국사상문화학회, 2003.

5. 이병인, 〈한국차의 선도자 한재 이목〉《차문화연구》제9호, 2008.

6. 한재종중관리위원회, 《한재문집(寒齋文集)》, 1981.

7. 이병인, 《한재 이목의 다부》, 신라문화원, 2012.

8. 전주이씨 시중공파(侍中公派), 《황강공세보(黃崗公世譜)》, 1988.

9. 전주이씨시중공파황강공세보소, 《황강공세보(黃崗公世譜)》, 회상사, 2008.

10. 무송현감 이철(李鐵), 《이평사집(李評事集)》2권 1책, 1585.

11. 청송부사 이구징(李久澄), 《이평사집(李評事集)》중간(重刊), 1631.

12. 이존원(李存原), 《한재집(寒齋集)》상하 2권 및 부록 2권, 1914.

13. 민족문화추진회, 《한국문집총간 제18권-한재문집》, 1988.

14. 《차의 세계》2003년 12월호.

15. 〈한재 이목의 다부〉, 《차인회보(茶人會報)》제23호, 1986.

16. 석용운 역, 〈다부〉(제1회 차문화학술발표논문), 《차문화연구자료》제2집, 한국차문화연구회, 1986.

17. 윤경혁, 《차문화고전》, 한국차문화협회, 1998.

18. 김명배, 《한국의 다시 감상》, 대광문화사, 1999.

19. 김길자 역주, 《다시 불러보는 이목의 차노래》, 두레미디어, 2001.

20. 최영성 역주, 〈다부 병서 역주〉, 《한국 사상과 문화》 제19집, 한국사상문화학회, 2003.

21. 이병인, 〈한재 이목의 '다부'〉, 《월간 차와 사람》, 2005년 1월호~12월호.

22. 이병인·이영경, 《다부-내 마음의 차노래》, 도서출판 차와 사람, 2007.

23. 류건집, 《다부 주해》, 이른아침, 2009.

24. 정영선 편역, 《다부(茶賦)》, 너럭바위, 2011.

25. 송재소·조창록·이규필 옮김, 《한국의 차문화 천년 4-조선초기의 차문화》, 돌베개, 2012.

26. 최영성 편역, 〈다부-서를 아우르다〉 《국역 한재집》, 도서출판 문사철, 2012.

27. 박남식, 《기뻐서 차를 노래하노라》, 도서출판 문사철, 2018.

28. 정민·유동훈, 《한국의 다서》, 김영사, 2020.

29. 남춘우, 〈다부-서문을 붙이다〉, 2021 점필재 학술심포지움-점필재 선생과 우리나라 차문화 전통, 2021.

30. 심백강, 《한재 이목 선생의 생애와 사상》(제1회 차문화학술발표논문), 《차문화연구자료》 제2집, 한국차문화연구회, 1986.

31. 최진영, 〈한재 이목의 차정신 연구-다부를 중심으로〉, 성신여자대학교 정보산업대학원 석사학위논문, 2003.

32. 염숙, 〈한재 이목의 도학사상 연구-다부를 중심으로〉, 성균관대학교 생활과학대학원 석사학위논문, 2003.

33. 이병인, 〈한재 이목에 대한 연구현황과 과제〉, 《한국차학회지》 제14권 1호, 2008.

34. 천병식, 《역사 속의 우리 다인》, 이른아침, 2004.

35. 정찬주, 〈다인 기행-한재 이목〉 《주간 동아》 제498호, 2005.

36. 이환규, 〈한재 부조묘 기제홀기〉 《차문화연구》 제9호, 2008.

37. 이현, 《600여 년 전에도 제사 때 차올려-한재 선생 고조 제사홀기에서 철갱봉다 발견》 《차의 세계》 2003년 11월호.

38. 이기윤, 《소설 한국의 차문화》, 도서출판 개미, 1998.

39. 유건집, 〈다부에 담긴 이목의 선비정신 1〉《차의 세계》 2004년 1월호.

40. 이현, 〈한재 이목 선생의 도학사상과 다부–505주기를 맞아 한재심학(寒齋
心學)을 다시 생각하면서〉《차의 세계》 2003년 9월호.

41. 최진영, 〈다부의 분석적 고찰〉《한국차학회지》 제9권 제2호, 2003.

42. 이병인, 〈한재 이목의 다부 연구–다부의 내용 및 특성분석〉《한국차학회
지》 제16권 3호, 2010.

연구과제

1. 한재 연구현황

2. 한재 이목의 삶과 사상

3. 한재 이목과 〈다부〉

4. 한재와 한국의 차문화

5. 〈다부(茶賦)〉의 가치와 평가

6. 한재 저서의 특성 분석

7. 한재 이목 선생과 다도

8. 〈다부〉 연구현황과 과제

9. 〈다부〉 번역본의 비교분석

10. 한재학(寒齋學)과 한국차학(韓國茶學)

11. 한재 연구의 과제

茶賦并序

凡人之於物或玩焉或味焉樂之終身

而無厭者其性矣乎若者李白之於月劉

伯倫之於酒其所好雖殊而樂之至則

一也余於茶越乎其莫之知自讀陸氏

經稍得其性心甚珎之昔中散樂琴而

不亦謬乎於是□□其名曰騎□□□病乎

品為之賦或曰茶有入飲及為人病乎

欲云云乎對曰然然是宣天生物之本

意乎人也非茶也且余有疾不暇及此

云其辭曰

有物於此厥顙孔多曰茗曰荈曰寒曰炎仙

掌雷鳴鳥嘴雀舌頭金蠟面龍鳳名的山提

勝金靈草尊側仙芝嫩蘂運慶福綠華英來

부록

한재다정 寒齋茶亭

2011년 6월 한재 이목 선생 헌다례 왼쪽부터
한재 16세손 이병규 선생, 서강대 명예교수
안선재 교수, 김포다도박물관 손민영 관장, 현
한재이목기념사업회장 16세손 이병석 선생,
전 한재종중회장 17세손 이환규 선생, 한재
16세손 부산대 이병인 교수

01.

〈다부茶賦〉관련 참고자료

1. 한재 문집 자료

- 무송현감 이철李鐵,《이평사집李評事集》(2권 1책), 선조 18년(1585).

- 청송부사 이구징李久澄,《이평사집李評事集》[중간(重刊) 2권 1책], 인조 9년(1631).

- 이존원李存原,《한재집寒齋集》(상하 2권, 부록 2권), 1914.

- 한재종중관리위원회,《한재문집寒齋文集》(국역본), 1981.

- 민족문화추진회,《이평사집李評事集》(한국문집총간 제18권), 1988.

- 전주이씨시중공파 황강공세보소,《황강공세보黃崗公世譜》, 회상사, 2008.

- 이목 저, 최영성 편역,《국역 한재집》, 도서출판 문사철, 2012.

2. 〈다부〉 번역본

(1) 한글 번역본

- 한재종중관리위원회 류석영柳錫永 역,《한재문집寒齋文集》, 1981.
- 석용운 역, 〈다부〉(제1회 차문화학술발표논문)《차문화연구자료》제2집, 한국차문화연구회, 1986.
- 윤경혁,《차문화고전》, 한국차문화협회, 1998.
- 김명배,《한국의 다시 감상》, 대광문화사, 1999.
- 김길자 역주,《다시 불러보는 이목의 차노래》, 두레미디어, 2001.
- 최영성, 〈다부 병서 역주〉,《한국 사상과 문화》제19집, 한국사상 문화학회, 2003.
- 이병인, 〈다부 신역〉《월간 차와 사람》2005년 1월호~12월호.
- 이병인·이영경,《다부-내 마음의 차노래》, 차와 사람, 2007.
- 류건집,《다부 주해》, 이른아침, 2009.
- 정영선 편역,《다부茶賦》, 너럭바위, 2011.
- 송재소·조창록·이규필, 〈조선 초기의 차문화〉《한국의 차문화 천년》 4, 돌베개, 2012.
- 최영성, 〈다부-서를 아우르다〉《국역 한재집》, 도서출판 문사철, 2012.
- 박남식,《기뻐서 차를 노래하노라》, 도서출판 문사철, 2018.
- 정민·유동훈,《한국의 다서》, 김영사, 2020.
- 남춘우, 〈다부-서문을 붙이다〉(2021 점필재 학술심포지움)《점필재 선생과 우리나라 차문화 전통》, 2021.

(2) 영문번역본

• Brother Anthony of Taize, Hong Kyeong-Hee, Steven D. Owyoung, 〈Korean Tea Classics by Hanjae Yi Mok and the Venerable Cho-ui〉《Seoul Selection》, 2010. 본 영역본은 한국의 차 고전 중 우리나라 3대 다서인 한재 이목 선생의 〈다부茶賦〉와 초의선사의 〈다신전〉과 〈동다송〉을 영역한 것으로, 한재 이목 선생의 〈다부〉는 'Part I ChaBu茶賦 - Rhapsody to Tea'라는 제목으로 15~56쪽에 수록되어 있다.

3. 학위논문

(1) 박사학위논문

• 염숙, 〈한재 이목의 도학정신과 다도사상〉, 원광대학교 박사학위논문, 2007.
• 박남식, 〈한재 이목의 다도사상 연구-철학적 기반을 중심으로〉, 성균관대학교 박사학위논문, 2012.
• 김장환, 〈한재 이목의 다도정신 연구〉, 원광대학교 대학원 한국차문화학회 박사학위논문, 2013.
• 최성민, 〈한국 수양다도의 모색-'다부'와 '동다송'을 중심으로〉, 성균관대학교 박사학위논문, 2016.
• 배순옥, 〈한재 이목의 '다부茶賦'에 관한 철학적 해석〉, 동의대학교 박사학위논문, 2017.
• 하영옥, 〈목은 이색과 한재 이목의 다도사상 연구〉, 계명대학교 박사학위논문, 2021.

(2) 석사학위논문

- 최진영, 〈한재 이목의 차정신 연구-다부를 중심으로〉, 성신여자대학교 정보산업대학원 석사학위논문, 2003.
- 염숙, 〈한재 이목의 도학사상 연구-다부를 중심으로〉, 성균관대학교 생활과학대학원 석사학위논문, 2003.
- 김장환, 〈한재 이목 선행연구에 관한 확인연구〉, 한서대학교 석사학위논문, 2009.
- 황옥이, 〈한재 이목 다부의 분석적 고찰〉, 성균관대학교 석사학위논문, 2011.
- 금영자, 〈한재 이목의 '다부茶賦'에 나타난 차의 효능에 대한 과학적 해석-차의 성분을 중심으로〉, 동국대학교 석사학위논문, 2018.

(3) 학회 논문

- 유석영, 〈한재 이목 선생의 과거답안에 관한 연구〉(한국행정학회 1986년도 문교부 자유과제 학술연구논문), 1987.
- 최영성, 〈한재 이목의 도학사상 연구〉,《한국 사상과 문화》제12집, 한국사상문화학회, 2001.
- 이온표, 〈조선 초기 사대부의 음다-이목의 '다부'를 중심으로〉,《한국전통생활문화학회지》제5권 제2호, 2002.
- 최영성, 〈한재 이목의 '다부' 연구〉,《한국 사상과 문화》제19집, 한국사상문화학회, 2003.
- 최영성, 〈다부병서 역주〉,《한국 사상과 문화》제19집, 한국사상문화학회, 2003.
- 최진영, 〈다부의 분석적 고찰〉,《한국차학회지》제9권 제2호, 2003.
- 이병인, 〈한재 이목에 대한 연구현황과 과제〉《한국차학회지》제

14권 1호, 2008.

- 김장환, 〈한재 이목 생애 재확인〉《한국학논총》33, 2010.
- ○ Brother Anthony of Taize An Sonjae, 〈Two Korean Tea Classics Compared: Yi Mok's ChaBu and Cho-ui's DongCha-Song〉《Comparative Korean Studies》Vol. 18, No. 1, 2010.
- 이병인, 〈한재 이목의 '다부' 연구-'다부'의 내용 및 특성 분석〉《한국차학회지》제16권 3호, 2010.
- 박남식, 〈한재 이목의 심차사상 연구-'다부'를 중심으로〉《한국차학회지》제19권 제2호, 2013.
- 최혜경, 〈조선다서연구〉《한국차학회지》제20권 제4호, 2014.
- 최성민, 〈'다부'와 '동다송'에 내재된 다도정신의 특성 고찰〉《한국차학회지》제23권 제1호, 2017.

4. 저서

- 윤경혁 · 심성섭 · 이형석,《차 노래글-다부》, 재단법인 가천문화재단, 1994.
- 정영선,《한국 차문화》, 너럭바위, 1990.
- 천병식,《역사 속의 우리 다인》이른아침, 2004.
- 류건집,《한국 차문화사》상, 이른아침, 2007.
- 부산대학교 점필재연구소 점필재집 역주사업팀,《역주 점필재》1~5, 2016.
- 정동주,《차와 차살림》(개정판), 한길사, 2016.
- 이이화,《인물 한국사》1, 김영사, 2011.

- 최영성,《사상으로 읽는 전통문화》, 이른아침, 2016.
- 최성민,《신묘神妙》, 책과 나무, 2020.
- 박정진,《차의 인문학》 1, 차의 세계, 2021.

5. 기타 〈다부〉 관련 자료

(1) 저서

- 정영선,《다도철학》, 너럭바위, 1996.
- 윤경혁,《차문화고전》, 한국차문화협회, 1998.
- 이연자,《명문종가 사람들》, 랜덤하우스 중앙, 2005.
- 이기윤,《한국의 차 문화》, 남양문화, 2008.
- 이병인,《한재寒齋 이목李穆의 다부茶賦》, 신라문화원, 2012.
- 정경환,《다도철학 강의》, 도서출판 이경, 2015.
- 류건집,《차 한잔의 인문학》, 이른아침, 2015.
- 정영선,《찻자리와 인성고전》, 너럭바위, 2016.
- 최영성,《사상으로 읽는 전통문화》, 이른아침, 2016.
- 최성민,《차와 수양 : 동양 사상 수양론과 한국수양다도》, 책과 나무, 2020.
- 김은숙,《차문화 이야기》, 카이로스, 2020.
- 서정희 외,《시민의 인성》 3, 부산대학교 출판문화원, 2020.
- 박정진,《차의 인문학》 1, 차의 세계, 2021.
- 문철수,《차선 공간-한일 차실 건축공간의 미학》, 명문당, 2021.

(2) 기타 자료

- 심백강, 〈한재 이목선생의 생애와 사상〉(제1회 차문화학술발표논문) 《차문화연구자료》제2집, 한국차문화연구회, 1986.
- 강전섭, 〈한재 이목의 절명가에 대하여〉《현곡 양중해 박사 화갑 기념논총》, 1987.
- 최영성, 〈한재 이목 선생〉《충현서원 배향 구선생의 학문과 사상》, 사단법인 충현서원, 2001.
- 崔英成, 〈寒齋 李穆의 道學思想 研究〉《한국 사상과 문화》제12집, 한국사상문화학회, 2001.
- 이현, 〈유림가의 재례와 봉차〉《차문화》8~11.
- 이현, 〈한재 이목 선생의 도학사상과 다부〉《차의 세계》2003년 9월호.
- 이현, 〈600여 년 전에도 제사 때 차올려-한재 선생 고조 제사홀기에서 철갱봉다의 발견〉《차의 세계》2003년 12월호.
- 류승국, 〈茶賦에 나타난 寒齋 李穆의 樂道思想 研究〉《차의 세계》2003년 12월호 인터뷰 기사.
- 박남식, 〈茶賦에 나타난 寒齋 李穆의 樂道思想 研究〉《차문화·산업학》제33집.
- 유건집, 〈다부에 담긴 이목의 선비정신〉1, 《차의 세계》2004년 1월호.
- 이환규, 〈좌리차와 시금치차의 수수께끼〉《차문화연구》제13권, 2004.
- 박권흠, 〈우사다담-한재 이목 선생 다선추앙선언〉《차인》2004년 9/10월호.
- 정찬주, 〈차인 기행-한재 이목, 차 한잔에 도학사상 녹여낸 다부茶

父〉,《주간 동아》498호, 2005.

- 이환규, 〈내 마음의 차! 꽈리차와 시금치차〉《차문화연구》2005년 가을호(통권 8호).
- 이현, 〈철갱봉다〉《차문화연구》2005년 가을호(통권 8호).
- 김명배, 〈李穆의 다부 연구〉,《차문화》2008년 5/6월호.
- 최영성, 〈다시 읽는 한재 이목의 다부-다심일여의 사상〉《차문화연구》제9호, 2008.
- 이병인, 〈한국차의 선도자 한재 이목〉《차문화연구》제9호, 2008.
- 이병인, 〈한재 이목에 대한 연구 현황과 과제〉《한국차학회지》제14권, 한국차학회, 2008.
- 이환규, 〈한재 부조묘 기제홀기〉《차문화연구》제9호, 2008.
- 사광암, 〈한재차밭기록-이목 헌다제와 차밭 유래〉《차문화연구》제9호, 2008.
- 이형석, 〈한재 호칭 연구-한국차의 아버지 '다부'〉《차문화연구》제9호, 2008.
- 박동춘, 〈한재 이목의 '다부'에 대한 소고〉, 한국불교사연구소, 2009.
- 최영성, 〈한재 이목의 생애와 도학사상〉(김포포럼 창립 7주년 기념 한재 이목 선생의 도학사상과 다부 학술세미나 자료집), 2009.
- 류건집, 〈한재 이목의 '다부'에 나온 한과 파에 대한 재론 -《차의 세계》2009년 8~9월호에 실린 '향기로운 우리차 이야기차 이야기'를 읽고〉《차의 세계》2009년 10월호.
- 류건집, 〈다부의 다문화사적 의의와 내포된 사상〉(김포포럼 창립 7주년 기념 한재 이목 선생의 도학사상과 다부 학술세미나 자료집), 2009.
- 정천구, 〈한재 이목의 '다부'와 사상적 특성〉(내부정리자료), 2010.

- 이병인, 〈한재 이목의 '다부' 연구〉《한국차학회지》16권 3호, 한국차학회, 2010.

- 김포문화원 향토사연구소 2011 학술회의, 한재 이목 재조명 학술회의, 2011년 2월 22일.

- 손민영, 〈한재 이목의 다정신 연구〉(한재 이목 재조명 학술회의), 2011년 2월 22일.

- 양윤식, 〈한재 이목 선생 역사문화자원 활용방안〉(한재 이목 재조명 학술회의), 2011년 2월 22일.

- 김장환, 〈'다부' '험기산驗其産' 해석 고찰〉《한국학논총》제36권, 2011.

- 이구의, 〈한재 이목의 시에 나타난 志向意識〉《韓國 思想과 文化》제68집, 2012.

- 박정진, 〈조선의 선비 차인들-한재 이목(차맥 45)〉《세계일보》2012년 9월 24일.

- 박남식, 〈老莊思想 融合의 한재 茶精神 考察〉,《예절·차문화 연구》제4호, 성균예절차문화연구소, 2014.

- 박정진, 〈이목의 한국차문화사에서의 위상과 차정신〉(한재이목선생 기념사업회 2014년도 학술대회: 한국다도의 정신사적 재조명 발표자료), 2014년 11월 22일.

- 배순옥, 〈한재 이목 '다부'의 사생관에 관한 연구〉《민족사상》111, 2017.

- 오마이뉴스, 〈한국차에 대한 수행시 눈길 끄네〉, 오마이뉴스, 2020.

- 최성민, 〈神妙, 한국 차 제다와 다도의 핵심 원리〉, 홈 오피니언 특별기고, 2020.

- 김기, 〈점필재 김종직의 시에 나타난 도학사상〉, 충남대학교 유학연구소《유학연구》제54집, 2021.
- 부산대학교 점필재연구소, 《2021 점필재 학술심포지움: 점필재 선생과 우리나라 차문화 전통》, 2021년 11월 25일.
- 이병인, 〈우리나라 차문화와 차정신: 조선전기를 중심으로〉(2021 점필재 학술심포지움: 점필재 선생과 우리나라 차문화 전통), 2021년 11월 25일.
- 박정진, 〈조선전기 차문화의 새로운 해석: 한재 이목을 중심으로〉(제1회 부산대학교 국제차문화포럼), 2021년 12월 15일.
- 박남식, 〈다부의 의의와 한재의 차사랑〉(제1회 부산대학교 국제차문화포럼), 2021년 12월 15일.
- 이병인, 〈동남권의 차문화와 부산대 국제차산업문화전공- 살려가야 할 우리의 전통과 산업〉《동남권 지역혁신 INSIGHT》통권 제10호, 2021.
- 홍원식, 〈한재 이목의 도학정치론과 철학사상〉《공자학》No. 44, 2021.
- 공주시, 〈11월 역사 인물: 차의 아버지 '한재 이목'〉, 2021.
- 박정진, 〈조선전기 차문화와 한재 이목〉(제1회 부산대학교 국제차문화포럼), 2021년 12월 15일.
- 박남식, 〈다부의 가치와 차정신〉(제1회 부산대학교 국제차문화포럼), 2021년 12월 15일.
- 부산대학교 국제차산업문화전공석·박사과정, 제1회 부산대학교 국제차문화포럼, 2021년 12월 15일.

6. 〈다부〉 연구를 위한 기본자료

1. 한재 이목 선생과 〈다부〉 연구를 위한 기본자료는 선조 18년(1585)
   간행한 《이평사집李評事集》 초간본과 인조 9년(1631) 간행한 《이평사
   집李評事集》 중간본이다. 그러나 《이평사집》 초간본은 현전하지 않
   는다. 중간본은 서울대 규장각 소장본과 목우선생 소장본 등이 있
   으며, 규장각본은 한국문집총간 제18권(1988)으로 영인되었다. 그
   리고 《한재집寒齋集》(1914)과 이를 바탕으로 한 국역본 《한재문집》
   (1981)과 최영성 교수가 편역한 《국역 한재집》(2012)이 있으므로 이
   를 바탕으로 연구하는 것이 바람직하다.

2. 〈다부〉의 한글 번역본으로는 윤경혁 선생의 《차문화고전》(1998)과
   이병인·이영경 교수의 《다부-내 마음의 차노래》(2007), 그리고, 류건
   집 선생이 주해한 《다부 주해》(2009) 등 10여 본의 국역본이 있다.
   그중에서 윤경혁 선생과 류건집 선생, 최영성 교수 등은 원전에 충
   실한 직역이고, 이병인·이영경 교수는 의역으로서 참조해 볼 만하
   다. 또 〈다부〉의 영역은 서강대 안선재(영국명 Brother Anthony) 교수
   등에 의해 이루어졌는데, 이병인·이영경 교수의 《다부-내 마음의 차
   노래》(2007)를 바탕으로 한 것이다.

3. 한재 이목 선생과 〈다부〉에 관한 학위논문으로는 최진영 선생의
   〈한재 이목의 차정신 연구〉(성신여대 석사학위논문, 2003) 등이 읽어볼 필
   요성이 있으며, 한재 이목 선생의 도학사상에 대해서는 최영성 교수
   의 〈한재 이목의 도학사상 연구〉(2001), 한재 이목 선생의 차정신에 대
   해서는 최성민 소장의 〈신묘神妙〉(2020), 그리고 〈다부〉 연구에 대한 전
   체적인 특성은 이병인 교수의 〈한재 이목에 대한 연구현황과 과제〉
   (2008)와 〈한재 이목의 다부 연구〉(2010) 등을 살펴보는 것이 좋다.

02.
〈다부茶賦〉에 나타난 차의 주요 특성

〈다부茶賦〉에 나타난 차의 특성은 한재寒齋 이목李穆(1471~1498) 선생의 정신적, 육체적 체험을 바탕으로 ①차의 기본적인 성품으로서의 본질적 가치價値, ②차의 세 가지 품품을 논하는 '다삼품茶三品', ③차의 일곱 가지 효능效能을 말하는 '다칠효능茶七效能', ④차의 다섯 가지 공功인 '다오공茶五功', ⑤차의 여섯 가지 덕德인 '다육덕茶六德', 그리고 ⑥한재 이목의 차생활의 결론結論이자 정화精華로서 '내/우리 마음의 차'의 경지인 '오심지다吾心之茶'를 이야기하고 있다. 그에 대한 구체적인 내용은 다음과 같다.

1. 차의 본질적 가치

한재寒齋 이목李穆 선생이 〈다부茶賦〉의 머리말에서 차의 성품과 가치를 비교하여 이른 말로서 차가 '하늘이 만물을 낸 본뜻[天生物之本意]'임을 구체적으로 적시하고 있다. 이것은 차와 사람을 포함한 모든 만물萬物이 포함되며, 모든 만물이 가지고 있는 본래적 가치價値와 특성特性을 나타내는 말이다.

2. 차의 세 가지 품[茶 三品]

한재 이목 선생이 한국 최고最古의 전문다서인 〈다부茶賦〉에서 언급한 차의 특성 중 하나로서 차의 품品을 세 가지로 구분한 것이다. 상품上品은 능히 몸을 가볍게 하고, 중품中品은 피곤함을 가시게 해주고, 차품次品은 고민을 달래주는 것이라고 하고 있다[亂雙眸之明滅 於以能輕身者 非上品耶 能掃痾者 非中品耶 能慰悶者 非次品耶]. 간단하게 줄여서 차가 가지고 있는 세 가지 품으로서의 '다삼품茶三品'은 몸을 가볍게 하는 '경신輕身', 오랜 피곤을 가시게 하는 '소아掃痾', 고민을 달래주는 '위민慰悶'으로 나타낼 수 있다.

3. 차의 일곱 가지 효능[茶 七效能]

한재 이목 선생이 〈다부〉에서 차가 가지고 있는 일곱 가지 효능을 정리한 것으로서 차의 첫 번째 효능으로서의 다제1효능茶第一效能은 마른 창자가 깨끗이 씻겨진다는 '장설腸雪', 차의 두 번째 효능으로서 다제2효능茶第二效能은 신선이 된 듯 상쾌하다는 '상선爽仙', 차의 세 번째 효능으로서 다제3효능茶第三效能은 온갖 고민에서 벗어나고, 두통이 사라진다는 '성두醒頭', 차의 네 번째 효능으로서 다제4효능茶第四效能은 큰마음이 일어나고 우울함과 울분이 사라진다는 '웅발雄發', 차의 다섯 번째 효능으로서 다제5효능茶第五效能은 색정이 사라진다는 '색둔色遁', 차의 여섯 번째 효능으로서 다제6효능茶第六效能은 마음이 밝아지고 편안해진다는 '방촌일월方寸日月', 차의 일곱 번째 효능으로서 다제7효능茶第七效能은 마음이 맑아지며 신선이 되어 하늘나라에 다가선 듯하다는 '창합공이閶闔孔邇'를 이야기한다.

4. 차의 다섯 가지 공[茶 五功]

한재 이목 선생이 〈다부〉에서 차가 가지고 있는 다섯 가지 공功을 정리한 것으로서 차의 다섯 가지 공덕으로서의 '다오공茶五功'은 차의 첫째 공덕으로서 다제1공茶第一功은 목마름을 풀어준다는 '해갈解渴', 차의 둘째 공덕으로서 다제2공茶第二功은 가슴속의 울분을 풀어준다는 '서울敍鬱', 차의 셋째 공덕으로서 다제3공茶第三功은 주인의 예로써 정을 나눈다는 '예정禮情', 차의 넷째 공덕으로서 다제4공茶第四功은 몸속의 병을 다스린다는 '고정蠱征', 그리고 차의 다섯째 공덕으로서 다제5공茶第五功은 술에서 깨어나게 한다는 '철정轍醒'이다.

5. 차의 여섯 가지 덕[茶 六德]

한재 이목 선생이 〈다부茶賦〉에서 차가 가지고 있는 여섯 가지 덕德을 정리한 것으로서 차의 여섯 가지 덕으로서 '다육덕茶六德'은 차의 첫째 덕으로서 '다제1덕茶第一德'은 '수덕壽德'이자 '요순지덕堯舜之德'으로 사람을 장수하게 하니 요임금과 순임금의 덕[壽德]이 있다는 것이고, 차의 둘째 덕으로서 '다제2덕茶第二德'은 '의덕醫德'이자 '유부편작지덕俞附扁鵲之德'으로 사람의 병을 낫게 하니 유부나 편작의 덕[醫德]이 있다는 것이고, 차의 셋째 덕으로서 '다제3덕茶第三德'은 '기덕氣德'이자 '백이양진지덕伯夷楊震之德'으로 사람의 기를 맑게 하니 백이나 양진의 덕[氣德]이 있다는 것이고, 차의 넷째 덕으로서 '다제4덕茶第四德'은 '심덕心德'이자 '이노사호지덕二老四皓之德'으로 사람의 마음을 편안하게 하니 이노와 사호의 덕[心德]이 있다는 것이고, 차의 다섯째 덕으로서 '다제5덕茶第五德'은 '선덕仙德'이자 '황제노자지덕黃帝老子之德'으로 사람을 신령스럽게 하니 황제나 노자의 덕[仙德]이 있다는 것이고, 차의 여섯째 덕으로서 '다제6덕茶第六德'은 '예덕禮德'이자 '희공중니지덕姬公仲尼之德'으로 사람을 예의롭게 하니 희공이나 중니의 덕[禮德]이 있다는 것이다.

6. 내(우리) 마음의 차[吾心之茶]

한재 이목 선생이 〈다부茶賦〉의 결론으로 나타낸 말로서 뜻은 '내우리 마음의 차[吾心之茶]'이다. 이 말은 〈다부茶賦〉의 정화精華이자 차인으로서 한재 이목 선생의 다심일여茶心一如의 경지를 그대로 드러낸 말로, 모든 차인들이 이루어야 할 상태를 말하고 있다. 이것은 한재 이목 선생이 제시한 진정한 차인으로서 가져야 할 기본 덕성이자, 진정한 차정신으로서 차의 정화이므로 모든 차인들은 차인으로서 이상적인 세계인 '내(우리) 마음의 차[吾心之茶]'의 경지를 드러내야 한다. 그러기에 차인이라면, 차를 즐기며 '내 마음의 차'에서 '우리 마음의 차'로 우리 모두가 함께하는 차 세계와 차정신을 이끌어가야 한다.

03.

〈다부〉 용어사전

• 〈다부茶賦〉

현존하는 우리나라 최고最古의 전문다서專門茶書로서 조선시대 성종조의 선비인 한재 이목 선생이 지은 차에 관한 글이다. 〈다부茶賦〉는 차茶에 대한 스스로의 깨달음의 내용을 부賦 형태로 표현한 것이다. 이와 같이 〈다부〉는 우리나라 최초의 전문적인 내용으로 정리된 차에 관한 대서사시大敍事詩이자, 우리나라 최고最古의 차에 관한 전문다서專門茶書이기도 하다.

현재 전해지고 있는 〈다부〉의 구성은 제목인 '다부茶賦'와 머리말에 해당하는 '병서幷序', 그리고 본문本文으로 구성되어 있다. 구체적으로 살펴보면, '다부茶賦'라는 제목 2자와 '병서幷序'라는 부제 2자, 그리고 본문 1,328자(서문 166자, 본론 1056자, 결론 106자)로서 총 1,332자로 이루어져 있다. 이것은 현대적 논문의 구성인 서론, 본론, 결론의 체계적인 구성으로서 그 형식이 매우 체계적이고, 그 내용 또한 종합적임을 확인할 수가 있다.

〈다부茶賦〉의 구성은 '다부茶賦'라는 제목과 '병서幷序'라는 부제로 시작되고 있으며, 서문인 병서와 본문으로 이루어져 있으나, 본문의 경우 본론과 결론 두 부분으로 구분되어 결국 〈다부〉는 서론인 병서와 본문인 본론과 결론의 3부문으로 체계적인 구성을 이루고 있다. 〈다부〉의 서문인 '병서'는 '범인지어물凡人之於物'로 시작되는 169자로 구성되어 있으며, 〈다부〉를 짓게 된 동기와 배경, 그리고 차의 본질적 가치에 대하여 잘 소개하고 있다.

이어 '기사왈其辭曰'로 시작되는 본문의 '본론' 부분에서는 ①차의 종류와 이름, ②차의 명산지, ③차의 생육환경 ④다산茶山의 정경情景, ⑤차 달이기와 차의 삼품三品, ⑥차의 일곱 가지 효능[七效能], ⑦차의 다섯 가지 공덕[五功], ⑧차의 여섯 가지 덕[六德]을 싣고 있다. 이와 같이 본문 중 본론은 차에 대한 종합적 고찰이라고 볼 수가 있다. 그리고 마지막으로 '희이가왈喜而歌曰'로 시작되는 106자로 이루어진 본문의 '결론' 부분은 〈다부〉의 정화로서 '오심지다吾心之茶'라는 '내(우리) 마음의 차'로 승화된 차생활의 경지를 드러내며 끝맺음하고 있다. 이와 같이 〈다부〉는 서문과 본문으로, 그리고 본문은 본론과 결론 부분을 합쳐 모두 열 단락으로 구분되어 총 1,332자로 이루어져 있으며, 형식은 부賦라는 문학적 표현을 사용했지만, 오히려 실질적인 형식은 전문적인 논문체계를 갖추는 등 매우 체계적인 구성을 이루고 있다. 또한 그 내용 면에 있어서는 차에 대한 종합적인 고찰과 특성을 잘 드러냈을 뿐만이 아니라, 단순한 기호식품으로서의 차의 특성뿐만이 아니라 정신적인 차원의 깊이 있는 문화생활로 승화시키고 있다.

• 다부茶父

오늘날의 차인들이 한국 최초最初, 최고最古의 전문다서인 〈다부茶賦〉를 지은 한재 이목 선생을 추앙하여 부르는 이름으로 한국 최초의 전문다서인 〈다부茶賦〉의 이름을 따서 '한국차의 아버지[茶父]' 또는 '한국의 다부茶父' 라 부르고 있다.

• 다선茶仙

2004년 8월 한국차인연합회의 발의에 의해 한재寒齋 이목李穆 선생을 '한국의 다선茶仙'으로 추앙하였다. (사)한국차인연합회에서는 2004년 8월 13일 제19회 전국차생활지도자연수회의 기조강의에서 박권흠 회장이 한국 최초의 다서〈다부茶賦〉를 지은 차인으로 그의 청렴하고 곧은 선비정신을 기려 '한국의 다선茶仙'으로 추앙하자는 취지를 설명하고, 회원들의 절대적인 찬동 절차를 받아 한재 이목 선생을 다선으로 추앙하자는 선언을 하였다. 한국차의 선구자이고, 한국최고最古의 전문다서인〈다부〉의 저자로서의 가치를 인정하여 '한국의 다선茶仙'으로 추앙하였고, 한재 이목 선생에 대한 재평가와 차인들의 존경심을 드러내고 있다.

• 무오사화戊午士禍

연산군 4년(1498) 김일손金馹孫, 이목 등 신진사류新進士類가 유자광柳子光을 중심으로 한 훈구파勳舊派에 의해 화를 입은 사건으로 직접적인 도화선은 김종직의〈조의제문〉을 김일손이 사초에 실은 것을 빌미로〈조의제문〉이 세조의 즉위를 비방하는 것이라며 유자광은 김종직과 김일손이 대역부도를 꾀했다고 하여 신진사류들을 처형하거나 귀양을 보냈다.

• 무오오현戊午五賢

연산군 4년(1498)에 발생한 우리나라 최초의 사화인 무오사화 때 희생당한 다섯 명의 신진사류인 '김일손, 권오복, 이목, 권경휴, 허반' 선생을 일컫는 말이다.

• 부조묘不祧廟

나라에 큰 공훈이 있는 사람의 신주를 영구히 사당에 모시고, 제사 지내도록 하는 특전으로 한재 이목 선생은 영조 2년(1726) 영조의 명에 의하여 부조묘가 내려져 김포에 사당을 세워 신위를 봉안하고, 해마다 기제사를 지내고 있다. 일명 부조지전不祧之典이라고도 한다.

• 사가독서賜暇讀書

조선시대에 국가의 유능한 인재를 양성하고 문운文運을 진작시키기 위해서 젊은 문신들에게 휴가를 주어 독서에 전념할 수 있도록 한 제도이다.

• 3대三大 다서茶書

2000년의 한국차 역사에서 한국차에 대한 전문적인 내용을 정리한 전문다서로서 한국차를 대표하는 〈다부茶賦〉와 〈동다송東茶頌〉을 '한국차의 2대二大 다서茶書'라고 부른다. 여기에 〈다신전茶神傳〉을 더해서 '한국차의 3대 다서'라고 부른다.

• 3대三大 다시茶詩

우리나라의 다시 중 대표적인 다시 세 가지를 말하며, 한재 이목 선생의 〈다부〉 결론 부분에 나오는 '내 마음의 차'와 서산대사의 '다선일미'를 드러내는 선시 일구, 그리고 초의선사의 〈동다송〉 결론 부분에 나오는 '도인의 찻자리'가 우리나라를 대표하는 3대 다시라 부를 수 있다. 구체적인 구절은 다음과 같다.

(1) 한재 이목 선생의 '내 마음의 차[吾心之茶]'
내가 세상에 태어남에 풍파(風波)가 모질구나.

양생(養生)에 뜻을 둠에 너를 버리고 무엇을 구하리오?

나는 너를 지니고 다니면서 마시고, 너는 나를 따라 노니,

꽃피는 아침, 달뜨는 저녁에, 즐겨서 싫어함이 없도다.

我生世兮風波惡 如志乎養生 捨汝而何求 我携爾飮 爾從我游

花朝月暮 樂且無斁

(2) 서산대사의 '다선일미(茶禪一味)'

낮에는 차 한 잔

밤에는 잠 한숨

푸른 산 흰 구름이 다 함께

무생사(無生死)를 이야기하네.

晝來一椀茶 夜來一場睡 靑山與白雲 共說無生死

(3) 초의선사의 <동다송(東茶頌)> 중 '도인의 찻자리'

밝은 달[明月]을 등불 겸 벗으로 삼고

흰구름[白雲]을 자리 겸 병풍으로 둘러서

대바람 솔바람 소리 고요히 잦아들고 서늘해지니

맑은 바람 뼛속 깊이 스며들고 마음 또한 또렷해질 적에

오직 흰구름과 밝은 달을 두 손님으로 허락하나니

도인의 찻자리가 이만하면 으뜸이로세.

明月爲燭兼爲友 白雲鋪席因作屛 竹籟松濤俱蕭凉 淸寒瑩骨心肝惺

惟許 白雲明月爲二客 道人座上此爲勝

• 삼품三品

한재 이목 선생이 우리나라 최초의 전문다서인 <다부茶賦>에서 차의

특성을 구분하여 제시한 것 중의 하나로서 차의 등급을 세 가지로 나
눈 것이다. 한재 이목 선생은 〈다부〉에서 차의 등급으로서의 삼품三品
은 "①몸을 가볍게 하는 것이 상품上品이고, ②지병을 없애 주는 것이 중
품中品이며, ③고민을 달래주는 것이 그 다음次品이다."라고 제시하였다.

• 오공五功

한재 이목 선생이 우리나라 최초의 전문다서인 〈다부茶賦〉에서 차
의 특성을 구분하여 제시한 것 중의 하나로서 차가 가지고 있는 공덕
을 다섯 가지로 구분하였다. 한재 이목 선생은 〈다부〉에서 차의 다섯
가지 공덕으로서 5공功은 "①갈증을 풀어주고, ②가슴의 울적함을 풀
어주고, ③주객主客의 정情을 서로 즐기게 하고, ④소화가 잘되게 하
고, ⑤술을 깨게 한다."는 것이라고 제시하였다.

• 오심지다吾心之茶

한재 이목 선생이 〈다부〉에서 정리한 다심일여의 차 경지를 말하
며, '내(우리) 마음의 차[吾心之茶]'라고 한다. 이것은 한재 이목 선생이
제시한 진정한 차인으로서 가져야 할 기본적인 덕성이자, 진정한 차
정신으로서 '내(우리) 마음의 차[吾心之茶]'인 다심일여茶心一如의 경지
이다. 더불어 〈다부〉의 최종 결론으로서 차의 정화이기도 하기에 차
인으로서 이상적인 세계인 오심지다吾心之茶의 다심일여茶心一如의 경
지를 드러내야 한다. 그러기에 차인이라면, 차를 즐기며 내 마음의 차
에서 우리 마음의 차로 우리 모두가 함께하는 차 세계와 차정신을 이
끌어가야 한다.

• 육덕六德

한재 이목 선생이 우리나라 최초의 전문다서인 〈다부茶賦〉에서 차의 특성을 구분하여 제시한 것 중의 하나로서 차가 가지고 있는 덕을 여섯 가지로 구분하였다. 한재 이목 선생은 〈다부〉에서 차의 여섯 가지 덕성인 6덕德은 "①오래 살게 하고, ②병을 고치게 하고, ③기운을 맑게 하고, ④마음을 편케 하고, ⑤신령스럽게 하고 , ⑥예절을 갖추게 한다."는 것이라고 제시하였다.

• 2대二大 다서茶書

2000년 한국차의 역사에서 한국차에 대한 전문적인 내용을 정리한 전문다서로서 한국차를 대표하는 〈다부茶賦〉와 〈동다송東茶頌〉을 '한국 차의 2대 다서'라고 부른다.

•《이평사집李評事集》

한재 이목 선생의 글을 모은 문집으로 선조 18년(1585) 한재 선생의 아들이신 감사공 세장世璋이 수습 성책하고, 손자인 무송현감 이철李鐵이 2권 1책의《이평사집李評事集》으로 간행하였다. 현재는 유실되어 전해지지 않는다.

•《이평사집李評事集》중간본重刊本

인조 9년(1631) 한재 이목 선생의 증손인 청송부사 이구징李久澄이 임란 때 소실된 초간본을 보완하여 중간重刊하였으며, 현재 서울대학교 규장각본과 목우선생 소장본 등이 있으며, 규장각본은 1988년 민족문화추진회에서 한국문집총간 제18권으로 발간하였다. 본서 부록에 첨부된 〈다부〉 원문은 목우선생 소장본이다.

• 전문다서專門茶書

차에 관한 단편적인 글을 정리한 것이 아니라, 차를 중심으로 차에 대한 전문적인 내용을 정리한 저서를 말한다. 한국 최초의 전문다서인 한재 이목 선생의 〈다부茶賦〉와 초의선사의 〈동다송東茶頌〉 및 〈다신전茶神傳〉 등이 대표적인 전문다서이며, 중국의 경우에는 육우의 《다경茶經》 등이 있다.

• 절명가絶命歌

사람이 죽을 때 부르는 노래로서, 대표적인 절명가로는 고려말 포은 정몽주 선생의 〈절명가〉와 무오사화 때 불의로 운명한 한재寒齋 이목李穆 선생의 〈절명가〉가 있다. 한재 이목 선생의 〈절명가〉는 다음과 같다.

검은 까마귀 모이는 곳에 흰 갈매기야 가지 마라.
저 까마귀 성내어 너의 흰 빛을 시새움 하나니
맑은 강물에 깨끗이 씻은 몸이 저 더러운 피로 물들까 두렵구나.
책을 덮어놓고 창문을 밀쳐 열고 보니
맑은 강물 위에 흰 갈매기가 떠 노는구나.
우연히 침을 뱉고 보니 흰 갈매기 등에 묻어버렸구나.
흰 갈매기야 성내지 마라.
저 세상 사람이 더러워서 침을 뱉았노라.
黑鴉之集處兮 白鷗兮莫 適彼鴉之怒兮 諒汝色之
白歟淸江濯濯之身兮 惟廬恐 染彼之血掩卷而推窓兮
淸江白鷗浮 偶爾唾涎兮 漬濡乎白鷗背 白鷗兮莫怒 汚彼世人而唾也

• 점필재佔畢齋 김종직金宗直

세종 13년(1431)에 출생하여 성종 23년(1492)에 돌아가셨으며, 본관은 선산善山, 자는 계온季溫, 호는 점필재佔畢齋로서 아버지는 김숙자金叔滋 선생이고, 밀양에서 태어났다. 정몽주·길재·김숙자로 내려오는 도맥道脈을 계승하여 김굉필·정여창·김일손·유호인·이목과 같은 젊은 제자들을 길러내어 사림의 종장宗匠으로 일컬어진다. 시호는 문충文忠이다.

• 정간貞簡

경종 2년(1722)에 한재寒齋 이목李穆 선생의 충절을 기려 내린 시호謚號로서 그 뜻은 "굽히지 않고 숨기지 않음을 '정貞'이라 하고, 정직하여 간사함이 없음을 '간簡'이라 한다[不屈無隱曰貞 正直無邪曰簡]."이다.

• 조선시대 차계의 아름다운 4대 만남

일반적으로 우리는 조선시대 차문화는 쇠퇴한 것으로 알고 있으나, 오히려 참 다인으로서 상징적인 인물은 조선시대 더욱 또렷하게 드러나고 있다. 가야시대 이후 삼국시대, 그리고 고려시대를 이어서 차의 맥과 전통을 온전하게 보존시켜 오는 데 큰 기여를 한 참 다인들이 조선시대에도 있었던 것이다. 그중에서도 조선시대를 대표하는 다인들의 위대한 만남이 조선시대 초기와 중기 그리고 말기에 걸쳐 이루어진다. 그와 같은 만남은 조선시대 초기 ①점필재 김종직 선생과 한재이목 선생의 사제간의 만남, 조선 중기 ②서산대사와 사명대사의 사제간의 만남, 그리고 조선 말기 ③아암혜장 선사와 다산 정약용 선생의 만남, ④초의선사와 추사 김정희 선생의 벗의 만남이다. 이야말로 조선시대를 대표하는 다인들의 아름다운 4대 만남으로서 한국차의 역사를 아름답게 만들고 있다.

• 철갱봉다徹羹奉茶

보통의 제사에는 국을 내린 후 물을 올리고 있으나, 한재종중에서 제사의 의식을 기록한 홀기笏記에서는 '국을 내리고 차를 올린다'는 '철갱봉다徹羹奉茶'의 내용이 포함되어 있다. 이것은 1674년에 만들어진 제사홀기로, 한재종중에서 대대로 내려온 제사의식으로서 유림가의 제례 시 차를 올린 대표적인 사례로 확인되고 있다.

• 청정한파淸淨蹇菠

'청정한 한재의 차'라는 뜻으로 한재 이목 선생의 차정신을 추모하는 다인들에 의해 명명된 청정한 한재 이목 선생의 정신과 기품, 그리고 차의 품성을 기려서 부르는 말이다. 특히 여기에서 '한蹇'과 '파菠'는 한재 이목 선생이 한국 최고의 다서인 〈다부〉에서 차에 대한 새로운 이름으로 명명한 글자로서 한자 자체의 사전적 뜻은 '꽈리 한蹇'과 '시금치 파菠'로 볼 수가 있으나, 차에 관한 경우에는 기존의 차에 대한 새로운 이름으로서 그 뜻은 '청정한 한재의 차', 바로 '우리의 차'라는 의미가 있다고 할 수 있다.

• 칠효능七效能

한재 이목 선생이 우리나라 최초의 전문다서인 〈다부茶賦〉에서 차의 특성을 구분하여 제시한 것 중의 하나로서 차가 가지고 있는 효능을 일곱 가지로 구분하였다. 한재寒齋 이목李穆 선생은 〈다부〉에서 차의 일곱 가지 효능效能으로 "①한 잔을 마시니 마른 창자가 깨끗이 씻기고, ②두 잔을 마시니 마음과 혼이 상쾌하고, ③세 잔을 마시니 호연지기가 생겨나고, ④넉 잔을 마시니 가슴에 웅혼한 기운이 생기며 울분이 없어지고, ⑤다섯 잔을 마시니 색마가 도망가고 탐욕이 사라지며, ⑥여섯 잔을 마시니 신기함이 하늘나라에 오르는 듯하고, ⑦일곱 잔은 채마시기도 전에 맑은 바람이 울울이 옷깃에 일어난다.”고 제시하였다.

• 한재寒齋

우리나라 최고最古의 전문다서를 지은 한재寒齋 이목李穆 선생의 아호雅號이다.

• 한재기념사업회寒齋記念事業會

한재寒齋 이목李穆 선생을 선양하기 위하여 전국의 차인 대표와 유학자, 김포문화원 관계자, 그리고 한재종중의 대표자들이 모여 만든 단체로서 한재 이목 선생을 선양하기 위한 다양한 사업들을 추진하고 있다.

• 한재기제寒齋忌祭

해마다 사람이 죽은 날에 지내는 제사로서 기제사라고도 한다. 한재 이목 선생은 김포에 있는 한재당에서 매년 음력 7월 26일에 기제사를 지내고 있다.

• 한재다정寒齋茶亭

한재 이목 선생을 모신 한재당 내에 건립한 다정茶亭으로 한국차의 선구자인 한재 이목 선생의 차인 정신을 기리기 위해 1997년 경기도와 김포시의 지원으로 건립하였으며, 최근에는 한재다원을 확대하는 등 성역화 작업이 진행되고 있다.

• 한재당寒齋堂

한재 이목 선생의 신위를 모신 사당으로서 현재 경기도 김포시 하성면 가금리 224에 위치하고 있으며, 1975년 9월 5일 경기도 지방기념물 제47호로 지정되었다.

• 한재문집寒齋文集

조선시대 성종 때의 문신인 한재 이목 선생이 생전에 지은 시문을 모은 문집이다. 최초의 문집은 선조 18년(1585) 아들이신 감사공 이세장李世璋이 수습 성책하고, 손자인 무송현감 이철李鐵이 간행한 《이평사집李評事集》이다. 인조 9년(1631) 증손인 청송부사 이구징李久澄이 보간補刊하였으며, 1914년 14세손 이존원李存原이 보간補刊하여 《한재집寒齋集》으로 발간하였고, 1981년 한재종중관리위원회에서 1914년판 《한재집》을 저본으로 국역하고, 의재毅齋 성구용成九鏞의 연보를 포함하여 《한재문집寒齋文集》으로 발간하였다. 《한재문집》에는 한재寒齋 이목李穆 선생이 남긴 가사歌詞 4편, 부賦 9편, 시詩 30수, 소疏 1편, 계啓 1편, 책策 3편, 해解·기記·송頌·제문祭文 각 1편이 수록되어 있으며, 특히 한국 최초의 전문다서인 〈다부茶賦〉가 포함되어 있다.

• 한재寒齋 이목李穆

한재寒齋 이목李穆(1471~1498) 선생은 조선 10대 임금 연산군 때의 학자이자 문신으로 본관은 전주全州, 자는 중옹仲雍, 호는 '한재寒齋', 시호는 '정간貞簡'이다. 조선 성종 2년(1471) 7월 전주이씨全州李氏 시중공파侍中公派의 후손인 참의공 이윤생李閏生의 3남 중 차남으로 경기도 김포시 하성면 가금리에서 출생하였다. 8세에 취학하여 14세에 점필재 김종직 선생의 문하에 수학하였다. 19세 되던 해(성종 20년, 1489)

에 진사과에 합격하여 성균관에 입문하였고, 이 무렵 참판參判 김수손金首孫이 대사성大司成으로 성균관에서 강론하면서 그의 비범함을 알고 사위로 삼아 예안김씨禮安金氏를 부인으로 맞이하였다. 20세인 성균관 시절 당시 성종 임금에게 병이 있었는데, 대비가 무녀를 시켜 반궁의 벽송정에서 기도를 올리려 하자 태학생들이 이를 반대하여 무리를 지어 몰려가 무녀들은 곤장을 쳐서 쫓아낸 일이 있었다. 후에 성종이 이 사실을 알고 짐짓 노하여, 성균관에 명하여 당시의 유생들을 기록하게 하였다. 그리하여 다른 유생들은 모두 도망갔으나, 오직 한재 이목 선생만이 홀로 도망가지 않아서 성종의 칭찬과 술을 받은 일도 있었다고 한다. 또한 간신 윤필상이 정승이 되어 정권을 제멋대로 휘두를 당시 그의 간교한 행위를 지적하며 그를 간귀奸鬼라고 칭한 상소를 올렸는데, 이 일로 인해 성종 23년(1492) 12월 4일 의금부에 갇혔다가 10일 후인 12월 14일 석방되기도 하였다. 23세 되던 해인 성종 24년(1493) 10월 6일 정조사로 가는 장인 김수손을 따라 중국 연경에 갔다가 24세인 성종 25년(1494) 3월 10일 6개월 만에 귀국하였다. 25세 되던 연산군 원년(1495) 노사신에 대한 탄핵 사건으로 1495년 1월 27일 공주로 귀양 갔다가 같은 해 5월 22일 풀려났으며, 동년 대과大科에서 〈천도책天道策〉과 〈등용인재책문登庸人才策問〉으로 장원급제壯元及第 하였다. 장원급제 후 정6품의 성균관전적과 종학사회를 제수받았으며, 26세에 진용교위로 영안남도(함경남도) 병마평사로 부임하다가, 27세에 휴가를 하사받아 호당에서 사가독서를 했으며, 이 해에 청백리淸白吏로서 아호가 금강어수錦江漁叟인 아들 세장世璋을 낳았다. 28세인 연산군 4년 윤필상, 유자광, 이극돈 등 훈구파가 성종실록 사초史草의 〈조의제문〉을 구실로 김종직 학파인 사림파를 모함하여 많은 선비들이 억울하게 처형 또는 유배당한 우리나라 최초의 사화인 무오사화(1498)에 연루되어 돌아가셨다.

　사망한 후인 연산군 10년(1504) 갑자사화 때엔 다시 부관참시란 혹형까지 당하기도 하였다. 중종반정에 의해 연산군이 축출되고 중종中宗이 등극하자, 그의 억울했던 죄명이 벗겨져 관직이 복직되고, 가산도 환급받았으며, 명종 7년(1552)엔 종2품인 가선대부嘉善大夫, 이조참판吏曹參判 겸 홍문관 제학, 예문관 제학, 동지 춘추관 성균관사를 증직받았다. 명종 14년(1559)엔 공주 공암孔岩의 충현서원忠賢書院에 배향되었으며, 인조 때엔 청음 김상헌이 그분의 묘표문을 짓고, 계곡 장유는 묘지명을 지었다. 숙종 43년(1717)엔 자헌대부, 이조판서 겸 홍문관 대제학, 예문관 대제학, 세자 좌빈객, 오위도총부 도총관 등 정2품의 관직을 추증받았으며, 경종 2년(1722)엔 '정간貞簡'이라는 시호가 내려졌다. 영조 2년(1726)엔 그의 절개를 영원히 기리도록 부조지전不祧之典이 내려졌고, 정조 5년(1781)엔 황강서원黃岡書院(전주 소재)에 배향하여 그의 효우충직孝友忠直한 성품과 불의에 굽힐 줄 모르는 강직한 기품, 그리고 깊은 학문과 굳건한 절의를 숭상하도록 하였다.

　이와 같이 한재 이목 선생은 그야말로 도학道學과 문장文章, 그리고 절의節義를 겸비한 선비였고 학자였다. 그러나 불행히도 28세란 젊은 나이로 생애를 마쳤기 때문에 학문을 보다 집대성할 수 있는 기회를 갖지는 못했다. 또한 문하에 제자를 가질 기회조차 없어 그 높은 학덕을 계승 선양하는 길이 막힌 것은 안타까운 일이 아닐 수 없다. 그분의 생애가 좀 더 길었더라면 한국 차계 뿐만이 아니라 한국 정신사의 큰 별로 남아 있을 것으로 확신하게 된다.

　오늘날 한재 이목 선생을 추모하는 '한재당寒齋堂'이 한재 이목 선생의 출생지인 경기도 김포군 하성면 가금리에 위치하고 있으며, 경기도 지방문화재 제47호로 지정되어 있다.

• 《한재집寒齋集》

1914년 한재 이목 선생의 14세손인 이존원李存原 선생이 구본《이평사집李評事集》에 누락된 글을 수습하여 상하 2권, 부록 2권의《한재집寒齋集》으로 보간補刊하였다.

• 한재寒齋 헌다례獻茶禮

한국차의 선도자인 한재 이목 선생을 추모하기 위하여 한국차문화연구회와 예명원 김포다도박물관을 중심으로 1986년부터 매년 6월 첫째 일요일에 김포에 소재한 한재당寒齋堂에서 차인들에 의해 거행하는 한재 선생 추모다례이다.

• 한파蘘菠

한재 이목 선생이 한국 최고의 다서인 〈다부〉에서 차에 대한 새로운 이름으로 명명한 자로서 한자 자체의 사전적 뜻은 '꽈리 한蘘'과 '시금치 파菠'로 볼 수 있으나, 차에 관한 경우에는 기존의 차에 대한 새로운 이름으로서 그 뜻은 '한재의 청정한 차[淸淨蘘菠]'라고 할 수가 있다.

• 홀기笏記

의식의 순서를 기록한 글로서 '제례홀기祭禮笏記'라고도 하며, 제사 지내는 순서를 기록한 글이다.

한재종회 제례홀기 祭禮笏記

● 執禮陳設 及 諸具 確認 : 香卓 香爐 香盒 盞盤 茅沙 退酒器 酒注
집례 진설 급 제구 확인   향탁 향로 향합 잔반 모사 퇴주기 주주

祝板 盥洗位 帨 少卓 茶灌 茶碗 炙
축판 관세위 세 소탁 다관 다완 적

● 執禮 告 不祧廟忌祭 分定 呼名
집례 고 부조묘기제 분정 호명

집례는 부조묘기제의 분정기를 호명하시오

● 唱笏 東階上 西向立 到此高聲讀
창홀 동계 상 서향립 도차고성독

집례는 동계 상에서 서를 향해 서시오

● 先祖 紹介
선조 소개

선조님을 소개합니다

◈ 行 神主奉安禮 ◈
행 신주봉안례

- **初獻官以下 諸執事 盥手帨手 各就位**
  초 헌 관 이 하 제 집 사 관 수 세 수 각 취 위

  초헌관이하 제 집사는 손을 씻고 닦고 각자의 자리에 이르시오

- **祝及 諸執事者 入室**
  축 급 제 집 사 자 입 실

  축과 제집사자는 방에 들어가시오

- **初獻官 升自阼階 香案前 焚香 跪 告辭**
  초 헌 관 승 자 조 계 향 안 전 분 향 궤 고 사

  초헌관은 계단으로 올라가 향안 앞에서 끓어앉아 분향하고 고사 출주
  축 대신 정침으로 모심

- **祝 詣龕室 斂櫝 置于西階卓上 復位**
  축 예 감 실 렴 독 치 우 서 계 탁 상 복 위

  축은 감실에 이르러 독을 받들어 서계탁상위에 놓고 복위

- **獻官 啓櫝 奉祖考妣神主 奉安于橋椅上 復位**
  헌 관 계 독 봉 조 고 비 신 주 봉 안 우 교 의 상 복 위

  헌관은 독을 열고 할아버지 할머니 신주를 받들어 교의 상에 모시고 복위

◈ 行 降神禮 ◈
행 강신례

- **初獻官 香案前 焚香 再拜**
  초 헌 관 향 안 전 분 향 재 배

  초헌관은 향안 앞에서 분향하고 재배

- **左執事者取盞盤 詣獻官之左**
  좌 집 사 자 취 잔 반 예 헌 관 지 좌
  좌집사자는 술잔을 취해 헌관 좌에 이르시고

- **執事者 執注 詣獻官之右**
  집 사 자 집 주 예 헌 관 지 우
  집사자는 주전자를 잡고 헌관 우에 이르시고

- **獻官 跪**
  헌 관 궤
  헌관은 끓어앉으시고

- **左執事者 東向 跪 以盞盤 授獻官**
  좌 집 사 자 동 향 궤 이 잔 반 수 헌 관
  좌집사자는 동을 향해 끓어앉아 술잔을 헌관에게 주시고

- **獻官 受盞盤**
  헌 관 수 잔 반
  헌관은 술잔을 받으시오.

- **執事者 西向 跪 斟酒于盞 反注于故處　復位**
  집 사 자 서 향 궤 짐 주 우 잔 반 주 우 고 처　복 위
  집사자는 서를 향해 끓어앉아 술을 따르고 주전자를 돌려놓고 복위

- **獻官 灌于茅上 授執事**
  헌 관 관 우 모 상 수 집 사
  헌관은 관우모상하고 집사에게 주시오
  ★ 관우모상: 술을 띠에 부음

- **執事者受盞盤 興 盤之故處　復位**
  집 사 자 수 잔 반 흥 반 지 고 처　복 위
  집사자는 술잔을 받고 일어나 예전의 자리에 놓으시오

- 獻官 俛伏興 再拜　復位
  헌관 변복흥 재배　복위
  헌관은 몸을 굽혀 일어나 재배하고 복위

◆ 行 參神禮 ◆
행 참 신 례

- 初獻官 以下 再拜
  초 헌 관 이 하 재 배
  초헌관이하 모두 재배

◆ 行 初獻禮 ◆
행 초 헌 례

- 初獻官 詣香案前
  초 헌 관 예 향 안 전
  초헌관은 향안 앞에 이르시오

- 執事者 執注 詣獻官之右
  집 사 자 집 주 예 헌 관 지 우
  집사자는 주전자를 잡고 헌관 우에 이르시오

- 獻官 奉祖考盞盤 香案前 東向
  헌 관 봉 조 고 잔 반 향 안 전 동 향
  헌관은 할아버지 술잔을 받들어 향안 앞에서 동을 향해 서시오

- 執事者 西向 斟酒于盞
  집 사 자 서 향 짐 우 주 잔
  집사자는 서를 향해 잔에 술을 따르시고

- **獻官 奉之奠于 祖考前**
  헌 관 봉 지 전 우 조 고 전

  헌관은 받들어 할아버지 앞에 올리시고

- **獻官 奉祖妣盞盤 香案前 東向**
  헌 관 봉 조 비 잔 반 향 안 전 동 향

  헌관은 할머니 술잔을 받들고 향안 앞에서 동을 향해 서시오

- **執事者 斟酒于盞 反注于故處 復位**
  집 사 자 짐 우 주 잔 반 주 우 고 처 복 위

  집사자는 잔에 술을 따르고 주전자를 돌려놓고 복위

- **獻官 奉之奠于 祖妣前 香案前 北向**
  헌 관 봉 지 전 우 조 비 전 향 안 전 북 향

  헌관은 받들어 할머니 앞에 올리고 향안 앞에서 북을 향해 서시오

- **左右執事者 奉祖考妣盞盤 詣獻官之左右**
  좌 우 집 사 자 봉 조 고 비 잔 반 예 헌 관 지 좌 우

  좌우집사자는 나아가 할아버지 할머니 술잔을 받들어 헌관좌우에 이르시오

- **獻官 跪**
  헌 관 궤

  헌관은 끓어앉으시오

- **左執事者 東向 跪 授獻官**
  좌 집 사 자 동 향 궤 수 헌 관

  좌집사자는 동을 향해 끓어앉아 헌관에게 주시오

- **獻官 受盞盤 左手執盤 右手取盞 祭之茅上 授執事者**
  헌 관 수 잔 반 좌 수 집 반 우 수 취 잔 제 지 모 상 수 집 사 자

  헌관은 술잔을 받아 제지모상을 하고 집사자에게 주시오

  ＊ 제지모상: 술을 띠에 세번 부음

- **執事者受盞盤興奠于祖考前　復位**
  집 사 자 수 잔 반 흥 전 우 조 고 전　복 위
  집사자는 술잔을 받고 일어나 할아버지 앞에 올리고 복위

- **右執事者西向跪授獻官**
  우 집 사 자 서 향 궤 수 헌 관
  우집사자는 서를 향해 꿇어앉아 헌관에게 주시오

- **獻官受盞盤左手執盤右手取盞祭之茅上授執事者**
  헌 관 수 잔 반 쥐 수 집 반 우 수 취 잔 제 지 모 상 수 집 사 자
  헌관은 술잔을 받아 제지모상을 하고 집사자에게 주시오

- **執事者受盞盤興奠于祖妣前　復位**
  집 사 자 수 잔 반 흥 전 우 조 비 전　복 위
  집사자는 술잔을 받고 일어나 할머니 앞에 올리고 복위

- **執事者奉之肉炙楪奠于祖考妣前　復位**
  집 사 자 봉 지 육 적 접 전 우 조 고 비 전　복 위
  집사자는 육적 접을 받들어 할아버지 할머니 앞에 올리고 복위

- **左右執事者啓飯蓋　復位**
  좌 우 집 사 자 계 반 계　복 위
  좌우 집사자는 밥뚜껑을 모두 여시오.

- **祝取祝板詣獻官之左北向跪**
  축 취 축 판 예 헌 관 지 좌 북 향 궤
  축은 축판을 취해 헌관 좌에 이르러 북을 향해 꿇어앉으시오

- **獻官以下皆俯伏**
  헌 관 이 하 개 부 복
  헌관이하 모두 부복

- 讀祝
  독 축
  축을 읽으시오.

- 讀畢 置板於卓上 皆興 復位
  독 필 치 판 어 탁 상 개 흥 복 위
  읽기를 끝낸 축판을 탁상에 놓고 모두 일어나시오.

- 獻官 再拜 砌降 復位
  헌 관 재 배 체 강 복 위
  헌관은 재배하고 섬돌 아래로 복위

- 左右執事者 徹酒 反之故處 復位
  좌 우 집 사 자 철 주 반 지 고 처 복 위
  좌우 집사자는 술을 물리고 술잔을 되돌려놓고 복위

◆ 行 亞獻禮 ◆
행 아 헌 례

- 亞獻官 詣香案前
  아 헌 관 예 향 안 전
  아헌관은 향안 앞에 이르시오

- 執事者 執注 詣獻官之右
  집 사 자 집 주 예 헌 관 지 우
  집사자는 주전자를 잡고 헌관 우에 이르시오

- 獻官 奉祖考盞盤 香案前 東向
  헌 관 봉 조 고 잔 반 향 안 전 동 향
  헌관은 할아버지 술잔을 받들어 향안 앞에서 동향하시오

- **執事者 西向 斟酒于盞**
  집 사 자 서 향 짐 주 우 잔
  집사자는 서를 향해 잔에 술을 따르시오

- **獻官 奉之奠于 祖考前**
  헌 관 봉 지 전 우 조 고 전
  헌관은 받들어 할아버지 앞에 올리고

- **獻官 奉祖妣盞盤 香案前 東向**
  헌 관 봉 조 비 잔 반 향 안 전 동 향
  헌관은 할머니 술잔을 받들고 향안 앞에서 동향하시오

- **執事者 斟酒于盞 反注于故處**
  집 사 자 짐 주 우 잔 반 주 우 고 처
  집사자는 잔에 술을 따르고 주전자를 되돌려 놓으시오

- **獻官 奉之奠于 祖妣前 香案 前 北向**
  헌 관 봉 지 전 우 조 비 전 향 안 전 북 향
  헌관은 받들어 할머니 앞에 올리고 향안 앞에서 북향

- **左右執事者 奉祖考妣盞盤 詣獻官之 左右**
  좌 우 집 사 자 봉 조 고 비 잔 반 예 헌 관 지 좌 우
  좌우집사자는 할아버지 할머니 술잔을 받들어 헌관 좌우에 이르시오

- **獻官 跪**
  헌 관 궤
  헌관은 꿇어앉으시오

- **左執事者 東向 跪 授獻官**
  좌 집 사 자 동 향 궤 수 헌 관
  좌 집사자는 동을 향해 꿇어앉아 헌관에게 주시오

- **獻官 受盞盤 左手執盤 右手取盞 祭之茅上 授執事者**
  헌 관 수 잔 반 좌 수 집 반 우 수 취 잔 제 지 모 상 수 집 사 자

  헌관은 술잔을 받아 제지모상을 하고 집사자에게 주시오

  ★ 제지모상: 술을 퇴주기에 세번 부음

- **執事者 受盞盤 興 奠于祖考前　復位**
  집 사 자 수 잔 반 흥 전 우 조 고 전　복 위

  집사자는 술잔을 받고 일어나 할아버지 앞에 올리고 복위

- **右執事者 西向 跪 授獻官**
  우 집 사 자 서 향 꿰 수 헌 관

  우집사자는 서를 향해 끓어앉아 헌관에게 주시오

- **獻官 受盞盤 祭之茅上 授執事者**
  헌 관 수 잔 반 제 지 모 상 수 집 사 자

  헌관은 술잔을 받아 제지모상을 하고 집사자에게 주시오

- **執事者 受盞盤 興 奠于祖妣前　復位**
  집 사 자 수 잔 반 흥 전 우 조 비 전　복 위

  집사자는 술잔을 받고 일어나 할머니 앞에 올리고 복위

- **執事者 奉之奠于 鷄炙楪 祖考妣前　復位**
  집 사 자 봉 지 전 우 계 적 집 조 고 비 전　복 위

  집사자는 계적 접을 받들어 할아버지 할머니 앞에 올리고 복위

- **獻官 再拜 砌降　復位**
  헌 관 재 배 체 강　복 위

  헌관은 재배하고 섭돌 아래로 복위

- **左右執事者 徹酒 反之故處　復位**
  좌 우 집 사 자 철 주 반 지 고 처　복 위

  좌우집사자는 술을 물리고 술잔을 되돌려놓고 복위

◆ 行終獻禮 ◆
행 종 헌 례

- **終獻官 詣香案前**
  종 헌 관 예 향 안 전

  종헌관은 향안 앞에 이르시오

- **執事者 執注 詣獻官之右**
  집 사 자 집 주 예 헌 관 지 우

  집사자는 주전자를 잡고 헌관 우에 이르시오

- **獻官 奉祖考盞盤 香案前 東向**
  헌 관 봉 조 고 잔 반 향 안 전 동 향

  헌관은 할아버지 술잔을 받들어 향안 앞에서 동향하시오

- **執事者 西向 斟酒于盞**
  집 사 자 서 향 짐 주 우 잔

  집사자는 서를 향해 잔에 술을 따르시고

- **獻官 奉之奠于 祖考前**
  헌 관 봉 지 전 우 조 고 전

  헌관은 받들어 할아버지 앞에 올리시고

- **獻官 奉祖妣盞盤 香案前 東向**
  헌 관 봉 조 비 잔 반 향 안 전 동 향

  헌관은 할머니 술잔을 받들고 향안 앞에서 동향하시오

- **執事者 斟酒于盞 反注于故處　復位**
  집 사 자 짐 주 우 잔 반 주 우 고 처　복 위

  집사자는 잔에 술을 따르고 주전자를 되돌려놓고 복위

- 獻官 奉之奠于祖妣前 香案前 北向
  헌관 봉지전우조비전 향안전 북향
  헌관은 할머니 앞에 바치고 향안 앞에서 북향하시오

- 左右執事者 奉祖考妣盞盤 詣獻官之左右
  좌우집사자 봉조고비잔반 예헌관지좌우
  좌우 집사자는 할아버지 할머니 술잔을 받들어 헌관 좌우에 이르시오

- 獻官 跪
  헌관 궤
  헌관은 끓어앉으시오

- 左執事者 東向 跪 授獻官
  좌집사자 동향 궤 수헌관
  좌 집사자는 동을 향해 끓어앉아 헌관에게 주시오

- 獻官 受盞盤 祭之茅上 授執事者
  헌관 수잔반 제지모상 수집사자
  헌관은 술잔을 받아 제지모상하고 집사자에게 주시오

- 執事者 受盞盤 興 奠于祖考前　復位
  집사자 수잔반 흥 전우조고전　복위
  집사자는 술잔을 받고 일어나 할아버지 앞에 바치고 복위

- 右執事者 西向 跪 授獻官
  우집사자 서향 궤 수헌관
  우집사자는 서를 향해 끓어앉아 헌관에게 주시오

- 獻官 受盞盤 左手執盤 右手取盞 祭之茅上 授執事者
  헌관 수잔반 좌수집반 우수취잔 제지모상 수집사자
  헌관은 술잔을 받아 제지모상을 하고 집사자에게 주시오

- 執事者受盞盤興 奠于祖妣前　復位
  집 사 자 수 잔 반 흥 전 우 조 비 전　복 위

  집사자는 술잔을 받고 일어나 할머니 앞에 바치고 복위

- 執事者奉之奠于 魚炙楪祖考妣前　復位
  집 사 자 봉 지 전 우 어 적 접 조 고 비 전　복 위

  집사자는 어적 접을 받들어 할아버지 할머니 앞에 올리고 복위

- 終獻官 再拜 砌降　復位
  종 헌 관 재 배 체 강　복 위

  종헌관은 재배하고 섭돌 아래로 복위

◆ 行侑食禮 ◆
행 유 식 례
제사음식을 드시게 하는 제례

- 初獻官 升執注 詣諸位前 斟酒盞滿　復位
  초 헌 관 승 집 주 예 제 위 전 짐 주 잔 만　복 위

  초헌관은 주전자를 잡고 할아버지 할머니 전에 이르러 잔에 술을 가득
  따르시고 복위

- 左右執事者 揷匙正箸　復位
  좌 우 집 사 자 삽 시 정 저　복 위

  좌우 집사자는 삽시정저를 하고 복위

  ＊ 삽시정저: 숟가락 꽂고 젓가락을 국그릇위에 올림

- 初獻官 再拜　復位
  초 헌 관 재 배　복 위

  초헌관은 재배하시오

- 初獻官以下 皆門外出 東西向
  초헌관이하 개 문외출 동서향
  초헌관이하 모두 문밖으로 나와 동서향 하시오

- 闔門 肅辭少頃
  합문 숙사소경
  합문하고 정숙하게 잠시 기다리시오

- 祝 三噫歆 啓門 皆 各就位
  축 삼희흠 계문 개 각취위
  축은 세번 기침을 하고 문을 열어 각기 자리에 이르시오

- 左右執事者 升撤羹 奉茶   復位
  좌우집사자 승철갱 봉다   복위
  좌우 집사자는 올라가 국을 물리고 차를 올리시오

- 左右執事者 下匙箸 盒飯蓋   復位
  좌우집사자 하시저 합반개   복위
  좌우 집사자는 하 시저, 합 반개하고 복위 밥 뚜껑 닫고 수저는 원래 위치로

- 初獻官 立於東階上 西向
  초헌관 입어동계상 서향
  초헌관은 일어나 동계 상에서 서향하시오

- 祝 立于西階上 東向 告 禮成
  축 입우서계상 동향 고 예성
  축은 일어나 서계 상에서 동을 향해 예성을 고하시오

  * 헌관도 예성 – 제례가 끝났음을 알리는 소리

◆ 行獻茶禮 ◆
행 헌 다 례

– 다도박물관측 헌다 대체

- **初獻官 執茶椀 詣香案前 東向**
  초 헌 관 집 다 완 예 향 안 전 동 향
  초헌관은 차 주발을 잡고 향안 앞에서 동향하시오

- **執事者 執茶碗 詣獻官之右 西向 斟茶于盞**
  집 사 자 집 다 완 예 헌 관 지 우 서 향 짐 다 우 잔
  집사자는 다관을 잡고 헌관 우에서 서를 향해 잔에 차를 따르시오

- **獻官 奉之奠于 祖考前**
  헌 관 봉 지 전 우 조 고 전
  헌관은 할아버지 앞에 올리시오

- **獻官 執茶椀 詣香案前 東向**
  헌 관 집 다 완 예 향 안 전 동 향
  헌관은 차 주발을 잡고 향안 앞에서 동향하시오

- **執事者 西向 斟茶于盞　復位**
  집 사 자 서 향 짐 다 우 잔　복 위
  집사자는 서를 향해 잔에 차를 따르고 복위

- **獻官 奉之奠于祖妣前 詣香案前 再拜退**
  헌 관 봉 지 전 우 조 비 전 예 향 안 전 재 배 퇴
  헌관은 할머니 앞에 올리고 재배하고 퇴장하시오

◈ 行辭神禮 ◈
행 사 신 례

- 初獻官以下 皆 辭神再拜
  초 헌 관 이 하 개 사 신 재 배

  초헌관이하 모두 사신 재배

- 初獻官 焚祝于香爐上　復位
  초 헌 관 분 축 우 향 로 상　복 위

  초헌관은 향로위에서 축문을 태우시오

◈ 行納主禮 ◈
행 납 주 례

- 祝 詣橋椅上 奉神主 西階卓上 置于　復位
  축 예 교 의 상 봉 신 주 서 계 탁 상 치 우　복 위

  축은 교의 상에 이르러 신주를 받들고 서계탁상에 놓고 복위

- 初獻官 奉主 納于櫝 詣龕室安置　復位
  초 헌 관 봉 주 납 우 독 예 감 실 안 치　복 위

  초헌관은 신주를 받들어 독에 넣어 감실에 안치하고 복위

- 初獻官以下 皆 飮福撤床
  초 헌 관 이 하 개 음 복 철 상

  초헌관이하 모두 음복하고 철상을 하시오

- 皆 各案于故處 闔門退
  개 각 안 우 고 처 합 문 퇴

  각기 제자리에 정리하고 합문하고 퇴장하시오

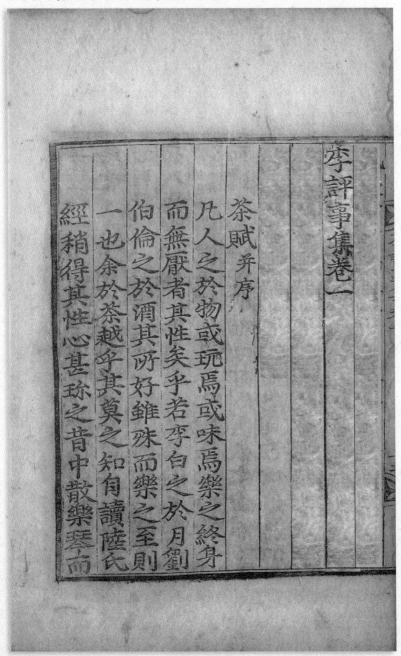

經稍得其性心甚珍之昔中散樂琴而
一也余於茶越乎其莫之知自讀陸氏
伯倫之於酒其所好雖殊而樂之至則
而無厭者其性矣乎若李白之於月劉
凡人之於物或玩焉或味焉樂之終身
茶賦并序
李評事集卷一

賦彭澤愛菊而歌其於微尚加顯矣況

茶之功最高而未有頌之者若廢賢焉

不亦謬乎於是考其名驗其產上下其

品爲之賦或曰茶自入稅反爲人病子

欲云云子對曰然然是豈天生物之本

意乎人也非茶也且余有疾不暇及此

云其辭曰

有物於此歊顏孔多曰茗曰荈曰蔎曰荈仙

掌雷鳴鳥嘴雀舌頭金蠟面龍鳳名的山提

勝金靈草薄側仙之嬾蘂運慶福綠華英求

泉翎毛指合淸口獨行金茗王津雨前雨後

先春早進寶雙溪綠英生黄或散或片或

陰或陽含天地之粹氣吸日月之休光其壤

則石橋洗馬太湖黄梅羅原麻步婺熨溫台

龍溪荆峽抗蘇朋越南城王同興廣江福開

順錙南信撫饒洪筠袁昌康岳鄂山同潭嶴

宣歙鵶鍾蒙霍蟠抵丘陵之阜揚柯雨露之

澤造其處則崢嶸嶻嵑嶮巇岘峰崟嵂嵼嶼

嵮嶒則叱呀然或放谽然或絕嵂然或隱翰

然或窒其上何听見星斗恐尺其下何所聞

江海吸嗼靈禽兮翎颭異獸兮犖攫奇花瑞
草金碧珠璞尊尊義義襲襲磊磊落落徒盧之所
趄趑魑魅之所逼側於是谷風乍起止斗轉
璧水解黃河日躍青陸草有心而未萌木歸
根而欲遷惟彼佳樹百物之先獨步早春自
專其天紫者綠者青者黃者早者晚者短者
長者結根竦幹布葉垂陰黃金芽兮已吐碧
玉蕤兮成林掩曖翳蔚阿那嬋媛翼翼焉與
與烏若雲之作霧之興而信天下之壯觀也
洞嘯歸來薄言采采擷之将之頁且載之筆

王旣而自濯煎石泉而旁觀白氣漲口夏雲
之生溪嶹也素濤鱗生春江之壯波瀾也煎
聲颼颼霜風之嘯篁栢也香于泛泛戰艦之
飛赤壁也俄自笑而自酌亂雙眸之明滅於
能慰悶者非次品耶乃把一瓢露雙脚陋白
以能輕身者非上品耶能掃洞者非中品耶
石之黃擬金丹之熟醊盡一椀枯腸沃雪白
盡二椀爽魂欲仙其三椀也病骨醒頭風痊
心兮若魯叟抗志於浮雲鄒老養素於浩然
其四椀也雄豪發憂忿空氣兮若登太山而

小天下嶷此俯仰之不能容其五椀也色虐
驚逍癰尸昏聾身兮若雲裳而羽衣鞭白鸞
於蟾宮其六椀也方寸日月萬類遷篠神兮
若驅巢許而僕夷齊揖上帝於玄虛何七椀
之赤半醫醉清風之生襟望閶闔兮孔邇儛蓬
桑之蕭森若斯之味極長且妙而論功之不
可闕也當其涼生玉堂夜闌書摵欲破萬卷
頃刻不輟董生唇腐韓子齒豁靡爾也誰解
其渴其刃一也次則讀賦漢宮上書梁獄柘
搞其形燋悴其色腸一日而九回若火燎兮

膈臆蘼爾也誰叙其欝其功二也次則一扎
天領萬國同心星使傳命列侯承臨揖讓之
禮既陳寒暄之慰捋蘼爾也賓主之情誰
愜其功三也次則天台幽人青城羽客石角
嗌氣松根鍊精囊中之法欲試腹内之雷下
鳴蘼爾也三彭之蠱誰征其功四也次則金
谷罷宴兎園回轍宿醉未醒肝肺若裂蘼爾
也五夜之醒誰輟酲註唐人以茶其功五也
吾然後知茶之又有六德也使人壽修有帝
堯大舜之德焉使人病已有俞附扁鵲之德

馬使人氣清有伯夷揚震之德馬使人心遠
有二老四皓之德馬使人仙有黃帝老子之
德馬使人禮有雄公仲尼之德馬斯乃玉川
之所嘗賞陸子之所嘗樂聖俞以之了生書
蘇以之忘歸一村春光静樂天之心攪十年
秋月却東坡之睡神掃除五害凌厲八真此
造物者之盖有幸而吾與古人之所共適者
也豈可與儀狄之狂藥裂腑爛腸使天下之
人德損而命促者同日語哉喜而歌曰我生
世兮風波惡如志子養生捨波而何求我攜

李平高集卷二

六

爾飲爾從我遊花朝月暮樂且無斁傍有天
君懼然戒曰生者死之本死者生之根單治
內而外彫嗒焉論而蹦戁昌若泛靈舟於智
水樹嘉穀於仁山神動氣而入妙樂不圖而
自至是亦吾心之荼又何必求乎彼也

찾아보기

* 이 과제는 부산대학교 기본연구지원사업2년에 의하여 연구되었음.

한재다부연구寒齋茶賦硏究

초판 1쇄 인쇄 2022년 2월 25일
초판 1쇄 발행 2022년 2월 25일

원 저 자   한재寒齋 이목李穆
신 역 자   이병인李炳仁

펴 낸 이   김환기
펴 낸 곳   도서출판 이른아침
주   소   경기 고양시 일산동구 정발산로 24 웨스턴타워 업무4동 718호
전   화   031-908-7995
팩   스   070-4758-0887
등   록   2003년 9월 30일 제313-2003-00324호
이 메 일   booksorie@naver.com

ISBN 978-89-6745-131-8 (93810)